LE SECRET DES PAPES

André Soussan est journaliste, spécialiste de géopolitique et de prospective. Depuis 1998, il est vice-président du Global Policy Council à Washington. Il a publié plusieurs romans, notamment *Le Chandelier du Vatican* et *Messiada*.

Paru dans Le Livre de Poche :

MESSIADA

ANDRÉ SOUSSAN

Le Secret des papes

RAMSAY

A la mémoire de mes parents.
A la mémoire de ceux et celles qui ont vécu la catastrophe et l'humiliation de la destruction du Temple.

A Daniel, à son intelligence, à son courage

Avertissement de l'auteur

Comme pour mes précédents romans, j'ai visité la plupart des lieux que je décris. Pour ce livre, je suis remonté sur le mont Sinaï, j'ai sillonné Rome et le Vatican. Pour des raisons romanesques, j'ai donné une autre physionomie au cimetière teutonique du Saint-Siège. C'est la seule liberté que je me suis permise. Quant aux personnages, ils sont, cela va de soi, totalement le fruit de mon imagination. Pour ce qui est du chandelier, j'ai interrogé des dizaines de rabbins à Jérusalem. A quelques exceptions près, ils étaient tous convaincus qu'il se trouvait caché quelque part dans l'une des caves secrètes du Vatican. En ce qui concerne les nombreux symboles que le chandelier représente, j'ai puisé mes informations dans l'excellent ouvrage de Raphaël Bensimon, *Avodath Hakodech*, aux éditions A.J. Presse. Qu'il en soit ici remercié.

1

— C'est vous qui avez téléphoné ?

La vieille femme, les traits crispés par une douleur invisible, se signa avant d'acquiescer d'un mouvement de tête. Elle fit un pas vers le corps inerte au pied du lit et se signa à nouveau. Le commissaire Alberto Livi l'observait à la dérobée. Au moins quatre-vingts ans, pensa-t-il. Vêtue de noir de la tête aux pieds, le visage labouré de rides profondes, la femme fixait alternativement le corps de son fils et le crucifix en bois au-dessus du lit, essuyant d'un air digne ses larmes avec son châle noir.

— Vous l'avez trouvé dans cette position ?

Elle hocha la tête et recula pour laisser passer le médecin légiste qui venait de pénétrer dans la petite chambre. La vieille s'approcha de la lucarne et contempla le ciel bleu, repliée sur elle-même.

— Vous n'avez touché à rien, n'est-ce pas ?

D'un geste de la main, elle montra le visage de son fils dont les yeux étaient encore grands ouverts.

Le commissaire et son adjoint, Antonella Cocchetti, se trouvaient dans leur voiture quand un appel radio leur avait signalé la mort d'un religieux, Via del Tritone. Antonella avait insisté pour y faire un saut.

— Un religieux qui meurt, ce n'est pas tellement original, tu sais, avait dit Alberto, las.

Ils sortaient d'un interrogatoire compliqué avec un politicien accusé d'avoir reçu des pots-de-vin.

— La rue est sur notre chemin. Allons-y ! avait insisté Antonella pour la seconde fois.

Le médecin se releva et lança d'une voix calme :

— Cela m'a l'air d'un infarctus du myocarde. Un 24 décembre ! Pour un homme de Dieu, c'est une fin rêvée.

— Un peu trop jeune pour le paradis, non ? répliqua le commissaire en cherchant à capter le regard de la vieille qui venait de se tourner vers lui.

— Pourquoi n'est-il pas mort dans son lit ? demanda Alberto en s'avançant vers le corps.

— Question de tempérament. Il s'est senti mal et a sûrement tenté de se lever pour appeler à l'aide. La mort l'a foudroyé en plein mouvement. C'est fréquent, répondit le médecin dans son dos.

Alberto se pencha et ferma les yeux de Giorgio.

— Je crois qu'on s'est dérangés pour rien, murmura Alberto à Antonella qui l'avait rejoint.

— Elle a dû paniquer, la pauvre femme. Tu peux t'en aller. Je lui pose quelques questions et je rentre.

— Ah, j'allais oublier, cria le médecin légiste qui griffonnait des notes sur un bloc. Il est décédé entre trois et cinq heures du matin. La rigidité du corps débute à peine.

Alberto voulut se relever mais Antonella l'invita discrètement à observer deux taches jaunâtres en plein milieu du drap. Le commissaire sourit pour lui-même.

— Le célibat, ma petite dame, lui souffla-t-il dans l'oreille.

Au même moment, un homme vêtu d'un costume trois pièces noir, chapeau rond sur la tête, la poitrine barrée par une pesante croix en or, pénétra dans la petite chambre. Il respirait très fort. Les cinq étages l'avaient visiblement exténué. La vue des enquêteurs l'arrêta net sur le seuil. Il eut l'air de réfléchir tout en cherchant à reprendre son souffle. Un son étrange, comme un sifflement d'asthme, sortait de sa bouche ouverte. Puis son visage se métamorphosa d'un coup.

— Quittez ces lieux immédiatement ! exigea-t-il en marchant, menaçant, vers le photographe qui prenait des clichés du cadavre.

Le commissaire Alberto Livi bondit sur lui et l'arrêta d'un geste brusque :

— Calmez-vous, mon père ! Qui êtes vous ?

— Je suis le cardinal Henrico del Sarto et je vous demande de déguerpir ! La police n'a rien à faire ici. Il s'agit d'une mort naturelle. Pas d'un crime.

Il avait la voix des grands fumeurs, tranchante, enrouée.

Alberto hésita. Le titre prestigieux de l'homme à bout de souffle imposait le respect. Mais il n'appréciait pas les manières ni le regard arrogant de ce prince de l'Eglise.

— Vous en savez des choses pour quelqu'un qui vient d'arriver !

Le cardinal ignora le commissaire et s'approcha d'Antonella qui était en train de plier le drap du lit.

— Que signifie cette mise en scène ? Remettez ce drap à sa place ! C'est un ordre.

Antonella lui tourna le dos et mit le drap dans un sac en plastique.

La vieille, terrifiée, assistait à la scène sans dire un mot. Le cardinal la foudroya d'un regard inquisitorial. Elle baissa les yeux. Le commissaire Alberto lança d'un ton conciliant :

— Simple routine, Monsignore. Nous avons bientôt terminé. Le père Giorgio était employé par le Vatican, n'est-ce pas ?

Le cardinal, le regard en alerte, cherchait visiblement quelque chose de précis dans la chambre. Il se dirigea vers l'armoire en vieux chêne en face du lit et voulut l'ouvrir. La voix du commissaire résonna dans son dos.

— Monsignore, ne touchez à rien, s'il vous plaît.

Le cardinal avait déjà plongé une main fébrile dans les étagères. Alberto répéta son ordre, en élevant la voix. Sans se retourner, le prélat répondit, irrité :

— Je vous dis de déguerpir ! Vous n'avez rien à faire ici.

Il referma l'armoire, déçu.

— Le père Giorgio était employé au Vatican ? questionna à nouveau Alberto d'une voix qui dissimulait mal sa colère.

— Le frère Giorgio, rectifia le cardinal. Oui, il travaillait au Vatican et cela ne justifie pas votre présence ici, dit-il en examinant la table de nuit derrière le corps.

Il tenta de s'en approcher mais le commissaire l'arrêta d'une main autoritaire.

— Quelles étaient ses fonctions ?

Le prélat, freiné dans sa course, eut l'air d'hésiter.

— Ses fonctions ? répéta-t-il, embarrassé.

Alberto comprit qu'il cherchait à gagner du temps. Il confirma d'un hochement de tête.

— Il travaillait dans... à la poste.

— Un travail physique ?

— C'est un interrogatoire ? hurla le cardinal en se dégageant d'un coup d'épaule.

Il contourna le corps et ouvrit le tiroir de la table de nuit.

— Ne touchez à rien, cria le commissaire en essayant de se frayer un passage.

La chambre au mobilier rudimentaire, qui devait faire une vingtaine de mètres carrés, semblait rétrécie par le nombre de ces occupants.

Le visage d'Henrico del Sarto se dérida quand il saisit un vieux sac en toile marron. Tournant le dos au commissaire, il enfouit sa main à l'intérieur du sac et sortit un énorme anneau en fer rouillé où s'accrochaient trois grosses clés. Il les remit dans le sac, en ignorant le commissaire qui, pris de court, semblait hésiter sur la marche à suivre. Henrico del Sarto alla ramasser sa serviette en cuir noir posée à même le sol sur les tommettes de l'entrée et se dirigea vers la porte d'un air naturel. Alberto hésita une seconde puis, d'un bond, il se trouva devant la porte qu'il ferma d'un coup de pied. Les traits du cardinal se crispèrent, ses petits yeux gris exprimaient un mélange de dédain et de haine. Alberto eut un mauvais sentiment. Cet homme est capable de meurtre, pensa-t-il. Henrico del Sarto le défiait du regard, déterminé à écraser son poing sur la face du commissaire.

— Monsignore, dit-il d'un ton glacial. Votre titre, aussi respectable fût-il, ne justifie pas votre attitude. Vous entrez ici comme un bulldozer, vous fouillez la chambre, vous trouvez ce que vous cherchez et vous vous en allez. Nous ne sommes pas au Vatican. Ici, ce sont les lois italiennes qui prévalent. Et ici, il y a un mort. Mort naturelle ou pas, l'enquête le déterminera, pas vous. Je vous prie de déposer ce que vous avez pris.

— Hors de question ! Ce... cet objet n'a strictement rien à voir avec votre soi-disant enquête.

— C'est moi qui décide ce qui est important ou pas pour l'enquête.

Il lui arracha le sac en toile des mains, sous le regard ahuri d'Antonella. La vieille s'était plantée dans le coin de la chambre, derrière la petite table en pin massif, comme pour se protéger, en se signant plusieurs fois. Le cardinal tenta de reprendre le sac en se débattant comme un enragé. Alberto, plus fort, le dépassant d'une tête, fut contraint de le repousser brutalement.

— Je vous rendrai cet objet en fin d'après-midi.

Nous allons au préalable en relever les empreintes. Vous avez ma parole.

Le cardinal comprit qu'il était allé trop loin. Il acquiesça d'un geste las. Alberto en profita pour se justifier.

— Avouez qu'un arrêt du cœur à cinquante-cinq ans pour un homme qui a un corps de bûcheron ne peut laisser la police indifférente !

— Dieu est maître du destin des hommes. Dans le cas du frère Giorgio, la police est superflue. Elle ferait mieux de s'occuper de la mafia qui gouverne votre pays.

Alberto faillit lui répondre, mais il préféra griffonner l'adresse du commissariat sur le dos de sa carte de visite et la lui tendit :

— Venez après quinze heures. Il va de soi que, si vous le souhaitez, je vous ferai parvenir le sac au Vatican.

Le cardinal lut « Commissariato Viminale, Via Farini, 40 ». Puis il retourna la carte et esquissa un sourire sournois quand il découvrit le nom de famille du commissaire.

— Je préfère vous accompagner maintenant. J'espère que vous n'y voyez aucun inconvénient, dit-il d'un ton ironique.

Alberto Livi sentit un début de rage monter en lui. Le cardinal venait de lui faire comprendre sa suspicion à l'égard des juifs. Bien sûr, il l'avait pris pour tel, à cause de son nom. Mais le commissaire n'était pas juif, malgré son nom qui pouvait prêter à confusion.

— Vous êtes mon invité, finit-il par dire. Rejoignez-moi dans une heure. J'y serai. Je dois d'abord me rendre au palais de justice pour y déposer un document.

Dans son Alfa Roméo, garée sur le trottoir au pied de l'immeuble, Alberto attendit qu'Antonella fût installée à ses côtés pour lui demander ce qu'elle avait l'intention de faire du drap.

— J'ai eu froid au dos ! J'étais persuadée que tu allais le foudroyer avec ta fameuse droite dont tu m'as si souvent loué l'efficacité, mais que je n'ai jamais vue à l'œuvre. Tu vois les titres des journaux ? Un commissaire juif massacre un cardinal ? Viré le seduttore ! Jeté à la vindicte populaire le grand bourgeois ! A la cage aux lions la star des médias !

Un frisson parcourut l'échine d'Alberto.

— Je t'ai déjà répété mille fois que je ne suis pas israélite.

— Tu es circoncis, tu portes un nom juif et tu ne manges jamais de porc.

Alberto ferma les yeux et aspira une bouffée d'air avec l'espoir de retrouver son rythme cardiaque. Antonella n'avait pas exagéré. Il avait été à un doigt de frapper le cardinal. Il chassa ces pensées noires de sa tête.

— La circoncision...

— ... a été pratiquée à l'hôpital parce que tu pissais à droite. Tu n'apprécies pas le porc, y compris l'excellent jambon de Parme, parce qu'on n'en mangeait pas dans ton village de Toscane et ton nom...

— Ta gueule ! Maintenant, réponds à ma première question.

— Ah oui, le drap. Je vais le laver et le conserver pour le trousseau de ma progéniture. Ma fille n'a que cinq ans et avec mon salaire ridicule...

— Tu vas déranger le laboratoire pour le sperme d'un curé ? coupa Alberto, le ton irrité.

Antonella alluma une Marlboro light et souffla la fumée devant elle. Un sourire moqueur illumina son visage :

— Bello, quand un homme d'Eglise se masturbe, il se rend à la salle de bains. Il ne le fait pas dans son lit. Question de pudeur.

— Conclusion ? demanda Alberto en inclinant la tête pour admirer sa poitrine.

— Regarde devant toi, dit-elle en soutenant son regard. Et déclenche le gyrophare. Je n'ai pas envie de passer la matinée dans ce chaos !

— Il arrive, ma chère Antonella, que l'homme, toute profession confondue et indépendamment de sa volonté, laisse sa semence mouiller ses draps. Quand il rêve par exemple d'un cul comme le tien.

Le sourire désarmant d'Antonella le dissuada de poursuivre.

— Quand un couple a fait l'amour, si la femme reste au lit ça laisse une trace comme celle qui se trouve là.

Elle montra le sac en plastique sur le plancher.

— En fait, il y en a même deux. Le labo me donnera la réponse que j'espère.

— Admettons que Giorgio ait baisé une femme cette nuit. Et alors ? Ce ne serait pas la première fois qu'un saint se tape une gonzesse. On dit même que Jésus aurait été secrètement fiancé voire marié à Marie de Magdala, une ex-prostituée. Et puis si tu crois que les hommes en noir sont tous des ascètes, alors tu es bien naïve pour un inspecteur.

— D'abord laisse Jésus en paix ! Ensuite, si comme je le pense il y avait une femme cette nuit dans le lit de Giorgio, je serai ravie de la rencontrer et de lui poser au moins deux questions.

Elle tira sur sa cigarette avant d'ajouter :

— Pourquoi as-tu menti au cardinal ? Qu'est-ce que c'est que cette histoire de palais de justice ?

Le commissaire haussa les épaules, déclencha le gyrophare et appuya sur l'accélérateur.

Cité du Vatican

Assis dans ses appartements privés au troisième étage du palais pontifical, l'évêque de Rome méditait les yeux fermés. Le cardinal Henrico del Sarto lui avait annoncé la nouvelle de la mort subite du frère Giorgio une demi-heure plus tôt. Il avait immédiatement prié pour son âme. Trouver un remplaçant ne serait pas facile. Giorgio n'avait pas formé son successeur, comme il l'aurait dû, comme l'exigeait la tradition la plus secrète de la chrétienté. Tradition commencée en l'an 140 sous Pie Ier, dixième chef de l'Eglise depuis Pierre en l'an 40. Le pape, pressentant un malheur, lui avait pourtant posé la question deux mois auparavant quand feu Giorgio, par l'intermédiaire du cardinal del Sarto, lui avait demandé l'autorisation de passer un week-end chez sa mère, qui habitait Rome.

— As-tu songé à former ton successeur ? lui avait alors demandé le pape en présence du cardinal.

— Je suis encore jeune et fort comme un taureau.

— La santé et la jeunesse ne sont d'aucune garantie quand le Seigneur décide de rappeler ses serviteurs.

— Vous avez raison, Votre Sainteté. Un de mes cousins pourrait faire l'affaire. Il s'appelle Paolo. Il travaille à la campagne chez un propriétaire terrien qui l'exploite et le presse comme un citron. Je vais immédiatement m'atteler à cette tâche sacrée. J'irai le voir bientôt.

Giorgio aurait été plus précis s'il avait utilisé le mot secret au lieu de sacré. Sa fonction au Vatican, inconnue de tous à l'exception du seul Saint-Père et du cardinal del Sarto, l'unique supérieur de Giorgio, consistait en effet à protéger le cimetière teutonique, fondé par Charlemagne en 779, à deux pas de la salle des audiences Paul-VI. Il était particulièrement chargé d'empêcher quiconque, touriste ou employé du Vatican, quel que fût son rang, d'approcher et encore moins de pénétrer dans ce petit périmètre qui contenait quelques tombeaux et un cénotaphe. Tous les mois, de nuit, il se glissait à l'intérieur du cénotaphe, soulevait une dalle en pierre et descendait dans un souterrain, pour en ressortir une heure plus tard. Cet endroit quasi public avait réussi à échapper miraculeusement aux pilleurs qui, au cours de l'Histoire, avaient plusieurs fois mis à sac le Vatican. Chaque fois qu'un nouveau pape était élu, celui-ci descendait au moins une fois durant son pontificat pour visiter ce lieu.

Le Saint-Père se leva, pensif. C'était exactement le genre de soucis qu'il aurait voulu éviter en cette veille de Noël. Dieu merci, le cardinal Henrico del Sarto, son homme de confiance, son ami et conseiller spécial, avait récupéré les clés que feu le frère Giorgio n'aurait jamais dû emporter en quittant le Vatican. Selon les instructions, il aurait dû les conserver dans le coffre fermé à triple tour dans sa maison dont la porte d'entrée était inviolable. Le pape ignorait que, la veille, Giorgio avait perdu les clés de sa maison et qu'il était parti en catastrophe parce que sa mère l'attendait pour le dîner. Il était monté après au cinquième étage de l'immeuble, dans un studio vide mis à sa disposition par sa mère pour y rencontrer Véronique à qui il avait donné rendez-vous.

New York resplendissait sous les rayons du soleil couchant. Un froid sibérien s'était installé sur la Grande Pomme depuis une semaine. La foule cosmopolite, emmitouflée, se mouvait parmi un décor agressif de guirlandes, de néons et d'ampoules dont l'énergie aveuglante clignotait auprès de sapins poudrés de neige artificielle, et d'une multitude de pères Noël au visage faussement souriant. Le taxi tourna à droite, s'engagea dans Lincoln Avenue et s'arrêta devant le Lincoln Center. Un jeune homme en manteau sombre, le visage dissimulé par des lunettes de soleil malgré l'obscurité qui tombait sur la ville, descendit et scruta les environs d'un œil alerte. Il fit un signe discret en direction de la voiture. Un homme, la tête recouverte d'un feutre brun, sortit, suivi d'une femme en manteau de fourrure. Ils attendirent que le taxi disparût avant de se diriger, tous les trois, vers l'immense bâtisse droit devant eux. L'homme au chapeau marron s'arrêta brusquement devant l'entrée. Les échos de la chanson traditionnelle en ce jour saint, « *Silent night, holy night...* », parvinrent jusqu'à lui. Il hésita, le cœur serré, avant de pénétrer dans le temple, suivi de ses deux gardes du corps.

La voix efféminée du jeune rabbin à l'accent distingué de Boston retentit dans l'immense salle, le chant terminé :

— Jésus de Nazareth, fils de Joseph et de Miriam, prophète d'Israël ! Nous célébrons aujourd'hui le jour de ta naissance. Nous reconnaissons en toi, en toute humilité, le messager de Dieu, l'égal des grands prophètes d'Israël.

Il ajusta ses lunettes, interpella du doigt deux enfants qui s'apprêtaient à engager un combat de boxe imaginaire, et poursuivit :

— Prophète incompris, prophète maudit, nous sollicitons ton pardon aujourd'hui au nom de nos ancêtres qui, opprimés par l'occupant romain, exploités, manipulés par une nomenklature religieuse fanatisée et corrompue, n'ont pu voir ta lumière, ni écouter tes sages paroles. Venu parmi nous pour accomplir l'œuvre des Anciens, pour réformer nos coutumes et nos traditions primitives, tu as été rejeté comme un pestiféré, lâché, trahi. Venu pour faire partager notre élection par les Gentils, les autres enfants de Dieu, pour ouvrir les portes de notre foi en un Dieu unique à l'humanité, tu t'es trouvé confronté à l'égoïsme de l'establishment. Désarmé devant le mur de l'obscurantisme, désespéré par l'aveuglement de ton peuple, tu as fait don de ta personne pour le racheter.

L'homme au feutre brun, encadré de ses gardes du corps, écoutait le jeune rabbin, la gorge serrée. Le sentiment de rage qui s'était emparé de lui dès les premières phrases l'empêchait de respirer normalement. Comme pour se consoler, il caressa son Eagle, magnum israélien collé sur sa ceinture. Non, il n'allait pas commettre un crime. Même si l'envie d'étrangler le rabbin de ses propres mains, de broyer l'échine de cet homme au corps délicat, à la peau blanche et au visage garni de lunettes sans monture, dominait ses pensées. Il lâcha la crosse de son arme et ferma les poings. Il avait fait le voyage depuis Tel-Aviv pour constater de ses propres yeux l'envergure de la menace qui pesait sur le judaïsme. Elle était plus grave qu'il ne l'avait imaginé dans ses pires cauchemars. L'orgue le sortit de sa torpeur. Il contempla le temple. En dehors du tabernacle qui renfermait les rouleaux de la Torah, rien ne laissait penser qu'on se trouvait dans une synagogue. Les prières, comme le discours du rabbin, étaient dites en anglais. Le seul mot hébreu qui par moments résonnait dans la salle était Amen, prononcé « Omen » à l'américaine. Une chorale composée de garçons et de filles, vêtus de robes blanches, entama une chanson à la gloire de « Jésus, dernier prophète d'Israël ». L'homme au chapeau sentit comme un couteau s'enfoncer lentement dans son estomac. Il faillit s'en aller, écœuré. Mais il était venu jusqu'ici, il resterait jusqu'à la fin. De sa place, il étudiait, derrière les verres fumés de ses lunettes d'écaille, les visages autour de lui. La proportion des blonds était, de loin, la plus dominante. Enfants de mariages mixtes, constata-t-il. Rejetés par l'orthodoxie, ils avaient trouvé refuge chez les juifs réformés. Il y avait aussi plusieurs Noirs américains convertis au judaïsme en moins d'une heure. Depuis un bon bout de temps, une jeune blonde, une étoile de David et une croix autour du cou, le fixait intensément. Il comprit subitement qu'il était le seul à être coiffé d'un chapeau. Sa haute stature, enveloppée d'une lourde gabardine beige, lui permettait d'observer la salle à sa guise. Il nota que la plupart des fidèles avaient la tête découverte. Seuls quelques-uns, ici et là, portaient la traditionnelle *kippa*.

Le rabbin s'approcha du micro quand la chorale acheva de chanter. Il le tapota de son index avant d'ouvrir la Bible. Il se pencha sur le livre saint, parcourut un passage pour lui-même en jouant avec ses lunettes avant de lire à haute voix :

— Prophète sans aucun doute. N'est-ce pas Jésus qui affirmait à propos de la destruction de Jérusalem et du Temple dans l'Evangile selon Matthieu : « Il ne restera pas ici pierre sur pierre : tout sera détruit. » Dans l'Evangile selon Luc, la prophétie est encore plus précise, plus détaillée, plus terrible : « Tes ennemis établiront contre toi des ouvrages de siège ; ils t'encercleront et serreront de toutes parts, ils t'écraseront toi et tes enfants au milieu de toi, et ils ne laisseront pas en toi pierre sur pierre, parce que tu n'as pas reconnu le temps où tu as été visitée. »

Le rabbin releva la tête, scruta l'assemblée un long moment et dit d'une voix qui se voulait grave :

— Si nos ancêtres avaient reconnu Jésus, notre peuple aurait eu un autre destin. Un destin glorieux. Au lieu de nous haïr, l'humanité nous aurait vénérés. Nous n'aurions pas connu les persécutions, ni l'inquisition, ni l'holocauste, ni les terribles vagues d'antisémitisme qui déferlent actuellement à travers le monde. Nous aurions été ce pour quoi nous étions destinés : les gardiens du Temple, les princes de l'Eglise. Le christianisme ne serait pas né. L'islam non plus. Le judaïsme aurait été la seule religion. Et le Messie serait revenu. Oui revenu !

Il marqua une pause, toussa nerveusement et poursuivit sur le même ton :

— Depuis quelques mois, un débat virulent déchire notre communauté. Jésus était-il aussi le Messie ou seulement prophète ? Vous connaissez mon opinion. Comme les premiers chrétiens, qui étaient des juifs de Palestine, je crois que Jésus était le Messie annoncé par les prophètes et qu'il reviendra un jour pour accomplir la « Prophétie », c'est-à-dire rétablir le royaume de David et faire ressusciter les morts. La première apparition de Jésus marquait sa volonté de rappeler les Anciens à l'ordre et d'ouvrir les portes du monothéisme au monde extérieur, de propager les paroles du Seigneur à travers une humanité spirituellement précoce. Jésus le prophète ou Jésus le Messie, d'une certaine manière, il s'agit là d'un faux débat. Nos frères chrétiens attendent le retour de Jésus, les juifs orthodoxes attendent la venue du Messie. Jésus est-il le Messie ou le précède-t-il ? Est-il le Messie ou celui qui l'annonce ? Le Messie viendra-t-il ou reviendra-t-il ? Question de rhétorique. Alors je pose la question, conscient bien sûr de sa gravité. Fallait-il sacrifier Jérusalem, le Temple et des millions de juifs pour une question de rhétorique ?

L'homme au feutre brun avait envie de hurler. Il aurait aimé débattre publiquement avec ce jeune rabbin. Démonter pièce par pièce son argumentation. Lui préciser par exemple que la prophétie de Jésus a été démentie par la renaissance d'Israël en mai 1948. Que lorsque le troisième Temple sera reconstruit, bientôt, très bientôt, alors toutes les prophéties de Jésus s'écrouleraient comme le mur de Berlin. A quoi bon ? Autant essayer de pacifier une foule hystérique dans un stade de football. L'homme sur la tribune ne représentait pas un cas isolé. Il symbolisait l'ensemble des juifs américains et de plus en plus des juifs de la diaspora européenne. Dans ce temple archicomble où l'orgue était roi, il assistait la mort dans l'âme, dans une atmosphère de joie et de douceur, à l'agonie du peuple juif. Ce qu'Auschwitz n'avait pas réussi à accomplir, l'assimilation, la démocratie, la modernité étaient en train de le concrétiser pacifiquement, sournoisement. Dans vingt ans, il ne resterait plus qu'une poignée de juifs orthodoxes concentrés dans des ghettos aux murs hermétiques, construits de leur propre initiative afin de se protéger des tentations extérieures. Les autres juifs, c'est-à-dire l'immense majorité, formaient à présent un mouvement en pleine expansion, à cheval entre les protestants et les catholiques : les nouveaux protestants. L'homme au feutre brun chassa cette vision de cauchemar qui le torturait. Ses pensées traversèrent l'Atlantique. Trois heures plus tôt, dans l'appartement qu'il occupait et qui dominait la Cinquième Avenue, un fax codé lui avait annoncé la mort de Giorgio à la suite d'un arrêt du cœur.

L'homme au chapeau s'appelait David Ben Zion. Même ses gardes du corps ignoraient qu'il était « Hamémouné », le patron du redoutable Mossad. Il quitta le premier la synagogue, convaincu de l'urgence de son projet romain.

Sarah sortit de la salle de bains et s'immobilisa devant le miroir du salon. Elle contempla son corps nu. Un sourire conquérant illumina son beau visage au teint mat. Elle rassembla ses longs cheveux noirs et s'entoura la tête d'une serviette de bain, frappée des initiales de l'hôtel Colombus, près du Vatican, où elle avait séjourné lors de son arrivée à Rome, six mois plus tôt. Elle habitait un luxueux deux pièces dans un vieil immeuble romain Vicolo Savelli, une ruelle sombre et délabrée à quelques mètres de la Piazza Navona. Elle saisit un pot de crème adoucissante posé sur le guéridon en acajou à sa droite et commença à se masser le visage. La première phase de sa mission était enfin accomplie, ou presque. Six mois dans la Ville éternelle. Quatre mois pour séduire Giorgio, deux pour l'attirer dans son piège et une nuit pour le tuer. Elle avait réussi à s'emparer des lourdes clés qui ne le quittaient jamais.

La veille, dix minutes à peine après que Giorgio eut rendu l'âme, Ouri, son collègue du Mossad, alerté par talkie-walkie dans sa voiture garée à quelques mètres de l'immeuble, s'était glissé dans le studio du cinquième étage, avait pris les clés et les avait rapportées une heure plus tard. Elle détenait le double de ces clés. Il ne lui manquait que les serrures, puisqu'elle n'avait pas réussi à découvrir le lieu exact, la ou les portes que les trois clés étaient supposées ouvrir. Elle savait cependant que la cave, car il ne pouvait s'agir que d'une cave, secrète, ultrasecrète, était située quelque part dans le cimetière teutonique, à quelques dizaines de mètres de l'entrée de la salle des audiences Paul-VI. C'est là qu'elle avait aperçu Giorgio pour la première fois. C'était toujours dans ce coin du Vatican qu'elle le voyait rôder, son sac de toile en bandoulière, les mains derrière le dos, le regard inquisiteur, prêt à bondir sur tout ce qui ressemblait à un curieux, touriste ou employé du Vatican. Giorgio était aussi silencieux que le cimetière qu'il était chargé de garder. Mais Sarah, à force de malice, le temps aidant, avait réussi à lui soutirer quelques bribes d'informations, anodines pour lui, capitales pour elle. En cas de maladie prolongée ou de décès de Giorgio, son cousin lui succéderait. Il allait d'ailleurs lui rendre bientôt visite dans la ferme où il travaillait. Répondant à une question apparemment sans intérêt, il lui avait même donné le nom et l'adresse du cousin.

Sarah, Véronique selon son passeport libanais, était employée à Radio-Vatican comme speakerine.

Les fêtes de Noël lui accordaient dix jours de vacances. Conformément aux instructions, elle devait quitter Rome et revenir deux jours avant de reprendre son travail pour passer à la seconde phase de sa mission. Un sentiment de bonheur l'envahit. Elle était impatiente de fuir, d'aller loin, très loin de ce lieu qui opprimait sa chair et son âme juives. En revanche, Rome et ses trois mille ans d'histoire la fascinait, l'enivrait, la révoltait. Berceau de la chrétienté, cette capitale impériale avait deux mille ans plus tôt écrasé, rasé sa Jérusalem natale. Sarah aimait flâner dans cette ville magique où passé et présent coexistaient dans une atmosphère d'harmonie et de force paisible. Sa nouvelle mission, elle le pressentait, l'empêcherait de poursuivre ses promenades toujours guidées par l'instinct et le flair.

Sa main caressait ses seins avec la même douceur qu'elle avait employée sur le corps de Giorgio. C'était la première fois qu'elle avait utilisé de la poudre pour tuer. Une poudre invisible à l'œil nu que l'on étalait sur le corps de la victime afin qu'elle meure d'un arrêt du cœur quelques heures plus tard. Sarah avait d'abord fait l'amour avec lui trois fois avant de prendre l'arme invisible enfouie dans son sac au pied du lit. Giorgio s'était endormi, heureux, offrant son corps sans défense aux mains meurtrières de la femme qui venait de lui faire goûter le paradis. Sarah avait pu alors effectuer son massage sans stress, calmement, systématiquement, concentrant sa poudre sur la région du cœur, avant de s'auto-administrer l'antidote qui lui éviterait le même destin. Elle se trouvait dans la minuscule salle de bains quand Giorgio mourut. Un bruit sec, comme un sac de pommes de terre qui tombait sur le sol. Elle était sortie et avait découvert le corps au pied du lit. Elle avait quitté la chambre à quatre heures quinze du matin après avoir essuyé toutes les empreintes derrière elle.

Elle ferma les yeux. La mort de Giorgio la laissait indifférente. Huit mois plus tôt, elle avait eu le privilège de rencontrer le patron du Mossad en personne.

— Tu es la seule, je n'en vois pas d'autre, lui avait-il dit. L'avenir du peuple juif est entre tes mains. Tu dois réussir. Je serai avec toi la plupart du temps.

Conformément à la tradition, elle n'avait posé aucune question sur l'objectif final de l'opération. Trente-deux ans, le visage mince et fin, des yeux vert foncé recouverts de longs cils noirs, et un corps de danseuse. Irrésistible à tout homme, aussi saint fût-il. Derrière ce corps se dissimulait l'un des meilleurs agents de la fameuse « Komemiute », véritable Mossad dans le Mossad. Colonel, spécialiste des arts martiaux, tireuse d'élite, pilote d'hélicoptère, nageuse émérite, parlant cinq langues à la perfection, Sarah était aussi croyante. Giorgio était sa sixième victime. Le cinquième comme le quatrième avaient été des physiciens russes au service de l'Irak. Le troisième, un des patrons de la mafia ukrainienne qui s'apprêtait à vendre une bombe atomique à la Libye. Les deux premiers, des chefs terroristes palestiniens longtemps recherchés par le Mossad. Tous avaient été tués à bout portant, avant qu'ils aient pu jouir de son corps. Aucun crime n'avait jusque-là perturbé sa conscience. La foi et son métier au service d'Israël étaient indissociables, liés comme les doigts d'une main. Ce n'était pas un hasard si le patron du Mossad l'avait choisie personnellement.

On frappa six coups à la porte, puis à nouveau six coups. C'était Ouri, son collègue et amant de circonstance. Ils firent aussitôt l'amour devant le miroir, debout. Sarah, plus excitée que d'habitude, était insatiable. Ouri s'en alla une heure plus tard, un attaché-case à la main, le trousseau de clés à l'intérieur. Avant de partir, Sarah avait tenu à être rassurée :

— Dois-je considérer la chose comme réglée ?

— Je lui ai bien serré la main. Il en a pour quelques heures encore.

Ouri faisait allusion au serrurier qu'il avait remercié en l'imprégnant de poudre invisible lors d'une forte et fatale poignée de main.

— Et le cousin ?

— Rebecca s'en charge. Elle part dans une heure pour Naples. Chalom, beauté !

Alberto Livi, commissaire de la brigade criminelle, Via Farini, 40, à Rome tournait en rond dans son bureau étroit aux murs fraîchement repeints en beige. Il détestait cette couleur qui lui rappelait le cabinet de son dentiste. L'odeur de la térébenthine allait, il le savait, lui provoquer une migraine. Une de ces terribles migraines qui l'envoyaient au tapis une fois par mois en moyenne. Il écrasa la cigarette qu'il venait d'allumer et alla ouvrir la fenêtre. La rumeur infernale de la rue pénétra dans son bureau. Il haussa les épaules et se laissa tomber sur sa chaise pivotante. Il pianota nerveusement sur la table en fixant le coffre à sa droite où il avait conservé le double des trois clés. Chacune pesait au moins un kilo. Un seul serrurier à Rome avait été capable de les fabriquer aussi vite. Il avait, comme il avait promis, remis les originaux au cardinal Henrico del Sarto. L'attitude hystérique et quelque peu mystérieuse du cardinal l'avait incité à faire des doubles. Del Sarto était arrivé au commissariat en même temps qu'Alberto à dix heures dix, la veille. En sa présence, et pour le rassurer, le commissaire avait remis le sac renfermant les trois clés au responsable du laboratoire médico-légal. Dix minutes plus tard, prétextant un appel confidentiel, il s'était absenté, le temps de donner l'ordre à un policier d'aller faire fabriquer les doubles.

— Les voici, avait-il dit au cardinal en lui remettant les clés. Les seules empreintes que nous avons relevées doivent être les vôtres et celles de feu le frère Giorgio. Je suis désolé pour ce matin...

— C'est moi qui suis désolé. Et je vous prie de m'en excuser, avait répondu le cardinal avant de disparaître en coup de vent.

Alberto ignorait ce qu'il allait faire de ces clés. Certainement rien. Un souvenir du Vatican. Malgré tout, il aurait bien donné un mois de salaire pour en découvrir les serrures. Il laissa son imagination s'enflammer. Ces clés, anciennes, grandes et lourdes, donnaient accès à une cave. La caverne d'Ali Baba. Une cave creusée dans la pierre à cinquante mètres sous terre, pleine des trésors accumulés au fil des siècles par le Vatican... Ou bien s'agissait-il tout simplement des clés de Saint-Pierre, l'un des insignes du pape avec l'anneau du pêcheur qu'il portait à la main droite ? — Dans ce cas pourquoi un simple employé des postes du Vatican les portait-il sur lui ?

La porte s'ouvrit brusquement, interrompant sa méditation. Antonella pénétra dans le bureau en gesticulant.

— Comment peux-tu rêver au milieu de ce raffut ?

Alberto sourit et se leva pour fermer les fenêtres.

— C'est cette fichue peinture ! Elle me donne mal au crâne, dit-il en se massant le front.

Antonella s'assit en face de lui, souriante.

— Ça te fait rire ?

— Sourire.

Alberto la fixait, impatient. Antonella était son meilleur inspecteur. Mais c'est sa croupe ronde et musclée qu'il admirait le plus. Petite, brune, de grands yeux couleur noisette, le visage fin, elle avait un corps de femme comme il les aimait. C'est lui qui, deux ans plus tôt, non sans quelques arrière-pensées malhonnêtes, l'avait mutée dans son propre service. Deux ans de charme intensif de la part du *sedutorre* par excellence qu'était Alberto n'avaient rien apporté de concret si ce n'est le vague espoir qu'un jour...

— Il y avait une femme. J'en étais sûre, dit Antonella.

— Quelle femme ?

— Si tu cessais de mater ma poitrine, tu comprendrais à quoi je fais allusion.

Alberto sourit en passant la main sur ses longs cheveux ondulés couleur argent. Il était bel homme et le savait. La cinquantaine, le regard noir, le nez droit, des mains de pianiste. Un mètre soixante-dix-huit, pieds nus. Un mètre quatre-vingt-deux grâce à ses Berluti, les seules chaussures dignes de ses pieds. Il s'habillait chez Cifonelli, comme l'ancien président François Mitterrand, et fréquentait les meilleurs restaurants grâce à l'argent qu'il gagnait en écrivant des romans policiers à succès sous pseudonyme. Pour ses collègues, il avait hérité d'une rente à vie. Comme tout le monde le croyait juif, donc riche dans l'inconscient collectif, ses goûts prononcés pour le luxe et l'élégance étaient plus facilement tolérés. Sa notoriété de brillant enquêteur avait depuis longtemps imposé le respect auprès de ses pairs. Il était intouchable. Les médias en avaient fait leur coqueluche. C'était souvent lui qu'on invitait pour participer aux émissions de télévision même quand les sujets n'avaient rien à voir avec la délinquance ou le crime. Il s'habillait alors toujours de la même manière : costume de lin et chemise de soie noire au col ouvert. Quand il sortait dîner le soir, ce qui lui arrivait souvent, il portait la même tenue. Les gens, les femmes surtout, le reconnaissaient facilement.

— Les conclusions du labo ? demanda-t-il enfin, en faisant mine d'être intéressé.

— Oui. Une brune. Entre trente et quarante ans. Sur le drap, on a retrouvé trois poils...

Elle montra son sexe du doigt tout en poursuivant.

— On a découvert des traces de sang dans le sperme. Groupe sanguin B+. Aucune empreinte dans la chambre. Elle les a effacées avant de disparaître. La voisine du dessous a entendu un bruit de porte et de pas vers trois heures et à nouveau vers quatre heures. La vieille femme qui nous a téléphoné n'est pas sa logeuse mais sa mère. Elle habite au rez-de-chaussée dans une loge de gardienne. J'ai essayé de la faire parler. Elle ne sait rien. Je suis persuadée qu'elle cache quelque chose.

Alberto hochait la tête en caressant son éternelle barbe poivre et sel de cinq jours qu'il passait un temps fou à entretenir. La seule raison qui le motiva enfin à écouter son inspecteur était le trousseau de clés dans son coffre. Dans sa tête, il avait commencé à écrire le premier chapitre de son prochain roman. Le titre était tout trouvé : *Les Trois Clés du Vatican*. Il imaginait déjà la couverture du livre. Antonella passa plusieurs fois sa main devant la face d'Alberto.

— Et, bello, tu rêves ou quoi ?

— Je réfléchis, dit-il en se frottant le menton. Tu as fait un excellent boulot. L'ennui c'est que je crains que nous ne perdions notre temps. Un homme de Dieu a baisé une putain. Il en est mort. La brune, entre trente et quarante ans d'après les analyses du labo, a pris peur et s'est enfuie.

— En essuyant ses empreintes !

— Une prostituée. Une professionnelle fichée chez nous.

Antonella tira un paquet de cigarettes de son sac. Alberto l'arrêta d'un geste.

— La peinture me donne déjà la nausée.

— Je ne savais pas notre commissaire aussi délicat, dit-elle en allumant une cigarette.

Alberto haussa les épaules.

— Sensible. Pas délicat. Sensible dans tous les sens du terme. Un jour, quand tu seras mûre, je t'en ferai la démonstration. Le paradis, le nirvana !

— Tu ne vas pas recommencer avec ta fameuse sensibilité. Je suis mariée, Alberto.

— Avec un salopard.

— Avec un salopard, répéta Antonella.

— Qui baise tout ce qui bouge. Un tyran !

Antonella n'était pas d'humeur à poursuivre ce petit jeu qui alimentait quotidiennement le charme de leur relation et qui renforçait leur connivence. Cette affaire l'intéressait. C'était la première fois qu'elle traitait un cas qui avait un lien direct avec le Vatican.

— Pourquoi as-tu fait faire un double des clés ? demanda-t-elle subitement.

— Quelles clés ? s'écria Alberto sans broncher.

— Le fils du serrurier me l'a dit. Qu'est-ce que tu comptes en faire ?

— Simple curiosité. Un souvenir du Vatican, finit-il par avouer, amer.

— Tu ne veux pas savoir comment je l'ai découvert ?

Il lui fit signe de poursuivre.

Antonella, le regard débordant d'ironie, un sourire victorieux aux lèvres, tira une bouffée et s'enfonça dans son fauteuil en cuir moelleux comme si elle s'apprêtait à lui raconter la Bible en commençant par Adam et Eve.

— Pour réussir dans notre profession, tu l'as toujours dit, il faut trois choses. Compétence, persévérance et chance. Eh bien la chance m'a souri aujourd'hui. Avant de venir dans ce commissariat minable qui m'offre un salaire de bonniche, je suis passée chez le serrurier à deux cents mètres de chez moi pour faire faire un double de mes clés, parce que mon mari...

— Et il t'a dit que j'ai envoyé un flic ? coupa Alberto.

— Pas si vite, pas si vite, bello. Si tu fais l'amour à cette allure, je plains déjà les idiotes qui succombent à tes charmes. Elles n'auront que ce qu'elles méritent.

Alberto afficha un sourire pincé, dissimulant mal son impatience.

— Il y a deux jours, mon pauvre serrurier, Dieu ait son âme ! a reçu la visite d'un homme, plus jeune et plus beau que toi, à l'accent sicilien. Il était trois heures vingt précises du matin quand il lui a téléphoné pour l'informer de son arrivée. Comme il était cultivé et poli, il l'avait averti un jour à l'avance qu'il viendrait durant la nuit pour lui demander d'effectuer un travail urgent et qu'il serait, cela va de soi, très généreux. Il le fut. Mon serrurier a reçu cinquante fois le prix normalement requis pour ce genre de boulot. Hier à onze heures, du matin cette fois, il a reçu la visite du policier envoyé par toi. Sans rien dire, il a effectué, pour la seconde fois en l'espace de quelques heures, exactement les mêmes clés qu'il avait façonnées pour le Don Juan nocturne. Puis il est mort, terrassé par une crise cardiaque. Comme Giorgio. Son fils l'a trouvé derrière le comptoir, sur le sol, les yeux ouverts. Comme Giorgio.

Antonella avait prononcé les dernières phrases avec une légère émotion dans la voix. Elle alluma une nouvelle cigarette d'un geste nerveux sans quitter son patron du regard. Il l'avait écoutée sans broncher. L'image qu'il avait réussi à imposer de lui au fil des ans était celle d'un grand professionnel, calme et serein. Adieu le roman, pensa-t-il. Cette affaire sentait d'autant plus mauvais qu'elle avait un rapport avec le Vatican. Elle serait donc obligatoirement vouée à l'échec. Il joignit ses mains derrière la nuque, cherchant à localiser le point de douleur qui annonçait une imminente migraine et invita Antonella d'un mouvement de tête à poursuivre son récit. Il n'allait pas s'abaisser à lui poser des questions évidentes. Antonella écrasa la cigarette qu'elle venait d'allumer. Alberto nota un léger tremblement de sa main. Il détourna son regard.

— Quand ton policier est reparti avec le double des clés, le serrurier a appelé son fils pour lui dire qu'il se sentait mal et qu'il voulait rentrer. Avant de raccrocher et comme s'il avait respiré l'odeur de la mort qui allait s'emparer de lui, il lui a raconté son histoire, telle que je viens de te l'exposer. Evidemment le fils, qui habite seul dans la banlieue de Rome, n'a pas vu l'inconnu de cette nuit. Résumons-nous. Deux morts par arrêt du cœur en l'espace de quelques heures. Entre ces deux cadavres, trois clés qui appartiennent au Vatican.

Alberto se leva, l'air pensif. Il arpenta son bureau d'un pas défaillant : la migraine l'avait frappé de plein fouet. Antonella le suivait du regard sans rien dire. Il s'approcha d'elle en se massant le front et lui murmura dans l'oreille :

— On va se régaler, ma petite princesse !

Beit Asia, quartier général du Mossad, Tel-Aviv

David Ben Zion, les bras croisés, se balançait sur sa chaise, regardant sans le voir l'immense globe terrestre planté au milieu du bureau. Son séjour à New York l'avait exténué. Revenu la veille, il n'avait pas fermé l'œil de la nuit. Esther, son épouse, non plus. Ex-agent légendaire du Mossad à Bagdad, Esther s'était transformée en épouse et mère. Ils s'étaient mariés deux jours après avoir sauvé Jérusalem d'une troisième destruction. Deux années avaient passé depuis « Messiada », le nom de code d'un plan secret, élaboré par lui, qui avait forcé l'Occident à prendre fait et cause pour Israël lors de sa dernière et terrible guerre contre ses voisins, « la deuxième guerre du Kippour », comme elle fut baptisée par la presse, et qui avait obligé Israël à faire usage de l'arme nucléaire. La Syrie, l'Irak et la Jordanie avaient été ramenés cinquante ans en arrière. Si la paix s'était installée dans le Moyen-Orient, cela était loin d'être le cas à l'intérieur des frontières d'Israël, déchiré par un débat politico-théologique aussi violent qu'impossible à résoudre. Fallait-il ou non reconstruire le « Beit Hamikdash », le Temple de Jérusalem, comme l'avait promis le Premier ministre d'Israël, dans un moment lourd d'émotion, au lendemain de la guerre ? Les partisans et les opposants d'un troisième Temple se trouvaient à égalité dans les sondages quasi hebdomadaires, ce qui contribuait à envenimer le débat. Des familles avaient éclaté, des couples avaient divorcé, des écoles avaient dû fermer leurs portes pour mettre fin aux accrochages quotidiens. Les huit partis religieux s'étaient divisés en une vingtaine de fractions. Partout dans le pays, dans les usines, dans les bureaux, les hôpitaux, le débat avait tourné à l'affrontement. Pour les partisans de la reconstruction du Temple, la dernière guerre où Israël, en pleine nuit du Kippour, avait vu la mort en face et chassé, fût-ce à l'arme nucléaire, l'occupant d'une nuit était le signe que l'ère messianique approchait. N'était-il pas dit et écrit que le Messie chasserait d'abord l'occupant avant de rétablir le royaume de David ? L'homme qui avait sauvé Israël cette nuit-là ne s'appelait-il pas David, lui-même ? Deux jours après la guerre, le Premier ministre, encore sous le choc, oubliant l'espace d'un moment les règles en vigueur depuis la création de l'Etat d'Israël le 14 mai 1948, avait donné le prénom du patron du Mossad en précisant que c'était grâce à lui qu'Israël avait survécu. « Cet homme s'appelle David. Un homme de foi que la fonction oblige à l'anonymat. » Ce qui lui valut immédiatement le titre de « David Meleh Israël », David roi d'Israël, au sein de la population. Il aurait pu être Premier ministre. Mais il préférait vivre dans l'ombre. C'est là que résidait le vrai pouvoir.

Les opposants arguaient qu'un troisième Temple attirerait l'hostilité de la chrétienté et humilierait les Arabes. Que les deux précédents Temples n'avaient pas porté bonheur aux enfants d'Israël. Le premier, construit sous le roi Salomon, avait été détruit par Nabuchodonosor un 9 du mois d'av (août). Le second Temple, construit par le roi Hérode, fut détruit par le général Titus en l'an 70, le même jour, un 9 août, à six siècles d'intervalle. N'était-ce pas là la preuve qu'Elohim ne souhaitait pas être enfermé dans une demeure, aussi belle et prestigieuse fût-elle ? Saint-Pierre de Rome plus grande et plus somptueuse que le Temple de Jérusalem, n'avait-elle pas été, elle aussi, pillée, saccagée, brûlée plusieurs fois au cours des siècles ? Ces arguments laissaient David indifférent. Pour lui, seule comptait l'hostilité feutrée du Vatican, entré dans le débat avec fougue. Et pour cause. La reconstruction du Temple signifierait la disparition des lieux saints du christianisme. Pire. Un troisième Temple démentirait les prophéties de Jésus et lui ôterait sa qualité de Messie. Le pilier du christianisme s'effondrerait d'un coup. La résurrection d'Israël en 1948, contraire à la prophétie de Jésus, avait porté un coup à l'Eglise qui avait usé de tous les arguments possibles, à l'exception de celui-là, pour ne pas reconnaître l'Etat d'Israël. Un troisième Temple porterait cette fois un coup fatal aux plus radicaux des princes de l'Eglise. La deuxième guerre du Kippour avait déjà détruit la quasi-totalité des lieux saints, chrétiens comme musulmans.

David, dans l'anonymat de sa fonction, était un

partisan acharné de la résurrection du Temple. Jérusalem avait été sauvée par miracle d'une troisième destruction. N'était-ce pas là un signe divin ? Il en était profondément convaincu. L'idée d'un troisième Temple, annonçant enfin l'ère messianique, s'était mise à l'obséder de plus en plus depuis sa dernière vision, un an plus tôt sur le sommet du mont Sinaï.

Deux jours après la naissance de son fils qu'il avait appelé Moshé comme son père, comme le prophète, il était monté sur le mont Sinaï, le mont de Moïse pour les bédouins, comme il l'avait fait un an avant « Messiada ». C'est là-haut, à deux mille cinq cents mètres d'altitude, qu'il avait eu sa première vision d'apocalypse : Jérusalem en flammes ! Il avait alors triplé sa vigilance, préparé « Messiada » et, avec Esther, sa femme aujourd'hui, la mère de son fils, il avait évité le désastre à son pays, au prix de l'arme atomique. Depuis sa dernière vision, il avait délégué ses responsabilités à son adjoint pour se consacrer, dans le plus grand secret, à la réalisation de son projet actuel. Il ne s'était confié à personne. Une vision reçue sur le mont Sinaï ne se partage pas, ne se divulgue pas. Et la dernière encore moins. Il était monté muni d'un sac à provisions contenant quelques bouteilles d'eau, des biscuits au miel, un sac de couchage et son châle de prière. Le soir du sixième jour, deux heures avant l'apparition de la première étoile annonçant le début du shabbat, il avait vu de ses propres yeux la « Ménorah de Beit Hamikdash », le chandelier du Temple. Le chandelier en or massif à sept branches, volé par le général Titus après le saccage de Jérusalem et du Temple en l'an 70. Il aurait pu le toucher tellement il était près, authentique, là devant lui, à portée de sa main. David n'avait pas bougé. Il ne l'aurait pas pu. Puis le chandelier s'était élevé du sol et s'était envolé vers l'ouest. Dans sa vision, David reconnut d'abord la basilique Saint-Pierre, puis à nouveau le candélabre flottant au-dessus d'un cimetière avant de s'enfoncer dans un cénotaphe. Les premiers rayons de soleil le réveillèrent vers cinq heures du matin. Il étudia la Torah jusqu'à la première étoile annonçant la fin du shabbat avant de rebrousser chemin, le visage ravagé par la barbe. Rêve ou vision ? Hallucination due à l'épuisement ? David ne doutait pas une seconde du caractère authentique, sacré, de sa vision. Le chandelier à sept branches en or massif fait d'une seule pièce par la volonté d'Elohim, haut de dix-huit palmes[1], l'âme du peuple juif, que l'on pouvait voir sculpté dans l'arc de Titus à Rome, symbolisant la déchéance d'Israël. David l'avait vu en vrai. Il avait décidé de consacrer son énergie à le retrouver et le rapporter à Jérusalem. Un défi à l'imagination, un projet fou, dangereux puisqu'il avait déjà fait deux victimes.

Depuis un an, le Hamémouné, ce mot magique désignant le patron du Mossad, s'était attelé à cette mission avec un acharnement qui le conduisait à la limite de ses forces. Le retour du chandelier à Jérusalem signifierait, il en était sûr, le retour des juifs de la diaspora en Eretz Israël. La fin de l'Histoire. Le début de l'ère messianique. En inventant la bombe atomique, l'homme avait découvert non le secret de la création, mais l'arme secrète qui lui permettait d'effacer toute vie sur terre. Dieu avait donné la vie, l'homme pouvait dorénavant la refuser. Que deviendrait Dieu, seul, sans créatures ? Quelque part, l'homme, par le biais de cette invention diabolique, était digne d'être pris au sérieux par le Créateur. Tel l'architecte craignant de voir le terroriste détruire son œuvre accepte de lui en faire partager son secret. Le monde était au bord de la guerre. L'écroulement du communisme menaçait la planète d'embrasement. La démocratie n'avait triomphé que

1. Un mètre soixante-douze environ.

dans la tête des inconscients. Partout, à l'est comme au sud, la famine devenait source de guerres fratricides. Guerres des minorités, des nationalités, émergence des mouvements d'extrême droite en Europe, en Amérique, renaissance du nazisme, remontée de l'antisémitisme. L'humanité entrait à pas de géant dans l'ère des ténèbres. Dieu n'allait pas laisser Satan détruire son œuvre. Les dernières prophéties allaient enfin se réaliser. Et c'était précisément en ce moment unique et sacré de l'histoire de l'humanité que les juifs de la diaspora, après tant de souffrances et de sacrifices, après avoir, mille fois, témoigné par le sang d'une fidélité exemplaire au livre saint, abandonnaient le bateau. Seul le retour de la Ménorah pouvait mettre un terme à cette hémorragie. Il allait lui, David, fils de Moshé et de Ruth, né en Israël le 14 mai 1940, rapporter la Ménorah à Jérusalem par la grâce de Dieu, ramener les brebis égarées et reconstruire le troisième Temple.

David Ben Zion se leva, s'étira un long moment puis appuya sur le bouton qui le reliait à son adjoint.

— Je rentre.

— Déjà. Il est à peine...

— Dix heures, je sais. Je prends un jour de congé.

David sourit pour lui-même. Son adjoint était persuadé qu'il allait rentrer faire l'amour à sa femme. La beauté d'Esther était connue des agents du Mossad qui l'avaient aperçue dans le PC stratégique lors des heures fatidiques de la dernière guerre. Il appuya sur le bip qui le reliait à ses gardes du corps et annonça qu'il descendait. Il n'allait pas rejoindre son épouse. Il avait envie de se promener incognito à Jérusalem, sur l'esplanade du Dôme du Rocher, libéré depuis sa destruction, là où, il en était sûr, le Temple, le troisième et le dernier selon la tradition, verrait bientôt le jour.

L'homme s'approcha de la Porte de Bronze à

droite de la basilique et contempla un instant l'Arco delle Campane. Un garde suisse armé d'une hallebarde le salua d'un : « *Buon giorno !* » Il lui montra son laissez-passer, un document rose à l'en-tête du « Stato della città del Vaticano — Governatorato » et pénétra d'un pas hésitant dans le plus petit et le plus secret Etat du monde. La grosse horloge de la cour Saint-Damase, au cœur de la cité, marquait six heures trente. L'homme s'immobilisa, puis reprit sa marche en direction du palais pontifical que le garde suisse lui avait indiqué. Il contourna la banque du Vatican, propriété officielle du pape, située juste au-dessus du palais pontifical. Son rendez-vous avec le pape en personne devait avoir lieu après la messe matinale, à sept heures vingt-cinq. A la porte du palais, un huissier vérifia son identité et cocha son nom sur un bloc.

— Vous êtes en avance, comme il se doit. Vous êtes supposé assister à la messe matinale du Saint-Père. Quelqu'un va venir vous chercher pour vous conduire auprès de Sa Sainteté.

Dix minutes plus tard, après avoir traversé sans émotion apparente la cour Saint-Damase, l'homme, précédé de l'huissier, pénétra dans une salle d'attente.

— Prenez place. Quelqu'un viendra vous chercher.

Le guide disparut en refermant doucement la porte derrière lui. L'homme posa son regard sur le mur décoré de tableaux représentant le Christ guérissant l'aveugle, l'Assomption de la vierge Marie, et un bronze commémorant la Nativité. Il se signa plusieurs fois, d'une main nerveuse.

Paolo était le cousin de Giorgio. Une semaine plus tôt, un émissaire du cardinal Henrico del Sarto lui avait rendu visite à sa ferme située dans l'arrière-pays de Naples. Après l'avoir interrogé sur sa vie privée et spirituelle pendant plus de quatre heures, il lui avait annoncé, à son grand étonnement, que le pape lui-même souhaitait le rencontrer. Il allait en recevoir la confirmation dans les deux jours et ne devait en aucun cas en faire part à qui que ce soit. L'émissaire parti, une touriste surgit du néant et l'approcha. Elle s'était perdue, prétendait-elle. Elle s'était éloignée de son groupe pour prendre quelques photos et l'autobus était reparti sans elle. Comme Giorgio, Paolo avait l'air légèrement attardé. Il mit plusieurs minutes avant de réagir. Il finit par lui montrer le chemin qui menait à Naples. En guise de remerciement, la touriste lui offrit un briquet et une montre. Le visage de Paolo s'était alors éclairé. C'était la première fois qu'il touchait de tels objets. Elle lui apprit à lire l'heure sur la montre avec une tendresse dans la voix qui l'avait ému.

— C'est une bonne montre. Elle marchera toute ta vie. Comme les bonnes montres anciennes, elle s'alimente avec le mouvement du bras.

Elle lui en fit la démonstration avant de disparaître.

Paolo regarda l'heure à sa montre. Il ne pouvait pas imaginer qu'un micro-émetteur d'un demi-centimètre de diamètre y était dissimulé et que la charmante touriste à l'accent français s'appelait Rebecca et qu'elle était la collègue de celle qui avait tué son cousin Giorgio.

Paolo sursauta quand un huissier ouvrit la porte. Il se leva. Avant de le conduire dans la petite chapelle privée du pape, l'huissier lui expliqua d'une voix ferme et précise, comme s'il craignait un malheur, la marche à suivre. Paolo confirmait par des « Si Signore », accompagnés de mouvements de tête affirmatifs. Conformément à la tradition, il y avait quelques privilégiés spécialement invités ce jour-là. Paolo pénétra dans la chapelle et les salua de quelques courbettes avant de se planter le plus loin possible de l'autel. Il se prosterna pour se signer et se releva, le visage tendu, écoutant ses battements de cœur. Un silence monacal interrompu par de petites toux discrètes régnait à l'intérieur de la chapelle. Les invités portaient des soutanes sauf l'homme devant lui, comme lui vêtu d'un costume trois pièces gris foncé. Les invités admiraient les peintures et les vitraux commandés par Paul VI. Paolo était attiré par les vases sacrés en or posés sur l'autel et le Christ sur la croix qu'il fixait intensément, comme s'il attendait qu'il lui expliquât la raison de sa présence en ce lieu saint.

Le pape entra d'un pas lent, le visage absorbé par une grande concentration, saluant, sans les voir, les invités d'un geste lent. Paolo, la gorge serrée, le regardait pour la première fois. Puis le pape tourna le dos à ses invités et s'agenouilla devant l'autel. Paolo faillit l'imiter, mais un regard nerveux autour de lui l'incita à ne pas bouger. « Regardez les autres et faites comme eux », lui avait dit l'huissier trois fois.

Du pape devant l'autel, il ne percevait qu'une silhouette immobile repliée sur elle-même. S'il ne l'avait pas vu entrer, il l'aurait prise pour une statue. L'évêque de Rome se releva enfin. Un jeune homme faisant office de cérémoniaire privé l'aida à revêtir ses habits liturgiques. Quelques instants plus tard, il célébrait la messe. Le pape s'exprimait lentement, d'une voix calme et sûre. Petit de taille, il avait un visage jovial, des yeux curieux derrière des lunettes cerclés d'or et le crâne chauve garni d'une calotte immaculée. Modeste, chaleureux, aimant la bonne vieille cuisine romaine, sa ville natale, il était très populaire dans son pays. Malgré son goût pour les longues promenades et une santé apparemment excellente, des rumeurs non identifiées et toujours persistantes le disaient cardiaque. Paolo n'était au courant de rien. Il y a à peine une semaine, il vivait dans sa ferme, isolé du monde extérieur, convaincu de la fatalité de son destin d'exploité.

Le pape, après une longue méditation, revint à l'autel pour célébrer l'eucharistie. Les invités défilèrent en silence pour recevoir la communion. Quand vint son tour, Paolo les imita. Le pape remarqua sa nervosité et posa une main fraternelle sur son épaule. Les invités regagnèrent leur place et le pape se figea dans une dernière longue et silencieuse méditation. La messe terminée, il enfila une soutane blanche et vint bavarder avec ses invités. Quelques instants plus tard, ils le suivirent dans la salle à manger où une table était dressée. Café, lait chaud, charcuteries du pays, œufs durs et pains de campagne fumants étaient disposés dans de grandes assiettes frappées aux armoiries papales. Paolo, que le pape avait réussi à détendre en lui racontant un bon mot, mangea de bon appétit. Vingt minutes plus tard, il pénétrait dans les salons particuliers du pape en compagnie du cardinal del Sarto.

— Approche mon fils, dit-il en lui tendant la main droite où brillait l'anneau pontifical.

Paolo lui baisa la main en se prosternant avec une maladresse qui fit sourire l'évêque de Rome. Il voulut se relever, mais le Saint-Père, d'un geste de la main, l'invita à patienter. Il le bénit avant de lui indiquer une chaise Louis XVI, à sa gauche.

Une demi-heure plus tard, Paolo quitta les lieux, métamorphosé à jamais. Trois heures après, ayant été longuement instruit par le cardinal del Sarto dans le studio de fonction qu'occupait Giorgio et dont on avait changé les serrures, Paolo rôdait autour du cimetière en tenue de jardinier, un sac de toile en bandoulière.

Dans la camionnette Fiat frappée du symbole des postes italiennes garée devant l'immeuble des postes vaticanes, à proximité du parking, David Ben Zion ôta les écouteurs de ses oreilles et donna l'ordre au chauffeur de démarrer. Le véhicule contourna le bâtiment des services sanitaires et s'engagea dans la Via della Tipografia. La camionnette sortit par la porte Sainte-Anne et tourna à gauche à la Via di Porta Angelica. Elle s'arrêta quelques mètres plus loin et le patron du Mossad poursuivit son chemin à pied. Son déguisement lui donnait l'allure d'un jeune et paisible grand-père. Sa barbe grisonnante et soignée était authentique. Il l'avait laissée pousser après « Messiada » à la demande d'Esther. Il traversa le Ponte San Angelo d'un pas tranquille, humant l'air frais qui soufflait sur Rome. Sur le Campo dei Fiori qui lui rappela le souk Carmel à Tel-Aviv, il acheta un bouquet de roses pour Esther qui arrivait dans la soirée. Puis, parvenu sur la Piazza Navona qu'il aimait tant, il s'installa à la terrasse du café Di Colombia et commanda un cappuccino. Il était venu deux jours plus tôt à Rome pour assister en personne au recrutement de Paolo. La qualité du son de la cassette qu'il venait d'écouter dans la camionnette et qu'il tenait à présent dans sa poche était assez médiocre. Normal. Pour des raisons de sécurité et surtout de prudence à ce stade délicat du projet, David n'avait pas tenu à employer de gros moyens. Pas encore. Les deux micros dissimulés l'un dans le sac et l'autre dans la montre de Paolo avaient une portée limitée. A peine quatre cents mètres. Au-delà de cette distance, la qualité du son se détériorait graduellement. Or, durant l'enregistrement, David se trouvait à plus de sept cents mètres des appartements pontificaux et à un kilomètre au moins de la maison où le cardinal del Sarto s'était entretenu avec Paolo. Les quelques bribes captées l'avaient au moins convaincu d'une chose : il était sur la bonne voie.

Après cette pause, David traversa la Via del Corso, s'engagea dans la Via dell'Umiltà et tourna à droite en direction de la Prefettura. Il s'arrêta un instant devant la Galleria Colonna pour s'assurer que ses gardes du corps étaient là où ils devaient être, c'est-à-dire à une dizaine de mètres derrière lui. Officiellement, il se trouvait à Rome avec son épouse pour quelques jours de vacances. C'était la dixième fois en un an qu'il effectuait ce déplacement, mettant ainsi toutes les antennes du Mossad en alerte maximale. Son adjoint, Ouzi Zvouloun, connaissait assez son patron pour le soupçonner de chercher quelque chose de précis dans la Ville éternelle. Le prétendu coup de foudre de David pour Rome était loin de le satisfaire, bien qu'il fût à des années-lumière de se douter de l'envergure du projet qui occupait l'esprit de son patron. Ariel Dan, le Premier ministre d'Israël, partageait sans le savoir le scepticisme du numéro deux du Mossad. Mais il avait trop de respect envers David pour se permettre la moindre allusion. Le patron du Mossad menait cette opération en solitaire. Les trois agents impliqués dans cette affaire, deux femmes et un homme, ne connaissaient pas non plus le but de l'opération. David ne s'était livré à personne. Non par goût excessif du secret mais uniquement par crainte d'être pris pour un fou. Il lui fallait d'abord des preuves irréfutables, c'est-à-dire voir le chandelier de ses propres yeux, le toucher de ses mains avant de se confier au Premier ministre et de mobiliser toute la force de frappe du Mossad pour le récupérer.

Une Alfa Roméo de la police s'arrêta devant la Prefettura. David s'arrêta net. Son cœur fit un bond quand il aperçut Antonella en compagnie de la mère de Giorgio qu'il ne connaissait que grâce aux photographies qu'avaient prises par dizaines ses agents. Elles montèrent les marches et disparurent à l'intérieur du bâtiment. David esquissa une grimace et jura entre ses dents. D'après le rapport de Sarah, tout s'était déroulé conformément au plan. Elle avait fait du bon travail. Pourquoi la vieille se trouvait-elle ici, dix jours après la mort de son fils Giorgio ? La police avait-elle eu un doute sur l'origine de la crise cardiaque ? Impossible, conclut-il pour lui-même. Aucune autopsie, aussi sophistiquée fût-elle, n'était en mesure de déceler la moindre trace de la poudre meurtrière. La police avait dû trouver quelque chose, mais quoi ?

Il tourna les talons et s'éloigna d'un pas rapide. Pourquoi cette rencontre ? Le hasard ? Bien sûr que non, pensa-t-il. Un signe ! La preuve, c'est qu'il n'avait rien à faire dans ce quartier. L'appartement qu'il occupait était situé sur la Via di Condotti à côté de la Piazza di Spagna. Quand il avait débouché sur l'immense Via del Corso, il aurait dû normalement tourner à gauche pour aller chez lui et réécouter la bande. Or il avait pris à droite en sachant qu'il s'éloignait de chez lui. Oui, un signe ! conclut-il pour lui-même en accélérant le pas.

Il pénétra, contrarié, dans l'appartement, posa le bouquet de fleurs sur le guéridon à l'entrée et composa un numéro spécial. Il laissa un message anodin sur le répondeur et s'enferma à double tour dans la chambre du fond, ignorant ses deux gardes du corps, assis au salon. Quand il se leva, après avoir écouté et réécouté la bande, il faisait presque nuit. Il regarda sa montre. Dix-huit heures. Esther devait arriver d'un moment à l'autre. Pour des raisons de sécurité évidentes, il n'irait pas la chercher à l'aéroport. Deux agents se trouvaient déjà sur place. Il donna congé à ses gardes du corps qui disparurent dans leur chambre au fond du corridor. David se laissa tomber sur le canapé en cuir noir et fixa le feu dans la cheminée. Il faisait froid dans l'immense appartement, prêté par un correspondant du Mossad. Il se mit à réfléchir.

Paolo, le nouveau gardien du cimetière teutonique, n'avait pas fait preuve d'une curiosité excessive durant son entrevue avec le cardinal del Sarto. A peine quelques « Si, Monsignore Cardinale, No, Monsignore Cardinale ». Del Sarto, lui, heureusement pour David, avait été plutôt bavard. A force d'écouter la bande, David avait saisi l'essentiel de ce qui l'intéressait. La confirmation des propos que lui avait tenus Dounia, la voyante utilisée parfois par le Mossad. C'était grâce à elle qu'il avait pu identifier le mystérieux Giorgio.

David avait d'abord soumis à sa voyante une enveloppe fermée dans laquelle il avait dissimulé la photo de l'arc de Titus à Rome représentant le chandelier à sept branches. Dounia réussit ce premier test de manière satisfaisante. Elle lui avait même donné des détails sur le retour à Rome du général Titus, marchant en tête de ses troupes, acclamé par une foule en délire, le candélabre du Temple tiré par des prisonniers hébreux derrière lui. Après plusieurs séances de concentration intensive, Dounia lui avait décrit Giorgio en ces termes : « C'est un homme sans intelligence, fort, il travaille... Non, il tourne en rond, suspicieux, méchant, dans un cimetière à côté d'une grande église. Il porte un sac marron en bandoulière dans lequel se trouvent deux... non trois clés, lourdes, très lourdes. Les clés d'un caveau ou d'une tombe. Il n'y a pas de corps dans la tombe, il y a un nom sur la pierre, mais il n'y a pas de corps, il y a une porte en fer à l'entrée de la tombe, une grosse porte, à l'intérieur, il y a comme une espèce de dalle... Je vois l'homme du cimetière la soulever, un homme en noir, un homme très important descend avec lui... C'est une cave, longue, il y fait humide, il y a plusieurs portes... Le chandelier se trouve là. »

Le cardinal, d'après la cassette, n'avait pas expliqué à Paolo ce que David savait par sa voyante. Les phrases reconstituées par le patron du Mossad donnaient à peu près ceci : « Jamais, au grand jamais, personne d'autre que le Saint-Père et moi ne devra pénétrer dans ce lieu sacré. Personne ne doit connaître son existence. Si quelqu'un, touriste ou même un cardinal, te pose une question, tu es muet, sourd et muet. Tu devras tout me rapporter, surtout l'identité des curieux qui récidivent, qui persévèrent, qui rôdent dans le secteur. Sois méfiant surtout à l'égard des gens d'ici, curés, abbés, évêques. Avec la bénédiction du pape, tu es à présent protégé par Dieu. Quand Dieu t'appellera auprès de lui, tu seras enterré ici, comme Giorgio. Quand Dieu m'appellera là-haut, tu initieras celui que le pape aura nommé pour me succéder et tu le serviras avec fidélité. »

Mais la phrase capitale qui s'était enfoncée comme une flèche dans le crâne de David était la suivante : « Si Dieu appelle le Saint-Père et moi-même en même temps, c'est toi qui iras informer le nouveau pape. Tu ne parleras à personne d'autre qu'à lui. »

Supprimer le pape, le cardinal del Sarto et Paolo en même temps lui donnerait la possibilité d'agir à sa guise... David refusa d'envisager cette hypothèse. Pour le moment seulement. Si le chandelier se trouvait bien au Vatican, comme il en était convaincu, il utiliserait tous les moyens pour le récupérer. Pour ramener la Ménorah à Jérusalem, le patron du Mossad, ancien général de l'armée de l'air israélienne, qui n'avait pas hésité à faire usage de l'arme nucléaire pour sauver Jérusalem, était prêt à brûler la Ville éternelle. Comme le général Titus avait brûlé sa Jérusalem sacrée deux mille ans plus tôt.

2

Le commissaire Alberto Livi attendait depuis une heure et demie dans une antichambre austère, la mâchoire serrée. Il avait lui-même sollicité un entretien avec le cardinal del Sarto en insistant auprès de sa secrétaire particulière sur l'urgence de sa requête. Les six interrogatoires qu'avait subis la mère de Giorgio n'avaient rien donné de nouveau. Impossible de lui faire avouer qu'elle connaissait ou du moins qu'elle avait vu la femme qui était montée chez son fils, la nuit de sa mort. Refusant cette scandaleuse hypothèse, la vieille s'était réfugiée dans un mutisme complet, interrompu par d'incessants signes de croix qui avaient fini par lasser Antonella. Les voisins n'avaient rien vu, rien entendu. Même la locataire du dessous qui avait d'abord affirmé avoir entendu des bruits pendant la nuit était revenue sur son premier témoignage, déclarant, d'une voix assurée, qu'elle avait fait un mauvais rêve cette nuit-là. Quant au fils du serrurier, il avait émis plusieurs versions contradictoires sur l'histoire que son père lui avait racontée avant de mourir pour avouer finalement qu'il avait tout inventé. Lors des trois derniers interrogatoires, il avait maintenu cette dernière version sans sourciller. Cela n'avait pas surpris Alberto. Dans sa longue carrière, il avait souvent été le témoin de ces retournements chez les gens. Il avait tout de suite vu l'ombre de la mafia planer au-dessus de sa tête. Et le mot mafia signifiait pour lui, comme pour ses collègues, une balle entre les deux yeux, ou une voiture qui explose quand on met le contact. Alberto aurait bien abandonné cette affaire si le chien du voisin de palier du serrurier n'avait pas aboyé, la nuit en question. Une première fois à trois heures vingt et une deuxième fois à quatre heures quinze. Le voisin, Fabrizio, un gardien de musée, s'était réveillé pour engueuler son chien. Puis, par la fenêtre, il avait vu le serrurier marcher vers une voiture, une Alfa Roméo bleue ou noire banalisée avec un gyrophare éteint sur le toit qui avait démarré aussitôt. A quatre heures quinze du matin, le chien l'avait à nouveau réveillé. Il avait entendu des pas lourds dans l'escalier, puis la porte du serrurier s'était refermée. Les vacances de Noël avaient ralenti l'enquête. Antonella était partie cinq jours à Capri avec sa fille. Alberto lui-même avait passé un long week-end à Marrakech à la Mamounia, le seul palace digne de ce nom.

La porte s'ouvrit et un huissier l'invita à le suivre. Quelques instants plus tard, il pénétrait dans un vaste bureau à une cinquantaine de mètres des salons privés du pape. On ne pouvait dire que le visage du cardinal exprimait la joie de le revoir. Les traits fermés, il lui montra un fauteuil de la main, assez éloigné de son bureau. Alberto jeta un regard circulaire dans la pièce. Deux chaises avaient été déplacées. Les marques sur le tapis persan en témoignaient. Il s'assit et, à sa grande surprise, constata qu'il serait obligé de lever la tête pour s'adresser au cardinal et, étant donné la distance qui le séparait du bureau, qu'il devrait crier pour se faire entendre. Comme pour accentuer la différence, Henrico del Sarto portait sa soutane noire aux boutons rouges de cardinal, son écharpe pourpre autour de la taille, une calotte rouge sur la tête, et un crucifix en or pendant sur la poitrine. Del Sarto regarda sa montre comme pour lui signifier que son temps était limité. Alberto esquissa un sourire mauvais. Il avait le choix entre parler bas afin d'obliger le cardinal à crier et se rapprocher de lui. Ou rester debout. Il se releva et, sous l'œil médusé du prélat, alla chercher une chaise au fond de la pièce et s'y installa après l'avoir rapprochée du bureau. Il venait de rétablir l'équilibre des forces. Les deux heures d'attente, l'accueil glacial, le fauteuil bas pour l'humilier, l'avaient mis hors de lui.

— Ne fais jamais à autrui ce que tu ne veux pas qu'on te fasse, commença-t-il par dire, d'une voix neutre.

Le cardinal accusa le reproche sans ciller.

— Comme vous vous en doutez, je suis venu vous poser quelques questions à propos de feu le frère Giorgio.

Le cardinal ne broncha pas. Il fixait un point invisible au-dessus de sa tête. Ici, dans ce vaste et luxueux bureau, décoré d'objets précieux et de tableaux splendides, le fameux commissaire Alberto Livi ne représentait rien. C'est ce que le cardinal voulait qu'il comprît. Alberto, lui, cherchait ses yeux, voulait saisir l'homme derrière ce masque de fer. Il savait qu'il était le camerlingue du Vatican et qu'en cas de vacance du siège, il deviendrait le premier personnage de l'Eglise jusqu'à l'élection d'un nouveau pape. La soixantaine bien passée, le visage long et creux, le regard intrigant, une mèche grise sur le front, l'homme avait l'air robuste. Il alluma une Gitane et dit en rejetant la fumée :

— Je vous écoute, commissaire.

— Quel genre de travail le frère Giorgio...

— Le jardinage. Il était jardinier. Je vous l'ai déjà dit, répondit-il d'un ton las.

Alberto accusa le mensonge, une lueur dans les

yeux. La dernière fois, del Sarto avait affirmé qu'il était employé aux postes du Vatican.

— Etait-ce un travail physique ?

— Assez oui. Cela dépend des saisons.

— Depuis quand travaillait-il ici ?

— Depuis l'âge de trente ans.

— Donc vingt-cinq ans, n'est-ce pas ?

Le cardinal, contrarié par le rythme des questions, confirma d'un signe de tête, impatient.

— Nous sommes dans l'obligation de pratiquer une autopsie.

L'homme d'Eglise bondit de son fauteuil et approcha sa tête de celle du commissaire, lui soufflant une forte odeur d'ail et de tabac noir.

— Qu'est-ce que vous venez de dire, monsieur Lévi ? hurla-t-il en frappant le bureau de son poing.

Alberto s'était attendu à cette réaction. Il recula sa tête pour fuir cette haleine qui lui donnait la nausée.

— Livi. Pas Lévi. Livi. L, i, v, i. Livi.

Il n'avait pas crié, mais le ton avait donné froid au dos du cardinal. Del Sarto se rassit, ravalant sa colère.

— Je vous disais donc que nous souhaitons pratiquer l'autopsie car nous avons quelques doutes sur l'origine de sa mort.

— Du genre ? cria del Sarto.

— Il y avait une femme dans son lit, cette nuit-là.

— Comment cela une femme ? Vous rendez-vous compte de ce que vous prétendez ici, dans mon bureau ?

— Une prostituée probablement, répondit Alberto, d'un ton calme.

Il lui raconta comment ils avaient découvert la présence d'une femme dans son lit et les conclusions du laboratoire. Le cardinal l'écouta jusqu'au bout, trahissant un intérêt irrépressible.

— Vous n'ignorez pas que, dans notre religion, le corps humain est sacré.

— On murmure que le Vatican avait accepté que l'on pratiquât secrètement une autopsie sur Jean-Paul Ier, si mes souvenirs sont exacts.

— Des rumeurs malfaisantes qui avaient pour origine le KGB. Cependant, je ne vois pas, dans le cas qui nous concerne, ce qu'une autopsie pourrait ajouter à ce que vous m'avez rapporté.

— S'il n'y avait pas eu de femme, nous aurions classé ce dossier le jour même. La femme, dans le lit d'un homme apparemment en excellente santé, m'oblige à persister. Je dois éliminer ce doute.

— Je comprends. Je vais y réfléchir. Ce ne sera pas facile. Pour être sincère, je considère les chances comme nulles.

— C'est urgent.

— Le frère Giorgio est enterré ici. Il va falloir me faire un rapport complet et très détaillé.

Alberto sortit un dossier de son vieux porte-documents Hermès et le tendit au cardinal.

— Vous êtes un policier consciencieux, monsieur Lévi, pardon Livi, dit-il en souriant.

— Vous n'aimez pas les juifs à ce que je vois. Jésus en était un, pourtant. Moi, j'aurais été fier de l'être. Livi vous fait bien sûr penser à Lévi. Mais si on avait voulu changer de nom, on ne se serait pas contenté de remplacer le e par un i. On aurait tout changé. Pas comme le grand rabbin de Naples. Il y a deux siècles, sa famille s'appelait Aron del Sarto. Aujourd'hui il se nomme Sarto tout court.

Le cardinal se leva en le toisant d'un regard mauvais.

— Commissaire, vous aurez de mes nouvelles !

— Une dernière question, monseigneur. A quoi servaient au juste les trois clés de frère Giorgio ? A enfermer les outils de jardinage ?

— Cela vous intéresse-t-il vraiment ?

— Simple curiosité.
— Alors votre curiosité est satisfaite, commissaire.

Alberto Livi rentra directement chez lui, la tête vibrant de pensées mitigées. Il habitait un immense duplex dans un bel immeuble romain de la Via di Porta Pinciana, derrière la Via Veneto. Le salon de cent vingt mètres carrés, décoré de meubles anciens, était dominé par une immense table de sacristie datant du XVIe siècle. C'est là qu'il écrivait ses romans sous le pseudonyme de Agostino Voltaire. L'héroïne de ses livres, commissaire de police comme lui, ressemblait à sa mère morte quand il avait six ans. De taille moyenne, de grands yeux verts et des cheveux châtain-blond coiffés en queue de cheval. Une photo d'elle dans un cadre d'argent massif était posée sur sa table de travail. Une autre sur une table marquetée Renaissance aux pieds romains qui servait de bar. Evidemment, son héroïne était pudique. Pas de scène d'amour, à peine quelques flirts par-ci, par-là, quelques tentations qui, bien sûr, n'aboutissaient jamais. Et comme sa mère, elle s'appelait Louna. Le formidable succès de son héroïne et donc de ses livres était lié à son extrême perspicacité et à cet aspect quasi virginal. Flic, sexy et inaccessible. Sur la table de sacristie, un micro-ordinateur portable renfermait son vingt-deuxième roman terminé deux semaines plus tôt. Il n'était pas pressé de donner la disquette à son éditeur. Comme les précédents, il se vendrait à quelques centaines de milliers d'exemplaires. Depuis cinq ans, une véritable chasse à l'homme se déroulait dans le pays et surtout dans la presse à la recherche de l'homme qui se cachait sous le pseudonyme d'Agostino Voltaire. Chaque sortie de livre, c'est-à-dire tous les quatre mois, était accompagnée de rumeurs, voire même de fausses interviews de l'auteur. Cette double vie lui convenait à merveille. Alberto la dominait. Aucun faux pas, ni la moindre allusion qui pourrait le démasquer. Il gérait sa fortune lui-même en l'investissant dans l'immobilier et la spéculation monétaire. Seul, sans l'aide d'experts. « L'argent est trop important pour le confier à un banquier », lui disait son banquier de père.

Aucun collègue n'avait jamais mis les pieds chez lui. Depuis son mariage éphémère, suivi d'un divorce brutal, avec celle qui croyait être la femme de sa vie, il avait mis une croix sur le mariage. Mais il aimait les femmes au point d'en compter une bonne trentaine dans son agenda. Il préférait l'anonymat de l'hôtel pour ses étreintes avec des femmes toutes mariées sans exception. Aux jeunes célibataires aux seins durs et au regard envoûtant, comme son ex-femme, il préférait la maturité du corps et de l'intellect, les rides naissantes. Les femmes qui savaient apprécier ses caresses à leur juste valeur, qui ne posaient ni questions, ni problèmes. L'égalité des sexes au sens le plus strict du terme.

Il se servit un Jack Daniel's au bar et se contempla un instant dans le miroir vénitien. Puis il alla s'allonger sur le vieux canapé Chesterfield bordeaux. Sa rencontre avec del Sarto l'avait convaincu du mystère de cette affaire. L'homme n'allait pas être facile à manier. Le Vatican, c'est-à-dire le cardinal, refuserait la pratique de l'autopsie. Alberto n'avait pas dit à Antonella que la voiture venue chercher le serrurier la nuit du meurtre était un véhicule banalisé avec gyrophare sur le toit selon le témoignage du voisin de palier. Donc une voiture de police. Mais de quelle police ? A moins qu'il s'agisse du SISDE, les services secrets italiens ? Ou encore la mafia ?

Il se leva pour jeter une nouvelle bûche dans la cheminée en marbre noir et revint s'allonger. Son estomac lui rappela qu'il devait bientôt dîner. Il avait réservé une table au Campana, l'un des plus anciens restaurants de la ville, près de la Via Monte Brianzo. Il regarda sa montre. Encore une demi-heure et quelques questions insolubles en l'état actuel de l'enquête. Aucun doute. Le mystère provenait des trois clés qu'il s'était empressé de rapporter chez lui et d'enfermer dans son coffre. Son expérience de commissaire, aiguillonnée par l'imagination dont il faisait preuve dans ses romans policiers, lui avait suggéré une première conclusion. Si Giorgio, comme il le pensait à présent, avait été tué d'une façon propre, c'était uniquement parce que cette nuit-là, il avait ces étranges clés en sa possession. Si le serrurier avait lui aussi été atteint par le même procédé final c'était bien parce qu'il avait, lui aussi, touché ces clés maléfiques. L'autopsie pratiquée sur le serrurier avait conclu à l'infarctus du myocarde, autrement dit une crise cardiaque. L'homme avait soixante-cinq ans passés, ce qui, tout compte fait, aurait pu sembler crédible si Alberto, dans son entêtement, n'avait pas découvert que le serrurier était le benjamin d'une famille en excellente santé. Son père, âgé de quatre-vingt-treize ans, allait encore à la pêche. Ses deux frères et sa sœur, à la retraite, continuaient de pratiquer leurs boulots au noir. L'un avait été mécanicien, l'autre menuisier et la sœur couturière. Aucun d'entre eux n'avait jamais été malade. Quant à Giorgio, sa mère, âgée de soixante-quinze ans, n'avait jamais eu la moindre grippe. Son défunt mari, écrasé par un autobus à quatre-vingt-trois ans, non plus. C'est tout ce qu'il avait pu lui soutirer, mais c'était assez pour ne pas croire à un simple arrêt du cœur... Alberto avait vaguement entendu parler de « méthodes propres » utilisées par les services secrets pour se débarrasser d'un personnage encombrant. Ce qui excluait la mafia qui préférait régler ses comptes au pistolet mitrailleur et confirmait la thèse des services secrets.

Il se leva et alla dans la cuisine se servir un verre d'eau. Il ouvrit le réfrigérateur et inspecta l'intérieur d'un œil distrait. Il s'empara du téléphone mural, composa le numéro du restaurant et annula sa réservation. Quelques instants plus tard, attablé dans la cuisine, il mangeait sans appétit du saumon fumé arrosé d'un excellent Rosso di Montalcino, un vin de Toscane, sa province natale. Petit à petit, un scénario prenait forme dans sa tête. Mais pour qu'il fût crédible, il fallait que le cardinal acceptât qu'on pratique l'autopsie sur le corps de Giorgio. Non qu'il crût y trouver l'élément clé qui lui faciliterait la poursuite de l'enquête et la rendrait légitime à l'égard de ses supérieurs hiérarchiques. Au contraire. Il souhaitait seulement aboutir aux mêmes conclusions que pour le serrurier. C'est-à-dire aucune.

Une excitation soudaine l'envahit. De toutes les affaires qu'il avait traitées dans sa carrière, celle-là promettait d'être la plus fantastique. Il quitterait alors la police par la grande porte. Dans une émission de télévision que l'on annoncerait avec fanfare un mois à l'avance, il viendrait montrer sa belle gueule en avouant : « Agostino Voltaire, c'est moi ! »

La voix de Véronique, alias Sarah, inonda les ondes de Radio-Vatican. L'émission, diffusée en trente-sept langues toutes les heures, était consacrée au discours que le pape avait tenu place Saint-Pierre devant cinq mille fidèles venus assister à la traditionnelle audience générale hebdomadaire. Il avait été question des lieux saints, notamment du Saint-Sépulcre et de l'Eglise de la Nativité, détruits lors de la dernière guerre entre Israël et ses voisins arabes.

Pour la première fois depuis la création de l'Etat d'Israël en 1948, le pape se déclarait « prêt à reconnaître cet Etat, si le gouvernement de ce pays renonçait au dangereux projet de reconstruire le Temple qui provoquerait inévitablement une guerre fratricide entre les peuples de Dieu ». Sarah parlait en anglais. Dans quelques minutes, elle rendrait compte du discours du pape en arabe. Elle avait bien sûr omis de préciser qu'elle parlait aussi l'hébreu, sa langue natale, quand elle avait été engagée à Radio-Vatican. D'après son curriculum vitae, elle était d'origine libanaise. A dix-huit ans, elle avait rejoint l'université catholique de Beyrouth où elle avait passé ses maîtrises de langues et de philosophie chrétienne. Puis, elle avait voyagé en France où elle avait offert ses services au Secours catholique avant de venir à Rome pour écrire une thèse sur « La victoire de l'Eglise sur le marxisme ». Cet itinéraire avait été discrètement contrôlé par les services du Vatican. Le CV de Véronique correspondait à la réalité. Tout était parfait. Sauf que la vraie Véronique, un an plus tôt, tombée amoureuse d'un Israélien, s'était convertie au judaïsme et vivait à présent dans un kibboutz religieux proche de Jérusalem. Elle se trouvait déjà enceinte pour la deuxième fois. David avait entendu parler de son cas par hasard, alors qu'il commençait à travailler sur son projet romain. Le rabbin du Mossad lui avait organisé une rencontre avec le couple. En sortant de la maison, David avait pensé à Sarah. Elle était loin de lui ressembler, mais elle avait les yeux verts, le teint mat et la même taille qu'elle. Les mains magiques du maquilleur du Mossad avaient achevé le reste. Restait à combler le vide d'un mois et demi dans le CV de Véronique. Dans sa lettre de démission au Secours catholique, elle avait expliqué qu'elle partait pour la Terre sainte sans autres précisions. Le Mossad avait expédié une seconde lettre de Beyrouth dans laquelle Véronique affirmait n'avoir rencontré qu'hostilité en Israël, qu'elle avait quitté ce malheureux pays deux jours après son arrivée et qu'elle souhaitait se rendre à Rome pour préparer une thèse. Accueillie à bras ouverts par le Vatican, grâce à une candidature riche en recommandations plus flatteuses les unes que les autres, elle avait obtenu un travail de speakerine pour subvenir à ses besoins. Le thème de sa thèse avait enchanté l'abbé Claude Lebrun, directeur des Archives du Vatican. Le nouveau métier de Sarah lui conférait un laissez-passer permanent au Vatican. Ses recherches dans les admirables salles des archives aux fresques du XVIe siècle lui permettaient de sortir tard le soir, souvent même quelques minutes après la fermeture des portes à vingt-trois heures trente. Elle transmettait ses informations à David par Radio-Vatican sous forme de mots clés qu'elle glissait entre les phrases, ou, quand il était à Rome, par messages codés sur un répondeur téléphonique situé dans la cave d'un garage près de la gare. Elle recevait ses instructions sur un répondeur installé dans un studio vide au-dessus de chez elle ou, quand c'était important, dans une boîte aux lettres morte de la plage d'Ostie.

Dans son appartement romain, David Ben Zion coupa le son de la radio en souriant. Sarah allait bientôt rencontrer le cardinal del Sarto. Rebecca, l'autre arme secrète de David à Rome, celle qui avait offert une montre et un briquet à Paolo, avait déjà entrepris de filer l'inspecteur Antonella. Le patron du Mossad sortit de la chambre du fond spécialement aménagée pour les urgences téléphoniques avec son adjoint à Tel-Aviv et alla rejoindre sa femme dans le salon. Esther l'observa du coin de l'œil. Il savait qu'elle se doutait de quelque chose. Mais il savait aussi qu'elle ne lui poserait aucune question indiscrète. Elle respectait trop son ancien métier d'agent spécial pour jouer les curieuses auprès de son ancien patron. David appréciait son silence, même si, par moments, une envie irrésistible de se confier à elle l'envahissait. Esther l'avait senti, plus d'une fois. Et à chaque fois, elle avait failli lui dire : « Allez David, parle ! » En fait, il lui parlait indirectement de son projet. Durant les quatre jours qu'ils avaient passés dans la capitale italienne, il lui avait fait visiter tout ce qui rappelait la destruction de Jérusalem et du Temple. Et Rome regorgeait de ce genre de souvenirs dont le plus terrible pour les juifs demeurait les sculptures de l'arc de Titus.

— Où est le chandelier ? lui avait-elle demandé lors de leur première visite au Colosseum.

— D'après toi ?

— Je ne serais pas surprise si on apprenait un jour qu'il était caché quelque part au Vatican.

David avait souri en silence. En se faisant passer pour l'employé d'un institut de sondage, il avait interrogé des passants à Tel-Aviv et à Jérusalem, croyants et athées confondus. 88 % des 230 personnes interrogées par le patron du Mossad avaient donné la même réponse qu'Esther.

— Ce ne sont pas les légendes qui manquent expliqua-t-il. Depuis l'arrivée du chandelier à Rome en l'an 70, il aurait été conservé et transmis à tous les Césars jusqu'au sac de Rome par le Vandale Genséric en 455. Il aurait même été exposé dans l'Ara Pacis[1]. Les Vandales l'auraient fait fondre et revendu. Une autre légende, juive celle-là, raconte que le candélabre ainsi que les objets du culte auraient été récupérés par les juifs de Rome pendant le pillage de la ville et qu'ils les auraient dissimulés dans le Tibre. Selon une légende byzantine, cette fois, la Ménorah aurait d'abord été transportée à Carthage, puis rapportée à Constantinople par Bélisaire, après sa victoire sur les Vandales. L'empereur Justinien, alerté par les juifs, ordonna son retour à Rome. Une tempête coula le bateau. Le chandelier

1. Temple de la paix à cette époque.

et les objets du culte sont, d'après cette version, enfouis au fond du Tibre.

— Quelle érudition ! Et tu n'as jamais été tenté d'envoyer quelques hommes-grenouilles de la « maison » voir si par hasard il y était, pour confirmer ou infirmer ces légendes ?

— Nos commandos ont d'autres chats à fouetter !

— Tu crois que la Ménorah existe toujours, dans le Tibre où ailleurs ? Que dit le Talmud à ce propos ?

— Plusieurs versions. Le chandelier et les objets du culte ne réapparaîtront que lorsque le Temple sera reconstruit. Une autre version, ou interprétation si tu veux, précise qu'il faut d'abord retrouver le candélabre avant de rebâtir le troisième Temple.

— Qu'est-ce que tu crois, toi ?

— Moi ? Je serais plutôt enclin à imaginer que les Vandales l'ont fait fondre et ont revendu l'or. C'est ce que j'aurais fait si j'avais été des leurs...

— Comment réapparaîtra-t-il, lorsque le troisième Temple sera reconstruit, s'il a été fondu ? ou si, d'après la seconde interprétation, il faut attendre qu'il surgisse de lui-même avant de reconstruire le Temple ? Dans ce cas, on risque de patienter longtemps...

— Ce que Dieu a fait, Dieu le refera, avait alors répondu David, un brin d'émotion dans la voix.

David alla s'asseoir à côté d'elle et lui caressa le ventre.

— Ça bouge, ça remue, ça danse, dit-elle, un beau sourire aux lèvres.

En deux ans de mariage, elle lui avait donné un fils et attendait un autre enfant dans six mois.

— Il faudrait peut-être lui proposer des spécialités françaises pour ce soir. La cuisine italienne est délicieuse, mais, mama mia ! comme elle fait grossir, ajouta-t-elle en gonflant ses joues.

— J'en connais un pas loin d'ici. Viens.

Le commissaire Alberto ne fut pas surpris par la réponse négative du cardinal del Sarto. Il lui restait un joker pour le convaincre d'accepter. Lui raconter que quelqu'un avait reproduit le double des clés à l'heure même où Giorgio rendait l'âme. Il déclencherait alors une panique indescriptible au sein de la curie. Les services du Vatican, après enquête, apprendraient qu'il détenait aussi un double des clés. Il en avait imaginé les conséquences. Au pire, mort par arrêt du cœur, puisque c'était l'arme privilégiée utilisée par les gens qui s'intéressaient à ces clés, au mieux, envoyé en préretraite.

— Qu'est-ce qu'on fait ? demanda Antonella.

— Rien.

— Comment cela rien ? Tu capitules, c'est cela ?

— Je capitule, mentit Alberto.

Ces trois derniers jours, il s'était promené plusieurs fois dans la cité du Vatican et avait observé Paolo. Il rôdait, le sac de toile en bandoulière, autour du cimetière.

— Cela ne te ressemble pas, bello.

— Ce n'est pas tous les jours qu'on a affaire au Vatican.

— Parles-en au préfet de police...

— Déjà fait. C'est lui qui m'a conseillé de laisser tomber.

Alberto n'avait menti que sur un point. Le préfet lui avait recommandé d'abandonner, mais uniquement parce qu'il lui avait présenté l'affaire en omettant de mentionner le cas du serrurier.

— Des lâches ! Voilà ce que vous êtes, vous les hommes.

Alberto haussa les épaules.

— Cette affaire pue l'assassinat, ajouta-t-elle le regard mauvais. Laisse-moi m'en occuper. Je te garantis que...

— Arrête de jouer aux Rambos féminins, coupa Alberto sans élever la voix. Je te dis que cette affaire est classée. Tu veux un scandale avec le Vatican ? Tu veux qu'on aille déterrer le corps en cachette ?

— Pourquoi pas ? dit-elle en le défiant du regard.

Il secoua la tête, las.

— Antonella, tu sais très bien que...

— Tu apprécies mon professionnalisme, etc., etc. Arrête ton baratin. Moi je veux qu'on poursuive cette affaire. Et je suis décidée à aller jusqu'au bout. Car il y a un bout. Je le sens.

— Sixième sens féminin, je sais. Vous êtes extraordinaires, vous les femmes. Les meilleures ! Ah si seulement vous aviez le pouvoir, le monde serait...

— Bello, je t'en supplie arrête. Il y a eu meurtre et tu le sais. Laisse-moi faire mon travail, mériter mon salaire minable.

Alberto esquissa une grimace. Il était sur le point de céder. Antonella, qui l'avait deviné, ne le lâchait plus du regard, comme pour augmenter la mauvaise conscience qui s'emparait de lui. L'associer à son enquête ? Il y avait pensé. Il le lui devait puisque c'était Antonella qui, par chance, avait découvert l'histoire du serrurier. Cette enquête, nécessairement secrète, aurait l'avantage de le rapprocher d'Antonella. Alberto disposait d'assez de femmes dans son répertoire pour éviter l'ennui. Mais en secret, il ne rêvait que d'elle. Elle était devenue un point de fixation. Avec le temps, il avait su apprécier le personnage qui se dissimulait derrière le grade d'inspecteur, respecter son caractère incorruptible, admirer la tendresse, sa sensibilité, son humour, la complicité qui les liaient l'un à l'autre, sa fidélité enfin. Alberto regarda sa montre. Il était seize heures.

— Tu es libre à dîner ce soir ?

Antonella le fixa, le visage fermé.

— Je peux me libérer, bien sûr.

— Alors à vingt heures au 4, Via di Porta Pinciana. Je vais te faire visiter le plus bel appartement de Rome.

Sarah pénétra dans le bureau du cardinal del Sarto. Il était en train d'étudier un dossier. Elle patienta, debout, en attendant qu'il l'invitât à prendre place. De l'endroit où elle se trouvait, elle reconnut son propre CV. Il leva la tête et la fixa droit dans les yeux.

— Prenez place Véronique, proposa-t-il en désignant la chaise Louis XVI.

Elle baisa son anneau avant de s'asseoir.

— En quoi puis-je vous être utile ?

— C'est au sujet de ma thèse, monseigneur. En fait, j'ai décidé d'écrire un livre grand public. A condition que j'en sois capable. Il va de soi que je verserai mes droits d'auteur à une œuvre de charité. Mais je voulais auparavant vous en parler.

Le cardinal alluma une Gitane sans la quitter du regard. Elle eut subitement une impression bizarre, désagréable, comme s'il était en train de déchiffrer ses pensées, comme s'il cherchait à l'hypnotiser. Puis elle comprit que l'homme devant elle tenait à manifester son autorité, son pouvoir. Pour lui faire sentir que ce rendez-vous était une faveur, un privilège.

— Le tabac vous dérange ? demanda-t-il enfin.

— Je suis habituée. Mon père fumait la même marque.

Le cardinal hocha la tête, satisfait de la réponse.

— J'ai étudié votre dossier. L'idée est excellente et je suis sûr que, douée comme vous l'êtes, à en juger d'après votre dossier, le livre connaîtra un grand succès. L'ennui c'est que vous êtes employée au Vatican et que nous ne souhaitons pas polémiquer avec les marxistes, qui sont loin d'être enterrés.

— J'ai pensé à cela. Je l'écrirai sous un pseudonyme.

Henrico del Sarto la dévisagea en silence.

— C'est une possibilité, dit-il après un moment qui lui sembla une éternité.

— Merci monseigneur. Je tiendrai compte de vos conseils. Puis-je me permettre une dernière requête ?

Del Sarto lui fit signe de poursuivre.

— Je sais que c'est impossible. Mais qui ne tente rien, n'a rien, n'est-ce pas ?

Elle fit semblant d'hésiter, puis lança d'une voix douce :

— Voilà, je travaille toujours tard à la bibliothèque. Mais je suis obligée de partir avant la fermeture des portes à vingt-trois heures trente.

— Où habitez-vous ? demanda del Sarto, d'une voix paternelle.

— Un petit deux pièces à côté de la Piazza Navona. Il appartient à une amie de ma famille et je dois le libérer dans deux semaines.

— Vous souhaitez être logée ici, c'est cela ?

— Uniquement pour pouvoir travailler dans le calme à la bibliothèque. Vous savez une femme qui marche seule la nuit dans Rome...

Le cardinal confirma du regard.

— Je vais voir ce que je peux faire. Il y a bien des civils qui demeurent ici, mais en nombre limité.

— Un lit et une table de travail me seront amplement suffisants.

Le cardinal, emporté par la chaleur communicative de Sarah, l'invita à revenir le voir quand elle le souhaiterait. Il l'encouragea dans ses recherches en lui promettant une réponse rapide et probablement positive. Puis il s'enquit de sa santé et de sa vie privée.

— Je fais une heure de danse classique tous les matins. Cela maintient la forme physique. Et je suis célibataire, ajouta-t-elle en baissant les yeux.

— Vierge ? demanda brusquement le cardinal.

— Hélas, monseigneur. J'ai été... violée à dix-neuf ans, à Beyrouth. C'était la guerre.

Del Sarto acquiesça d'un signe de tête et, levant les mains au ciel, il prononça le vers de Térence exprimant la solidarité humaine :

— *Homo sum : humani nihil a me alienum puto*[1].

Sarah baissa les yeux. Ses quelques notions de latin ne lui permettaient pas de saisir le sens de ces paroles, mais à l'intonation dont il les avait prononcées, elle conclut qu'elles allaient dans le sens espéré.

— Dieu merci, vous êtes vivante, dit-il d'une voix douce et le regard plein d'affection.

— Je n'avais pas le choix, dit-elle en gardant la tête baissée.

Il la regarda en silence, remuant la tête comme un automate.

— Le Seigneur était avec vous ce jour-là, dit-il en se levant.

Il lui tendit une main chaleureuse dans laquelle il garda longtemps la sienne, en répétant ses promesses. Sarah quitta la pièce, le cœur cognant très fort dans sa poitrine.

Dans son bureau, le cardinal se signa en murmurant « *Spiritus promptus est, caro autem infirma*[2] ».

La petite Fiat d'Antonella s'arrêta devant le numéro 4 de la Via di Porta Pinciana. Au même moment, une camionnette stoppa à l'angle de la Via Veneto. Son chauffeur attendit que l'inspectrice pénétrât dans l'immeuble du commissaire puis avança lentement dans la rue pour stopper à une vingtaine de mètres du 4.

1. Je suis homme : rien de ce qui est humain ne m'est étranger.

2. « L'esprit est prompt, mais la chair est faible. » Paroles de Jésus, au mont des Oliviers, lorsque trouvant ses disciples endormis, il leur conseille de veiller et de prier afin d'éviter la tentation.

Rebecca, installée à l'arrière, patienta quelques secondes avant de placer les écouteurs sur ses oreilles. Trois jours plus tôt, une belle Romaine avait sonné au domicile d'Antonella juste après qu'elle eut quitté sa maison. Son mari, un agent immobilier rond et chauve, avait accueilli la représentante en parfums avec un regard lourd d'arrière-pensées. Il l'avait invitée à l'intérieur. Pendant qu'il la déshabillait du regard, elle avait réussi sans trop de difficulté à lui vendre trois grandes marques d'eau de toilette pour homme, 20 % moins cher que les prix pratiqués dans les duty free. Comme cadeau d'adhérent, il avait eu le choix entre une montre à quartz de qualité douteuse pour lui ou un merveilleux flacon de parfum pour femme et, parce qu'il était sympathique, une élégante boîte de maquillage en velours bordeaux. Devant la différence de qualité, il n'avait pas hésité une seconde. Elle partit en lui promettant de revenir dans un mois.

— C'est là que le seduttore habite ? Ou bien as-tu loué cette merveille pour m'impressionner ? lança Antonella éblouie par le goût raffiné de son patron et émue de se retrouver chez lui à vingt heures.

— Tu veux prendre quelque chose ?

— Comme je suis en service commandé, je boirai un peu d'eau dit-elle en dévoilant un sourire crispé, contemplant le salon d'un œil circulaire. Heureusement pour toi que ton père était banquier. Tu aurais du mal à justifier ce luxe avec ton salaire.

Elle marchait comme si elle avait visité un musée, s'arrêtant pour admirer une peinture, un vase, un bibelot. Elle s'attarda devant la bibliothèque encastrée dans le mur du fond. Alberto la regardait à la dérobée.

— Quelle érudition, s'écria-t-elle. Tu as lu tout ça ?

— J'en ai hérité avec la maison. Allez viens, répondit-il du fond du salon. Pellegrino ou Perrier ?

demanda-t-il en désignant du doigt un plateau en argent massif posé sur la table en marbre ocre et sur lequel étaient disposées différentes bouteilles d'alcool.

— Sauvons l'économie italienne ! dit-elle en montrant la bouteille de San Pellegrino.

Alberto emplit un verre de cristal taillé et fit glisser vers elle une assiette d'amandes grillées.

— J'espère que mon jaloux de mari ne m'a pas fait suivre par un détective privé. Il serait capable de me raser la tête.

— Oublie ton tyran. Tu es en service commandé, dit Alberto d'un ton sec, comme pour la rassurer.

Antonella confirma d'un signe de tête et saisit son verre. Le commissaire se servit un Jack Daniel's, y trempa ses lèvres et le reposa doucement sur la table.

— Moi, oui. Par contre toi, tu ressembles plutôt à quelqu'un qui s'apprête à aller danser le tango, dit-elle pour détendre l'atmosphère.

Alberto portait un costume noir en lin et une chemise de soie noire. Antonella, en pantalon gris et blazer marine, avait conservé la tenue qu'elle portait au commissariat. Mais quand elle était entrée, Alberto avait aussitôt remarqué qu'elle s'était maquillée avec soin. Ses yeux couleur noisette s'étaient agrandis sous le fard, et le rouge sur ses lèvres était plus sensuel. Elle avait tiré ses longs cheveux châtains en queue de cheval. Son visage n'en était que plus fin.

— Je danserais bien le tango avec toi, comme tu es. Mais j'ai des choses à te raconter. Viens.

Une heure plus tard, ils étaient encore assis devant une table garnie de salade à la mozzarella, de crevettes au pamplemousse et de saumon fumé du Danemark qu'ils avaient à peine touché. Un silence à couper au couteau les séparait depuis un moment. Alberto, après lui avoir dévoilé ce qu'elle ignorait, lui avait fait part des conclusions auxquelles il avait abouti, avec un talent qui avait fasciné Antonella. Elle avait découvert un autre homme. Sensible, brillant, conteur-né. Pour la première fois en deux ans qu'elle travaillait sous ses ordres, ils ne s'étaient pas taquinés, n'avaient pas parlé sexe. Elle se leva et commença à débarrasser la table. Alberto lui saisit le bras.

— Laisse. La femme de ménage est payée pour cela. Café ?

— Merci.

— Tisane ?

— Plutôt un cognac, dit-elle en arborant son premier vrai sourire de la soirée. Ils reprirent leur conversation au salon tandis qu'Alberto, courbé devant la cheminée, y jetait une bûche.

— Où en es-tu de l'affaire Ricardo ? demanda-t-il sans se retourner.

Antonella comprit en un quart de tour que son patron souhaitait la laisser respirer après l'électrochoc qu'elle venait de subir.

— Ce pédé de juge a reçu des lettres de menaces. Il s'est désisté ce matin. J'ai oublié de t'en parler.

— Tu maintiens que Ricardo est protégé par la mafia ?

— Il n'est pas protégé par la mafia. Il est la mafia !

Alberto se releva, saisit une bouteille de vieil armagnac et emplit deux verres. Il s'installa en face d'elle en réchauffant le sien entre ses mains.

— Tu abandonnes l'affaire Ricardo ?

— Tu plaisantes ? C'est lui qui a assassiné la jeune Allemande parce qu'elle ne voulait pas travailler pour lui. Nous avons les preuves. Il suffit de trouver un juge courageux.

— Il est plus facile pour un chameau de passer par le chas d'une aiguille que pour un juge honnête et courageux de pénétrer dans notre commissariat.

Antonella apprécia du regard. Mais elle n'avait pas envie de s'éterniser sur l'affaire Ricardo. Pas ce soir.

— Oublions ce criminel et revenons à Paolo. Donc, si j'ai bien compris, tu veux qu'on file le successeur de Giorgio ?

— Il faut bien commencer quelque part.

— Mais tu l'as déjà fait.

— Paolo tournique dans le cimetière germanique du Vatican. Il y mange. Il doit même y dormir. On est encore loin du but.

— Le but, c'est une cave qui regorge de trésors ?

Alberto sourit pensivement en se passant la main dans ses cheveux ondulés.

— Trésors ou cadavres. En tout cas quelque chose de mystérieux.

— Le voisin du serrurier a bien repéré une voiture banalisée avec un gyrophare la nuit du 24 décembre ?

— Oui. Il a vu quelqu'un monter dans la voiture et revenir vers quatre heures du matin.

— Tu penses donc que nos services secrets y sont impliqués ?

— J'ai retenu cette hypothèse. Et c'est la raison majeure qui m'inciterait à laisser tomber cette histoire.

— Mais tu ne vas pas abandonner ? Hein ? Réponds ?

Alberto huma son verre, laissant la question en suspens. Il sirota son vieil armagnac en fermant les yeux. Antonella le contempla un instant avant de répéter sa question.

— J'hésite, comme tu le vois. L'affaire débute dans le cimetière du Vatican et risque de finir là. On sait où cela commence mais on ignore où cela conduit. C'est une histoire compliquée, dangereuse. Si nos services secrets y sont impliqués, nous serons vite balayés comme de petits cons. Le préfet ne nous accordera jamais les pleins pouvoirs pour mener cette enquête jusqu'à son terme. Un simple coup de fil du Vatican au ministre de l'Intérieur et notre patron adoré nous mutera Dieu sait où !

Antonella accusa l'argument, la mort dans l'âme. Elle s'empara de son verre et en avala une gorgée. Le liquide lui brûla l'estomac. Elle réprima une grimace. Alberto ne put s'empêcher de rire.

— Attention, ma petite. Ce n'est pas du Coca-Cola.

— Santa Maria ! C'est avec ce poison que tu fais succomber tes victimes ? dit-elle dans l'espoir d'apaiser la tension qui régnait dans le salon.

— Jamais une femme n'a mis les pieds ici. Tu es la première, dit-il en allumant un Monte Cristo.

— Je suis ta collaboratrice, se reprit Antonella. Une collègue qui souhaite ardemment poursuivre cette affaire.

Alberto se leva, l'air grave. Ses traits se crispèrent. Il se planta à côté de la cheminée et fixa longuement Antonella avant de déclarer :

— Donnons-nous quelques jours de réflexion. Tu es jeune, belle et intelligente. Tu as une ravissante petite fille. Sache quand même, avant de prendre ta décision, qu'au bout du tunnel, qu'au fond de la cave, il y a le diable ou le bon Dieu. La gloire ou la mort par arrêt du cœur.

Antonella acquiesça, pensive, se leva et alla vers lui.

— Cela veut-il dire que la décision dépend de moi ?

Alberto la dévisagea en silence.

— Et si j'accepte ?

Jamais elle n'avait été aussi près de son supérieur. Elle sentait ses jambes la trahir.

— Capucci ! J'adore ce parfum.

— Hermès ! Le même que mon tyran. Réponds-moi !

— Nous foncerons.

— C'est OK pour moi, murmura-t-elle, le souffle court.

— Pour moi aussi.

— Alors embrasse-moi, fort. Très fort.

La camionnette démarra à minuit pile, deux minutes avant qu'Antonella ne sorte de la maison de Livi. Rebecca, assise à l'arrière, avait tenu à tout enregistrer, y compris les orgasmes successifs de l'inspecteur Antonella. La qualité du son était parfaite. Sauf pendant le dîner qui avait eu lieu à la cuisine. Antonella avait laissé son sac à main au salon. Les micros-émetteurs dissimulés dans le bouchon de son parfum et dans sa boîte à maquillage se trouvaient dans le sac. La camionnette descendit la Via di Porta Pinciana et se perdit parmi la circulation. Dix minutes plus tard, Rebecca frappait six coups, puis à nouveau six coups à l'appartement de Sarah, sa supérieure hiérarchique. Elle repartit après lui avoir fait un rapport oral, laissant sans le savoir sa collègue au bord de la dépression.

Sarah sentit une rage féroce s'emparer d'elle. Une rage dirigée contre elle-même. Les micros placés chez la mère de Giorgio le lendemain de l'alerte donnée par David avaient dévoilé ses imprudences durant la nuit du 24 décembre. Comment avait-elle pu négliger les draps ? Pourquoi n'avait-elle pas utilisé une serviette de bain ? Trop sûre d'elle comme seuls les professionnels peuvent l'être, trop excitée d'avoir réussi son coup si vite, si bien, impatiente de remettre les clés à David, de recevoir un compliment. Comment avouer à David que le commissaire, un juif nommé Livi, détenait le double des clés et qu'il allait lui aussi se lancer dans l'aventure ? Quels mots choisir pour l'informer que le commissaire avait localisé Paolo, que son imagination de flic l'avait déjà rapproché du cimetière et que l'affaire risquait de capoter à cause d'elle ? La panique, cette maladie qui pouvait mener un agent secret à l'erreur fatale, la guettait. Il fallait agir avec sang-froid. Elle avait déjà pris la décision de liquider le couple de policiers. Ils poursuivraient leurs étreintes au paradis. Auparavant, il fallait qu'elle récupère les clés. Le nom de Livi la rappela à l'ordre. David n'accepterait jamais que l'on tuât volontairement un juif. Les consignes du Mossad à ce sujet étaient strictes. Sauf si le hasard le dictait, ou si l'on ignorait que l'obstacle était un « Ben Israël », fils d'Israël. Sa foi l'empêcha d'aller plus loin dans cette voie. Puisque le commissaire avait retenu l'hypothèse selon laquelle les services secrets italiens étaient mêlés à cette affaire, David pouvait faire en sorte qu'Alberto soit immédiatement muté. Le Mossad avait quelques amis au sein du SISDE pour régler ce problème à l'amiable. Elle tourna et retourna d'autres hypothèses dans sa tête. La seule solution qu'elle entrevoyait, tout en essayant de demeurer calme, la plus sûre et qui revenait sans cesse, c'était la récupération des clés et la liquidation des deux flics. Elle ne pouvait pas, avec son grade de colonel, exposer ses problèmes à son patron. David ne tolérait que les solutions. Rapides et efficaces. Livi ou Lévi, il demeurait un obstacle, un danger pour la poursuite du projet qui concernait « l'avenir d'Israël » comme le lui avait précisé son patron. Des millions de juifs avaient été assassinés pour rien. Le commissaire, lui, mourrait au moins pour quelque chose. Un seul problème se posait. Un problème majeur. Comment se débarrasser de deux flics proprement : sans attirer la curiosité de la police et, pire, celle du cardinal del Sarto ? Il était près de cinq heures quand Sarah se glissa sous les draps. Elle devait commencer son travail à midi. Elle régla son réveil pour huit heures et tenta de fermer l'œil. Une heure plus tard, elle trouva enfin une solution et s'endormit.

Ricardo portait son identité sur son visage. Cheveux noirs aplatis par la gomina, le regard en perpétuelle alerte, le front et la joue droite zébrés de cicatrices. Une moustache fine était censée lui donner un air viril. De taille moyenne, il portait un costume sombre et sa chemise grande ouverte dévoilait une grosse chaîne en or et une poitrine velue. Il se leva pour accueillir la journaliste venue l'interviewer.

— J'espère que vous allez être honnête, dit Ricardo en la dévisageant des pieds à la tête.

L'appartement, au goût douteux, était situé à deux pas de la Piazza Farnese, dans la vieille ville. La journaliste fut fouillée sans ménagement par deux hommes au regard mauvais avant de s'installer sur un fauteuil en velours vert aux bordures dorées.

— Je m'excuse de cette formalité. Mais on n'est jamais assez prudent. Il y a des gens qui ne m'aiment pas, dans cette ville.

Il parlait avec un accent mi-sicilien, mi-napolitain. Il fit un signe à ses comparses qui disparurent aussitôt.

— Bon. Allez-y, je n'ai rien à cacher.

— L'inspecteur qui suit votre affaire...

Ricardo la coupa net :

— Cette Antonella Cocchetti est une pouffiasse qui dit n'importe quoi. Elle n'a aucune preuve. J'ai un alibi et les meilleurs avocats.

— Je ne suis pas venue pour vous accuser mais pour vous aider.

Ricardo la fixa sans comprendre.

— Oui, pour vous aider, répéta-t-elle en soutenant son regard.

Ricardo remua la tête, un sourire narquois accroché aux lèvres. Ce n'était pas la première fois qu'une journaliste se faisait acheter par lui.

— Combien ? demanda-t-il en examinant sa poitrine.

— Rien.

Il posa ses yeux noirs sur elle.

— J'ai longuement conversé avec l'inspecteur. Elle cultive à votre égard une haine presque irrationnelle. Vous représentez tout ce qu'elle déteste. Elle ne vous lâchera pas. Pas avant que vous soyez enfermé dans un cachot pour le restant de vos jours. J'ai eu accès à votre dossier. Rien ne permet en effet de vous accuser. A moins, bien sûr, qu'un nouveau témoignage de dernier instant vienne casser votre alibi. Ce nouveau témoignage existe et il est accablant.

Ricardo l'avait d'abord écoutée d'une oreille distraite, concentrant son regard sur ses jambes et sa poitrine. Puis la panique et le doute se reflétèrent sur son visage. Il perçut l'odeur du piège. Il n'était pas accoutumé à recevoir de cadeaux sans en payer le prix. Sa profession de proxénète et de receleur exigeait le donnant-donnant.

— Vous êtes vraiment journaliste ? demanda-t-il enfin.

— Capitaine. Capitaine Victoria du SISDE, les services secrets de la République.

Elle tira une carte de la poche intérieure de son blazer et la posa devant lui. Il l'examina stupéfait. Son visage se métamorphosait à vue d'œil. Mille questions l'assaillirent. Il secoua sa tête, comme s'il avait reçu un coup de masse, et dit d'une voix changée :

— Je vous préviens que j'ai des avocats...

— Le juge qui va être nommé dans deux jours pour instruire votre dossier a déjà fait ses preuves contre la mafia. Avec le nouveau témoignage, vous n'avez aucune chance. Dans trois mois, vous serez jeté en prison à vie, comme un chien.

Ricardo aspira une grande bouffée d'air.

— Je vous écoute, dit-il, las.

Sarah, maquillée de telle sorte que le proxénète ne

puisse jamais la reconnaître, parla dix minutes et s'en alla, laissant l'un des tyrans de la nuit partagé entre le doute et la joie.

Alberto s'entretenait avec un juge dans son bureau. La conversation arrivait à son terme quand Antonella entra sans frapper.

— Excusez-moi, dit-elle en s'apprêtant à refermer la porte.

— Nous avons fini, cria Alberto.

Il se leva et fit les présentations.

— Mon meilleur inspecteur. Ses dossiers sont un régal pour les juges d'instruction. Du béton.

Antonella secoua la tête de droite à gauche.

— Mettez cela sur le compte de son sens de l'exagération, monsieur le juge.

Deux minutes plus tard, ils se retrouvèrent seuls. La première fois depuis leur étreinte. Le matin, Antonella s'était rendue à la plage d'Ostie où l'on avait trouvé un cadavre. L'horloge murale marquait seize heures. Ils se regardèrent en silence, un peu gênés. Chacun espérant que l'autre prendrait la parole le premier.

— Où étais-tu passée ? Je te cherchais partout, dit-il enfin.

— A Ostie. Une femme, probablement une prostituée, sans tête, ni mains, sur la plage. Un crime épouvantable. Je n'ai jamais vu quelque chose d'aussi horrible.

— Antonella, dit-il en inclinant la tête vers elle. Tu travailles ce soir.

Elle le fixa, incrédule.

— Non ce n'est pas ce que tu penses... Je veux que tu ailles faire un tour au Vatican. Je t'ai procuré un *tessera*. C'est un laissez-passer permanent. Ne le perd pas. Il vaut de l'or au marché noir. Ce *tessera* donne accès à l'Annone et à l'Economato. Tu pourras même y faire tes courses.

Comme tous les Romains, Antonella avait entendu parler de ces vastes magasins hors taxes du Vatican où l'on trouvait tout ce qu'on voulait, beurre, viande, conserves, whisky, appareils ménagers, caméras, etc.

— Pourquoi ce soir ?

— Parce que je veux que tu assistes à la relève de Paolo. Je voudrais savoir quand il arrête sa garde, qui lui succède et où il loge.

— C'est tout ? demanda-t-elle en esquissant une légère grimace.

— Le Vatican ferme ses portes à vingt-trois heures trente.

Il tira une carte de la cité de son tiroir et l'étala devant elle.

— Voilà le cimetière, Paolo travaille là.

Il lui expliqua dans les détails ce qu'elle devait faire pour ne pas être repérée.

— OK, fit-elle en se levant.

Alberto la fixa d'un air hésitant, comme s'il voulait dire quelque chose.

— Oui ?

— Rien, dit-il pensivement.

Antonella tourna les talons et s'en alla. Il préférait cette attitude froide, comme s'il ne s'était rien passé la veille, qu'une femme qui se serait accrochée à lui. « Excellent », pensa-t-il pour lui-même.

Au même moment, deux hommes en bleu de travail et casquette sortaient de l'immeuble du commissaire. Ils se dirigèrent vers une camionnette portant le nom d'une société de plomberie romaine, garée en double file, un homme au volant. Elle démarra aussitôt. Une heure plus tôt, ils étaient entrés dans l'appartement du commissaire Livi. Les trois serrures ainsi que le système d'alarme relié au bureau d'Alberto furent neutralisés en moins d'une minute.

Le coffre-fort encastré dans le mur de sa chambre à coucher, dissimulé derrière un miroir, fut ouvert en trois minutes. Un jeu d'enfant pour les deux voleurs du Mossad en poste à Rome depuis quatre ans. Leur chef d'antenne, sur une information codée de son supérieur à Tel-Aviv, les avait envoyés avec mission de s'emparer des clés dont une description précise leur avait été communiquée au préalable. David avait monté l'opération à partir de son appartement romain. Sarah avait fini par confesser ses erreurs à son patron. Les informations enregistrées dans la cassette avaient inspiré la marche à suivre. Alberto avait été bavard durant ses exploits amoureux avec sa collaboratrice. Entre deux baisers, il avait confié à Antonella que les clés se trouvaient dans le coffre de sa chambre à coucher.

Le commissaire Alberto Livi eut un sentiment étrange en refermant sa porte. Il regarda autour de lui comme s'il cherchait quelque chose de précis. Il se mit à marcher sans but, comme un chien flairant un os frais caché quelque part. Une odeur de parfum bon marché et de transpiration masculine flottait dans l'air du salon, comme celle qui régnait dans les longs couloirs de son commissariat. Il renifla ses aisselles pour se rassurer. Son Hermès lui monta au nez. La femme de ménage, pensa-t-il. Elle venait tous les matins de sept à neuf heures, et effectuait son travail en sa présence. Il finit par se calmer et alla se servir un bourbon qu'il sirota allongé sur son canapé.

Il réfléchissait méthodiquement au scénario qui commençait à prendre forme dans sa tête quand la sonnette retentit. Il regarda l'heure à sa montre. Il était vingt heures et il n'attendait personne. Antonella ? Pas maintenant, murmura-t-il pour lui-même en se dirigeant vers la porte.

C'était la voisine du dessous. Une dame entre deux âges.

— Je tenais à vous remercier. Depuis le temps que je vous le demande. Enfin, espérons que l'eau ne coulera plus.

Le commissaire la regarda, figé. Son esprit se mit à tourner à toute allure. La voisine s'était plainte une semaine plus tôt parce qu'une tache d'humidité commençait à s'infiltrer dans le plafond de sa salle de bains. Il lui avait promis de s'en occuper le plus vite possible.

— J'espère qu'ils ont fait du bon travail. De nos jours, les plombiers honnêtes, c'est rare.

Alberto aspira une grande bouffée d'air en s'appuyant contre l'embrasure de la porte.

— Vous n'êtes pas bien, monsieur le commissaire ? demanda la voisine, le regard inquiet.

Il lui posa quelques questions et referma la porte. Puis il se précipita vers l'escalier en colimaçon qui menait à sa chambre à coucher et s'arrêta devant le miroir derrière lequel son coffre était caché. Quelques instants plus tard, il était à nouveau allongé sur le canapé du salon, la tête en morceaux. Le coffre était vide. Complètement vide. Ses contrats d'édition, ses comptes bancaires, ses avoirs immobiliers, son portefeuille boursier, ses disquettes ainsi que celle de son dernier manuscrit qu'il devait incessamment remettre à son éditeur, l'équivalent en lires de deux cent mille dollars en liquide et les clés. Les trois clés du Vatican. Tout avait été volé, même son ordinateur portable posé sur sa table de travail au salon. Sa tête refusait de penser. Elle allait éclater d'un instant à l'autre.

Antonella observait Paolo assis dans sa guérite à l'entrée du cimetière et Sarah espionnait Antonella. Vêtue d'un manteau et d'un foulard sombres qui masquait ses cheveux, Antonella faisait les cent pas dans la Via della Sacristia, la rue parallèle au cimetière. Par moments, et pour ne pas attirer l'attention, elle allait contempler la salle des audiences Paul-VI, derrière le cimetière, puis revenait à son point de départ. La nuit était déjà tombée et il faisait froid. Sarah, alertée par Rebecca qui avait capté, grâce au micro-émetteur que promenait Antonella dans son sac, la conversation dans le bureau d'Alberto, n'avait eu aucune difficulté à la localiser. A cette heure-ci, le commissaire était en état de choc, pensa Sarah de son poste d'observation. Elle s'était glissée dans une rangée de buisson qui formait une ligne de démarcation entre la grande rue et le cimetière, et attendait. Ce qu'Antonella cherchait à savoir, Sarah aurait pu le lui dire. Sa position était plus confortable, plus discrète que celle d'Antonella qui tournait en rond, mal préparée à ce genre de tâche. En plus un carabinier ou un agent civil du Vatican pouvait à tout moment lui demander ce qu'elle faisait là. Une demi-heure plus tard, Sarah décida qu'elle perdait son temps. Elle profita du passage bruyant d'une voiture pour sortir de sa cache et disparaître dans le noir. Ce risque était inutile. Antonella allait quitter le Vatican vers vingt-deux heures, quand Paolo rentrerait dans sa maison, située dans l'aile gauche de la gare du Vatican, à côté du palais Saint-Charles.

Un garde suisse s'approcha d'Antonella.

— Puis-je vous aider, madame ?

— Merci. Je contemplais l'édifice, dit-elle en levant la tête vers la salle des audiences Paul-VI.

— Vous verrez mieux en plein jour.

Elle acquiesça et s'en alla en maudissant mentalement le suisse.

Dix minutes plus tard, elle sortait du Vatican. L'échec de sa première mission de prospection lui donna des idées sur la marche à suivre. Entre autres celle de revenir déguisée en bonne sœur. Il était vingt et une heures vingt quand elle monta dans sa voiture, garée au bout de la Via della Conciliazione, près de la place Saint-Pierre. Elle voulut mettre le contact mais l'acier glacé d'un canon sur sa nuque l'arrêta net.

— Le moindre mouvement et je te fais éclater la tête comme une pastèque, fit une voix d'homme.

Une deuxième voix d'homme ordonna :

— Si tu tiens à ta fille, fais ce qu'on te dit.

Antonella crut qu'elle allait mourir. La peur l'étouffait. Ses mains se mirent à trembler sur le volant. Elle voulait parler mais elle savait qu'elle n'y arriverait pas.

— Démarre.

— Je vais où ? réussit-elle à balbutier.

— Roule en direction de la porte San Paolo.

La route qui mène à la plage d'Ostie, pensa-t-elle. Là où elle avait découvert un corps de femme sans tête ni mains le matin même. Son cœur se mit à battre plus fort. Des pensées noires frappaient sa cervelle comme un marteau-pilon.

Les deux hommes à l'arrière se consultèrent du regard. Puis l'un des deux ouvrit un sac et tira une bouteille de chloroforme qu'il posa devant lui.

— Tu es un peu lente, madame l'inspecteur. Roule ou mon silencieux va te trouer la tête.

Elle mit le contact et démarra.

— Déclenche ton gyrophare sans la sirène. Juste le gyrophare.

Comme un automate, Antonella appuya sur un bouton rouge en bas du volant. La circulation était fluide. Le froid de janvier, plus glacial que d'habitude, obligeait les Romains à rester chez eux. Antonella faisait un effort incommensurable pour retrouver son rythme cardiaque. La seule question qu'elle mourait d'envie de poser concernait sa fille.

— Plus vite, petite dame, plus vite.

Aucun doute. Elle roulait à présent en direction d'Ostie. Elle crut reconnaître la voix de Ricardo.

Etrangement, cela la rassura l'espace d'un bref moment. Si c'était lui, il n'oserait pas assassiner un inspecteur de police. Il n'irait pas jusque-là, se dit-elle pour se consoler. Mais la brutale réalité la ramena très vite à son cauchemar. Des dizaines de policiers et de juges avaient été liquidés sauvagement par la mafia, parce qu'ils avaient, comme elle, fourré leur nez dans des affaires qui ne les regardaient pas.

— On va se baigner, je présume, dit-elle dans un moment de désespoir.

Un silence lourd lui répondit. Cela lui donna du courage. Elle eut le sentiment inexplicable, irrationnel en l'état des choses, qu'elle n'allait pas mourir. Elle ne pouvait pas. Pas à trente ans. Pas elle, la plus jeune inspecteur de sa promotion. Et puis sa fille avait besoin d'elle.

— Si vous touchez à un cheveu de ma fille...

— Ta gueule ! hurla la voix de celui qu'elle pensait être Ricardo. Et tourne à droite dans deux cents mètres. Il y a un sentier.

C'était lui. Ricardo le proxénète. Celui qui avait étranglé une jeune droguée d'origine allemande parce qu'elle ne voulait pas travailler pour lui. Antonella avait mené cette enquête avec un acharnement qui avait étonné ses collègues. Mais pour sa fille elle n'hésiterait pas à accepter n'importe quelle condition. L'idée que son kidnapping, à cinq cents mètres du Vatican, pouvait avoir un lien avec l'affaire des clés ne l'avait pas effleurée une seconde.

— Arrête.

Antonella stoppa le véhicule devant une maison isolée et coupa le moteur. Une odeur de chloroforme lui monta au nez. Une serviette humide l'étouffa. Sa tête s'inclina à droite. Elle s'effondra sur le siège.

3

Alberto Livi tournait en rond comme un fauve en cage. Il avait retenu deux hypothèses. La première concernait les clés du Vatican. Pour embrouiller les pistes, on avait vidé son coffre pour qu'il crût à un cambriolage. La seconde avait un lien avec sa vie privée. On avait démasqué l'auteur... Mais alors pourquoi avoir aussi pris les titres bancaires, immobiliers, etc. et surtout les clés ? Les voleurs avaient-ils été impressionnés par leur taille et leur forme antique ? Il avait remué d'autres hypothèses dans sa tête. Aucune ne l'avait satisfait. Une chose était certaine cependant. Le travail avait été effectué par des professionnels hors pair. Il ne trouverait pas l'ombre d'une empreinte. Le système d'alarme fonctionnait normalement. Les serrures, trois au total, dernier cri de la technologie allemande, étaient intactes. Son coffre à triple combinaison avait été installé par un spécialiste qui ne travaillait qu'avec la police. Alberto avait immédiatement pensé à l'un des serruriers qui avaient effectué le travail chez lui. Trop banal. Celui qui avait placé les serrures n'était pas le même que celui qui avait livré le coffre, même s'il n'avait pas exclu une connivence entre les deux.

La thèse des services secrets, les seuls capables de ce genre de prouesse, prenait une place dominante dans son esprit. Curieusement, les cinq verres de

Jack Daniel's qu'il avait avalés, le ventre vide, ne lui avaient pas donné mal à la tête. Il regarda l'heure à sa montre. Antonella aurait dû l'appeler en sortant du Vatican avant vingt-trois heures trente. Il était minuit et le téléphone n'avait toujours pas sonné. De sourdes inquiétudes pour sa collaboratrice l'envahirent. Comme s'il n'avait pas assez des siennes. Pourquoi n'appelle-t-elle pas ?

Lui était-il arrivé quelque chose ? Repérée ? Elle serait partie plus tôt et l'aurait appelé. Avec sa carte d'inspecteur, elle ne risquait rien. Dans sa confusion, il imagina subitement un lien entre le cambriolage et le silence anormal d'Antonella. Si les services secrets... Il bondit sur le téléphone et composa le numéro privé de son inspecteur. Il faillit raccrocher à la troisième sonnerie, mais une voix d'homme résonna.

— Excusez-moi de vous déranger si tard. Je suis le commissaire Alberto Livi. Je souhaitais dire quelques mots à l'inspecteur Cocchetti, dit-il en l'appelant par son nom de famille.

— Elle n'est pas encore rentrée. Je l'attends d'un moment à l'autre. Dois-je lui laisser un message ?

— Dites-lui de m'appeler. Quelle que soit l'heure où elle rentrera.

— N'avez-vous pas un moyen de la joindre là où elle se trouve ?

— Euh... non. Elle est en service commandé...

— En service commandé ? On dirait un film d'espionnage. J'espère que ce n'est pas dangereux ?

— Non, non, bien sûr. Rassurez-vous, elle va rentrer d'une minute à l'autre. Bonsoir et excusez-moi encore une fois.

Il raccrocha et se prit la tête entre les mains. Il demeura dans cette position jusqu'à la sonnerie du téléphone. C'était le mari d'Antonella. Il était deux heures du matin et sa femme n'était toujours pas rentrée. Alberto tenta vainement de le rassurer, puis appela le commissariat pour donner l'alerte.

Il était trois heures du matin quand les paupières d'Antonella se mirent à trembler. L'obscurité était chargée d'un silence étrange. Elle tenta de bouger la tête en sachant qu'elle n'y arriverait pas. Une ombre dansait devant elle. Elle ouvrit les yeux. Essaya de se souvenir. Un voile noir l'empêchait de cerner l'ombre devant elle. Elle sentit sa propre respiration, régulière et lente. Elle était vivante. Elle voulut se lever et retomba. Sa tête était lourde. Elle tenta une nouvelle fois de se relever et glissa. L'ombre devant elle n'était qu'une branche d'arbre qui se faufilait à travers les persiennes de la fenêtre sans rideau. Elle se traîna jusqu'au mur, sous la fenêtre, et réussit à s'asseoir le dos au mur. C'est alors qu'elle aperçut comme une silhouette allongée à deux doigts d'elle. Un corps inerte. Une odeur de sang et de mort lui monta au nez. Elle poussa un cri d'horreur au moment même où la porte fut défoncée brusquement. La lumière l'aveugla. Elle s'évanouit avant même de distinguer son collègue l'inspecteur Azzaroni.

Dix minutes plus tard, elle reprenait connaissance devant un attroupement de policiers mitraillette au poing, au moment même où Alberto Livi, alerté par l'inspecteur Azzaroni, pénétrait à son tour. Le cadavre du proxénète Ricardo gisait sous la fenêtre, le corps criblé de balles, le pistolet d'Antonella à deux mètres de lui. Antonella voulut dire quelque chose, mais Alberto lui fit signe de se taire. Il ordonna à Azzaroni de faire son travail normalement et aida son inspecteur à se relever.

Quelques instants plus tard, ils roulaient à 180 à l'heure sur l'autoroute. Un silence de mort régnait dans l'Alfa Roméo.

— Même toi, tu auras du mal à me croire, dit-elle enfin.

— Tu es vivante, c'est l'essentiel.

— Je ne l'ai pas tué...

— Arrête et remercie la Sainte Vierge !

— La maison ! cria-t-elle en s'emparant du combiné.

Alberto tenta de la rassurer pendant qu'elle composait son numéro d'une main tremblante.

— La petite ? La petite ? elle est là ? réponds, elle est là ? hurla-t-elle, hystérique.

— Elle dort...

Elle raccrocha et se mit à sangloter.

Sarah était penchée sur un livre dans la salle des archives quand elle reçut une tape sur l'épaule. Elle fit semblant de sursauter. Le cardinal del Sarto, un large sourire dévoilant des dents pleines de nicotine, lui dit d'une voix gaie.

— N'ayez pas peur, Véronique. Ce n'est pas le fantôme de la bibliothèque !

Sarah le dévisagea sans comprendre.

— Ah, vous n'êtes pas au courant ? Alors tant mieux.

— Y a-t-il un fantôme ici ?

Le cardinal eut l'air d'hésiter.

— Je n'ai pas peur des fantômes. J'en ai vu assez au Liban, vous savez.

— Pas ici, je vous rassure tout de suite. Il se trouve dans l'annexe de la bibliothèque, dit-il en indiquant la partie est de sa main. C'est un esprit qui date de la Rome antique. On dit que sous cet endroit se trouvait un temple à la mémoire de Silvanus.

— Une ombre païenne ? demanda Sarah, sincèrement étonnée.

— Rome est un immense cimetière où les croyants sont enterrés juste au-dessus des païens.

— Un païen ici, dans le saint des saints ? Mais il faut l'exorciser !

Le cardinal sourit.

— Nous avons essayé plusieurs fois. Impossible de le faire partir. Le Seigneur n'en veut pas. Il a dû être un terrible criminel. Mais je ne suis pas venu pour vous raconter ces affreuses choses. Je suis porteur d'une bonne nouvelle.

Sarah le scruta avec impatience.

— Je vous ai trouvé un logement. Petit, mais confortable.

— Merci, monseigneur. Merci du fond du cœur.

— Il est libre à partir de la semaine prochaine pour six mois seulement. Après on verra.

Six mois c'était largement suffisant. David Ben Zion n'avait pas l'intention de s'éterniser à Rome. Ils allaient passer à la deuxième et avant-dernière phase du projet, dont elle ignorait toujours le but final.

Sarah remercia à nouveau en baisant la main du cardinal puis fit semblant de poursuivre sa lecture. Il était vingt-trois heures. A minuit, elle devait rencontrer David.

Deux semaines s'étaient écoulées depuis l'affaire de l'inspecteur Cocchetti, comme la presse l'avait baptisée. Durant les premiers jours, la presse l'avait traitée en héroïne. Antonella aurait réglé le cas Ricardo lors d'un véritable combat de gladiateurs. Puis, quelques voix s'étaient élevées contre « ces méthodes dignes de la mafia ». Le juge de la Cour suprême, dans un article retentissant, avait exigé qu'une commission d'enquête composée de trois juges indépendants fasse toute la lumière sur cette affaire. Les journaux regorgeaient de sondages en tout genre. Quelle que fût la forme des questions posées, l'inspecteur Antonella Cocchetti était auréolée. Elle était devenue le symbole de la nouvelle police. Un producteur de cinéma travaillait déjà sur un scénario et il espérait qu'elle accepterait de jouer son propre rôle. Certains journaux pariaient que le fameux Agostino Voltaire, pseudonyme du commissaire Alberto Livi, était certainement en train d'écrire un livre sur ce sujet.

En réalité Antonella comme son patron étaient anéantis. C'est lui qui lui avait conseillé de donner la version reprise par les medias qui l'avaient transformée à leur manière. Selon son témoignage, elle était sortie de son bureau vers vingt-deux heures et s'était dirigée vers le parking pour prendre sa voiture. Ricardo, assis à l'arrière, l'avait menacée d'un couteau. Suivant ses instructions, le couteau sur la nuque, elle s'était rendue dans une résidence secondaire, vide. Là, il avait tenté de la violer avant de la tuer. Dans un moment d'inattention, elle s'était jetée sur son pistolet posé à même le sol et l'avait abattu en état de légitime défense. Elle avait vidé son chargeur sur lui parce qu'il s'était lancé sur elle, le couteau à la main. Puis elle avait perdu connaissance. Sur les recommandations d'Alberto, l'inspecteur Azzaroni s'était gardé de raconter à la presse qu'un coup de fil anonyme lui avait indiqué le lieu du crime.

Par crainte de représailles, Antonella avait été évacuée dans un lieu sûr. Son mari et sa fille étaient protégés par une dizaine de policiers armés jusqu'aux dents, vingt-quatre heures sur vingt-quatre. Sa vie était devenue un enfer. La veille, Antonella avait reçu une enveloppe brune, postée de Sicile à l'adresse de son commissariat. Alberto lui apportait le courrier de bonne heure. Il était le seul à pouvoir lui rendre visite en dehors du préfet de police.

Elle avait failli s'évanouir quand elle avait découvert les photos. Cinq au total. Elle et Ricardo, nus. Dans des positions qui ne prêtaient à aucune confusion. Deux phrases tapées à la machine accompagnaient les photos : « Les négatifs vous seront rendus dans six mois. A condition de rester sage jusque-là ! »

— Tiens, dit-elle en jetant les photos sur la table.

Alberto les étudia longuement, avant de déclarer d'un ton étrangement calme.

— Enfin une piste, un signal.

Antonella le regarda d'un air méprisable.

— C'est tout ce que tu trouves à dire ? Tu te rends compte de ce qui m'est arrivé ! Et de ce qui va arriver si la presse...

— Calme-toi. Ces clichés ne sont pas destinés à la presse. Ils sont un moyen efficace pour nous obliger à nous tenir à carreau.

En deux semaines, ils s'étaient torturé les méninges. Toutes les hypothèses, même les plus invraisemblables, avaient été traitées avec le plus grand sérieux. Une chose demeurait quasi certaine pour ces deux spectres qui se regardaient en silence. Les clés du Vatican étaient pour quelque chose dans les malheurs qui s'étaient abattus sur eux. La nuit de leurs étreintes, on avait dû placer un micro-émetteur dans son appartement tandis qu'une voiture en bas de chez lui captait leur conversation. Il lui avait confié que les clés étaient dans son coffre derrière le miroir. Ils avaient aussi parlé de Ricardo.

Cela ne les avançait guère. Antonella était hors de combat pour longtemps. Lui, il attendait impatiemment un signe des cambrioleurs. Mais qui étaient-ils ? Ils étaient tous les deux coincés, pris à la gorge. Elle avait menti. Lui aussi. Alberto n'avait pas fait de déclaration de vol. Il s'était contenté de signaler la disparition de son portefeuille boursier, de ses titres et chéquiers à la banque. Aucun prélèvement sur son compte personnel n'avait été effectué depuis le cambriolage. Il n'avait pas mentionné l'argent liquide. L'équivalent en lires de deux cent mille dollars. Antonella, à qui il avait fini par l'avouer, avait été assommée par l'importance de la somme volée.

— Que propose Agostino Voltaire ? demanda-t-elle d'un ton ironique. Alberto regretta de s'être livré. Elle perdait souvent le contrôle de la situation. Ils s'étaient déjà disputés. Elle l'accusant de l'avoir laissée aller seule au Vatican pendant qu'il s'envoyait en l'air avec une autre femme. Dans un moment de colère, elle l'avait même accusé d'avoir monté le coup de Ricardo pour l'éloigner de l'affaire. Lui se contentait d'encaisser en maudissant le jour où, dans un moment de faiblesse, il avait décidé de l'associer à cette enquête.

— Reprenons depuis le début, veux-tu ? dit-il d'une voix conciliante.

Antonella enfouit les photos dans l'enveloppe et s'assit en face de lui. Son visage exprimait une fatigue qui désespéra Alberto. Il le dissimula de son mieux et commença à parler d'une voix qui se voulait calme.

— Oublions les clés un instant.

Il commençait toujours par cette phrase, comme s'il refusait d'admettre qu'il pourrait y avoir un lien même ténu, même indirect, entre leur mésaventure et ces maudites clés.

Il parla dix minutes comme un automate, ressassant les hypothèses lentement, comme s'il les émettait pour la première fois. Antonella ne l'écoutait plus. Ses pensées demeuraient dans l'enveloppe. Quelqu'un détenait les négatifs. Et ce quelqu'un avait un pouvoir de vie ou de mort sur elle. Si la presse s'en emparait, elle serait bonne pour le bûcher.

Alberto poursuivait son raisonnement et parvint à la phase finale. Antonella secoua la tête comme si elle sortait d'un long sommeil.

— Le fait que ces deux événements soient arrivés le lendemain de notre... de la soirée chez moi rend crédible l'hypothèse d'un micro-émetteur dans mon appartement. Micro enlevé le jour du cambriolage, c'est-à-dire le lendemain.

Alberto avait fait venir un spécialiste de son service pour vérifier son appartement. On n'avait rien trouvé qui ressemblât à un micro.

Il bondit subitement de sa chaise. Antonella eut un mouvement de recul, esquissant une grimace.

— Le micro est sur toi ! C'est toi qui le traînes, sur toi, j'en suis sûr. Comment auraient-ils pu te suivre au Vatican ? Qui savait que tu irais là-bas, sinon nous deux ? Souviens-toi, je t'en avais parlé dans mon bureau quand le juge est parti.

Antonella parut intéressée.

— Mais oui, bien sûr !

Elle le regarda, l'air effrayé, comme si la peste l'avait contaminée.

— Sur moi ?

— Dans l'un de tes objets. Un truc que tu portes en permanence. Ta montre, ton sac. Oui, ton sac. Où est-il ?

— Lequel ? J'en ai sept !

— Celui que tu portais chez moi et celui que tu portais au bureau le lendemain.

Antonella réfléchit un instant.

— Deux sacs différents. Chez toi j'avais emporté mon plus beau. Un faux Chanel acheté à Agadir. Le lendemain j'avais un faux Cartier. Celui que je porte au travail.

— Qu'est-ce que tu as à l'intérieur ?

— Des affaires de femme.

— Quelqu'un t'a offert...

— Hélas ! On ne m'offre jamais rien, coupa Antonella.

— Réfléchis bien. La clé du mystère est là, j'en suis sûr. C'est toi qui trimballes ce putain de micro. Vide tes sacs.

Elle s'exécuta sans rien dire. Elle se leva et alla

chercher son sac posé sur la cheminée. Quelques instants plus tard, Alberto, concentré sur lui-même, examinait un par un les différents objets. Il s'empara du flacon de Capucci, ouvrit le bouchon qu'il tâta avec son index, puis le referma.

— J'ai menti. Le Capucci, c'est mon mari qui me l'a offert, avoua-t-elle.

— Quand ?

— Je ne sais pas. Ah ! si, le jour où je suis venue chez toi. Je me souviens parce que je m'en étais mis partout...

Alberto l'examina à nouveau. Il tira un canif de sa poche et l'enfonça à l'intérieur du bouchon.

A huit cents mètres de là, une camionnette démarra en trombe.

Sarah fit son lit et alluma la bouilloire électrique. La chance lui souriait. Son studio se trouvait à l'autre extrémité de l'annexe nord de la gare, à l'opposé de la chambre de Paolo. Une chambre de dix mètres carrés, une petite cuisine et une douche. Dans ce coin isolé, à l'abri des regards indiscrets, elle jouissait d'une liberté de mouvement inespérée. Elle prépara un café fort et le but debout. On était vendredi matin. Le lendemain soir à minuit, Paolo, comme son cousin en avait l'habitude une fois par mois, allait descendre dans le cénotaphe en compagnie cette fois du cardinal del Sarto.

Il était dix heures quand elle frappa six coups, puis neuf coups à la porte de David. La porte s'ouvrit et Sarah pénétra dans le hall. Un agent lui passa un détecteur de micro de la taille d'une boîte d'allumettes sur le corps et sur ses affaires. Le contrôle était négatif. Elle entra dans le salon et David fit un signe à ses deux gardes du corps. Ils disparurent en silence dans le jardin. La maison était située dans la banlieue sud de Rome, à l'abri des curieux éventuels. Pour y arriver, Sarah s'était entourée des précautions d'usage. Deux agents du Mossad arrivés dix jours plus tôt des Etats-Unis et deux autres d'Algérie la protégeaient de très près. Personne ne l'avait suivie.

— Ils ont découvert les micros, dit David, irrité.

Sarah esquissa une grimace.

— Je ne pense pas qu'ils tenteront quoi que ce soit. Mais je ne suis sûr de rien. On tient la femme. Mais ce juif m'inquiète et commence à me taper sur le système nerveux. Qu'est-ce qu'il fout dans la police avec cette fortune ?

— On pourrait le kidnapper jusqu'à la fin de notre mission, suggéra Sarah.

David réfléchit rapidement.

— Je vais trouver autre chose. Il n'est jamais prudent de kidnapper un flic, surtout un commissaire aussi célèbre. Laissons « Voltaire » de côté. Il aurait pu choisir un autre pseudonyme. Le philosophe français était aussi un grand antisémite. Il nous a traités « du plus abominable peuple de la terre ». Peut-être Livi ne le sait-il pas ?

David réfléchit. Cette affaire le contrariait plus qu'il ne voulait se l'avouer. Il venait d'arriver de Tel-Aviv pour assister le lendemain à la descente de Paolo et du cardinal dans la cave. Le plus sûr était de se débarrasser du commissaire. Il pourrait le faire muter dans une autre ville. Un coup de fil au patron des services secrets italiens et Livi se retrouverait directeur de prison en Sicile. Mais cette demande soulèverait des soupçons. Il pouvait le dénoncer au fisc, à la presse, à la mafia, il pouvait faire ce qu'il voulait de sa vie. Il pouvait même le tuer. Il suffisait qu'il hoche la tête et le cœur de Livi s'arrêterait net. Mais Lévi était un nom sacré. Comme dans beaucoup de pays, le Mossad avait ses propres correspondants en Italie. Une cinquantaine à Rome. La plupart croyaient travailler pour la CIA. Ils étaient employés d'hôtel de luxe, chauffeurs particuliers, hauts fonctionnaires aux ministères de l'Intérieur, de la Défense, des Affaires étrangères et même dans la police. Rien ne l'empêchait de le recruter. Mais depuis le scandale de l'affaire Polar aux Etats-Unis[1], le Mossad avait décidé de ne plus faire appel aux juifs de la diaspora.

Sarah l'observait sans broncher. Elle savait qu'il tentait de trouver un moyen propre d'éloigner Livi le plus loin possible sans lui causer trop de mal. Plus le patron du Mossad réfléchissait, plus les remords s'accumulaient dans l'esprit du colonel Sarah. Tout cela était de sa faute. Depuis quelques semaines, cette affaire rongeait leur énergie.

— Dans un mois, un agent de la « maison » va être reçu comme membre à part entière au collège éthiopien du Vatican, dit David calmement. Je viens d'en recevoir la confirmation.

— Avraham ? demanda Sarah.

David acquiesça d'un mouvement de tête.

— Auparavant, tu devras le rencontrer pour le briefer. Arrange-toi pour te libérer le week-end prochain. Il t'attend au Caire. Tu en es où avec del Sarto ? demanda-t-il à brûle-pourpoint.

— Il est venu me rendre visite dans ma chambre une fois. Quelques minutes seulement. Il me parle comme si j'étais sa fille. Il est très gentil.

— Il n'a rien essayé ?

— Non. Pourtant je fais ce qu'il faut pour...

— Continue. Il finira par succomber.

Sarah encaissa le compliment sans broncher.

— Tu es sûre pour demain ?

Sarah hocha la tête.

— Alors, rendez-vous à vingt heures.

Il fit quelques pas dans le salon et revint vers elle.

1. Jonathan Polar, officier de la marine américaine d'origine juive arrêté et jugé pour espionnage en faveur d'Israël en 1988.

— Pour le commissaire, laisse Rebecca s'en occuper.

Le contact eut lieu le soir même sans difficulté. Le commissaire Alberto Livi se présenta seul au Harry's Bar, dans la Via Veneto. Des gens attendaient à l'entrée. Rebecca surgit subitement devant lui. Leurs regards se rencontrèrent une seconde. Rebecca se pinça les lèvres, l'air de réfléchir.

— Attendez, ne dites rien. Je vous ai déjà vu, j'en suis sûre !

— A la télé, probablement, lança Alberto nonchalant en la déshabillant du regard.

— Impossible, je ne regarde jamais la télé.

Alberto esquissa un sourire dépité.

Quelques instants plus tard, Alberto avait réussi à la convaincre de partager son repas.

— C'est la première fois que vous venez ici ?

— Je suis déjà venue avec mon père. Les crêpes au saumon sont délicieuses, affirma Rebecca, alors qu'elle n'avait jamais mis les pieds dans ce restaurant.

— Je vous recommande les *fettucine alla moda della casa*. Laissez-moi composer votre menu.

Alberto passa la commande et se tourna vers elle.

— Je suis gênée. Vous savez, j'étais venue juste pour prendre deux crêpes au bar et m'en aller.

Alberto eut du mal à dissimuler son intérêt pour cette ravissante beauté. Il passa ses doigts sur la barbe de cinq jours sans la quitter des yeux.

— Je m'appelle Martine et je suis égyptienne, finit-elle par dire.

— Je vous prie de m'excuser. Ma mère me traitait souvent de sauvage. Je m'appelle Livi. Alberto Livi.

— Je n'ai pas eu le temps de vous préciser que je paye ma part.

Alberto se crut un instant aux Etats-Unis ou en Scandinavie. Puis il pensa que son nom avait probablement soulevé une hostilité chez l'Egyptienne. Il faillit se justifier, raconter pour la mille et unième fois qu'il n'était pas juif.

— Une Egyptienne à Rome, c'est très exotique ! Et vous faites quoi ici ?

— Une année de littérature italienne à la faculté de lettres.

Rebecca n'avait pas menti. Elle était inscrite à la faculté de lettres où elle se rendait deux fois par semaine. Elle lui parla de ses futurs projets. Elle comptait s'installer à Paris pour y passer un doctorat, puis peut-être retourner à Alexandrie. Alberto l'écoutait, ébloui. Il avait oublié ses soucis et avait une seule idée en tête : passer la nuit avec cette beauté orientale. Rebecca était brune. Rares étaient les hommes qui pouvaient résister plus d'une minute à ses grands yeux verts brillants. Même Alberto, grand séducteur devant l'Eternel, fuyait son regard par moments. Ses oreilles se dressèrent quand il apprit qu'elle allait bientôt travailler à Radio-Vatican, comme traductrice.

Le serveur arriva et posa les plats.

— Le commissaire est servi, cria le garçon.

— Vous êtes de la police ? Ah ! à présent je comprends pourquoi on vous a vite donné une table alors que tous ces malheureux là-bas font la queue, dit-elle en montrant la porte de la main.

— Police judiciaire, rectifia Alberto, l'air embarrassé, en se tournant vers le garçon qui venait de remplir son verre. Il goûta et acquiesça du regard. Le serveur emplit le verre de Rebecca et posa la bouteille de sorte qu'elle puisse lire l'étiquette. Un château Margaux 82.

— *Very exciting !* lança Rebecca.

— 82 est un grand millésime...

— Je parlais de votre métier. Vous connaissez

l'inspecteur... son nom m'échappe. La presse ne parle que d'elle. Celle qui a étranglé un trafiquant de drogue...

— Pour une journaliste, vous êtes plutôt mal informée.

— Je suis traductrice, pas journaliste.

— Exact. Alors vous êtes excusée.

Il précisa que la victime était proxénète et receleur et qu'il avait assassiné une jeune Allemande.

— Vous portez une arme sur vous ? Comme James Bond ?

Alberto ouvrit sa veste noire en lin et lui montra, non sans fierté, la crosse de son Beretta dans son étui sous l'aisselle.

— Ouah ! s'écria le lieutenant-colonel du Mossad faussement impressionnée.

Ils trinquèrent. Parlèrent de la vie à Rome, de son futur poste de traductrice au Vatican. Alberto tentait de deviner son corps. Puis ses pensées le ramenèrent à la triste réalité. Les deux micros-émetteurs trouvés dans la boîte de maquillage et le parfum d'Antonella avaient confirmé la thèse qu'il redoutait le plus : celle des services secrets.

— Etes-vous croyant ? demanda-t-elle subitement.

Alberto la fixa, surpris.

— Ça dépend des jours, dit-il en prenant son verre.

— C'est-à-dire que vous allez à la synagogue un vendredi sur deux.

Alberto faillit lui dire qu'il était catholique. Mais il n'avait pas envie de parler de ce sujet. De toute façon, pour lui, israélite ou chrétien c'était la même chose. La même foi, la même morale, la même culture.

— Un sur quatre, dit-il, l'œil souriant.

— Et Dieu ?

— Dieu ?

Il haussa les épaules.

— Je m'efforce de le déranger le moins possible. Il a assez de boulot avec tous les criminels en liberté.

Il regarda sa montre.

— Quelle heure est-il ? demanda-t-elle, subitement.

— Vingt-deux heures.

— Je dois rentrer.

Alberto éclata de rire.

— Une fille comme vous au lit maintenant ? Pourquoi pas minuit ? Ou une heure ? Ce serait plus humain.

— J'ai un examen important lundi.

— Dommage. J'avais l'intention de vous apprendre le tango. Ce sera pour la prochaine fois, j'espère.

Rebecca posa sur lui ses grands yeux verts. Elle souriait. Il lui rendit son sourire en soutenant son regard. Dieu lui avait envoyé cette beauté incroyable pour l'aider à pénétrer le Vatican. Car il n'y avait pas l'ombre d'un doute qu'il poursuivrait cette affaire. Sans Antonella, bien sûr. Il n'aurait jamais dû l'associer à son projet. Il avait décidé d'attendre une ou deux semaines que les choses se calment avant de repartir à la charge. Rebecca, tout en lui souriant, pensait aux deux agents du Mossad qui, à l'heure actuelle, étaient en train de poser chez lui des micros-émetteurs sophistiqués, insensibles aux détecteurs. A l'intérieur du canapé du salon, dans ses vestes, dans les talons de ses Berluti. Assis au bar, un autre agent les surveillait à travers le miroir. Au cas où Alberto s'en irait plus tôt que prévu, il alerterait ses collègues. Si celui que David croyait être juif n'arrêtait pas son enquête, il le saurait très vite. Et là, juif ou pas, David se fâcherait.

— Je vous dois combien ? demanda Rebecca.

— Disons que la prochaine fois vous m'inviterez.

— Exclu. Je paye ma part. J'ai toujours payé ma part.

— Vous me rappelez les Américaines...

Elle appela le serveur et demanda l'addition. Le serveur dévisagea Alberto qui détourna le regard, gêné. Demain tout Rome allait savoir que le fameux commissaire se faisait entretenir.

— Vous êtes sûr que...

— Soyez cool, monsieur Lévy. Ce n'est pas la fin du monde. On se connaît depuis deux heures seulement. Je ne vous dois rien et vous non plus.

— Livi, pas Lévy. Livi, rectifia Alberto.

— J'ai connu un Livi à Alexandrie. Il était aussi d'origine italienne...

Le serveur posa l'addition sur une soucoupe devant Alberto.

— Vous me devez cinquante mille lires.

— Vous êtes peut-être un bon flic, mais un mauvais comptable. C'est à peine le prix d'une gorgée de château Margaux.

Elle lui prit l'addition des mains et l'étudia attentivement. Puis elle laissa trois cent mille lires sur la table.

— Ce Livi égyptien dont vous parliez à l'instant, était-il israélite ?

Rebecca le regarda, surprise de la question.

— Il était rabbin.

Alberto semblait intéressé.

— Vous parlez de lui au passé...

— Il est mort, il y a dix ans. Sa fille était avec moi à l'école.

— C'est drôle, dit-il pensivement.

— Qu'est-ce qui est drôle ? D'être rabbin ?

— Non, non. C'est drôle parce que moi, je ne suis pas israélite.

Rebecca le fixa d'un air interrogateur.

— Je suis baptisé, fils de baptisé, petit-fils de baptisé et arrière-petit-fils de baptisé. J'ai même un oncle curé et qui se nomme Livi. J'ai été élevé dans la religion catholique et il m'arrive même d'aller à la messe un dimanche sur quatre.

Rebecca l'avait écouté attentive, en fixant un point invisible à un centimètre au-dessus de sa tête. L'homme en face d'elle, séduisant au demeurant, venait de signer sa condamnation à mort.

— Et vous ? Vous êtes musulmane ?

— Quand un Arabe porte un prénom européen, c'est qu'il est chrétien et baptisé comme vous, dit-elle en se levant, un sourire victorieux aux lèvres.

— Puis-je vous raccompagner ? Vous ne trouverez pas de taxi libre à cette heure-ci...

Rebecca fit semblant d'hésiter.

— A une condition.

— Payer l'essence ?

— Non, puisque vous ne la payez pas vous-même !

— Alors ?

— De rester élégant...

— Martine !

4

Le ciel était gris, lourd et menaçant. La météorologie avait promis des orages pour le week-end. Au Vatican, les touristes, pèlerins, religieux ou fonctionnaires de la curie romaine se précipitaient vers les cinq portes-frontières de la cité. Les gardes suisses, des hallebardiers en tenue Renaissance, raides telles des statues devant les grilles, surveillaient ce mouvement humain. Les portes allaient se fermer dans quelques minutes.

Un éclair illumina le dôme de la basilique Saint-Pierre. David Ben Zion compta mentalement jusqu'à quatre, comme il le faisait quand il était enfant dans les champs d'Israël, et la terre se mit à trembler sous lui. Dissimulé dans l'obscurité entre deux tombes, il observait depuis une demi-heure Paolo assis dans sa guérite. Vêtu d'une soutane et d'un chapeau noirs, un ciré noir sur les épaules, David était entré par la Porte de Bronze avec un laissez-passer spécial à vingt heures trente et s'était d'abord dirigé vers la basilique. Puis, il avait suivi le chemin qui menait à l'arc des Cloches devant l'entrée de la salle des bénédictions. Là, il avait obliqué vers la gauche et quelques instants plus tard, il s'était trouvé dans la Via della Sacrista, la rue parallèle au cimetière teutonique. Au même moment, Paolo quittait sa guérite pour aller dîner. Les deux hommes s'étaient croisés dans l'obscurité. David avait fait semblant de se diriger vers l'entrée de la salle des audiences Paul-VI et, après un rapide regard circulaire, il avait sauté par-dessus la rangée de bosquets qui séparait le cimetière du bâtiment et s'était retrouvé derrière la guérite de Paolo. Là, dans le noir, il s'était glissé entre deux tombes à vingt mètres du cénotaphe localisé par Sarah.

A vingt-deux heures, deux gardes suisses étaient venus inspecter le cimetière. Ils avaient contourné les allées d'un pas rapide et étaient ressortis aussi vite qu'ils étaient arrivés. Paolo était revenu vers vingt-deux heures trente. Malgré le froid, David avait souri de joie dans le noir. Le retour de Paolo signifiait que Sarah avait raison. Il allait descendre dans le cénotaphe avec le cardinal. De sa place, il suffisait qu'il lève la tête de dix centimètres pour apercevoir Paolo dans sa guérite. Il préférait demeurer dans cette position et attendre l'arrivée du cardinal del Sarto vers minuit. Si Paolo était revenu, c'est que le cardinal, malgré le froid et la pluie qui commençait à tomber, allait bientôt faire son apparition. David ne sentait pas la pluie qui s'abattait sur son ciré. L'eau allait très vite pénétrer son corps. Allongé sur le ventre, il respirait lentement, la tête posée sur ses mains croisées. La pluie tombait de plus en plus fort. D'après leur plan, Sarah viendrait quelques secondes après le cardinal, équipée d'un capteur de son dissimulé dans un walkman. Elle ne devait pas être très loin de lui. David ferma les yeux. Cette position lui rappela l'armée. Avant de suivre la rude école des pilotes de chasse israéliens, il avait tenu à s'engager dans les parachutistes. Cent fois, il s'était trouvé dans cette position à attendre que les terroristes franchissent la frontière avant de les abattre. A présent, il attendait que le numéro deux du Vatican le conduise là où se trouvait le chandelier du Temple, selon sa vision. Son cœur battait normalement sur la terre dure.

L'image qui l'obsédait depuis des mois le frappa à nouveau. Il marchait dans Jérusalem, le chandelier tiré par dix juifs romains, la foule en délire. Un éclair illumina le cimetière au moment même où il entendit un bruit. L'eau avait pénétré ses chaussures, trempant ses pieds. Subitement, il sentit comme un coup de poing dans son dos accompagné d'un miaulement. Son cœur se mit à cogner dans sa poitrine mais il ne broncha pas. L'animal glissa sur son ciré et retomba sur ses pattes. Le bruit des pas se rapprochait. Un gros chat noir au regard lumineux et craintif se blottit contre lui, cherchant une protection. Un nouvel éclair, suivi d'un coup de tonnerre, fit fuir l'animal qui fila vers la haie. David entendit une voix. Puis une autre. Il patienta quelques secondes avant de lever la tête. Deux hommes se tenaient debout sous un immense parapluie. Ils parlaient à voix basse, comme s'ils craignaient d'être entendus. David éprouva un sentiment d'inquiétude. Le cardinal était probablement venu annuler l'opération en raison de la pluie. Il chercha Sarah dans le noir. Il ne vit que l'ombre des arbres danser sur des tombes.

Les deux hommes se dirigèrent enfin vers l'est, et David put se mettre à genoux pour mieux les observer. Ils s'arrêtèrent devant le cénotaphe et Paolo y pénétra le premier, suivi du cardinal. Une ombre surgit brusquement à trois mètres de David. C'était Sarah. Ils patientèrent une minute, puis David, sur un signe de tête de la jeune femme, se mit à ramper en direction du tombeau. Six mètres plus loin, il s'arrêta, parcourut le cimetière d'un regard habitué aux ténèbres et fit un signe de tête à Sarah qui rampa aussitôt vers lui. Elle lui remit le walkman. David poursuivit sa reptation jusqu'au cénotaphe, se posta derrière le tombeau et régla le walkman.

Il était deux heures dix-huit quand les deux hommes ressortirent du cénotaphe. David avait regagné son poste d'observation deux minutes plus tôt. Il attendit qu'ils disparaissent et sortit de sa cachette. Quelques instants plus tard, longeant la haie du cimetière, il avait atteint la Via della Sacrista. Un garde suisse surgit subitement derrière lui. David ralentit le pas et le salua de la main en lui souhaitant *buona notte*. Le garde inclina la tête comme pour l'identifier.

— Vous êtes de la cité ? demanda-t-il avec un accent allemand.

— Oui, mon fils. Je suis l'invité personnel du cardinal Angello Carpino, répondit-il avec un accent berlinois.

Le garde suisse parut enchanté. Il voulut engager la conversation mais David murmura, la tête sous son capuchon :

— J'aime la méditation sous la pluie. Bonne nuit.

Le garde suisse tourna les talons et s'en alla. David aspira une bouffée d'air et reprit sa marche. Au bout de la rue, il reconnut la silhouette de Sarah derrière un arbre. D'un bond, il se trouva à ses côtés. Ils parlèrent longuement à voix basse, puis Sarah s'en alla. David demeura à sa place, jusqu'à l'aube.

Le grand auditorium de l'université de Jérusalem était plein à craquer. Le débat, annoncé à grand renfort de publicité dans les medias deux semaines plus tôt, allait commencer d'un moment à l'autre. La confrontation entre les deux antagonistes assis face à face, séparés par le recteur de l'université, promettait d'être violente. D'un côté le grand rabbin de New York, Meyerson, orthodoxe pur et dur, de l'autre, le rabbin Goldman, président de la communauté américaine des juifs réformés. Le recteur, professeur de théologie, avait accepté d'animer le débat. Deux juifs de la diaspora allaient débattre en hébreu avec un fort accent américain. La presse les avait déjà présentés comme « Shammai contre Hillel » en référence aux deux grands rabbins qui avaient vécu un siècle avant l'ère chrétienne et qui symbolisaient les deux grandes tendances du judaïsme. Le rabbin Meyerson était supposé être le fidèle successeur et héritier de Shammai tandis que l'autre incarnait Hillel, le libéral. Le thème était classique, éternel, débattu à satiété avant la destruction de Jérusalem et du Temple, interrompu par deux mille ans d'exil et ranimé avec la création de l'Etat d'Israël : Qu'est-ce qu'un juif ? Mais cette fois, l'enjeu était capital. Les libéraux ou réformés constituaient la majorité des seize millions de juifs à travers le monde et un pouvoir économique considérable dont l'Etat d'Israël était le grand bénéficiaire. Plus de 80 % d'entre eux s'opposaient à la reconstruction du Temple de Jérusalem. David Ben Zion était assis au premier rang en compagnie d'Esther. Il était revenu de Rome deux jours plus tôt, la tête pleine d'idées noires. Ce qu'il avait réussi à capter interdisait tout optimisme. Du bruit, du bruit et seulement du bruit. Du bruit de clés, des grincements de portes en fer, de respiration asthmatique, de pas sans nombre, quelques mots : « Attention », « Courbez-vous », « Donnez-moi la torche », puis des chuchotements inaudibles. Rien de ce qu'il avait imaginé, espéré dans le froid et la pluie. Il avait décidé de passer à l'action très bientôt. Avant la Pâque juive. Donner le temps à son agent d'intégrer le collège éthiopien. Il devait arriver à la fin du mois de janvier. La Pâque juive tombait la première semaine d'avril. Encore deux mois, pensa-t-il. Il irait s'installer dans la capitale italienne dès la mi-février. C'est lui et lui seul qui allait mener les opérations. Il révisa mentalement son plan.

Le recteur déclara le débat ouvert et David mit fin

à ses pensées. Il parlait d'une voix lente et grave. Il commença par énumérer les règles du jeu. Chacun avait trois minutes pour répondre et ne devait en aucun cas interrompre l'autre. Il posa la première question en fixant les caméras de télévision qui retransmettaient le débat en direct.

— Est-ce qu'un garçon, né d'un père juif et de mère non juive, circoncis au septième jour, ayant accompli la barmitsva à treize ans et qui se sent juif a sa place parmi les enfants d'Israël ou pas ?

— Non ! hurla Meyerson avant même que le recteur ne l'invite à parler. Non, non et non ! poursuivit-il d'une voix qui ne tolérait pas la contradiction et qui annonçait la confrontation. Il est dit dans la Torah : « Tu prendras une femme de ton peuple. » Toute autre signification que celle dictée dans le Livre Saint par le souffle divin n'a aucune valeur. Pis. Poser la question c'est déjà douter de l'authenticité du Livre. Or la Torah, contrairement aux autres religions du Livre, n'est pas une œuvre écrite par l'homme, donc par définition faillible, que l'on peut, que l'on se doit même de disséquer, d'analyser, d'interpréter. La Torah, que l'Eternel nous a donnée, on la prend telle quelle ou on la rejette en bloc. Si on l'accepte, il faut en respecter les commandements à la lettre, à la virgule. Notre peuple l'avait acceptée. Il aurait pu la refuser. Ce que M. Goldman, marié lui-même avec une non-juive, veut, c'est réformer le Livre Saint. Pourquoi ? Parce qu'il s'en est éloigné.

— Au nom de l'amour et de la tolérance, interrompit Goldman furieux. Puisque vous parlez de ma femme, alors laissez-moi vous dire ceci : mon épouse est protestante. Et je l'aime telle qu'elle est. Elle a la foi en Dieu, en l'amour du prochain. Ai-je le droit de lui demander, d'exiger d'elle qu'elle change de foi ? A moins de me sentir supérieur à elle, de croire que je détiens, moi, la Vérité ? Seuls les tyrans sont convaincus de la détenir. A chaque fois qu'un homme, qu'une idée a voulu imposer sa vérité, des millions d'êtres humains en sont morts. Au nom de la vérité chrétienne, musulmane, nazie ou communiste, on a tué, massacré des dizaines de millions d'hommes.

— M. Goldman apporte de l'eau à mon moulin et je l'en remercie.

Meyerson se caressa la barbe et ajusta ses lunettes, sûr qu'il avait la parole. Mais l'autre poursuivit sur sa lancée :

— Rabbi Meyerson, vous faites partie de ces gens-là ! Vous croyez détenir la vérité, au point de rejeter la majorité des juifs qui ne sont pas d'accord avec vous et avec les conséquences dramatiques que cela implique pour la survie de notre foi.

Le recteur semblait déjà dépassé. Il jouait avec un crayon, hésitant sur la marche à suivre. Esther se pencha et chuchota à l'oreille de David : « Ça va barder ! » David hocha la tête.

— M. Goldman a raison de mentionner les crimes des chrétiens et des autres. Notre peuple a été le premier à en être la victime. Cela dit, je constate que ce monsieur qui s'est octroyé le titre de rabbin, alors qu'il s'éloigne de la Torah, tente de nous donner une leçon de tolérance en nous précisant qu'il ne souhaite pas convertir sa femme. Séparons les deux choses un instant et n'entrons pas dans ce genre de confusion. Le judaïsme est la définition même de la tolérance. Nous n'avons pas le monopole de la Torah. La terre entière y a accès. Mais la Torah est immobile comme un monument, la première merveille du monde. C'est à l'homme de venir vers la Torah. Il suffit pour cela d'effectuer le déplacement. De faire l'effort de l'étudier et, ensuite, d'en accepter les commandements. Tous les commandements. Nous n'avons jamais obligé quiconque à croire en notre Livre. Si la femme de ce monsieur veut épouser la Torah et en accepter les règles, elle est libre de le faire. Qu'elle soit noire, rouge, jaune, bossue, handicapée physique, cela n'a aucune importance. Elle sera des nôtres. A condition qu'elle le fasse par amour des commandements divins et pas pour l'amour d'un homme, fût-il juif. Moi, voyez-vous, je me suis marié avec une femme de mon peuple. Je suis donc resté dans la Loi. Bonne ou mauvaise, la question ne se pose pas pour moi. Je n'ai aucun problème d'ordre métaphysique. Je respecte la Loi. Libre à vous d'en faire autant. Libre à vous de n'en respecter que la partie qui vous convient. C'est un problème de conscience, entre vous et l'Eternel.

— Le mariage mixte a existé depuis que le judaïsme est né. Avraham s'était lié à sa servante. Elle lui a donné un fils, Ismaël. Moïse avait pour femme une nomade non juive. Les rois d'Israël, dont les plus grands David et Salomon, ont pris comme épouses des étrangères.

— Ils ne sont pas nécessairement des modèles à suivre dans ce domaine. Ce n'est pas parce que le roi David ou son fils le roi Salomon ont suivi leur instinct d'homme au lieu de respecter les commandements qu'il faut se référer à eux. Nos prophètes et nos rabbins le leur ont assez reproché à l'époque. Admettons que je décide d'être membre d'un club de bridge, pourrais-je, parce que je ne suis pas doué, ou parce que je manque de patience ou parce que le jeu me paraît trop compliqué en changer les règles à ma convenance ? On me renverra du club à juste raison. La Torah est là, à la disposition de l'humanité. Il y a des règles. Six cent treize en tout. D... n'oblige personne à les suivre. Et celui qui refuse la Torah n'est pas nécessairement un criminel ou condamné à l'enfer éternel. Le monde est plein de justes qui ignorent la Torah. Je respecte les commandements non parce qu'on m'y oblige mais parce que je le veux. Le judaïsme est un libre choix.

— Il n'y a bien sûr qu'une seule manière d'être juif : la vôtre !

— Cela ne me gêne pas que des gens comme vous le pensent aussi. Je peux étudier la médecine à la maison et me sentir médecin. Serais-je pour autant reconnu comme tel par la communauté des médecins ? Evidemment non. Et j'ajoute, heureusement pour la santé des gens. Si cela vous rassure de vous sentir médecin, grand bien vous fasse ! Mais sachez que vous n'avez ni passé ni réussi vos examens. Si malgré ces lacunes, vous vous déclarez médecin alors vous enfreignez la loi et vous êtes un escroc.

— Il y a des médecins bourrés de diplômes qui tuent leurs patients parce qu'ils ont mal interprété leur connaissance ou bien parce qu'ils n'ont pas su s'adapter au progrès de la médecine.

Goldman avait l'air triomphant. Des murmures dans la salle l'encouragèrent à poursuivre.

— Qui est le vrai, le bon médecin ? demanda Goldman en prenant l'auditoire à témoin. Celui qui tue en se réfugiant derrière ses diplômes ou celui qui sauve la vie avec des diplômes non reconnus ?

Meyerson parut contrarié. Il était clair que le public était du côté de Goldman. Il ajusta sa kippa sur sa tête, se caressa la barbe longuement comme s'il voulait par ce geste souligner son autorité spirituelle.

— Comment osez-vous vous présenter comme juif alors que vos disciples se disputent pour savoir si Jésus était messie ou seulement prophète ? Comment osez-vous prétendre être l'héritier de nos ancêtres, le détenteur de la Torah alors que vous fêtez Noël, et mangez du porc ? Que vous acceptez des femmes rabbins ? des rabbins homosexuels ? Et pourquoi pas aussi tant que vous y êtes des rabbins incirconcis ?

— Il n'est écrit nulle part dans la Torah qu'une femme ne peut pas être rabbin...

— Il n'est pas écrit non plus qu'une femme peut l'être, interrompit Meyerson. Quant aux homosexuels, il s'agit là ni plus ni moins d'un crime puisque la sodomisation est un grave péché dans notre religion.

— Je vais vous répondre. Auparavant je souhaite vous poser une question.

Il se tourna vers l'auditoire et, le prenant à témoin, il lança d'un ton calme :

— Regardez-moi ! Je suis mat de peau. J'ai les traits qui font les délices des antisémites. Mes oreilles sont légèrement décollées et mon nez est fort. Maintenant observez mon concurrent. Je vois, comme vous, un homme au teint scandinave et aux yeux bleus. Son nez est petit et retroussé. Sans la barbe et les papillotes, on le prendrait pour un Norvégien. Grâce à son physique, les nazis l'auraient épargné. Et je me dis : d'où sort-il ? Est-il l'héritier de nos ancêtres sémites ? Ou peut-être est-ce un converti ? Ou bien encore quelqu'un dont l'arrière grand-mère fut violée par un païen comme le furent des dizaines de milliers de femmes juives au cours des siècles ?

L'auditoire acquiesçait. Meyerson dominait mal sa colère.

— Maintenant je vais vous répondre, dit Goldman en se tournant vers lui. Commençons par les rabbins homosexuels. Il y en a, c'est vrai. Mais je fais confiance à Dieu. Il est capable de lire dans les cœurs des hommes, il sait reconnaître les justes. La tolérance est une de ses grandes qualités. Puisque nous sommes tous ses enfants et que Dieu est amour, il aime aussi les homosexuels, fussent-ils rabbins. Dans notre religion, un rabbin est quelqu'un qui a étudié la Loi. Il n'est pas supposé être un moraliste. Quant à Jésus, en quoi est-il interdit de se poser des questions sur le rôle qu'a joué un éminent juif dans notre histoire ? Ne nous posons-nous pas les mêmes questions à son sujet que nos ancêtres ? Jésus n'est pas un tabou pour moi. Les juifs ont eu tort de laisser les chrétiens l'accaparer. Il fait partie de notre histoire, il est des nôtres, un prophète juif qui pensait, agissait comme tel vis-à-vis de ses frères. Combien de fois dans notre histoire n'avons-nous pas maudit nos prophètes ? Tenter même de les tuer ? Il n'est pas responsable des malheurs qui nous ont frappés. D'autres le sont, pas lui. Pour moi, et je ne parle qu'en mon nom, Jésus est un prophète juif. Pour vous, il est bien sûr un criminel parce qu'il s'était opposé à l'hypocrisie du sanhédrin, parce qu'il avait témoigné sa sympathie aux Samaritains qui étaient des juifs pieux mais non reconnus par les gens comme vous. Quant au porc, je n'en mange jamais. Qu'il y ait des juifs qui en mangent, je ne vois pas au nom de quoi je leur jetterais la pierre. Le judaïsme est une affaire entre Dieu et l'homme. Pas entre l'homme et l'homme. Or vous n'êtes qu'un homme !

— Pourquoi demandez-vous mon approbation alors ? N'est-ce pas parce que vous avez mauvaise conscience ? Parce que vous savez que vous vous êtes éloigné de la Torah ? Je ne suis pas un juge. Je suis là pour défendre la Torah, pour vous dire haut et fort que vous n'êtes pas digne d'être des nôtres. Cela ne signifie en aucun cas que vous êtes un homme indigne. Loin de là. Mais vous n'êtes pas juif, un point c'est tout.

— Heureusement que vous êtes là pour nous le dire. Que ferez-vous quand nous serons 95 % ? Vous allez rester dans votre petit ghetto, sûr de détenir la vérité ?

Meyerson se gratta la barbe et esquissa un sourire.

— Le judaïsme a toujours constitué une infime minorité. Vous pouvez représenter 99,99 %. Cela ne me gêne pas. Il restera toujours une poignée de juifs qui respectera les commandements à la lettre quoi qu'il arrive.

— Pour nous un juif est quelqu'un qui est né de père ou de mère juif. Nous ne faisons pas de distinction entre l'homme et la femme. Souvenez-vous de cet idolâtre qui était venu voir Shammai pour lui demander de le convertir à notre religion pendant qu'il se tiendrait sur une seule jambe. Shammai l'avait renvoyé. Hillel que l'idolâtre alla voir ensuite lui répondit : « Ne fais pas à ton prochain ce que tu ne voudrais pas qu'on te fît. Le reste n'est qu'interprétation, va et étudie ! » Hillel a gagné un idolâtre grâce à son sens de la pédagogie, à sa tolérance. C'est exactement ce que nous faisons et nous gagnons tous les jours. Nous accueillons les demi-juifs, les trois quarts, etc., comme des enfants prodigues.

— Accueillez qui vous voulez, gérez votre business comme vous l'entendez, fêtez Noël et la Pâque juive, allez à la synagogue le vendredi et à la messe le dimanche. Mariez-vous avec une non-juive et criez haut et fort qu'elle est plus juive que vous, qu'elle respecte Yom Kippour et que sais-je encore ? Tout cela ne m'intéresse pas. C'est vous qui avez un problème, pas moi. Je suis juif et je me conforme aux règles de notre foi. Si le peuple juif existe encore aujourd'hui, c'est grâce à nous. Vous, vous faites partie de ces juifs qui, par peur, par infidélité acceptaient l'assimilation jusqu'à la conversion. Imaginez-vous un étranger qui souhaite acquérir une nationalité et exige par-là même que le pays change de drapeau parce que la combinaison des couleurs ne lui convient pas ? Je ne cherche pas à changer les règles ou à en éliminer quelques-unes. A chaque fois que cela a été le cas, on a eu des nouvelles religions. Les premiers chrétiens étaient des juifs pieux. Ils croyaient que Jésus était le Messie et qu'il reviendrait pour accomplir les prophéties. Les disciples de Jésus, ses apôtres, étaient des juifs aussi pieux que moi. Un païen, Saül de Tarse, saint Paul, mal converti à notre religion a d'abord voulu réformer la Torah pour l'adapter à la mentalité et aux mœurs des païens. Devant la difficulté de la tâche, il a aboli la Torah et le christianisme est né. Vous êtes en train de suivre le même chemin. Vous commencez par réformer le Livre, puis petit à petit vous serez obligé de le brûler et vous deviendrez chrétien. Vous l'êtes déjà et vous ne vous en rendez pas compte. Moi ici j'ai l'impression de débattre avec un chrétien, pas avec quelqu'un qui se veut juif.

— Un juif est-il supérieur à un chrétien ?

Le recteur avait abandonné toute ingérence dans le débat. Pour justifier sa passivité, il faisait semblant de prendre des notes sur son bloc.

— Pourquoi défendez-vous les chrétiens sinon parce que vous pensez que vous êtes comme eux ? Bien sûr vous attendez de moi que je vous dise que je suis supérieur. Mais cette question qui a coûté la vie à des millions de juifs au cours des siècles est stupide. Le juif a passé un pacte avec l'Eternel sur le mont Sinaï il y a quatre mille ans. Beaucoup d'entre nous ont résilié unilatéralement ce contrat. Ils se sont convertis à d'autres religions, sont devenus mécréants, d'autres encore, comme vous ici présent, essayent d'interpréter ce contrat à leur convenance. Mais ce contrat ne comporte aucune clause sujette à une libre interprétation. Vous me demandez si je pense qu'un juif est supérieur à un chrétien ? Je dirai qu'il est fidèle au texte. Ni plus ni moins.

— Mais il est selon vous l'Elu ! Donc supérieur à nous autres qui ne sommes pas aussi fidèles que vous ?

— Un homme est fidèle à sa femme ou il ne l'est pas. Il n'y a pas de semi-fidélité dans le couple. Le juif et la Torah c'est la même chose. Ils forment un couple. Un Elu n'est pas nécessairement un être supérieur. L'Eternel est plus exigeant à son égard. Il a le même rôle que l'aîné dans une famille nombreuse. L'Elu que je suis est d'abord et avant tout fidèle à la Loi, responsable vis-à-vis d'elle. Entièrement, totalement, même et surtout en pensées. Ce sont les autres qui perçoivent le juif comme supérieur. Dans ce cas, l'autre a le choix entre devenir lui aussi l'Elu, pour cela il n'a qu'à décider d'épouser la Torah, ou bien tuer l'Elu pour prendre sa place. C'est ce que le christianisme par exemple a fait à notre égard au cours des siècles. Il a voulu prendre notre place dans le cœur de l'Eternel sans accepter les contraintes de la Torah. Le Livre Saint lui était trop compliqué, trop exigeant, trop contraignant. Alors il a tué le témoin et s'est installé dans notre demeure, imitant certains de nos rites pour justifier son escroquerie. Mais les témoins sont toujours là.

— Je ne suis pas en désaccord avec vous sur ce point de détail.

— Ce n'est pas un détail. Des millions de nos frères sont morts à cause de cette escroquerie.

— Vous êtes un fidèle qui préfère se suicider plutôt que de redonner un souffle nouveau au judaïsme.

— A Massada, il y a deux mille ans de cela, quelques centaines de juifs ont préféré le suicide collectif à l'abandon de leur identité, à l'esclavage que leur proposaient les Romains. Ils sont mon modèle, je perpétue leur gloire, leur fidèlité à la Loi. Vous parlez de Jésus avec la même fascination que les chrétiens. Pourtant nos ancêtres l'ont vu, l'ont écouté et n'ont pas cru en lui. Pourquoi voulez-vous que moi, deux mille ans plus tard, je croie en Lui ? Vous, vous trahissez vos ancêtres. Ils vous voient et ont honte de vous.

Goldman voulut riposter, mais Meyerson hurla :

— Je n'ai pas fini. Le judaïsme n'a pas besoin de souffle ou de sang nouveau. Le sang que vous apportez est impur, contaminé par la viande de porc. Ce judaïsme-là est à vous. Gardez-le. Mais ne cherchez pas à nous l'imposer. Nous n'en voulons pas.

— Par votre intolérance, vous êtes en train de tuer le judaïsme. Nous, nous nous efforçons de le sauver et nous sommes en train de réussir. Nous ouvrons les portes du Temple à ceux qui se sentent juifs, nous les serrons dans nos bras, même s'ils sont nés de père juif, même si leur judaïté remonte à quatre générations, comme sous Hitler. Tous ces hommes et ses femmes qu'Hitler a massacrés, parce qu'ils avaient un parent ou un arrière-grand-père juif, sont les bienvenus chez nous.

Meyerson frappa la table de son poing.

— Comment osez-vous citer ce nom maudit dans ce débat ?

— Parce que ce maudit a tué des dizaines de milliers de gens qui selon votre définition n'étaient pas juifs. Pourquoi les avoir comptabilisés alors dans les six millions de morts ? Un juif libéral ou assimilé ne compte pour vous que lorsqu'il est massacré ? Est-ce là votre définition de la tolérance ? La tolérance vis-à-vis des cadavres ?

— Monsieur Goldman...

— Rabbi Goldman. Rabbi Goldman. Vous n'avez pas le monopole du judaïsme. Vous n'êtes qu'un hypocrite, un parasite qui vit sur le dos des pauvres contribuables israéliens en leur crachant au visage, en refusant de reconnaître l'Etat d'Israël, parce qu'il a été créé par la volonté des nations et pas par la volonté de Dieu. Ce sont les fanatiques comme vous qui sont responsables de tous nos malheurs à travers les siècles.

Des cris fusèrent dans la salle. Meyerson s'était levé, menaçant de quitter l'auditoire.

David se tourna vers Esther :

— Tu me raconteras la suite. Si suite il y a, bien sûr.

Il sortit en se frayant un passage à travers la foule. Une heure plus tard, il était assis dans son bureau. Le débat l'avait déçu. Comme tous ceux auxquels il assistait depuis des mois. Ils commençaient toujours de manière calme et finissaient à coups de poing. Meyerson avait raison et Goldman n'avait pas tort. Les deux courants avaient toujours existé dans le judaïsme. La dureté, la supériorité intellectuelle de Meyerson l'irritaient, le gênaient. David voulait récupérer ces demi-juifs, leur ouvrir les bras. Mais il savait que la parole, que le verbe aussi brillant fût-il, n'avait aucun effet sur le débat. Chacun resterait sur sa position. D'un côté, plus de 80 % des juifs de la diaspora et dans son pays, de l'autre côté une minorité mais qui détenait le pouvoir religieux en Israël. Le pouvoir de dire qui était juif, qui ne l'était pas. Un pouvoir totalitaire. Le chandelier allait mettre un terme à ce débat. Comme l'assimilation avait séparé le peuple de son Dieu, le candélabre allait l'unir à nouveau à Lui et pour l'éternité. Il songea au commissaire Livi. Quand il avait appris qu'il était chrétien, il avait immédiatement donné l'ordre de le liquider. La veille, Sarah lui avait fait parvenir un fax codé pour lui signaler qu'elle avait remarqué Livi au Vatican, déguisé en touriste. Mais l'argument de Goldman l'avait frappé. Sous Hitler, Livi aurait fait partie des six millions de morts. Cette pensée le fit frémir. Il n'allait pas, lui, tuer le même homme qu'Hitler aurait assassiné. Il regarda sa montre. Il pourrait peut-être éviter ce sort à Livi. Il rédigea un fax codé et l'envoya à Sarah. Elle le trouverait ce soir quand elle irait écouter les messages du répondeur dans le garage appartenant au Mossad, proche de la gare. Sur son fax, elle lirait le texte suivant : « J'ai décidé de garder la Mercedes encore quelque temps avant de vous la confier. »

Livi monta dans son Alfa Roméo de service et démarra en déclenchant gyrophare et sirène. Antonella l'avait appelé. Il devait venir immédiatement.

Il arriva chez Antonella, dans sa résidence surveillée par des policiers en civil au bord de la mer. Elle l'accueillit d'un grand sourire. Son visage était détendu. Elle était ravissante.

— Que se passe-t-il ? demanda Alberto en esquissant une grimace.

— On poursuit l'affaire. J'ai bien réfléchi. Bien sûr, je m'excuse d'avoir perdu la maîtrise...

— Economise ta salive. Il n'y a pas d'affaire. Il n'y a jamais eu d'affaire.

Antonella sourit à nouveau. Un sourire qu'il eut du mal à déchiffrer. Il pouvait aussi bien exprimer l'ironie que la confiance.

— Je te connais, bello, comme si je t'avais fait. Tu vas poursuivre cette enquête seul. Je le sais, je le sens.

Alberto haussa les épaules en signe de fatigue.

— Tu ne crois pas que j'ai envie de récupérer mes biens, le plus vite possible ?

— Et c'est au Vatican que tu crois les récupérer ?

Alberto sentit le sol remuer sous ses pieds. D'où savait-elle qu'il avait été au Vatican ?

— Je veux bien te dire ce que je suis allé faire au Vatican hier. Mais auparavant tu vas m'expliquer comment tu l'as appris.

Antonella le prit par le bras et l'attira vers elle.

— Je t'ai suivi. Tu t'es déguisé en touriste français, moi en touriste espagnole. Je t'ai reconnu sans difficulté.

Elle se serra contre lui, cherchant ses lèvres.

Sarah regarda l'heure sur sa montre. Il était dix-neuf heures. Elle s'apprêtait à quitter sa chambre au Vatican quand son téléphone sonna. C'était le cardinal del Sarto. Il l'invitait à dîner dans un restaurant dans la banlieue de Rome, près de la mer. Il lui indiqua l'adresse et lui proposa de la retrouver là-bas.

— Je serai habillé en civil. Les mauvaises langues...

— Je suis dans la même situation que vous.

Elle raccrocha, pensive. Elle n'aurait pas le temps matériel d'aller visiter sa planque comme elle le faisait tous les jours entre dix-huit et vingt heures pour vérifier si des messages lui avaient été adressés. Elle avait rencontré Rebecca le matin et lui avait donné des instructions précises concernant Alberto. Rebecca devait agir cette nuit.

Sarah alla se refaire une beauté devant le miroir. Le cardinal avait mordu à l'hameçon. Ce soir, elle allait le séduire. Elle était prête. Son histoire du viol à Beyrouth avait éveillé ses phantasmes. Elle le laisserait tenter le premier pas, le second aussi, peut-être même le troisième avant de s'incliner. Un sourire éclaira sur son visage. Elle avait réussi à faire capituler un cardinal, et quel cardinal ! Elle enfila une robe noire, légèrement décolletée qu'elle dissimula sous une gabardine et sortit. En marchant sur la place Saint-Pierre, elle tira de son sac un téléphone de poche de la taille d'un paquet de cigarettes. Ces petites merveilles de la haute technologie permettaient de téléphoner à la terre entière sans risque de se faire repérer par des oreilles indiscrètes. Elle composa un numéro dans une voiture.

— Franscisco ? C'est Brigitte...

— Erreur. Je m'appelle Raphaël.

— Excusez-moi.

Brigitte signifiait l'endroit où la voiture devait la prendre. La Fiat arriva trois minutes plus tard et la ramassa dans la Via della Conciliazone. Elle donna l'adresse au chauffeur qui démarra aussitôt.

Alberto retourna Antonella et la prit avec passion. Il lui faisait l'amour pour la seconde fois en une heure. Elle avait gardé ses bas noirs et ses chaussures à talons. La chaîne en or qu'elle portait autour de la taille, et qu'il avait découverte lors de leur première étreinte, l'excitait comme un fou. Sous l'uniforme de l'inspecteur au regard perçant et à l'esprit sérieux, se dissimulait une amoureuse insatiable. Elle dominait Alberto avec un raffinement et une curiosité qui le comblaient au-delà de toute espérance. Lui qui croyait tout savoir, avait découvert des délices insoupçonnables entre les mains d'Antonella. Comme la première fois, elle s'était défoulée, laissant ses phantasmes s'exprimer en toute liberté. Antonella faisait exactement ce qu'il appréciait le plus chez la femme. Elle avait pris l'initiative dès le début et il dégustait ces moments de bonheur où la sensualité effaçait tout. Puis il la prenait. A sa manière à lui. Il cherchait patiemment ses points les plus sensibles, les travaillait avec raffinement et doigté, laissant sa langue parcourir toutes les parties de son corps, puis la pénétrait avec ce mélange de douceur et de force qui faisait crier même les plus blasées.

— Sortons dîner. J'en ai assez de rester enfermée, murmura Antonella quelques instants plus tard en se levant.

— Tu es bien sortie hier pour m'espionner.

— Ça n'a pas été facile. J'ai dû charmer les gardes du corps, négocier avec le préfet en personne en prétextant que j'avais des affaires familiales à régler, etc.

Alberto, allongé sur le lit, contemplait le corps ferme d'Antonella debout devant lui. Il était persuadé qu'elle devait être plutôt frigide avec son mari.

— Alors on dîne ou pas ? Il y a un excellent restaurant de poisson dans le coin.

Alberto réfléchit vite. Il avait encore envie d'Antonella et voulait rester avec elle.

— D'accord. Mais d'abord, viens un peu par ici !

Une demi-heure plus tard, Antonella entra dans la

salle de bains. Il bondit du lit et alla composer le numéro de Martine.

— J'ai un empêchement professionnel, je suis désolé. Peut-on se voir demain à la même heure ?

— Appelez toujours, répondit-elle en raccrochant.

Sarah pénétra dans le restaurant et parcourut la salle du regard. Elle reconnut del Sarto et se dirigea vers lui. Il était en costume sombre et cravate. Il avait plus l'air d'un homme d'affaires que d'un homme de Dieu. Sarah sourit timidement en s'approchant. Il avait choisi une table au fond de la salle, séparé par une cloison. Elle donna sa gabardine à la femme du vestiaire et s'installa.

— Vous avec trouvé facilement ?

— Oui, j'ai suivi vos conseils.

Le cardinal était visiblement gêné. Il tournait le dos à la salle. Sarah le sentait un peu nerveux.

— J'ai préféré cet endroit, on y sera plus tranquilles. Vous aimez le poisson ? C'est la spécialité de la maison.

— J'adore. Je ne mange presque jamais de viande.

Le cardinal appela le serveur et passa les commandes, sans demander l'avis de Sarah.

— Faites-moi confiance, vous ne le regretterez pas.

Ils gardèrent le silence comme un vieux couple qui chacun de son côté contemple le film de sa vie passé à la vitesse de la lumière. Sarah jouait son rôle de timide à la perfection, détournant son regard pour le laisser deviner sa poitrine qu'il avait fixée plus d'une fois. Il inclina la tête et lui dit d'un ton hésitant :

— Véronique, n'avez-vous pas encore songé au mariage ? Vous en avez l'âge...

— Je ne sais pas. Les hommes me font peur. Ils peuvent être comme des animaux. Je les ai vus à l'œuvre, vous savez.

— Justement, j'ai beaucoup réfléchi à ce que vous m'aviez confessé dans mon bureau. Je... je voulais savoir ce qui, comment dirais-je...

Sarah ne pouvait espérer meilleur début. Elle baissa la tête, laissant son regard vert errer sur son assiette.

— Je sortais de chez moi pour aller chercher quelque chose à nous mettre sous la dent. Sur le chemin du retour, une voiture s'est arrêtée à ma hauteur. Un homme m'a menacée avec un pistolet et je suis montée dans le véhicule. Ils étaient trois. Trois Palestiniens. J'ai vite compris ce qu'ils voulaient. Je pouvais le lire dans leurs yeux. Je crois qu'ils étaient drogués, deux d'entre eux avaient des yeux injectés de sang. J'ai surtout compris qu'ils allaient me tuer. A cette époque, une folie meurtrière régnait à Beyrouth : les gens tuaient pour rien, pour s'amuser.

Elle profita de l'arrivée du serveur pour souffler. Son visage se décomposa brusquement quand elle aperçut le commissaire Livi en compagnie de son adjoint, l'inspecteur Antonella. Elle réfléchit vite pendant que le cardinal goûtait son vin. Antonella habitait à quelques centaines de mètres. Mais à cette heure-ci, le commissaire devait être en compagnie de Rebecca. Que s'était-il passé ? Rebecca ne devait pas être très loin puisqu'elle était supposée écouter les conversations du commissaire, grâce aux micros-émetteurs qu'il portait sur lui. Un serveur les installa à côté de la fenêtre à cinq tables d'elle. Ils étaient assis face à face. De sa place, Sarah pouvait les observer en se penchant légèrement à droite. Le cardinal lui fit goûter le vin.

— Continuez, vous êtes un excellent conteur. Je suis sûr que votre livre sera un grand succès.

Sarah sourit, gênée.

— Il n'y a plus rien à dire. J'ai fait semblant d'aimer cela, j'ai joué la comédie puis j'ai profité d'un moment d'inattention pour me sauver. Je me suis purifiée, puis je suis allée immédiatement me faire examiner par un médecin.

Elle leva la tête au-dessus de l'épaule du cardinal et jeta un coup d'œil en direction des policiers. Alberto et Antonella avaient l'air heureux.

— Et alors ? Vous étiez enceinte ?

— Ce n'était pas pour cette raison que j'avais consulté mon médecin. Je savais que je n'étais pas enceinte puisque les trois avaient préféré me prendre par-derrière...

Elle esquissa une grimace qui confirmait les douleurs qu'elle avait ressenties.

Le cardinal hochait la tête, l'air compréhensif.

— J'ai vu le médecin pour être sûre que rien de grave ne m'était arrivé. Depuis je vais régulièrement me faire examiner tous les trois mois. Grâce à Dieu, je suis en excellente santé.

Le serveur apporta un plateau d'huîtres et de fruits de mer. Sarah n'avait jamais goûté les fruits de mer. Et pour cause. Seuls les poissons à écailles étaient autorisés par la religion juive. Tout le reste était interdit et Sarah était croyante et pratiquante. En plus, l'idée de manger quelque chose de vivant lui donnait la nausée. Elle regarda le plateau et avala sa salive de travers.

— Mangez, ma fille. C'est la bonne saison.

Elle chercha désespérément quelque chose de neutre puis finit par grignoter quelques crevettes.

— Prenez des huîtres, elles sont excellentes, l'encouragea-t-il la bouche pleine.

— Je n'aime pas tellement. J'ai eu une intoxication et depuis je m'en méfie comme du sida.

— Alors prenez de la langouste !

Sarah acquiesça d'un mouvement de tête.

Ils mangèrent en silence quelques instants. Sarah observait discrètement le couple de policiers. Ils avaient l'air sérieux à présent. Le commissaire était penché vers Antonella comme s'il lui confiait un secret. Sarah mourait d'envie de se lever pour aller passer un coup de fil à Rebecca. Mais elle attirerait l'attention du commissaire. Il se souviendrait d'elle, puis il reconnaîtrait le cardinal del Sarto, puis... De toute façon il allait mourir cette nuit, se dit-elle pour se consoler.

— Véronique !

— Oui, monseigneur.

— Ne voyez pas une curiosité sadique...

— Je n'ai jamais raconté cette histoire à quiconque. Même pas à mon confesseur à Beyrouth. Si je me suis permise de vous en parler librement c'est parce que j'ai senti que je le pouvais.

Le cardinal l'encouragea à poursuivre par des hochements de tête successifs.

Sarah hésita puis baissa les yeux.

— Enfin parlons d'autre chose, dit-elle en esquissant un sourire.

— Vous avez raison, murmura del Sarto en prenant une huître.

Il l'avala puis se leva.

— Je reviens, dit-il.

Au même moment Antonella se leva et marcha en direction des toilettes situées à la droite de Sarah. Elle passa devant elle et jeta un coup d'œil indiscret sur l'assiette du colonel du Mossad. Sarah détourna son regard en faisant semblant de chercher quelque chose dans son sac. Livi contemplait sa flûte de champagne, l'air pensif.

Sarah se mordait les lèvres. Del Sarto et Antonella allaient-ils se croiser ? Elle n'eut pas le temps de répondre à cette question. Antonella revint, le regard fiévreux. Elle alla à sa table et chuchota quelque chose à l'oreille de Livi. Il tourna son regard vers Sarah. Elle avait baissé la tête, se dissimulant derrière le plateau de fruits de mer posé devant elle. Livi ne pouvait discerner que ses cheveux noirs.

Le cardinal arriva enfin, l'air essoufflé, comme s'il

avait couru. Livi l'observa en biais sans qu'il le remarquât. Del Sarto s'assit, tournant le dos au commissaire.

— Vous en êtes où avec votre thèse ? demanda-t-il, sérieux.

Elle faillit répondre, mais Livi apparut soudain debout devant eux.

— Excusez-moi, monseigneur, dit-il en tendant la main. Je vous ai aperçu. Je me permets de vous présenter mes respects.

Le cardinal, l'air faussement détendu, se leva et lui serra la main.

— Ma nièce Véronique, dit-il en désignant Sarah. C'est une pauvre étudiante qui a besoin de se nourrir, ajouta-t-il en se rasseyant.

Livi lui fit un baisemain appuyé. Leurs regards se croisèrent l'espace d'une seconde. Il faillit dire quelque chose, mais il prit congé en renouvelant ses respects au cardinal.

— J'ai bien fait de vous présenter comme ma nièce, dit le cardinal.

— Qui était-ce ?

— Une ancienne relation...

Deux minutes plus tard, le couple de policiers quittait le restaurant comme des voleurs. Sarah sentit une boule lui serrer la gorge. Livi soupçonnait-il quelque chose ? Il allait se poser des questions. Bien sûr, il la prendrait pour une allumeuse et non pour la nièce du cardinal.

— Je dois passer un coup de fil. Excusez-moi, fit-elle en se levant.

Elle fila aux toilettes, appela Rebecca avec son propre téléphone, puis retourna auprès du cardinal.

— Je suis obligée de rentrer, dit-elle à peine assise. J'ai appelé une amie qui vient d'arriver de Beyrouth. Elle a des affaires pour moi. Elle repart demain...

— Mais les soles farcies nous attendent !

— OK, mais il faut que je sois à son hôtel avant vingt-trois heures. Elle est très fatiguée et reprend l'avion tôt demain.

Le cardinal consulta sa montre. Il était vingt-deux heures quinze.

— Nous avons le temps. La circulation est fluide. Les Romains regardent un match de foot à la télévision. Choisissez au moins un dessert, je vous raccompagnerai.

— Inutile de prendre des risques, monseigneur. Je commanderai un taxi d'ici.

Del Sarto semblait hésiter.

— Monseigneur, je suis sûre que c'est la bonne solution, insista-t-elle.

Il accepta en esquissant une grimace contrariée.

En sortant, Sarah aperçut la Mercedes immatriculée S.C.V-2. Stato Città Vaticano. Elle savait que le pape avait les mêmes initiales suivies d'un 1. Elle baisa son anneau avant qu'il ne montât dans sa voiture.

— Prenez bien soin de vous, ma fille.

— Le taxi arrive d'un moment à l'autre. Merci pour cette merveilleuse soirée, monseigneur.

Sarah attendit dans le noir que le cardinal fût parti et se dirigea vers le parking où ses gardes du corps l'attendaient. Dix minutes plus tard, elle s'entretenait avec Rebecca dans la camionnette garée à deux cents mètres de la maison d'Antonella.

— Quelle coïncidence ! s'exclama Rebecca.

Sarah s'empara des écouteurs en pensant qu'il valait mieux éliminer ce genre de coïncidence.

Antonella et Alberto étaient assis au salon, face à face, silencieux. Chacun avait l'air de réfléchir mais pas au même sujet. Alberto. Le cardinal avait le droit d'avoir une ravissante nièce et de l'inviter à dîner dans un restaurant discret. Mais qui était cette jeune femme ? Sa maîtresse ? Pourquoi pas ? Tous ces hommes en noir avaient des besoins et passaient parfois à l'acte. Antonella avait dit quelques phrases en riant qui lui avaient mis la puce à l'oreille. « Et si cette brune était la femme qui avait couché avec Giorgio ? D'après les analyses, la femme a entre trente et quarante ans. Celle qui était avec le cardinal avait entre vingt-huit et trente-deux ans. » Cette idée lui trottait dans la tête. Un complot entre le cardinal et sa prétendue nièce ? Son imagination suivit cette piste. Antonella s'embourbait-elle dans ses problèmes ? Un faux pas, un seul et les clichés seraient envoyés à la presse. Mais quel faux pas ? Alberto avait été catégorique. Elle devait conserver un profil bas. Autrement dit, demeurer muette et invisible.

— A quoi penses-tu ? demanda Antonella.

— A toi !

Dans la camionnette, Sarah commençait à perdre patience. Elle retira les écouteurs et demanda à Rebecca d'une voix lasse :

— Qu'est-ce qu'il fait ? Il rentre chez lui ou il couche ici ?

— Je ne sais pas. De toute façon, c'est foutu pour ce soir...

— S'il couche chez elle, oui, dit-elle, contrariée.

— C'est la femme qui insiste pour reprendre l'enquête. Il refuse, mais je le soupçonne de vouloir la poursuivre seul.

— Il ne va rien poursuivre du tout !

— Attends. Il vient de lui dire qu'il doit rentrer chez lui, dit Rebecca en ajustant ses écouteurs.

— Ils sont dans la chambre à coucher. Ils vont baiser. Elle est insatiable, cette conne.

— Bon, tu l'exécutes cette nuit.

— Comment ? demanda Rebecca l'air inquiet.

— Deux balles dans la tête, dit-elle en montrant le Beretta dans son sac.
— Il restera toujours la femme...
— C'est moins urgent.
Elle entendit un grésillement et remit les écouteurs.

Alberto se leva, s'étira et dit :
— Je rentre. Je t'appellerai demain matin.
Antonella s'approcha de lui.
— Reste encore un moment.
— Je n'ai plus vingt ans.
— Tu les auras à nouveau.

Sarah exposa soigneusement son plan à Rebecca et sortit de la camionnette. Quelques instants plus tard, elle roulait vers Rome dans sa Fiat en compagnie de ses deux gardes du corps. Le véhicule de Rebecca les suivait de loin. Assise à l'arrière, Sarah réfléchissait vite et mal. Livi avait peut-être des soupçons. Il avait aussi fait la connaissance de Rebecca. Elle lui avait dit qu'elle allait bientôt commencer à travailler au Vatican comme traductrice. S'il effectuait la moindre enquête, il s'apercevrait très vite que la nièce était aussi employée par le Vatican. Antonella plus intuitive avait déjà imaginé un premier rapprochement entre elle et la femme qui avait couché avec Giorgio. Cette pensée la secoua. Quelque chose n'allait pas dans leur plan. « Du travail d'amateur ! » avait hurlé son patron quand il avait appris le coup monté contre Ricardo et Antonella. Elle s'était alors bien gardée de lui rétorquer ce qu'elle avait sur le cœur et qu'elle ressentait à nouveau. Cette mission était impossible. Elle s'y sentait pieds et mains liés pour la première fois. L'école du Mossad, où elle avait été formée, n'avait pas prévu ce genre d'opérations qui exigeait un sens exceptionnel de la manipulation, d'importants moyens techniques et surtout beaucoup de chance. Elle énuméra mentalement les erreurs commises par toute l'équipe depuis le début : trop, à son goût. Et dans ce métier, le moindre faux pas était fatal. David, lui-même, était dépassé ! N'était-ce pas lui qui avait ordonné que ce soit Rebecca qui aille au contact de Livi ?

Sarah ouvrit les yeux et ordonna au chauffeur :

— Au garage !

Elle s'était subitement rappelée qu'elle ne s'y était pas rendue entre dix-huit et vingt heures comme elle devait le faire chaque jour.

Il était vingt-trois heures cinquante-cinq quand Sarah arriva devant le garage situé Via Filippo à deux rues de la gare centrale.

Rebecca guettait la Via di Porta Pinciana où habitait le commissaire. Il allait arriver d'un instant à l'autre. Elle était assise à l'arrière de sa camionnette, un foulard sur la tête, son arme, munie d'un silencieux, dans son sac. Une vieille dame promenait son chien. Elle arriva à sa hauteur, Rebecca se baissa. La femme pénétra dans un immeuble au moment même où l'Alfa Roméo de Livi tourna dans sa rue. La camionnette avança de quelques mètres feux éteints, dégageant une place pour le commissaire. Il roulait lentement, cherchant un endroit où se garer. L'Alfa Roméo s'approcha à la hauteur de la cabine de la camionnette et entama une marche arrière. Rebecca tira son arme du sac, la chargea. Elle leva légèrement la tête et vit le commissaire effectuer une deuxième tentative pour mieux se garer. Elle posa la main sur le loquet de la porte arrière et attendit qu'il réapparaisse dans son champ de vision.

Alberto Livi semblait hésiter. Par instinct, il ne se garait jamais devant des camions, camionnettes ou des Jeeps. Combien de fois, ce genre de véhicules barbares ne lui avaient-ils pas défoncé l'avant de sa voiture en faisant une marche arrière ? Mais c'était la seule place disponible. Pour se consoler, il s'empara de son gyrophare et le fixa sur le toit. Le chauffeur de la camionnette serait ainsi plus courtois avant de démarrer le lendemain. Il enclencha la marche arrière et rentra d'un seul coup. Rebecca, tête baissée, tourna doucement le loquet de la porte, prête à l'ouvrir. Alberto coupa le moteur et demeura assis, les mains au volant. Rebecca attendait le claquement de sa porte pour sortir. Elle voulait le tuer de dos. Pas de face. Il était armé et elle ne voulait pas prendre ce risque, même si elle était plus rapide que lui. Elle faillit demander au chauffeur ce qui se passait, mais il était allongé sur le plancher à l'avant et n'avait aucune possibilité de voir à l'arrière.

Alberto finit par sortir et claqua la porte. Rebecca leva la tête et l'aperçut de dos. Le commissaire était penché sur la vitre, un objet à la main. Subitement l'alarme antivol se déclencha, alertant la rue. Alberto, furieux, essayait de l'arrêter en appuyant sur le bouton de l'objet accroché à son porte-clés. Rebecca murmura un juron pour elle-même. Un couple apparut au bout de la rue, bras dessus, bras dessous. Livi réussit à neutraliser son alarme et se dirigea d'un pas rapide vers sa maison. Elle allait sortir, quand une sonnerie étouffée résonna dans la camionnette. Rebecca s'empara de l'appareil et reconnut la voix de Sarah.

— Annulé. Viens !

Rebecca aspira une grande bouffée d'air. Tout son sang reflua vers son cœur. Une sueur froide provoqua en elle un léger vertige. Elle demeura assise, muette, regardant sans le voir le commissaire qui pénétrait dans son immeuble.

Sarah observait Rebecca en silence. Elles étaient debout face à face dans la cave du garage aménagée en salle à manger, juste une table en pin et quatre chaises. Dans le fond, sur un guéridon en Formica, était posé un fax portable.

— Il a une chance inouïe ! dit Rebecca pour la troisième fois en une demi-heure.

Sarah acquiesça à nouveau, lasse. D'une certaine manière, elle regrettait d'être passée par le garage. David ignorait les derniers événements. Et elle ne connaissait pas les raisons qui avaient motivé le patron à reporter la liquidation de Livi.

— Livi va certainement m'appeler demain. Qu'est-ce que je fais ? demanda Rebecca.

— Tu refuses de le voir. Joue la femme blessée. Arrange-toi pour lui expliquer ce que tu veux, mais ne le revois en aucune manière.

— S'il vient à l'université ? Il en est capable. C'est un vrai pot de colle.

— Rebecca !

Elle hocha la tête.

— C'est clair, dit-elle visiblement confuse.

— Il faudra changer de voiture. Prends la camionnette Toyota pour les écoutes.

Sarah lui donna l'accolade et se dirigea vers l'escalier.

— Sarah !

Elle se retourna. Rebecca se pinça les lèvres.

— Quoi ?

— On cherche quoi, au juste ?

— Certainement pas du pétrole ! dit-elle en posant son pied sur la première marche.

Elle disparut la première. Rebecca tourna en rond dans la salle. Il y avait dix ans qu'elle agissait sans poser de question. Jusque-là, ses missions étaient claires. Manipuler, soutirer des informations, placer des micros, tuer. Elle avait déjà assassiné trois chefs terroristes arabes à bout portant. C'était la première fois qu'elle devait tuer un Européen, un commissaire de police, bel homme et qui n'était pas sensé être un farouche ennemi d'Israël. L'enjeu devait être important. Le Mossad n'avait recours à l'assassinat que lorsque la survie d'Israël était en jeu. Elle savait que chaque meurtre devait, au préalable, être accepté par le Premier ministre. Le Mossad lui soumettait un rapport fondé sur un jugement en bonne et due forme émis par un tribunal secret où siégeait l'avocat des services secrets et l'avocat qui défendait la victime potentielle. Le Mossad fournissait les chefs d'accusation sur la base desquels les avocats délibéraient en âme et conscience. La peine de mort n'était requise que si le présumé coupable était reconnu comme dangereux pour l'Etat d'Israël. 80 % des gens assassinés par le Mossad depuis 1948 avaient ainsi et à leur insu d'abord été jugés *in abstentia* puis reconnus coupables par le tribunal du Mossad. Les autres avaient été défendus avec la plus grande fermeté par un avocat qui, grâce à sa compétence, leur avait sauvé la vie. Giorgio et le serrurier avaient-ils été reconnus coupables par le tribunal ? Rebecca n'en douta pas une seconde — ce qui ne fit qu'augmenter sa confusion. Que représentaient ces deux malheureux par rapport aux terroristes qui abattaient des enfants sans défense ? Cette mission, *a priori* insensée, la troublait. Un doute s'infiltra dans son cerveau comme un virus dans un ordinateur.

Contrairement à Sarah, Rebecca n'était pas croyante au sens religieux du terme. Elle était une patriote israélienne. Pour elle, Dieu était mort à Auschwitz avec la famille de sa mère. Elle trouvait le débat sur la reconstruction du Temple ridicule, primaire, néfaste. La basilique Saint-Pierre l'avait éblouie. Elle s'était sentie inférieure, inexistante devant ce chef-d'œuvre. L'idée chrétienne la tourmentait. Elle la trouvait fascinante dans sa puissance architecturale, artistique, littéraire et indigne de l'intelligence humaine à la fois. Qui avait demandé à Jésus de se sacrifier pour l'humanité ? N'importe quel illuminé pouvait prétendre la même chose. Les milliers de gens qui se suicidaient quotidiennement dans le monde pouvaient aussi prétexter qu'ils voulaient aussi sauver l'humanité de ses péchés. L'homme naissait avec le Bien et le Mal et une conscience. Etait-il à ce point un incapable pour qu'un autre se sacrifiât pour lui ? N'était-il pas responsable de ses actes devant ses semblables ? Et cette histoire assommante de Fils de Dieu ? Comment des gens cultivés pouvaient-ils accepter telle absurdité ? Elle préférait de loin l'idée juive d'un Dieu possessif, jaloux, humain mais invisible. Rebecca se laissa tomber sur une chaise et enfouit sa tête entre ses mains. Elle soupira. Elle avait trente ans et un fiancé à Tel-Aviv. Le mariage était possible mais pas souhaitable puisqu'elle appartenait, comme Sarah, à la section des commandos du Mossad à qui elle avait juré fidélité. Rien ne l'empêchait de se retirer. Elle le pouvait à tout moment. Conformément aux règles non écrites, elle pouvait même refuser une action contraire à sa conscience. Dans la camionnette, quand elle avait vu Livi au volant, pensif, elle avait failli refuser de commettre le meurtre. L'alarme déclenchée par inadvertance l'avait effrayée et libérée en même temps. Elle se leva difficilement. Quelque chose d'étrange, elle ne savait pas quoi, remuait en elle. Un sentiment d'étouffement qu'elle tentait d'opprimer depuis longtemps. La survie d'Israël se jouait-elle à Rome ? murmura-t-elle pour elle-même. Son cerveau ne lui fournit pas de réponse. Elle se dirigea vers l'escalier d'un pas chancelant.

Le commissaire Livi s'était couché à peine rentré chez lui, mais il ne dormait pas. A trois heures quinze du matin, il se leva et alla se servir un Jack

Daniel's qu'il avala d'un trait, debout devant le miroir au-dessus de la cheminée. Il s'en servit un deuxième et le but à petites doses. Le miroir lui renvoyait un visage défait, étranger. Le cambriolage l'avait plus atteint qu'il n'avait voulu se l'avouer. La disquette de son dernier roman le torturait en silence. Allait-on la lui rendre ? Si les cambrioleurs n'avaient pas volé l'ordinateur, il aurait pu tirer une nouvelle disquette puisque le texte était mémorisé sur son disque dur. Etrangement, le vol de l'argent liquide l'avait à peine effleuré. Son dernier roman, comme son dernier enfant, il l'aimait plus que les autres. Par moments, l'envie d'en réécrire l'histoire le prenait. Mais il savait que c'était impossible. On ne réécrit pas un roman. Il trempa les lèvres dans son verre. Pourquoi avait-il vu le cardinal ce soir avec cette beauté ? Elle l'intriguait sans qu'il comprenne pourquoi... Mais comment la retrouver ? Il pourrait relancer la demande d'autopsie et reprendre ainsi contact avec le cardinal. Si la femme n'était pas sa nièce, alors elle pouvait être sa maîtresse. Il aurait alors un discret moyen de pression sur lui. Un article dans un journal par exemple. Sa tête commençait à tourner. Il avala le reste de son verre et remonta dans sa chambre à coucher. Par prudence, il n'avait pas enquêté sur la représentante en parfum qui avait vendu les flacons au mari d'Antonella. La firme existait mais il savait que la fille avait dû disparaître. L'affaire Ricardo avait été menée de main de maître. Le cambriolage aussi. A travers ces deux événements, quelqu'un tentait de lui expliquer qu'il ne devait pas s'intéresser au Vatican. Quelqu'un qui le connaissait bien, qui l'estimait même. Le préfet de police ? Cette idée commença à le tourmenter. Pourquoi pas ? Les gens qui entendaient l'éloigner de cette affaire disposaient de moyens considérables. Ils pouvaient les liquider, lui et Antonella. Personne ne s'en apercevrait. Juste quelques lignes dans la presse. « Le commissaire Alberto Livi est mort cette nuit d'une crise cardiaque à l'âge de cinquante et un ans. Il était aimé et respecté dans la profession, etc., etc. » Antonella, grâce à l'affaire Ricardo qui avait fait d'elle une héroïne, aurait droit à des centaines d'articles. Il décida de se retirer de cette affaire et éteignit sa veilleuse. Un sentiment de lâcheté s'empara de lui. Il haussa les épaules dans le noir. Il avait assez donné en tant que commissaire. Malgré le succès de ses romans, il lui restait beaucoup à démontrer en tant qu'écrivain.

5

David Ben Zion s'entretenait avec son maître, le rabbin Yehouda Lévi-Monsénégo qui lui donnait des cours de Talmud depuis cinq ans. Il était l'un des rares à connaître la profession de David. Une année avant « Messiada », le rabbin qui à l'époque n'était pas censé savoir que son élève était « Hamémouné », le patron du Mossad, lui avait dit : « Une menace de mort pèse sur Israël et tu feras partie de ceux qui seront choisis pour sauver Jérusalem ! » Au lendemain de la guerre, Lévi-Monsénégo lui avait dit : « Je savais que tu étais Hamémouné. » Plus tard c'est lui qui avait marié David et Esther. Le patron du Mossad devait s'envoler pour Rome dans la soirée. Il avait appelé son maître la veille pour solliciter un entretien. Il eut lieu, comme à l'accoutumée, dans le petit bureau du rabbin, dans sa maison à Jérusalem. La pièce faisait à peine dix mètres carrés. Une bibliothèque en bois recouvrait les murs et contrastait avec le blanc de la pierre. Deux chaises et une table en pin massif couverte de livres séparait les deux hommes.

Le rabbin sirotait son thé à la menthe tandis que David dégustait en silence un gâteau oriental qu'il venait de choisir sur une assiette posée sur un livre. C'était la première fois que David l'interrogeait sur la signification du chandelier du Temple dans le judaïsme. Le rabbin aimait prendre son temps avant de répondre. Et David adorait sa façon de penser longuement avant de parler, son sens de la pédagogie et surtout sa discrétion. Il avait commencé l'entretien par le débat sur la reconstruction du Temple. Le rabbin n'avait pas d'opinion arrêtée sur la question. Il préférait « laisser venir », comme il disait. D'après la Bible, le troisième Temple devait être construit par le souffle divin. Mais il était évident, selon lui, que « D..., béni soit Son nom », agirait par l'intermédiaire de l'homme. Comme Il l'avait toujours fait.

— David, dit-il en posant son verre. La Ménorah est l'âme de notre peuple. D..., béni soit Son nom, dit dans Exode, XXV, 31-40 : « Tu feras une Ménorah en or pur, d'une seule pièce. Sa base et sa tige, ses calices, ses pommeaux et ses fleurs viendront de Lui. Six branches sortiront de ses côtés. Puis tu feras ses lampes au nombre de sept et tu orienteras la lumière du côté de sa face. Regarde et exécute, selon le plan qui t'a été montré sur la montagne. »

David le fixait, le regard figé. Dans la montagne signifiait le mont Sinaï. Le chandelier que décrivait le rabbin, il l'avait vu avec ses calices, ses pommeaux et ses fleurs.

— On raconte, poursuivit le rabbin, que Moïse, devant la complexité de la tâche, n'arrivait pas à s'exécuter. Alors l'Eternel lui ordonna de « Jeter le bloc d'or au feu et la Ménorah se fera d'elle-même ». C'est ce qui se produisit.

Le rabbin regarda David comme s'il attendait une réaction. Il ne bronchait pas.

— Le chandelier était allumé tous les jours et les lampes brûlaient en permanence, poursuivit Lévi-Monsénégo. La lumière était destinée à l'homme car le saint, béni soit-Il, n'a pas besoin de lumière.

— Pourquoi sept branches ? demanda David rêveur. Et il ajouta : Est-ce à cause de la création du monde qui l'occupa six jours plus un consacré au repos ?

L'homme le plus puissant du pays, aussi paradoxal que cela puisse paraître, devenait tout petit devant son rabbi. L'expression de son visage était celle d'un élève. Même sa voix, d'habitude perçante, se transformait. Le rabbin poussa son sens de la pédagogie jusqu'à ne pas lui donner tort.

— C'est une interprétation que l'on pourrait ajouter à toutes les autres sans craindre le ridicule, dit-il d'une voix amicale. Comme tu t'en doutes, la symbolique du chandelier est plus large, plus profonde. La Ménorah, disais-je au début, est l'âme du peuple juif. Elle était aussi notre lumière. Pourquoi sept branches ? Parce que notre peuple possède sept âmes. L'Eternel nous a offert sept voies pour parvenir à Lui. Et chaque juif a ainsi sa propre manière de guider ses pas vers l'élévation spirituelle de son âme. Chacun sert l'Eternel selon ses dons et ses défauts. Il n'y a pas une seule et unique façon de Le servir. Ce qui, tu en conviendras, nous aurait obligés à l'esclavage encore une fois et aurait fait de Lui un totalitaire. Les sept âmes, comme les sept branches, stimulent la méditation et le débat. D... aime le débat et notre peuple même dans les pires moments de son histoire n'a jamais cessé de se poser des questions, de se disputer. D... comme un père de famille assiste en silence à un débat permanent entre ses sept enfants. Tantôt il approuve l'un d'entre eux, tantôt un autre. Chacun, à un moment donné, prononcera un bout de vérité. Aucun ne détiendra à lui seul la Vérité. Mais une chose est commune au sept âmes : la flamme de la septième lampe qui s'élève vers le ciel.

David acquiesçait par des hochements de tête successifs comme un journaliste de télévision, qui, après une interview, se fait faire des plans de coupe face à la caméra. Le rabbin saisit la théière et emplit les deux verres :

— Prends un gâteau. Rachel sera vexée si elle trouve l'assiette pleine après ton départ.

David s'empara d'une pâtisserie en forme de cigare farci aux amandes et roulé dans le miel. Le rabbin attendit qu'il la dégustât avant de poursuivre.

— Les sept branches représentent aussi les sept sciences qui mènent à la sagesse. La musique, les sciences naturelles, l'astrologie, l'alchimie, les mathématiques, la philosophie et la théosophie.

— Comment, interrompit le patron du Mossad le regard intense, ces sept sciences dont l'objet est matériel, physique et intellectuel, pourraient atteindre le sommet de la métaphysique où se trouve Dieu ?

Le rabbin lui adressa un regard appuyé, plein d'étonnement. Puis il fronça les sourcils et se pinça les lèvres longuement avant de répondre.

— Tu viens de poser la même question, d'exprimer le même doute que Moïse sur le mont Sinaï. C'est pour cela que D... lui montra la Ménorah de feu, nous explique le grand rabbin E. Munck, dit-il en marquant une nouvelle pause.

David sentit comme un poids sur ses épaules. Il prit une discrète aspiration et son regard erra sur la bibliothèque. Il comprit subitement pourquoi il n'avait pas pu toucher le chandelier. Une barrière de feu tout autour l'en avait dissuadé. Si le candélabre se trouvait bien là où il le pensait, est-ce que le feu... Non, pensa-t-il. David ne pouvait imaginer pareille chose. Dieu ne le soumettrait pas à une telle épreuve. Extraire un chandelier en flammes d'une cave... Il avait déjà assez de soucis pour le sortir par la porte étroite du cénotaphe. Problème qu'il résoudrait en temps voulu. Chaque chose en son temps comme il était écrit dans l'Ecclésiaste.

— Je ne crois pas avoir compris la phrase du rabbin Munck, soupira David en contemplant un gros ouvrage relié.

— Les sept branches comme les sept âmes juives correspondent aux sept sagesses inscrites dans la Loi divine. Toutes les flammes du chandelier étaient orientées vers celle du milieu qui, elle et elle seule, se dirigeait vers le Saint des Saints pour montrer que la vraie science est conforme à la loi fondamentale qui est dans l'Arche.

Lévi-Monsénégo sirota son thé et garda son verre à la main. Il compta mentalement jusqu'à douze, le temps qu'il accordait normalement à ses élèves pour accepter ou rejeter ses propos.

— David, sais-tu pourquoi D... a choisi l'or pur pour confectionner la Ménorah ? demanda-t-il en posant doucement son verre.

— Le chandelier est en or pur parce que l'or est éternel, répondit David aussitôt.

Le rabbin ferma ses petits yeux marron et se caressa la barbe, méditatif. David aimait le voir dans cette pose. Par moments, dans son vaste bureau équipé des dernières innovations de la technologie, David se soupçonnait d'imiter les gestes de son maître. Comme lui, il fermait les yeux et se caressait la barbe, bien que récente, plus courte et plus soignée que celle du rabbin. Yehouda Lévi-Monsénégo ne l'avait jamais questionné sur ses activités à la tête du Mossad. Mais quelque chose dans la réponse de David le troubla. Puis, le visage de David se vida progressivement de son sang et le rabbin crut que son élève allait s'évanouir.

— Il est en or pur pour nous enseigner la valeur éternelle de la science pure, c'est-à-dire la foi. Les calices, les boutons et les fleurs du chandelier représentent la richesse, la diversité des sciences et des connaissances.

David avait parlé d'une seule traite, le regard brûlant. Son visage s'était crispé, sa voix était montée de quelques tours plus aiguë, soudain presque hystérique. Le rabbin ne l'avait jamais vu dans cet état. Il avait la désagréable impression que quelqu'un d'autre parlait à la place de David. Il voulut lui poser une question mais le patron du Mossad, le visage en fièvre, s'exclama :

— L'homme est un luminaire, il peut resplendir s'il le veut, mais le Juif est la lumière des nations. Les sept branches correspondent aux sept mots de בראשית[1] (Génèse). Le premier verset de שמות (Exode) contient onze mots comme les onze pommeaux du Chandelier. Les neuf vocables du premier verset ויקרא (Lévitique) équivalent en nombre à celui des fleurs ciselées dans la Ménorah. Le premier verset de במדבר (Nombres) symbolise, par la somme de ses mots jointe à l'unité de cette phrase, les dix-huit palmes, mesure de la hauteur du candélabre. Quant aux vingt-deux calices de la Ménorah, ils correspondent aux vingt-deux vocables du premier verset de דברים (Deutéronome). Le chandelier a une taille de dix-huit palmes, un mètre soixante-douze de haut, la taille moyenne de l'homme. Le but de l'homme est de devenir aussi pur que le chandelier, c'est-à-dire être d'une seule pièce d'or pur et non de multiples morceaux soudés. Comme toutes les parties de la Ménorah ne formaient qu'un seul bloc, ainsi tous les membres du corps humain doivent former une unité. Aucun d'eux ne doit pécher et devenir ainsi inférieur aux autres. Les relations sexuelles, la parole, la nourriture et la boisson représentent les trois préoccupations humaines, où le mauvais penchant doit être maîtrisé. Les relations sexuelles, c'est la base, la cuisse du chandelier. C'est pourquoi les enfants sont appelés « ceux qui sortent de la cuisse ». C'est en

1. Berechit bara Elohim hachmaïm vé ha Aretz : Au commencement, Dieu créa le ciel et la terre.

domptant le désir que l'on réduit la tentation. La tige de la Ménorah, c'est la trachée-artère d'où sortent les paroles. Elles doivent être pures comme l'or. La nourriture et la boisson, c'est le calice puisqu'il a la forme d'une coupe de vin. Les pommeaux représentent à la fois la nourriture et l'habillement, car ils ont la forme d'une pomme, dont l'intérieur est comestible et dont la peau est le vêtement. Les « fleurs » sont les autres issues qui ornent la vie.

David s'arrêta d'un coup et s'affaissa sur sa chaise. Il respirait fort, le regard absent, le visage en sueur, les mains et le corps tremblants. Le rabbin l'observait, dominant mal sa stupeur. Un silence pénible tomba. Le rabbin savait que quelqu'un d'autre avait parlé pour David. Ce n'était ni sa voix, ni son visage, encore moins ses paroles. Il était impossible d'expliquer les symboles de la Ménorah sans être un éminent talmudiste, sans avoir consacré sa vie à la lecture des Livres. David le fascinait. Sabra et athée jusqu'au jour où son fils unique, pilote comme lui, avait été abattu par un missile au-dessus de la Syrie, il avait alors entamé un retour à la foi. Un an plus tard, sa première femme était morte. David s'était retrouvé seul au monde. Anonyme par sa fonction et sans famille, seul jusqu'à son mariage avec Esther.

Le rabbin éprouva un étrange sentiment : l'espace d'une seconde, il crut voir David et le chandelier, face à face.

Le patron du Mossad se secoua, comme s'il sortait d'un long rêve. Il regarda autour de lui et ses yeux rencontrèrent ceux du rabbin.

— Que m'est-il arrivé ? demanda-t-il, gêné.

Le rabbin lui adressa un sourire plein de ferveur.

— Le peuple juif est en train de perdre son âme. Il a besoin de lumière. David va et ramène la Ménorah ! D... te bénisse. Je vais prier pour toi.

David se leva sans rien dire et sortit d'un pas cotonneux. Dehors, il fut ébloui par le soleil qui brûlait sans pitié sur la Ville sainte. Il se mit à marcher comme un robot. Ses deux gardes du corps, un homme et une femme, se consultèrent du regard. La femme, une blonde aux yeux marron, eut une grimace. L'homme haussa les épaules en signe d'incompréhension avant de calquer ses pas sur ceux de son protégé qui marchait la tête légèrement inclinée sur la poitrine.

Alberto Livi se coiffa longuement devant le miroir. Il jaugea sa barbe de cinq jours puis la caressa, l'air satisfait. Le premier geste qu'il fit en se levant fut d'appeler Martine, la belle Egyptienne. Comme les six derniers jours, il était tombé sur son répondeur et avait laissé le même message : « Reine des lumières, j'implore votre pardon pour l'autre soir. Appelez-moi, même pour me dire que je suis un salaud ! » Il ouvrit la bouche et inspecta la blancheur de ses dents. Il sourit pour lui-même. Après six jours d'une retenue exemplaire, il avait décidé de repartir à l'attaque. La veille, il avait appelé la secrétaire du cardinal del Sarto pour solliciter un entretien urgent. Elle l'avait rappelé une heure plus tard pour lui proposer le lendemain à dix-huit heures.

Alberto se sentit libéré. Il avait décidé de tout lui dire. Tout ! Il assisterait à la casse et viendrait au dernier moment ramasser les débris et cueillir les fleurs. Tout, je dirai tout, murmura-t-il pour lui-même. La voix de Birgitta, sa femme de ménage, résonna dans le salon. Il lança un « Ciao » dans sa direction mais la porte d'entrée s'était déjà refermée. Un moment il avait soupçonné Birgitta. Elle venait tous les jours à sept heures et repartait deux heures plus tard, laissant une maison étincelante de propreté. Elle ne possédait pas les clés de la maison, mais elle aurait pu s'en emparer et, suivant les conseils de ses commanditaires, les enfoncer dans une pâte spéciale pour en faire des doubles. Il avait vite abandonné cette piste. Les professionnels qui avaient monté cette opération n'avaient pas besoin de soudoyer Birgitta. De toute façon, elle était incorruptible, veuve et mère de quatre garçons qu'elle élevait dans l'amour et le respect de Dieu. Alberto la payait pour quatre heures, en prétextant qu'elle commençait à six heures, puisqu'il lui fallait une heure de transport pour venir chez lui. Il aurait voulu témoigner d'une plus grande générosité, mais elle s'y était opposée : « Je ne suis pas une mendiante, monsieur Livi ! » Il aurait aimé l'employer à plein temps, lui confier ses clés, mais sa double vie exigeait des précautions particulières. Il se donna un ultime coup de peigne et se dirigea vers le vestibule. Le courrier était posé sur la console. Son regard s'arrêta sur une grosse enveloppe marron sans timbre. Il la palpa avant de l'ouvrir d'un doigt hésitant. Son cœur se mit à battre violemment quand il découvrit une disquette qu'il laissa tomber sur le courrier. Il chercha à l'intérieur et saisit une feuille de papier. Le texte tapé à la machine était bref : « Votre dernier roman est excellent. Dans six mois on vous rendra le reste. Tout le reste ! A la condition que vous connaissez, bien sûr ! »

Il s'empara de la disquette et courut au salon mettre son nouvel ordinateur en marche. Deux minutes plus tard, la première page de son roman s'afficha sur l'écran. Il manipula quelques touches et la dernière page du livre s'étala à son tour. Les battements de son cœur l'empêchaient de respirer normalement. Instinctivement et alors que sa tête bourdonnait de questions sans réponses, il sortit la disquette de son Toshiba, saisit cinq disquettes vierges et fit des copies de l'original. Alberto était livide quand il alla s'allonger sur le canapé. Pour la première fois de sa vie, il fut bien obligé d'admettre qu'il avait peur. Peur de mourir. Comme Antonella il se trouvait entre les mains d'individus puissants et mystérieux. Incapable de réfléchir, il attendait de retrouver son rythme cardiaque en refusant de répondre aux questions qui se pressaient dans sa tête. La sonnerie du téléphone le laissa indifférent. Il était près de onze heures quand il décida de se ressaisir. Il alla composer le numéro du Vatican et demanda à parler à la secrétaire du cardinal del Sarto.

— Je m'excuse de vous importuner à nouveau mais je souhaite annuler mon rendez-vous avec le cardinal. J'ai enfin trouvé la réponse que je cherchais. Inutile de déranger Mgr del Sarto. Merci de votre gentillesse.

Il raccrocha et sortit. Dans sa voiture, il murmura pour lui-même : Voilà un signal qu'ils comprendront ! Il roulait avec sirène et gyrophare, seule manière d'avancer dans le chaos de la circulation romaine. Alberto avait la mine des mauvais jours quand il pénétra dans son bureau. Un adjoint entra derrière lui.

— Le préfet veut te voir.

Alberto le fixa sans comprendre.

— Le préfet ?

— Oui, sa secrétaire t'a appelé. Il veut te voir d'urgence. J'ai téléphoné plusieurs fois chez toi, j'ai essayé de t'avoir dans ta voiture...

— OK, j'y vais, dit Alberto d'une voix blanche.

Pourquoi le préfet veut-il me voir ? se demanda-t-il, inquiet. Est-il impliqué dans cette affaire ? Il sortit en coup de vent. Une demi-heure plus tard, il patientait dans une antichambre en attendant que le préfet le convoquât. Car il s'agissait bien d'une convocation. La secrétaire du préfet ouvrit la porte.

— Le préfet va vous recevoir.

Une heure plus tard, il était à nouveau assis dans son bureau, observant un point sur le plafond, la tête vide. Assommé.

La réunion du Conseil national de sécurité allait commencer d'un moment à l'autre. On attendait l'arrivée du Premier ministre d'Israël, Ariel Dan. David Ben Zion avait dû reporter son voyage à Rome alors qu'il se trouvait sur la route de l'aéroport Ben-Gourion. Un appel de son adjoint lui avait ordonné de rentrer immédiatement.

Un seul point à l'ordre du jour : les assassinats de personnalités juives dans la diaspora et particulièrement aux Etats-Unis et en Russie. La renaissance de l'antisémitisme n'épargnait aucun pays. David avait fait des propositions mais elles avaient été rejetées par le CNS. Ariel Dan arriva le visage abattu.

— Trop, c'est trop ! lança-t-il avant même de s'asseoir.

David consultait sa liste. Elle comportait une centaine de noms et des dizaines d'édifices de par le monde. Le Premier ministre l'invita à prendre la parole. Outre Ariel Dan, étaient présents le chef du Shin Beth, l'équivalent du FBI américain, le chef des renseignements militaires, le ministre de la Défense et celui des Affaires étrangères. Les seules personnes qui connaissaient physiquement le patron du Mossad.

— Trop, c'est trop, dis-tu ? Alors laisse-moi commencer par un reproche à tous ici présents. Voilà des mois que vous refusez mes propositions. Entretemps et avec les derniers assassinats nous en sommes à deux cent treize victimes. Deux cent treize ! Et Israël, la sixième puissance nucléaire du monde, la meilleure armée du monde, les meilleurs services secrets du monde, compte ses victimes et prie pour leurs âmes ! Vous connaissez mon opinion. Nous devons sans perdre une minute semer la terreur au sein des mouvements néonazis, antisémites et d'autres d'extrême droite. A partir de cet instant, ces représentants du démon vont devoir affronter Israël. Nous allons les pulvériser, un par un. Eux, leurs familles, leurs mouvements et leurs sympathisants.

Le CNS l'écoutait sans broncher. Depuis la dernière guerre, David leur avait imposé un respect sacré. Il avait parlé d'un ton calme, presque doux. Mais chaque mot avait pénétré le système nerveux des membres. Jusqu'à présent, ils avaient rejeté ces propositions en arguant qu'Israël ne pouvait pas s'ingérer dans les affaires internes des autres pays. C'était aux gouvernements de défendre et de protéger leurs citoyens. David, obsédé par son affaire romaine, n'avait pas insisté. A présent, l'assassinat de vingt-trois juifs dans un restaurant new-yorkais, une famille entière qui fêtait la bar-mitsva d'un garçon de treize ans, l'avait mis hors de lui. Il avait fait des efforts surhumains pour ne pas hurler.

— Je vous écoute, dit-il en reprenant sa liste, sûr de la réponse.

Le Premier ministre invita les membres à se prononcer un par un. Le ministre des Affaires étrangères, le plus hostile au plan de David, prit la parole :

— Je pense que nous devons mesurer les conséquences à tête reposée. Agir sous le choc n'est pas le meilleur remède...

— Tes arguments, on les connaît, coupa David. On te demande de voter, pas d'argumenter. Oui ou non ?

— C'est un diktat ou quoi ?

— Oui ! Mais il concerne la vie ou la mort de juifs. Ton avis sur cette question ne m'est pas sans intérêt.

Le ministre hocha la tête en signe de confirmation, le visage absent. Les autres confirmèrent par des oui haut et fort.

— Peut-on revoir la liste ? demanda le ministre des Affaires étrangères.

— Elle n'est pas à jour, répondit David. Il faudra rajouter quelques dizaines de noms. Je te soumettrai la nouvelle liste dans deux jours. Si tu as des idées ou des noms, tu pourras les rajouter, ajouta-t-il le ton sincère.

— Très bien, lança le Premier ministre qui voulait éviter un nouvel accrochage. David à toi de jouer.

Quelques instants plus tard, David était assis sur sa chaise pivotante, les mains derrière la nuque. L'opération « Démon » exigerait toute son attention et surtout sa présence continue au sein de la « maison ». Il révisa mentalement son plan. Il était parfait. Il n'avait pas attendu l'accord du CNS pour placer ses hommes dans des endroits stratégiques. La quasi-totalité des mouvements antisémites était infiltrée par des Israéliens blonds aux yeux bleus. Ils attendaient le feu vert pour passer à l'action. Il allait le leur donner d'ici quelques jours. Il appuya sur une touche. Son adjoint Ouzi arriva aussitôt.

— Feu vert pour le plan « Démon », dit-il sans lever les yeux de son dossier.

— Enfin, soupira Ouzi, une lueur dans le regard.

— Commence par le Ku Klux Klan. Le minimum de survivants. Idem pour le mouvement Pamiat à Moscou. Toute la direction. Idem pour les néo-nazis en Allemagne, idem pour l'extrême droite française. Tous ces mouvements, le même jour, à la même heure.

— Ça va faire un sacré feu d'artifice, s'exclama Ouzi, le visage contrarié.

— Le feu de l'enfer ! On ne s'attaque pas au démon par des bonnes paroles.

— Mais d'après le plan...

— Je sais, je sais, le coupa David. Mais je veux frapper vite et fort. On ne sait jamais avec le CNS, ils peuvent se dégonfler à n'importe quel moment.

Nous allons revoir ce plan dans ses moindres détails. Je veux que cette opération ait lieu avant un mois.

Ils se mirent au travail. David pensait à son projet romain qu'il devrait mener en parallèle. La combinaison des deux opérations lui posait un problème sérieux d'agenda. Il avait fixé l'opération « Démon » pour le 27 février, c'est-à-dire dans trois semaines, celle du chandelier avant la Pâque juive qui aurait lieu début avril. Dans deux semaines, un agent du Mossad allait être admis au collège des éthiopiens au Vatican. David devait lui-même tenter une première descente dans le cénotaphe le 14 février, un samedi soir. Sa tête bourdonnait comme une ruche d'abeilles quand il se retrouva seul.

Sa visite chez le rabbin Lévi-Monsénégo l'avait exténué. Il se souvenait de la scène et surtout de la dernière phrase du rabbin. « Le peuple juif est en train de perdre son âme. Il a besoin de lumière. Va et ramène la Ménorah ! » Son maître, connu aussi pour ses dons de médium, avait compris. Il était dans le secret bien qu'il fût à des millions d'années-lumière de s'imaginer les difficultés que posait cette opération. Il allait prier pour lui. David en aurait besoin, pensa-t-il en se levant. Il appela le responsable du service technique et lui dicta un fax pour Sarah. Comme d'habitude, le texte serait d'abord envoyé à Toulouse, puis retransmis sur Rome avant d'être communiqué à Sarah. Il appela sa femme et lui annonça qu'il rentrerait tard.

— Tu ne vas pas à Madrid ?

— J'ai reporté le voyage. Je rentre vers vingt-deux heures.

David reprit le dossier de l'opération « Démon » et tenta de faire abstraction de son projet romain. Mais il revenait sans cesse dans son esprit. Quelque chose, il ne savait pas quoi, le troublait. Au-delà des questions concernant le commissaire Livi et son adjointe, un doute commençait à l'envahir. Sa conduite chez le rabbin, où il avait été en transe et décrit la Ménorah dans sa symbolique alors qu'il n'avait jamais lu un livre sur la question, lui donna des frissons. Ne devrait-il pas se faire examiner par un psychiatre pour en avoir le cœur net ? Pourquoi Dieu lui envoyait-il des visions ? Etait-ce vraiment des visions ? Pourquoi lui ? Un frisson nerveux le secoua. Il se ressaisit, se leva et arpenta son bureau, l'esprit en désordre.

Esther lui en avait plus d'une fois fait la remarque : « David, je ne sais pas ce qui t'obsède depuis quelque temps. Mais tu es absent. Même quand tu joues avec ton fils, tu as l'air préoccupé ! »

Il pénétra dans le studio attenant à son bureau, se lava les mains et s'enveloppa de son châle de prière. Il demeura debout, la tête au plafond et, après un long silence, murmura pour lui-même : « Ecoute, Israël, l'Eternel notre Dieu, l'Eternel est un. J'aime l'Eternel, mon Dieu, de tout mon cœur, de toute mon âme et de tout mon pouvoir. Maître du ciel et de la terre, donne-moi la force d'aller jusqu'au bout ! »

Il plia son châle et sortit. Il appuya sur une touche et lança à son chauffeur :

— Je descends !

Dans la voiture qui le ramenait chez lui à Jérusalem, apaisé, il put enfin penser à l'opération « Démon ». Israël allait enfin riposter. La vengeance serait terrible. La liste s'était allongée de quelques dizaines de noms. Pour la première fois depuis deux mille ans, les juifs de la diaspora allaient être défendus par les juifs d'Israël. Son opération allait bouleverser la planète. Il serra les poings. Une haine impitoyable, une envie de meurtre gonfla les veines de son cou. Son sang circulait avec une vigueur nouvelle. Il se remémora les images de l'attentat perpétré le matin à New York. Celle du jeune garçon le visage troué de balles le fit frémir. Les démons allaient payer pour deux mille ans de massacres impunis. Israël avait les mains libres. Ses voisins ne constitueraient plus aucune menace avant cinquante ans. David allait exterminer par la violence, le sang et la mort cette canaille antisémite. La mort du démon était la condition du retour du chandelier. David s'affaissa sur son siège, convaincu que les deux opérations étaient à présent liées, compatibles, indispensables l'une à l'autre. Il retrouva petit à petit son calme, ferma les yeux et se caressa la barbe.

Le commissaire Livi luttait contre une migraine aussi subite que violente. Antonella le fixait, épouvantée. Il venait de lui annoncer l'offre du préfet : le poste de directeur de la police judiciaire pour la ville de Rome. Il avait patienté deux semaines avant d'en informer Antonella. Deux semaines de méditation pour comprendre le rôle que jouait le préfet de police dans l'affaire du Vatican. Cette promotion inattendue avait accru le rythme de ses migraines qui étaient passées d'une par mois en moyenne à une, voire deux par jour.

— Ta fameuse migraine ?

Alberto hocha la tête.

— Tu as pris des cachets ?

— Je dois donner ma réponse demain, dit-il en ignorant la question d'Antonella.

— Tu vas accepter ?

Il haussa les épaules. Ce geste qu'Antonella trouvait toujours plaisant, l'irrita. Elle commençait à se sentir déprimée, recluse dans sa villa, transformée en résidence surveillée. Emprisonnée à une vingtaine de kilomètres de sa famille qu'elle voyait une fois par semaine avec des mesures de protection dignes d'un chef d'Etat, Antonella passait ses journées à tourner en rond attendant l'arrivée de Livi. C'est la première fois qu'il venait la voir depuis la découverte de la disquette, deux semaines plus tôt.

Il avait utilisé tous les prétextes possibles pour éviter de venir ici.

— Tu me prends dans ton département ?

— Je n'ai pas encore accepté, dit-il en fermant l'œil droit pour atténuer sa douleur.

— On ne refuse pas un tel poste.

Il baissa la tête et se massa le front. Jamais il ne prendrait Antonella avec lui. C'était une affaire d'homme et il allait la poursuivre seul. Il sombra dans sa schizophrénie sous l'œil discret d'Antonella. Depuis la découverte de sa disquette, il avait changé d'avis mille fois sur la marche à suivre. A présent, il était convaincu qu'il fallait continuer. C'était une question d'honneur. La décision qu'il n'avait pas encore prise se limitait à deux possibilités. Ou il quittait la police et abandonnait cette affaire, ou il restait, acceptait la promotion et poursuivait son enquête. En tant que directeur de la police judiciaire, il aurait plus de moyens, plus d'autorité. Les choses seraient plus faciles.

— Je vais probablement accepter, dit-il en levant la tête. Mais en ce qui te concerne, il faudra patienter.

— Encore une semaine et je suis bonne pour l'internement. Regarde-moi, Alberto ! Regarde dans quel état je suis !

Le commissaire hocha la tête. Antonella avait perdu du poids. Trois ou quatre kilos, jugea Alberto en fixant son visage amaigri. Il ne lui avait rien dit sur sa disquette. Rien. Il ne lui dirait plus rien. Jamais.

— Tu seras bientôt libre.

— Tu es venu pour me dire cela ? Tu aurais pu le faire par téléphone, répondit-elle d'une voix chargée de reproches.

— C'est toi qui as voulu suivre cette affaire. Alors acceptes-en les conséquences ! Je t'avais avertie.

— Je me demande si ce n'est pas toi qui as monté

le coup de Ricardo pour m'éloigner de l'enquête, dit-elle en se levant, furieuse.

Alberto la fixa, surpris. Il n'était pas censé savoir qu'elle avait reçu un mot manuscrit la veille précisant : « Le deuxième homme est très proche de vous. »

— Tu es folle ou quoi ? s'écria le commissaire.

— Qui était le deuxième homme dans la voiture ? demanda Antonella qui dominait mal sa colère.

Alberto fronça les sourcils. Elle est en train de devenir parano, pensa-t-il.

— Antonella, je t'en supplie, ne m'entraîne pas dans ce genre de débilités. Les hommes qui mènent le jeu sont des professionnels de haut calibre...

— Alors prends-moi avec toi ! ordonna-t-elle.

Alberto se leva et arpenta la pièce d'un pas incertain. Il s'agissait presque de chantage. Il faillit hurler mais préféra la haïr en silence. Il se dirigea vers la porte. Antonella se précipita sur lui :

— Où vas-tu ?

— Chez le préfet, dit-il calmement. Ma décision est prise, je vais la lui communiquer.

Dans son bureau, il hésita longuement avant de composer le numéro de Martine. Il l'appelait tous les jours, souvent dix fois et à chaque fois, une voix chaude, toujours la même, lui conseillait de laisser son nom et son numéro de téléphone après le bip sonore. Il avait plusieurs fois rôdé dans la rue où il l'avait déposée après le dîner au Harry's Bar dans l'espoir de la rencontrer. Il ignorait le numéro de son immeuble et jusqu'à son nom de famille. Troublé, l'esprit préoccupé depuis des semaines, il n'avait même pas pensé à demander aux services téléphoniques le nom et l'adresse de l'abonnée. Sa migraine avait disparu quelques instants après avoir appelé le préfet de sa voiture pour lui annoncer qu'il acceptait le poste. Il souleva le combiné et fit le numéro de Martine. A la cinquième sonnerie, il se mit à espérer. Le répondeur n'était pas branché. A la sixième, il raccrocha et reforma le numéro. Elle était dans son bain, pensa-t-il, le combiné collé contre son oreille. A la septième sonnerie, la voix de Martine résonna dans son oreille. Il venait, sans le savoir, d'utiliser l'un des codes de communication entre Sarah et Rebecca.

— Enfin ! soupira-t-il. Vous étiez en voyage, je suppose ? Alberto Livi à l'appareil.

Il sentit une hésitation au bout du fil.

— C'est moi, le commissaire...

— Ah, oui, dit-elle froidement.

— Je voulais avoir de vos nouvelles...

— Ça va, et vous ?

— Moi ? Euh, bonnes, enfin dans l'ensemble... plutôt bonnes.

Il se sentit subitement nul. Incapable de trouver les mots qu'il fallait.

— Je m'excuse mais un taxi m'attend en bas. Merci d'avoir appelé, dit-elle en raccrochant.

Livi demeura le combiné à la main jusqu'à ce qu'un son aigu l'obligeât à raccrocher. C'est foutu, pensa-t-il. Elle ne lui avait pas pardonné d'avoir annulé le dîner au dernier moment. Ces Orientales étaient d'une susceptibilité incroyable. Quelque chose dans la voix de Martine lui avait semblé bizarre. Il refit son numéro et tomba sur le répondeur. Il raccrocha sans laisser de message. Un éclair illumina son cerveau. Il éclata de rire en appuyant sur un bouton. Un jeune policier arriva aussitôt.

— Tiens.

Il lui tendit un bout de papier sur lequel il avait inscrit le numéro de téléphone de Martine.

— Trouve-moi l'adresse de l'abonné. C'est urgent.

L'homme s'empara de la feuille et sortit sans rien dire.

Alberto Livi s'affaissa sur sa chaise. En partant brusquement de chez Antonella, il avait décidé de refuser le poste et de donner par la même occasion sa démission de la police. Mais quand il avait eu le préfet au bout du fil, il avait changé d'avis. Inexplicablement.

— Alors, monsieur Livi ? C'est oui, bien sûr ?

— Oui, monsieur le Préfet, avait-il dit d'une voix sourde.

— Très bien. J'envoie immédiatement un communiqué à la presse.

— Je voulais vous demander...

— Oui ?

— Ce n'est pas une condition, loin de là...

— Je vous écoute.

— Je voudrais nommer mon adjoint...

— La fameuse Cocchetti ?

— Antonella Cocchetti, oui...

— C'est vous qui décidez. Je ne vois pas d'inconvénient. Je comprends que vous ne vouliez pas vous séparer d'elle.

Livi devait commencer dans deux semaines. Il eut subitement envie de partir en vacances. Seul. Seul, répéta-t-il pour lui-même en composant le numéro d'Antonella.

— Je m'excuse, dit-elle à peine eut-il prononcé son nom.

— Je t'appelle pour t'inviter...

— M'inviter ? Où ?

— Une semaine, où tu veux.

A l'autre bout du fil, Antonella esquissa une grimace.

— Tu es sérieux ?

— Jamais été aussi sérieux de ma vie !

— Mais je ne peux pas...

— Tu peux. Tu n'as qu'à dire à ton mari qu'ils vont te changer de résidence et que tu l'appelleras tous les jours pour lui donner de tes nouvelles. Tu lui annonceras en même temps que tu as été nommée au poste de directrice adjointe auprès de moi et que ton calvaire sera bientôt terminé.

Antonella pleurait doucement.

— Alors ?

— On va où ? murmura-t-elle.

— A Jérusalem !

— A Jérusalem ?

— Pourquoi pas. On part demain. Je fais le nécessaire. Je pars le premier. Tu me rejoins par le prochain vol. Les mauvaises langues, tu sais...

Il raccrocha au moment où le jeune policier pénétrait dans son bureau, le visage souriant. Il lui tendit une feuille. Alberto lut l'adresse et ses traits se crispèrent. Il avait déposé l'Egyptienne à la Via delle Coppelle, à côté de la Piazza Navona. Or le numéro correspondait à un immeuble situé à une rue de chez lui, Via Lazio. Il fixa le jeune homme comme s'il attendait qu'il lui expliquât ce mystère. Il haussa les épaules et libéra le policier en le remerciant. Elle a pu dormir chez une amie, ou bien, elle n'a pas voulu que je connaisse son adresse. Classique. Elle est peut-être fiancée et s'est disputée avec son ami ce soir-là. Mais pourquoi lui avait-elle donné son numéro de téléphone alors qu'elle le savait flic ? Innocente, pensa-t-il. Belle, innocente et vexée. La porte s'ouvrit brusquement et une dizaine d'inspecteurs pénétrèrent en brandissant quelques bouteilles de champagne. Ils venaient de lire le communiqué et étaient venus fêter sa promotion.

Sarah se dirigeait vers la bibliothèque du Vatican quand son téléphone de poche se mit à sonner. Elle plongea la main dans son sac et saisit l'appareil de la taille d'un paquet de cigarettes. C'était Rebecca. Elle regarda alentour et accéléra le pas en se dirigeant vers la sortie. Une demi-heure plus tard, elle serrait la main de Rebecca dans la cave du garage.

— Ils vont aller à Jérusalem.

Sarah la regarda, interloquée.

— Je viens d'écouter les bandes que m'a remises Ouri.

Rebecca faisait allusion à l'agent du Mossad chargé de suivre et d'écouter Alberto.

— Je ne sais pas si c'est un pur hasard, mais le flic a percé notre code.

Rebecca lui raconta comment Alberto avait laissé sonner six fois, raccroché puis téléphoné à nouveau.

Sarah se pinçait les lèvres. Rebecca discerna une angoisse chez sa supérieure.

— Qu'est-ce qu'ils vont faire à Jérusalem ? demanda Sarah.

— En vacances, d'après les bandes.

— Qu'est-ce que tu crois ?

— Je crois qu'il a compris qu'il était sur écoutes et qu'il nous mène en bateau pour mieux nous localiser. Il n'a rien dit d'intéressant pendant deux semaines, depuis qu'on lui a rendu sa disquette. Juste quelques coups de fil bizarres à son adjoint pour lui expliquer qu'il ne pouvait lui rendre visite. J'ai même cru qu'il ne souhaitait plus la revoir. Par moments, chez lui, il se mettait à parler seul. « J'en ai marre de ce métier de merde, j'arrête. La vie est trop belle, je veux vivre ! » puis des « Je vais leur montrer qui est Alberto, je vais leur briser les reins, etc. » Il change d'avis dix fois par jour. Il pense que le préfet de police est dans le coup à cause de sa promotion qu'il vient d'accepter. On dirait une mise en scène...

— Ou bien il devient fou, coupa Sarah. Ce type va finir par me rendre nerveuse. Pour plus de sécurité, on communiquera uniquement par répondeur. On va aussi changer de numéro de téléphone.

Elle faillit lui reprocher à nouveau de lui avoir donné ses coordonnées la première fois, mais se ressaisit et pensa à ces deux flics qui allaient partir pour

Jérusalem. Ce voyage en Terre sainte n'augurait rien de bon. Dans son métier, on ne croyait pas au hasard. Elle n'avait toujours pas compris pourquoi David avait épargné Alberto. Elle attendait son arrivée à Rome, reportée jour après jour, pour lui demander des explications.

— Qu'est-ce qu'on fait ? demanda Rebecca.

— Je vais envoyer un message à la « maison ».

— Il part demain par le vol de dix heures avec Alitalia. Elle le suit par le vol d'El Al une heure plus tard.

— Très bien. Tu es libre.

Rebecca s'en alla. Sarah rédigea un message codé à l'attention de David. Il recevrait le fax dans une demi-heure après avoir parcouru le trajet traditionnel. D'abord Rome, Toulouse, Haïfa puis de là à Beit Asia, le quartier général du Mossad à l'entrée de Tel-Aviv. Ce moyen de communication était le plus sûr.

[illegible] au [illegible]
de [illegible] pas [illegible] avait pas eu
[illegible]. Elle n'avait toujours pas [illegible]
[illegible] Alberto. Elle attendait son [illegible]
[illegible] des [illegible].

— Qu'est-ce qu'il a ? demanda-t-il [illegible].

— [illegible] à la [illegible].

— Il [illegible] par [illegible] des [illegible] avec [illegible]
[illegible] et [illegible] plus
[illegible].

[illegible]

Quelqu'un [illegible] une [illegible] des [illegible]
[illegible]
[illegible] dans la [illegible] de location [illegible]
[illegible] à la sortie de l'aéroport
Ben-Gourion [illegible]

— [illegible] un [illegible]
en italien un homme d'une trentaine d'années au
regard bien [illegible] et [illegible].

Antonella [illegible] Alberto haussa les
épaules et se présenta :

— Je m'appelle Alberto. Elle, c'est Antonella. C'est
la première fois que nous venons en Israël et nous
allons à Jérusalem, [illegible] King David.

— [illegible] ? demanda le capitaine du Mossad en
démarrant.

— Non, répondit Alberto.

Antonella [illegible] la tête de droite à gauche en
[illegible] une [illegible].

— [illegible] le chauffeur en la
regardant [illegible].

— Qu'est-ce qui [illegible] ? demanda Alberto
[illegible].

— Que vous ne [illegible] pas [illegible].

— Vous [illegible] demanda Anto-
nella [illegible] Alberto [illegible].

— [illegible] ! Ciao [illegible] Israël.

6

Quelque deux cents photos avaient déjà été prises au téléobjectif avant que le commissaire et Antonella ne montent dans la Mercedes de location avec chauffeur qui les attendait à la sortie de l'aéroport Ben-Gourion, à vingt kilomètres de Tel-Aviv.

— Je m'appelle Avraham Livi, s'écria le chauffeur en italien, un homme d'une trentaine d'années au regard bleu foncé et à l'allure svelte.

Antonella pouffa de rire. Alberto haussa les épaules et se présenta :

— Je m'appelle Alberto. Elle, c'est Antonella. C'est la première fois que nous venons en Israël et nous allons à Jérusalem. J'ai réservé au King David.

— Juif ? demanda le capitaine du Mossad en démarrant.

— Non, répondit Alberto.

Antonella secoua la tête de droite à gauche en esquissant une grimace.

— Ce n'est pas très grave, lança le chauffeur en le regardant par le rétroviseur.

— Qu'est-ce qui n'est pas grave, demanda Alberto, confus.

— Que vous ne soyez pas juif, dit-il en riant.

— Vous êtes de quelle origine ? demanda Antonella en observant Alberto à la dérobée.

— Italie, Toscane. Cinq générations en Israël.

Antonella posa sa main gauche sur la cuisse d'Alberto et lança au chauffeur :

— Pourquoi Livi et pas Lévi ?

Avraham haussa les épaules.

— D'après mon grand-père qui vit toujours, les gens en Toscane prononçaient notre nom Livi alors que nous étions des Lévi. Beaucoup se sont convertis au christianisme et ont conservé le nom. C'est pour cela qu'il y a encore des Livi qui ne sont pas juifs. Mais je sais que la plupart d'entre eux ne mangent pas de porc. Certains, surtout les vieilles femmes, allument encore la bougie du vendredi soir sans savoir pourquoi.

— Vous voulez dire, le verre d'eau avec de l'huile d'olive et une veilleuse qu'on allume avant l'entrée du sabbat ? demanda Alberto qui se souvint que sa grand-mère respectait ce rituel.

— C'est cela. Vous trouvez la même chose à Fez, au Maroc. Là aussi des milliers de juifs avaient été convertis de force au seizième siècle et beaucoup de femmes continuaient et jusqu'à nos jours à allumer la bougie du sabbat.

Antonella enleva sa main. Il regardait par la vitre, l'air absent.

A peine entrée dans la suite de l'hôtel truffée de micros, Antonella avait sauté sur Alberto. Ils firent l'amour le reste de l'après-midi. Le soir, ils dînèrent au restaurant de l'hôtel et remontèrent dans leur suite. Antonella, heureuse comme elle l'avait rarement été, s'était laissée aller à un véritable délire sexuel.

Le lendemain après un copieux petit déjeuner à l'israélienne, ils sortirent se promener dans les rues de Jérusalem en donnant congé au chauffeur. De petits nuages blancs parsemaient le ciel bleu. Un léger vent d'ouest soufflait. A l'aide d'une carte, ils se dirigèrent vers la vieille ville.

— Je savais que tu étais juif, dit-elle quand ils arrivèrent devant la Porte de Damas.

— Converti, admit Alberto en revoyant sa grand-mère allumer la bougie du sabbat.

— C'est quand même extraordinaire. On arrive en Israël et le chauffeur s'appelle Livi et est originaire de Toscane, comme toi. Je crois que c'est le destin qui l'a voulu.

— Dans quel but ? demanda Alberto en regardant discrètement autour de lui pour s'assurer qu'on ne les suivait pas. Simple réflexe, devenu une habitude depuis des semaines.

— Pour que tu redeviennes membre à part entière du peuple élu.

— Avec la remontée de l'antisémitisme dans le monde, ce n'est pas le meilleur moment idéal pour être juif !

— Mais tu l'es !

— Pas que je sache.

— Alors change de nom. Sinon avec ton nouveau poste, tu risques d'avoir une désagréable surprise un jour. Une croix gammée sur ta voiture ou sur ta porte.

— L'Italie me connaît. Ce n'est pas maintenant que je vais changer de nom. Et puis pour l'antisémitisme, je fais confiance au Mossad. Il ne va pas laisser les juifs se faire assassiner comme au temps d'Hitler.

— Que Dieu t'écoute, dit-elle en s'arrêtant devant une échoppe de souvenirs.

Une équipe de trois couples les suivait à distance respectable. Un jeune homme en jean, T-shirt et walkman sur les oreilles, captait leur conversation à dix mètres du commissaire. Toutes les demi-heures, le jeune homme était remplacé par un autre. Alberto portait des micros dans les talons de ses Berluti, à deux mille dollars, sans le savoir.

Une heure plus tard, ils arrivèrent devant le Mur

des lamentations et Alberto expliqua à Antonella que les Israéliens allaient peut-être reconstruire le Temple.

— Celui que les Romains avaient détruit du temps de Jésus ? demanda-t-elle, d'une voix sourde.

— Quarante ans après Jésus. En l'an 70 plus exactement, par le général Titus, le fils de l'empereur Vespasien.

Antonella admira son savoir en silence. Alberto l'entraîna vers un groupe de religieux qui campait sur la colline du Temple, là où les mosquées d'Omar et al-Aqsa avaient été détruites durant la dernière guerre. Il engagea une conversation avec eux en anglais qu'il traduisait au fur et à mesure à Antonella.

— Est-ce nécessaire de reconstruire le Temple ? demanda Alberto au plus âgé, un homme d'une trentaine d'années au regard perçant.

— D'où êtes-vous ?

— Italie.

— Rome ?

— Oui.

L'homme le mitrailla du regard. Alberto sentit ses ondes hostiles lui traverser la chair.

— Vous avez brûlé notre Temple et construit le Vatican, mille fois plus grand que ne l'était notre Temple. Mais nous allons le reconstruire avec l'aide de l'Eternel. Et votre Vatican sera détruit pour toujours. Votre Jésus ne pourra rien pour vous. Parce qu'il n'était rien, dit-il en accompagnant ces mots d'un mouvement de main comme s'il chassait une mouche.

Le groupe de religieux, une trentaine environ, s'était levé, l'air menaçant. Antonella réprima un mouvement de recul. Alberto la retint.

— Je suis juif, dit calmement le commissaire.

L'homme le toisa, ignorant Antonella.

— Vous connaissez la Torah ? demanda-t-il, sceptique.

— Pas aussi bien que vous...

— Votre femme ? demanda-t-il en levant la tête vers Antonella.

— Oui.

— Juive ?

Alberto acquiesça.

— Vous êtes ici en touristes ?

— Oui.

— En touristes dans votre propre pays ! Vous allez bientôt tous venir, ici, comme des bêtes apeurées.

— A cause de l'antisémitisme ?

— Parce que le Messie est parmi nous. Il ne va pas tarder à apparaître. Ce n'est qu'une question de temps. Quand nous aurons reconstruit le Temple. La Ménorah reviendra en même temps que le Messie.

— La quoi ? demanda Livi.

L'homme le fixa, écœuré.

— La Ménorah de Beit Hamikdach.

— Je ne parle pas l'israélien...

— L'hébreu ! L'israélien est une nationalité, pas une langue. Notre langue c'est l'hébreu, juif du Diable, dit-il en crachant par terre. Puis il poursuivit sur le même ton agressif :

— La Ménorah, c'est le chandelier que les Romains ont volé en incendiant le Temple. Le chandelier à sept branches aussi haut que vous.

Alberto hocha la tête. Il traduisit à Antonella en lui expliquant que le chandelier en question était sculpté sur l'arc de Titus à Rome. Antonella voulait partir. L'hostilité de ces religieux l'effrayait.

— Viens, s'écria-t-elle en le tirant par le bras.

— Ne crains rien. Il est méchant mais très intéressant. Et où est le chandelier ? demanda-t-il d'une voix douce en s'adressant au religieux.

— Chez vous à Rome. Adonaï va nous le ramener.

— Qu'est-ce qui vous fait croire qu'il est à Rome ?

— Il est à Rome, dit-il d'un ton qui ne tolérait pas la réplique.

— Où à Rome ?

— Au Vatican, bien sûr.

— Au Vatican ? Et pourquoi vous...

Il s'arrêta la bouche entrouverte. L'homme le regarda, inquiet.

— Vous avez l'air surpris ! constata le religieux. La Ménorah est cachée là-bas. Les chrétiens savent que s'ils nous la rendent, c'en est fini de leur histoire de Jésus et de ses fausses prophéties. La Ménorah, Adonaï va nous la rendre et le Vatican sera démasqué. Etudiez la Torah pendant qu'il en est encore temps. Repentez-vous. Le Jour du Messie est proche !

L'homme se tourna et demanda qu'on lui donne des phylactères.

— Approchez, ordonna-t-il à Alberto.

Le commissaire reconnut les lanières de cuir que les juifs portaient sur le bras gauche et autour du front dans les synagogues.

— Qu'est-ce qu'il veut ? demanda Antonella, terrorisée.

— Me bénir, je suppose, dit-il en tendant son bras droit.

— Le bras gauche, juif de Rome !

Le religieux lui couvrit la tête d'une kippa et lui ficela le bras avec les lanières de cuir. Puis le commissaire répéta après le religieux la prière qui accompagnait le geste, en trébuchant sur les mots hébreux qu'il prononçait avec difficulté. L'opération dura cinq longues et épuisantes minutes sous le regard stupéfait d'Antonella et des guetteurs du Mossad postés à une trentaine de mètres. Perdu au milieu de la foule, un jeune religieux captait la conversation avec un walkman dissimulé sous sa veste. Les deux Italiens finirent par partir au grand soulagement d'Antonella qui avait vécu ce moment comme un vrai cauchemar.

— Quelle bande de fanatiques ! s'écria-t-elle à peine eurent-ils disparu de leur champ de vision. Qu'est-ce qu'il disait sur le Vatican ? Je l'ai entendu prononcer plusieurs fois le mot mais tu ne m'as pas traduit.

— Des insultes, dit Alberto en souriant.

Ils déjeunèrent dans un restaurant oriental et rentrèrent à l'hôtel faire une sieste. Antonella s'endormit aussitôt. Alberto tenta de mettre de l'ordre dans ses idées mais l'émotion vécue au moment où il avait mis les phylactères et la kippa revenait sans cesse dans son esprit. L'histoire du chandelier l'effleura. L'homme en noir affirmait qu'il était au Vatican et que Dieu, qu'il appelait Adonaï, allait le rendre un jour aux juifs. Avant l'arrivée du Messie ou pendant ? Avant la reconstruction du Temple ou après ? Il essaya de se remémorer la conversation mais s'embrouilla. Il pensa alors au chauffeur. Livi, comme lui. Mais juif, alors que lui ne l'était pas. Pourtant il était circoncis et ne mangeait pas de porc...

Il se souvint que, enfant, sa mère le lui avait interdit en lui précisant que « c'était de la viande sale ». Sur son lit de mort, elle lui avait demandé de lui jurer de ne jamais manger de porc et de transmettre ce message à ses enfants. Il commençait à comprendre. En fait, il était un Italien circoncis et baptisé qui ne touchait jamais au porc. Ses parents, comme ses grands-parents, comme ses arrière-grands-parents, comme ses aïeux avaient tenu à respecter cette tradition juive, tout en acceptant l'assimilation. Antonella ouvrit les yeux.

— Tu ne dors pas ?

— J'ai dormi un peu, mentit Alberto.

Elle se colla contre son corps nu. Antonella était pleine d'ardeur et Alberto avait rarement été traité avec autant de délicatesse par une femme. Ils firent l'amour longuement.

L'express de Paris entra en gare de Termini à Rome. Sur le quai, un Ethiopien, vêtu de noir, la poitrine barrée d'une grande croix en or, observait les passagers qui descendaient du train. Quelques instants plus tard, il reconnut l'homme qu'il attendait. Il portait la même tenue que lui et se dirigea vers lui les bras tendus. Le père Mathéus, un Ethiopien d'une quarantaine d'années au visage fin, posa sa valise et lui donna l'accolade.

— Avec l'avion, vous n'auriez mis qu'une heure et demie.

— J'aime le train. Il me permet d'arriver en même temps que mon âme. L'avion va trop vite, répondit Mathéus.

Ils rirent en même temps et se donnèrent à nouveau l'accolade. Dix minutes plus tard, ils roulaient en direction du Vatican.

La vie du père Mathéus, alias Avraham, commandant au Mossad, était presque parfaite. Né à Addis-Abeba, il était venu en Israël en 1975 à l'âge de seize ans avec un premier groupe de Fallachas que le Mossad avait réussi à faire sortir du pays. Après son service militaire, et grâce à un parcours sans faute dans les commandos des parachutistes, il avait été recruté par les services secrets et formé pour participer un jour au sauvetage de milliers de juifs éthiopiens. L'opération « Moïse » s'était déroulée à la fin des années 80 et Avraham en avait été l'un des héros. Quelques mois plus tard, on l'avait muté dans la section « catholique » spécialisée dans les questions religieuses relatives au Vatican. Après avoir étudié la théologie chrétienne durant un an, il retourna à Addis-Abeba muni de faux papiers et intégra l'Eglise officielle. Ordonné prêtre en 1992, il exerça son ministère jusqu'en 1995 dans la plus grande église de la capitale avant de partir pour le Sénégal où il enseigna dans un séminaire jusqu'à ce que David Ben Zion lui donnât l'ordre de rejoindre le Vatican. Sa candidature au collège éthiopien du Vatican fut acceptée en un temps record. Mathéus avait demandé à passer une année pour approfondir ses connaissances à la bibliothèque de la cité. Son C.V., indiquait qu'il avait déjà publié deux livres : *Catholicisme et modernité* et *Yéoshoua Ben Yossef* (« Jésus fils de Joseph »), lumière universelle. En fait, ces livres avaient été écrits par un spécialiste de théologie chrétienne à l'université de Jérusalem et membre du Mossad.

Le lendemain de son arrivée, Mathéus fut invité à assister à la messe matinale dans la chapelle privée du pape. Le Saint-Père le convia ensuite dans son bureau pour un entretien d'une vingtaine de minutes. Le père Mathéus sortit une heure plus tard, flatté, et respecté désormais par ses pairs pour toute la durée de son séjour au Vatican. Le deuxième soir, il rencontra Sarah dans la bibliothèque. Elle était assise à sa place habituelle. Ils s'observèrent discrètement mais ne s'adressèrent pas la parole. Sarah l'avait rencontré au Caire deux semaines plus tôt pour le briefer. La réunion entre le commandant et le colonel du Mossad avait duré une heure. Quand Sarah le quitta, il en savait autant qu'elle, c'est-à-dire le strict nécessaire. Comme elle, il attendait les ordres de son patron pour passer à l'action. Il était question d'un cénotaphe dans le cimetière teutonique qui menait dans une cave souterraine. A l'intérieur de cette cave, se trouvaient quelques objets susceptibles d'intéresser le patron du Mossad. Objets apparemment d'une grande valeur puisque la survie d'Israël en dépendait. Avraham avait tout de suite pensé à quelques manuscrits apocryphes, voire aux originaux du Nouveau Testament dont certains prétendaient qu'ils différaient très sensiblement des versions canoniques. Il passa sa seconde nuit au Vatican et s'endormit, comme la veille, sur cette certitude.

David Ben Zion embrassa Esther avant de passer à table. Depuis qu'il s'occupait de l'opération « Démon », il ne rentrait que le vendredi soir. Esther, qui avait noté chez lui une nervosité extrême ces dernières semaines, ne dit rien. Juste quelques « Tu es sûr que tout va bien ? »

David emplit un grand verre de vin et se leva pour la prière du vendredi soir. Puis il saisit le pain fait à la maison, le bénit et le sala avant d'en donner un morceau à Esther. Ils mangèrent en silence mais Esther avait remarqué que David avait ouvert la bouche plusieurs fois comme s'il voulait dire quelque chose. Elle l'encouragea du regard. Comme il ne disait toujours rien, elle se décida à franchir la limite qu'elle s'était imposée : parler de son travail. L'ex-agent du Mossad à Bagdad passa sa main sur ses longs cheveux noirs et dit d'une voix douce :

— David...

Il hésita avant de murmurer :

— Si tout marche comme je le souhaite, je quitterai mes fonctions pour la Pâque.

Esther le dévisagea, interloquée. Pâque était dans six semaines. Elle avait besoin d'en savoir plus. Beaucoup plus. Tout. Elle était son égale. N'était-ce pas grâce aux informations qu'elle avait fournies de Bagdad au risque de sa vie qu'Israël avait été sauvé du désastre ? Pendant un an, elle avait subi l'attitude mystérieuse de son mari. Depuis des semaines, il ne se trouvait plus dans son état normal. Ses prières la nuit, ses lectures du Talmud et de la kabbale, les phrases incohérentes prononcées pendant son sommeil, les réveils brusques qui le laissaient presque en transe durant de longues minutes, l'esprit ailleurs, ses voyages incessants pour un homme dont la fonction interdisait tout mouvement à l'extérieur des frontières, tout cela lui faisait peur. Terriblement peur.

— David ! répéta Esther d'une voix suppliante.

Le patron du Mossad se pinça les lèvres et détourna son regard comme un enfant qui a commis une faute. Cette scène le contrariait. Il avait plusieurs fois repoussé cette échéance qu'il savait inévitable. Par respect pour l'ex-agent, le plus grand de l'histoire du Mossad, qui lui avait donné un fils et qui en attendait un autre. Il avait espéré que l'annonce de son départ du Mossad allait lui épargner de donner ces détails. Mais le regard d'Esther s'était fait plus brillant. Allait-elle éclater en sanglots ? Elle ? Cette légende vivante ?

— David ! répéta Esther.

Il discerna un léger changement de ton dans la voix. Inutile de jouer au chat et à la souris avec elle. Il fallait tout lui dire ou se taire. Esther portait un caftan vert foncé de la même couleur que ses yeux. Elle ressemblait à une reine des temps bibliques. Sa photo et son histoire valaient des millions de dollars. La presse féminine du monde entier la recherchait avec acharnement. On savait qu'elle avait été ministre des Affaires étrangères d'Irak. Elle s'appelait à l'époque Khalida ben Omar, mais tout le monde ignorait qu'elle avait été l'agent principal du Mossad dans la capitale irakienne. Sa disparition de la scène publique un jour avant la guerre avait fait courir le bruit qu'elle avait trouvé la mort lors des premières attaques de l'armée de l'air israélienne. Les photos que la presse publiait de temps en temps la montraient avec un châle sur la tête et de grandes lunettes fumées qui lui cachaient la moitié du visage. Seul David avait le privilège d'admirer cette incroyable créature.

— Nous allons régler le problème antisémite, dit-il enfin avec l'espoir d'arrêter les larmes qui voilaient le regard de sa femme.

Il lui raconta le plan « Démon » dans ses moindres détails. Esther devinait qu'il y avait autre chose. L'opération « Démon » lui sembla une action banale que le Mossad aurait dû concrétiser bien avant que les mouvements antisémites ne deviennent puissants et légaux. En spécialiste, elle jugea excellente l'opération « Démon » telle que David venait de la lui décrire. Mais elle se garda de la commenter. David interpréta son silence comme un signe de mécontentement.

— L'autre opération, poursuivit-il en affichant une mine anxieuse, est d'ordre plus... comment dire ? Plus spirituelle...

Esther se redressa sur sa chaise, tous ses sens en alerte. David nota l'intérêt évident que le mot spirituel avait suscité en elle. Alors il parla. Son visage se déridait, ses épaules se détendaient au fur et à mesure qu'il racontait son projet romain. Esther l'écoutait sans l'interrompre, attentive, fascinée, dominant mal le tremblement de ses mains. On aurait dit que c'était elle qui allait chercher le chandelier. David avait rarement été aussi serein, aussi maître de lui. Il se libérait d'un fardeau qui lui avait brisé les épaules pendant des mois. Un long silence les sépara quand il eut achevé son récit. Ils fixaient les flammes du petit chandelier à sept branches au milieu de la table.

— Débarrasse-toi des deux flics, dit Esther subitement d'une voix douce.

— Mais Livi a été juif...

— A été ! Ce qui compte, c'est la Ménorah.

— On peut le ramener au judaïsme.

— Rapporte la Ménorah ! Ce Livi est inintéressant. La priorité, c'est la Ménorah. Lui n'est qu'un obstacle. Un obstacle qui risque de tout faire capoter.

Esther s'exprimait d'une voix autoritaire. Le fait d'avoir été éloignée de son métier l'avait beaucoup plus atteinte que David ne l'avait imaginé. Il avait besoin de son avis. Livi se trouvait encore en Israël. D'après les rapports qu'il recevait, le commissaire passait une partie de son temps à lire des livres sur la destruction du Temple et sur le chandelier. Il avait eu une discussion avec le rabbin de l'hôtel King David sur l'origine et le symbole du chandelier. Il avait interrogé le chauffeur sur les mêmes questions, était retourné au Mur des lamentations pour se renseigner auprès des fidèles. Il s'arrangeait toujours pour s'y rendre sans Antonella lors de ses recherches qu'il menait comme de véritables interrogatoires. Les réponses variées qu'il obtenait l'incitaient à poursuivre son enquête. David en avait conclu que cette curiosité acharnée faisait partie du processus de ce qu'il appelait son retour à son identité juive et il avait secrètement décidé de le recruter quand il jugerait le moment propice. Il le manipulait à distance, et ce jeu le fascinait. Livi commençait à admettre l'idée qu'il avait des origines juives. Il avait même confié à Antonella qu'il envisageait d'étudier la Torah en rentrant à Rome. David était de plus en plus persuadé qu'il faisait une « mitsvah », une bonne action conforme aux recommandations de la Torah. Ramener un juif à la Torah était considéré comme l'une des meilleures actions qu'un juif pouvait entreprendre. La seule forme de prosélytisme, non seulement permise mais obligatoire dans le judaïsme.

— Tue-le, répéta Esther, d'une voix sans réplique.

— Tu veux que je tue un homme qu'Hitler aurait massacré ?

— Hitler a aussi tué, assassiné des centaines de milliers de non-juifs.

— Esther !

— C'est la vérité, David. Je comprends ton point de vue, mais cet homme risque de tout compromettre. Son retour au judaïsme va prendre des mois, voire des années. D'accord, tu t'amuses en lui donnant un chauffeur qui est supposé s'appeler Livi, etc., mais l'homme est coriace, ambitieux, intelligent. Il a dû déjà établir le rapport entre la Ménorah et les clés. Tu ne vas pas le laisser quitter le pays avec cette certitude ? Je suppose que tu veux le recruter. J'aurais peut-être fait la même chose. Mais tu n'as que six semaines devant toi. Tu ne sais pas ce que tu vas trouver dans cette cave. Alors il faut choisir. Mon instinct me dit que tu vas le regretter. Liquide-le, David. Ce que tu crois être une « mitsvah » n'est que de la manipulation. Il n'est pas juif. Tu as passé un an dans un état second. Ta mission est de ramener la Ménorah, non de ramener un homme qui se nomme Livi à un judaïsme qu'il aurait quitté il y a deux ou trois siècles. Il doit disparaître. Tel est son destin. Si c'est un juste, il trouvera sa place au paradis. N'entre pas dans les affaires de Dieu. Fais ton travail en mettant de ton côté tous les atouts possibles. Lui représente un obstacle.

David sombra dans une méditation douloureuse. Il avait l'impression de se trouver face au tribunal du Mossad. Pour la première fois de sa carrière, il occupait la place de l'avocat de la défense. Jusqu'à présent, il préparait le dossier qui réclamait la peine de mort. Deux fois seulement, il avait agi sans demander l'avis du tribunal. C'était quand il avait décidé de liquider Giorgio et le serrurier. Le tribunal aurait rejeté le dossier pour la raison que ces deux hommes ne représentaient aucune menace pour la sécurité d'Israël. Si David avait précisé l'objet de sa demande, fourni les preuves que le chandelier se trouvait au Vatican, les deux avocats, celui de la défense, comme le procureur du Mossad, l'auraient envoyé promener, voire traité d'incompétent ou, pire, d'illuminé. La grâce de Livi n'était-elle pas un prétexte pour calmer la mauvaise conscience qui, par moments, accablait le patron du Mossad ? La mort de Giorgio le laissait indifférent. Elle était nécessaire à la réussite de son projet. Mais celle du serrurier lui pesait sur la conscience. Il aurait pu l'éloigner d'une autre manière. Lui offrir une somme qui lui aurait permis de profiter d'une retraite sans soucis. Pourquoi ne l'avait-il pas fait ? Pourquoi avait-il abusé à ce point de son pouvoir de vie ou de mort sur ce malheureux ? Pour épargner Alberto et Antonella, il avait d'abord songé à leur profession. On ne tue pas des policiers sans déclencher la machine judiciaire. Les policiers, il le savait, mettaient plus de rage et de passion à découvrir les assassins d'un des leurs. S'il y avait des dossiers qu'on ne classait jamais, c'était bien ceux-là. Ensuite, le nom du commissaire l'avait dissuadé d'agir. Non, il n'allait pas tuer un juif. Quand il s'avéra que Livi ne l'était pas, il avait assisté à ce débat entre les deux rabbins américains. A chaque fois, Livi sauvait sa peau. A présent, Esther le condamnait d'une manière catégorique.

— Puis-je me permettre une critique ? interrogea Esther, coupant court à sa méditation.

David leva les yeux et l'invita à parler d'un mouvement de tête incertain.

— Tu n'aurais pas dû prendre les clés de son coffre, dit-elle d'une voix douce, comme si elle ne voulait pas le froisser.

David ne broncha pas. C'était une erreur, il le savait. La remarque d'Esther l'irrita, mais il ne le montra pas. Ce n'était pas la seule erreur, hélas. Tout depuis le début n'était qu'une succession de fautes graves. Il pensa à Sarah et son cœur se serra. Jamais Esther n'aurait commis ce genre de faute. Sarah était-elle capable d'aller jusqu'au bout ? Ou était-ce lui qui était trop pressé d'en finir ? A qui la faute ? Esther sentit un malaise envahir son mari. David était plus vulnérable qu'elle ne le croyait. Mais elle ne pouvait s'empêcher de poursuivre une attaque en règle.

— Si tu décides de le laisser en vie, alors arrange-toi au moins pour qu'il soit hors de combat pendant deux mois, dit-elle en essayant d'adoucir sa voix.

— Et la femme ? demanda David comme si elle venait de lui jeter une bouée de sauvetage.

— Elle meurt dans l'accident, répondit Esther aussitôt.

David réfléchit vite. Un accident oui, mais pas en Israël. L'idée le traversa comme un éclair. Il vida son verre d'un trait.

— Merci, Esther, dit-il en se levant. Tu viens de m'enlever une épine de la conscience.

Sarah lut le fax et le brûla. Elle jeta les cendres dans le lavabo et retourna s'asseoir en face de Mathéus et de Rebecca.

— Enfin, dit-elle, une lueur dans les yeux, on va passer aux choses sérieuses. On va s'occuper des deux Italiens. Elle relata le contenu du message et ajouta que David viendrait dans deux semaines et demeurerait, en principe, jusqu'à la fin de l'opération fixée pour le 29 mars, trois jours avant la Pâque.

— Quand rentrent-ils de Jérusalem ? demanda Rebecca.

— Demain. Le commissaire par le vol d'Alitalia et elle par El Al. Il faut agir avant qu'elle ne regagne sa résidence surveillée. Je suppose que Livi l'attendra à l'aéroport et la conduira à sa villa.

— Il peut aussi donner des instructions pour que

quelqu'un d'autre vienne la chercher. Ils ne sont pas supposés voyager ensemble, objecta Rebecca.

Mathéus les écoutait sans broncher. Il ne devait pas participer à cette opération. Trop risquée pour lui. Sa place, comme sa mission étaient au Vatican. Il était venu sur la demande de Sarah pour prendre connaissance de l'endroit. Il ne put s'empêcher de donner son avis :

— Pourquoi ne pas attendre qu'elle vienne chez lui ? Ils vont sûrement se revoir et le meilleur endroit pour les deux c'est l'appartement de Livi.

Rebecca acquiesça du regard. Mais Sarah lança :

— Impossible. Les instructions sont catégoriques. Je vais contacter l'équipe des commandos. Rebecca, c'est toi qui mènes et diriges l'opération sur place. Je reste dans l'ombre. Les ordres, dit-elle pour justifier sa passivité dans cette action.

Ils parcoururent les trois scénarios de David selon leur ordre prioritaire. Sarah se leva la première en souhaitant un « Be hatslaha ! » bonne chance, à Rebecca et s'en alla. Avraham attendit quelques instants avant de quitter la cave du garage. Rebecca demeura assise. Elle révisa mentalement le plan numéro deux qu'elle estimait avoir le plus de chance de réussite, sans négliger les deux autres au cas où se produirait un imprévu. Elle n'aurait pas agi de la sorte, mais on ne lui avait pas demandé son avis. Pourtant, depuis le début, un autre plan se dessinait dans son cerveau. Il lui semblait parfait et sans risque. Elle regarda sa montre. Sarah se trouvait déjà au Vatican. Elle avait rendez-vous dans une heure avec le chef d'équipe des commandos, au domicile de celui-ci. En fait, elle n'avait besoin que de lui seul d'après son plan à elle, et non des quatre agents prévus pour l'opération.

Rebecca rumina son propre plan. Aucun doute, c'était le meilleur. Elle s'en alla, rassurée et convaincue.

Le commissaire Livi se pencha sur Antonella. Elle dormait, la tête contre le hublot. Leur départ d'Israël s'était effectué dans des conditions épuisantes. Comme la plupart des vols, le leur avait eu lieu à six heures du matin. Pour des raisons de sécurité, il fallait se rendre à l'aéroport trois heures plus tôt. Ils avaient quitté Jérusalem à deux heures du matin, après avoir fait l'amour jusqu'au dernier moment. Alberto luttait contre la fatigue mais ne parvenait pas à dormir. Ses impressions israéliennes se télescopaient dans son esprit. Il avait décidé de revenir à la première occasion. Il se mit à penser à son prochain roman. Un livre différent des autres. Il y serait question d'espionnage, de morts par arrêt du cœur, de puissances étrangères. La voix du commandant de bord interrompit ses pensées. Encore une heure de vol. Il regarda sa montre. Un rapide calcul mental l'informa qu'ils seraient à Rome à dix heures. Antonella avait insisté pour prendre le même vol que lui. Ils sortiraient séparément de l'aéroport. Personne ne les reconnaîtrait. Il portait un chapeau et de grandes lunettes noires, elle aussi. Elle le rejoindrait au parking où il avait laissé sa voiture et ils rentreraient chez lui. Le lendemain, il la raccompagnerait dans sa villa. Antonella l'avait comblé. Antonella l'aimait. En fait, elle avait avoué l'aimer dès le moment où elle avait franchi la porte de son bureau, deux ans auparavant. Cette semaine à Jérusalem les avait rapprochés et, plus d'une fois, Antonella lui avait fait comprendre, par toute la gamme de sa féminité, qu'elle était vraiment amoureuse de lui. Auprès d'elle, il avait senti une affection, une attention, une sécurité qu'il n'avait jamais connues. Un soir dans un restaurant français du vieux Jaffo, il s'était laissé aller jusqu'à imaginer refaire sa vie avec elle. Antonella n'était pas le genre de femme sur laquelle on se retournait dans la rue. Elle appartenait à cette catégorie rare de femmes que l'on gagnait à mieux connaître. Sa beauté, dans tous les sens du terme, devenait alors exquise.

Une hôtesse aux longues jambes lui proposa une collation. Il posa devant lui la coupe de champagne et poursuivit sa réflexion. Dans une semaine, il allait occuper son nouveau poste. Antonella le rejoindrait trois mois plus tard. Par prudence. Il tira un feuillet de sa poche intérieure et commença à le lire avec une attention particulière. Il saisit une enveloppe dans sa serviette, y enfouit la feuille et la cacheta. Un sourire narquois illumina son visage crispé par la fatigue quand il écrivit de la main gauche, alors qu'il était droitier, le nom et l'adresse du cardinal del Sarto.

Avant d'abandonner cette affaire, car sa décision était prise cette fois, il tenait à semer la panique dans le bureau de del Sarto. L'image de son expression quand il lirait cette lettre anonyme le réjouit. Il en riait encore quand Antonella ouvrit les yeux.

— Qu'est-ce qui t'arrive ? demanda-t-elle d'une voix endormie.

Une voix désincarnée annonça qu'ils devaient attacher leur ceinture de sécurité. Antonella sombra à nouveau dans le sommeil. Alberto vida sa coupe de champagne et la tendit à l'hôtesse debout devant lui.

— Vous n'êtes pas le commissaire Livi ? demanda la jeune femme. Et sans attendre la réponse, elle ajouta : Je vous ai vu à la télévision.

— Vous faites erreur, beauté. Je ne suis qu'un archéologue en quête de trésor que les autres découvrent toujours avant moi. Il lui sourit et elle disparut, déçue.

Alberto encaissa le choc de l'atterrissage. Ses doutes l'envahirent à nouveau pendant qu'Antonella se maquillait d'une main incertaine. Etait-il juif ou pas ? Devait-il s'initier à la Torah ? Ces histoires de Temple et de chandelier l'avaient fasciné, passionné. Bien que chrétien, il n'avait jamais cru une seconde au Saint-Esprit et encore moins à Jésus, fils de Dieu. Pour lui, Jésus était un rebelle juif qui avait ouvert les portes du monothéisme à l'humanité. Un point c'est tout.

L'avion stoppa brusquement. Alberto se leva le premier en ignorant Antonella, comme convenu. Il passa le contrôle des passeports par une porte spéciale grâce à sa carte de commissaire et se dirigea vers la livraison des bagages. Il s'arrêta pour acheter plusieurs magazines et un timbre qu'il colla sur son enveloppe. Dix mètres plus loin, il jeta sa lettre dans une boîte et poursuivit sa marche en souriant intérieurement. En attendant ses bagages, il téléphona à son assistant pour dire qu'il le rejoindrait vers quinze heures au commissariat.

— Pas de catastrophe en mon absence ?

— La routine, avait répondu son assistant en demandant comment était Marrakech, la destination qu'il avait donnée.

— Le paradis !

Une demi-heure plus tard, Alberto poussait un chariot vers le parking. Il mit le contact de son Alfa Roméo et donna quelques coups d'accélérateur pour chauffer le moteur.

Rebecca l'observait dans le rétroviseur de sa camionnette garée juste derrière lui. Un vigile s'approcha de la voiture d'Alberto au moment même où il aperçut Antonella à l'autre extrémité du parking poussant un chariot et cherchant du regard la voiture du commissaire. Alberto ouvrit la portière, sortit pour l'aider et reçut un violent coup sur la nuque. Il s'effondra sur le sol, aux pieds du vigile qui se pencha sur lui et lui injecta rapidement un liquide dans l'avant-bras. Puis il fit un signe en direction de Rebecca. Elle sortit par la porte arrière de la camionnette et tira le corps à l'intérieur. Antonella s'arrêta net. Son regard fixait la voiture d'Alberto. Elle avait remarqué une silhouette qui bougeait dans la direction de l'Alfa Roméo, puis quelques claquements de portes. Elle contourna une voiture, puis une seconde et aperçut celle d'Alberto vide, la porte ouverte. Rebecca, accroupie, l'observait par la vitre. Quelque chose n'allait pas. Antonella, immobile, avait l'air de se poser trop de questions. Rebecca s'énerva. Elle descendit par la portière côté chauffeur et marcha vers Antonella en suivant une voie parallèle. Antonella fit deux pas en avant. Le vigile s'approcha d'elle et lui demanda s'il pouvait l'aider. Elle hésita. L'homme parlait mal l'italien. Mais c'était normal à Rome où ce genre de travail était confié à des immigrés.

— Je cherche... Non rien, j'attends un ami. Merci.

Le vigile fit semblant de poursuivre sa route. Antonella voulut faire demi-tour et se sauver. Le canon d'un Magnum lui pénétra le dos.

— Un geste, un mot et vous n'existez plus dans une seconde. Avancez vers la camionnette. Votre amant vous attend dedans.

Antonella s'exécuta sans rien dire. La voix d'une femme l'avait presque rassurée. Elle faillit crier quand elle découvrit le corps d'Alberto allongé, inconscient sur le plancher. Un coup sur la nuque l'envoya rejoindre le commissaire. Rebecca lui injecta la même dose de penthotal qu'à Livi.

— Prends les valises du commissaire, ordonna Rebecca à son adjoint qui s'était entre-temps débarrassé de son uniforme de vigile pour revêtir celui d'un garagiste.

La camionnette démarra quelques instants plus tard. Voilà une opération comme Rebecca les aimait. La chance lui avait souri puisqu'ils étaient venus par le même avion. Autrement, il aurait fallu répéter la même scène deux fois. Ou se glisser chez

Alberto pendant son sommeil et le kidnapper, ou bien... Elle décida de ne plus y penser. L'affaire était close. Elle avait eu raison de faire les choses comme elle l'avait senti, sans en informer son supérieur. Dans son métier, on était jugé sur les résultats. Elle sourit pour elle-même.

Une heure plus tard, la camionnette emprunta une route sinueuse et s'arrêta devant une villa de style espagnol. Les deux Italiens furent traînés à l'intérieur. Quelques instants plus tard, Livi était installé à dix mètres de profondeur dans une énorme cave aménagée et dont deux tuyaux qui émergeaient dans le jardin assuraient l'aération. Antonella se trouvait dans une autre cave, de l'autre côté de la maison. Rebecca leur lia les mains et les pieds et leur enfouit la tête sous une cagoule noire.

Quatre heures plus tard, Alberto commença à remuer. Rebecca attendit quelques minutes et déclencha le magnétophone posé sur une chaise au milieu de la cave. Une voix d'homme grave et à l'accent romain envahit la pièce.

« Monsieur le commissaire Livi, vous êtes ici en sécurité. Nous ne vous voulons aucun mal et rien ne vous arrivera tant que vous vous trouverez sous notre protection. Vous êtes en Espagne et vous n'avez pas une chance sur un million de vous échapper. Je vous conseille de demeurer calme. Vous serez bientôt libre. Votre adjoint se trouve dans les mêmes conditions de sécurité que vous. »

Livi bougea la tête. Rebecca appuya sur une touche et la bande recommença à débiter les mêmes conseils au commissaire.

— Qui êtes-vous ? Que voulez-vous ? murmura-t-il.

Rebecca prépara la seringue, s'approcha sur la pointe des pieds et le piqua. Il se laissa faire et son corps s'affaissa sur le matelas posé à même le sol. Elle prit une couverture qu'elle étala doucement sur lui avant de disparaître. Elle rencontra son collègue du Mossad dans le hall de la maison.

— Comment va l'autre ?

L'homme hocha la tête.

— OK, dit-il en marchant vers la cuisine.

— Sois prudent avec les doses de drogue. Suis les instructions à la lettre.

Elle lut une grimace qui voulait dire : je ne suis pas né de la dernière pluie.

— Je dois m'absenter, fit Rebecca. J'ai un rapport à faire. Je reviens demain. Je viendrai tous les matins vers dix heures. Tu sais où et comment me joindre. N'hésite pas.

Deux heures plus tard, elle s'entretenait avec Sarah dans leur planque habituelle. Rebecca lui fit son rapport, avec une certaine fierté dans la voix.

— Tu as pris un sacré risque. Tu n'aurais pas dû, commenta sa supérieure. Rebecca s'était attendue à cette remarque. Elle l'ignora et poursuivit :

— Dov est sur place. Mais je n'aime pas ce type. Trop sûr de lui.

— Tu es certaine que personne ne vous a vus dans le parking ? demanda Sarah qui avait l'intention de marquer son mécontentement à l'égard de cette opération improvisée.

Rebecca répondit par un mouvement de tête négatif.

Sarah la fixa durement.

— Nous n'allons pas épiloguer sur une action qui a eu lieu et qui a réussi. Si quelqu'un a vu la scène, alors il devait être très près de moi et moi, je ne l'aurais pas manqué.

— Pourquoi n'aimes-tu pas ce Dov ? demanda Sarah, conciliante.

— Il est arrogant.

— C'est bien de chez nous ! Quel est son grade ?

— Je ne sais pas.

— Section ?

— Je l'ignore.
— Il parle l'italien ?
— Mal, j'ai l'impression.
— Tout cela est-il grave ?
— Je me méfie, c'est tout.
Sarah réfléchit en arpentant la salle.
— OK. Je vais immédiatement donner des instructions. Tu veux Ariel ?
— Ariel ou Yossi. Un des deux.
— Très bien. Maintenant passons aux choses sérieuses. Demain pas de drogue. Livi doit signer cette lettre.
Elle lui tendit une feuille dactylographiée. Rebecca la saisit et voulut la lire, mais Sarah l'arrêta.
— Elle est adressée au préfet. Il devra ajouter quelques phrases manuscrites pour que l'on puisse identifier son écriture.
Elle lui donna une petite feuille.
— Ces phrases, dit-elle en pointant la feuille du doigt. Et sa signature. La même chose pour Antonella. La lettre est pour son mari, ajouta-t-elle en lui donnant une pochette en plastique qui contenait deux feuillets identiques aux premiers.
— Dois-je l'interroger ?
— Sous aucun prétexte. Même s'il parle, tu ne réponds pas. Pas un mot. Ni toi, surtout pas toi, car il risque de reconnaître ta voix, ni les autres. Ils doivent être maintenus en bonne santé, sans plus.
Rebecca acquiesçait par de petits mouvements de tête.
Sarah regarda sa montre.
— Je dois partir. J'ai un dîner avec le cardinal. Envoie ce fax au patron, dit-elle en ramassant ses affaires.
— N'oublie pas...
— Je m'en occupe dès demain à la première heure. Compte sur moi.

Rebecca attendit que Sarah s'en allât avant de lire le fax. Elle ajouta deux phrases codées qui précisaient que l'opération avait été menée de main de maître par Rebecca et l'envoya. Puis, elle alla prendre un Coca-Cola Light dans le réfrigérateur et s'installa sur une chaise, les pieds sur la table. Elle sirota la boisson en se remémorant l'opération dans ses moindres détails et conclut au succès. Aucune faille. Sarah était jalouse. Ce n'était pas la première fois qu'elle lui témoignait son autorité.

Elle sourit pour elle-même à l'idée que Sarah allait devoir tomber dans les bras du cardinal. Elle imagina la scène. La belle Sarah entre les mains de ce vieillard aux dents jaunes. Elle réprima un rire, mais son visage se crispa quand elle pensa à sa nouvelle mission. Garder les deux Italiens. Elle ! Lieutenant-colonel ! Alors que Sarah allait participer à l'action suprême dont elle ignorait toujours la finalité. Tout cela à cause de l'erreur commise par Sarah au début. Ce n'était pas en donnant à manger à Alberto et à Antonella et en les piquant à doses homéopathiques qu'elle monterait en grade. Elle connaissait assez bien la « maison » pour savoir que cette tâche, qu'elle jugeait indigne de son rang et de son grade, lui apporterait au plus une augmentation de salaire d'un demi-point au-dessus de l'inflation. Etait-ce pour cette raison qu'elle avait pris l'initiative de mener l'opération seule et selon ses propres plans ? Qu'elle avait rajouté deux phrases au fax à l'attention du patron ? Elle se pinça les lèvres en éprouvant un sentiment de colère à l'égard de Sarah. Depuis qu'elle la connaissait, elle avait toujours été sous ses ordres. Sarah était son aînée de deux ans seulement et elle comptait quelques actions spectaculaires à son actif. Pourquoi ne lui donnait-on pas sa chance, à elle ? Sarah avait-elle couché avec le patron ? Les grades au Mossad ne se gagnaient pas au lit mais sur le terrain. Elle le savait. Elle en était la preuve vivante. Elle avala le reste de son Coca et jeta la boîte dans la corbeille à l'angle du mur. Elle tomba en plein dedans. Ce geste dérisoire, pour une femme qui pouvait toucher une cible humaine à deux cents mètres et exactement à l'endroit voulu, lui redonna confiance. Elle se leva et se dirigea vers l'escalier.

Dehors, une brise printanière lui effleura les joues. Elle pensa à son fiancé à Tel-Aviv. Il la croyait secrétaire bilingue à l'ambassade d'Israël à Rome. C'était toujours elle qui l'appelait. Depuis quelque temps, il manifestait un certain désintérêt à son égard. Injoignable. Les rares instants où elle avait réussi à l'avoir au bout du fil, il s'apprêtait à partir chez des amis...

Arrivée au coin de la Via Carlo Alberto, elle reconnut les deux Romains, genre proxénète, qui l'avaient suivie depuis la Via Napoleone III. Elle accéléra le pas, eux aussi. Ils étaient à peine à trois mètres derrière elle. La rue était déserte. Courir ? Elle s'arrêta, leur fit brusquement face et les défia du regard. Le plus grand fit un pas vers elle. Il avait un regard de tueur.

— Tu vas où comme cela, beauté ?

Rebecca lui sourit et dit d'une voix blanche.

— Et toi ?

L'homme consulta son copain du regard.

— T'es pute ? dit-il en tirant un couteau de sa veste.

— Non, mais je ne déteste pas les hommes, les vrais !

Rebecca sentit la rage monter en elle. Ces minables avaient l'air drogués. Ils étaient capables du pire. Elle jeta un discret coup d'œil autour d'elle. Pas un chat. L'homme fit un pas en avant, son couteau dans la main. En un éclair, elle lui assena un violent coup de pied dans le bas-ventre. L'homme hurla et tomba à terre, plié en deux. L'autre bondit sur elle, un couteau à la main. Rebecca s'esquiva en lui faisant un croche-pied. Il se cogna contre le mur et tomba sur le ventre. Elle sauta sur lui et lui brisa la nuque du tranchant de la main.

Elle se releva et voulut fuir mais l'homme qu'elle avait frappé en premier s'était approché en rampant. Il pointait un revolver dans sa direction.

— Tu fais un pas et je te troue la cervelle.

Rebecca hésita. Il allait tirer. Elle le lisait dans ses yeux.

— J'appartiens aux services secrets italiens. Je suis en mission commandée. Ne joue pas avec cette arme. Mes hommes sont à deux cents mètres d'ici. File, sinon je t'abats comme un chien avant que tu n'aies le temps de charger ton joujou.

L'homme regarda son arme, désorienté. Il appela son ami. Il ne bougeait pas.

— Tu as tué Roberto, salope !

Il arma son arme. Rebecca plongea à terre au moment même où le coup de feu partit. Elle roula plusieurs fois sur elle-même à une vitesse inouïe et glissa sous une voiture en stationnement. L'autre se leva en tirant comme un fou dans sa direction. Quand il eut vidé son chargeur, Rebecca sortit de sa cachette, bondit sur lui et commença à le frapper avec toute la violence dont elle était capable. Les coups de karaté tombaient comme des marteaux-pilons sur le corps de l'homme. Rebecca était saisie par une rage impitoyable. Ses problèmes, ses angoisses se libérèrent d'un coup en un défoulement meurtrier. Elle frappait, fort, vite, sans pitié jusqu'au moment où elle sentit une main de fer sur sa nuque.

— Police ! On se calme, ma petite dame. On se calme.

Rebecca ferma les yeux et sentit le monde s'écrouler sous ses pieds. Dans son sac, se trouvaient les lettres que les deux policiers devaient signer. En un éclair, elle estima l'envergure des dégâts. Un désastre. L'homme la lâcha, tandis qu'un autre policier examinait les deux individus de plus près. Rebecca se leva et vit deux hommes et une voiture de la police municipale. Elle dit d'un ton calme :

— Heureusement que vous êtes arrivés. Ces deux voyous voulaient me violer...

— Il y en a un qui est mort ! s'écria le policier en se redressant.

Il se dirigea vers l'autre corps allongé à trois mètres de là.

Des curieux commençaient à approcher. Et Rebecca abandonna toute idée de fuite.

— Il respire, mais pas pour longtemps, soupira-t-il en se dirigeant vers la voiture.

Rebecca le vit téléphoner. Elle faillit ramasser son sac, mais se ressaisit. Le policier en face d'elle la dévisageait en silence, comme s'il tentait de comprendre comment une aussi belle créature avait pu massacrer deux malabars à coups de poing. Ils patrouillaient dans le coin et avaient été attirés par les coups de feu. En s'approchant, il avait eu le temps de voir Rebecca à l'œuvre. Rebecca voulut ouvrir la bouche, mais il l'arrêta :

— Vous nous expliquerez tout cela au commissariat. Venez !

Rebecca prit son sac et monta dans la voiture. Elle imagina les conséquences. Des larmes de rage coulaient sur ses joues.

7

Henrico del Sarto laissa tomber la lettre anonyme, comme s'il craignait qu'elle lui explosât au visage. Il se mit à trembler de tous ses membres, les yeux fermés, les battements de son cœur frappant sa poitrine à un rythme effrayant. Il voulut porter sa main sur son cœur, mais ne put la bouger. Il tenta un dernier effort et ouvrit les yeux pour relire la lettre posée devant lui, mais ses paupières se mirent à trembler. Il commençait à suffoquer. Le cardinal sentit subitement comme un liquide chaud lui traverser les veines. Il avait envie de mourir. Il allait mourir. Sa bouche s'ouvrit enfin, pour chercher un peu d'oxygène. Il n'entendit pas les trois coups frappés à sa porte. Une grimace se dessina sur son visage osseux et il s'effondra sur son siège. Son corps glissa lentement et s'étala de tout son long sur le sol. Sarah ouvrit la porte, elle découvrit le cardinal inconscient, gisant sur la moquette. Elle faillit fuir mais des bruits de pas l'obligèrent à refermer la porte derrière elle. Elle était venue le remercier pour la soirée passée en sa compagnie, la veille, après l'avoir appelé vingt minutes plus tôt. Elle s'approcha et l'observa de près. Puis, elle saisit la bouteille de Pellegrino sur son bureau et se pencha sur lui. Quelques instants plus tard, le cardinal reprenait conscience.

— La lettre, murmura-t-il, où est la lettre ?

Sarah se releva et parcourut la table du regard. Elle fouilla entre les papiers. Le cardinal, toujours allongé sur le sol, poursuivait ses lamentations. Le regard de Sarah fut attiré par une feuille frappée par le sigle de l'hôtel King David à Jérusalem.

— Quelle lettre ? s'écria-t-elle tout en la lisant d'un œil rapide.

— Donnez-la-moi, Véronique, donnez-la-moi, dit-il d'une voix éteinte en essayant vainement de se relever.

Sarah relut la lettre pour la seconde fois et sentit son cœur exploser dans sa poitrine. Elle se pencha sur lui et lui donna à boire en lui tenant la tête :

— Buvez, monseigneur. Buvez, cela vous fera du bien.

— Il détourna la tête en un mouvement brusque.

— Donnez-moi la lettre.

— Je vous en prie, monseigneur, buvez.

Elle porta le goulot de la bouteille dans sa bouche en réfléchissant aussi vite que possible.

— Ne bougez pas, dit-elle en se relevant. Je vais trouver cette lettre.

Elle ouvrit son sac et tira sa boîte de maquillage. Elle avait décidé de le tuer. Ayant saisi un pot de poudre invisible à l'œil nu, elle en vida le contenu dans sa main droite et se pencha sur lui.

— Qu'est-ce que vous faites ? demanda le cardinal qui commençait à retrouver ses forces.

— Laissez-moi faire. Je vais vous masser le cœur.

Elle déboutonna sa robe et glissa la main sur sa poitrine. Elle massa de toutes ses forces tandis que le cardinal tentait de se libérer.

— Je vous en prie, monseigneur. J'ai été infirmière au Liban. J'ai secouru beaucoup de monde. Laissez-vous faire.

Elle massait de plus en plus fort. Le cardinal

ferma les yeux et se détendit. Sarah poursuivit son manège meurtrier, la tête au bord de l'éclatement.

La lettre anonyme ne pouvait que provenir de Livi puisqu'il avait séjourné à l'hôtel King David à Jérusalem. Elle contenait quatre phrases. « Le chandelier du Temple se trouve au Vatican. Vous possédez les trois clés, mais vous n'êtes pas le seul. Un double existe et les hommes qui l'ont fabriqué savent comment accéder dans le cimetière. A bientôt et que le meilleur gagne ! »

Sarah se leva. Elle se souvint subitement qu'elle devait maintenant s'appliquer l'antidote si elle ne voulait pas mourir elle aussi d'un arrêt du cœur. Elle voulut se lever, mais le cardinal la retint par le bras.

— Monseigneur... dit-elle en fixant sa montre.

Elle n'avait que cinq minutes pour se passer l'antidote sur la main qui avait touché la poudre. Pas une seconde de plus. Elle voulut se dégager. Mais le cardinal la retenait d'une main de fer. Combien de temps s'était déjà écoulé ? Elle tenta de faire un calcul, mais s'embrouilla.

— Laissez-moi, monseigneur, s'entendit-elle dire d'une voix étrangement calme.

Le cardinal ouvrit les yeux sans lâcher prise. Il la fixa intensément comme s'il savait ce qu'elle faisait.

— Cela va vous faire du bien, monseigneur, supplia-t-elle.

Il referma les yeux et Sarah regarda sa montre. Elle prit une grande aspiration et libéra sa main d'un mouvement violent. Elle sauta sur son sac, vida le contenu sur la table et chercha l'antidote d'une main fébrile. Elle saisit un flacon, en aspergea ses mains et commença à les frotter comme une folle. Le cardinal, qui s'était relevé, l'observait en silence.

— Qu'est-ce que vous faites ? demanda-t-il dans son dos d'une voix rauque.

Sarah sursauta, le regard fou.

— Je... Je me nettoie les mains... Vous allez mieux ? Vous avez de la chance que je sois venue...

— Merci. Je vous dois peut-être la vie.

Il alla s'asseoir en traînant les pieds et chercha la lettre du regard. Elle était posée sur le coin. Il la prit et l'enfouit dans un tiroir qu'il referma à clé.

Sarah le vit mettre la clé dans sa poche. Mais son esprit était concentré sur elle-même. Avait-elle dépassé le temps imparti par l'usage de la poudre ? Le cardinal allait s'effondrer d'un moment à l'autre. Elle, si elle était toujours vivante dans sept jours, elle survivrait. Convaincue qu'elle avait largement dépassé la limite autorisée, elle éclata subitement en sanglots. Le cardinal voulut se lever et retomba sur son siège. Il la fixait la bouche ouverte, incapable de bouger. Sarah se ressaisit et s'essuya les yeux. Elle ramassa ses affaires éparpillées sur la table sous le regard muet du cardinal. Il respirait difficilement. Sarah devait disparaître avant qu'il rende l'âme. Elle contourna la table et alla le soulever par les aisselles. Il se laissa faire. Elle le traîna jusqu'au canapé du fond et l'y installa. Il avait l'air de s'endormir, elle plongea la main dans sa poche, prit la clé sans qu'il protestât, et retourna au bureau. Elle ouvrit le tiroir et saisit la lettre qu'elle dissimula dans la poche de sa veste. Elle retournait s'asseoir auprès de lui quand on frappa. Sarah alla ouvrir. La secrétaire du cardinal, une bonne sœur âgée d'une cinquantaine d'années, la fusilla du regard.

— Que faites-vous ici ? Que se passe-t-il ?

— Le cardinal est souffrant, dit Sarah en l'invitant à entrer.

La secrétaire pénétra d'un pas vif et aperçut le cardinal sur le canapé, les yeux fermés.

— Il s'est senti mal subitement et s'est allongé un moment.

Elle s'approcha et le cardinal ouvrit les yeux.

— Que se passe-t-il, monseigneur ?

Il secoua la tête, cherchant Sarah du regard.
— Rien de grave. Sortez !
La bonne sœur disparut aussi rapidement qu'elle était entrée.
— Approchez, ma fille.
Sarah fit un pas en avant.
— Je vais mourir. Priez pour moi.
Sarah le fixa, interloquée. Il cherchait sa main.
— Monseigneur, ce n'est rien. Juste une fatigue momentanée.
— Rappelez ma secrétaire. Vite.
— Je vais aller chercher un médecin. Ne bougez pas.
Elle sortit en courant et se cogna contre la secrétaire du cardinal qui écoutait à la porte.
— Vite, un médecin !
La secrétaire la dévisagea avec hargne et se précipita dans le bureau du cardinal. Sarah ne pensa qu'à fuir. L'émotion était en train de la massacrer. Un miracle qu'elle soit arrivée à temps pour intercepter cette lettre. Mais à quel prix ! « Probablement de ma vie », murmura-t-elle entre ses dents. Si elle survivait, elle irait assassiner Livi.
— Venez ! cria la secrétaire. Il meurt !
Sarah éclata en sanglots. Elle pleurait toutes les larmes de son corps. Plus pour la mort qui la guettait que pour celle du cardinal. Elle hurlait sa colère, son désespoir. La vie lui parut soudainement insensée, absurde. « Priez pour moi », lui avait demandé le cardinal. Et moi ? pensa-t-elle. Il avait voulu la bénir, lui, le détenteur du chandelier, elle, un assassin en liberté. Elle se mit à prier mentalement pendant que la sœur essayait de la réconforter. Mais les mots ne sortaient pas. Prise d'une nausée subite, elle vomit à n'en plus finir. La bonne sœur lui tendit une serviette.
— Véronique, Véronique, dit-elle en lui essuyant

le visage avec une affection qui doubla le dégoût que ressentait Sarah pour elle-même.

Chez elle, Sarah se précipita sous la douche froide. Accroupie contre le mur, elle laissa l'eau couler sur son corps affaibli. Peu à peu, elle se ranima et tenta d'établir un premier bilan. Mais sa tête refusa. Elle sortit de la douche et enfila un peignoir au moment même où son téléphone sonna. Elle saisit le combiné.

— Je suis bien au 665. 40. 721 ?

— Non. Vous avez fait le 665. 40. 722.

Elle raccrocha. En langage codé, cela signifiait qu'elle devait immédiatement se rendre dans un endroit secret pour rencontrer quelqu'un de l'ambassade d'Israël. Elle pensa tout de suite à Rebecca qui n'avait pas donné signe de vie depuis le matin. Elle s'habilla et sortit. Une heure plus tard, et après avoir pris plusieurs moyens de transport pour semer toute filature éventuelle, elle pénétrait dans un restaurant grec tenu par un Israélien dans la banlieue sud de Rome. Elle se dirigea vers l'escalier qui menait dans une chambre. Elle reconnut le deuxième secrétaire de l'ambassade d'Israël, blanc comme un linge.

— Une Israélienne a été arrêtée hier soir, lui dit-il sans préambule.

Sarah l'écouta sans broncher jusqu'à la fin. Le diplomate conclut :

— Je l'ai vue ce matin à huit heures. C'est elle qui m'a chargé de prendre contact avec vous, dit-il comme pour s'excuser.

Il lui tendit un feuillet sur lequel étaient inscrits plusieurs chiffres.

— C'est le numéro d'immatriculation de la voiture de police qui l'a conduite au commissariat. Elle a caché un document entre les deux parties de la banquette arrière de cette voiture.

Sarah aspira une grande bouffée d'air. Il devait s'agir des deux lettres à faire signer par Alberto et Antonella.

— L'ambassade s'occupe de son cas...

— Qu'est-ce qu'elle risque ? demanda Sarah en pensant à ses deux otages.

— D'après notre avocat, rien. Légitime défense. Au pis, l'expulsion.

— Combien de temps ?

— La justice italienne est lente...

— Payez une caution. Quelle que soit la somme, et sortez-la de ce pétrin le plus vite possible.

Il faillit dire quelque chose, mais Sarah l'arrêta d'un geste de la main.

— L'ambassadeur va recevoir des instructions dans ce sens de Tel-Aviv. Merci.

Elle se leva. Le diplomate s'éclaircit la gorge et dit d'une voix contrariée :

— Ce n'est pas si simple. La police a commencé à fouiller sa vie. Elle est enregistrée comme étudiante égyptienne à la faculté de lettres...

— Ils ont trouvé ses papiers ? demanda Sarah, inquiète.

— Non. Ils sont dans le document dans la voiture...

— Très bien, dit-elle en pensant que le Mossad courait à la catastrophe. Je n'ai pas une minute à perdre. Vous savez ce que vous avez à faire. Autant que vous le sachiez, Rebecca est un membre éminent du Mossad. S'il lui arrive quoi que ce soit, l'ambassade sera tenue pour responsable. Alors remuez-vous le cul et tirez-la d'affaire. Vous avez des relations, c'est le moment de les utiliser, ordonna-t-elle.

Elle s'en alla, laissant le diplomate encore plus blanc qu'à son arrivée.

Rebecca subissait son troisième interrogatoire en quatre heures. Le commissaire qui la questionnait, un quinquagénaire au regard malin, la regardait en silence. Rebecca soutenait son regard, écœurée.

— Bon, dit-il en hochant la tête. On recommence ?

— Vous avez vu trop de films médiocres à la télé, répondit Rebecca d'un ton sec.

Il alluma un petit cigare et souffla la fumée dans sa direction. Rebecca le traita de pédé et de fils de putain. Il bondit de sa chaise, mais Rebecca s'était déjà mise en position d'attaque. Le commissaire se rassit aussi vite qu'il s'était levé. Elle avait tué deux hommes dans la force de l'âge. Il avait failli l'oublier.

— J'ai dit tout ce que j'avais à dire. Si la police n'était pas venue...

— Mais ils étaient déjà morts ! hurla le commissaire comme s'il voulait effacer l'humiliation subie l'instant d'avant.

— Et alors ? Vous auriez préféré que ce soit moi qui fût morte ? Je me suis défendue.

— Quel est votre grade en arts martiaux ?

— J'ai déjà répondu à cette question.

Le commissaire tira sur son cigare et souffla la fumée à droite.

— Que faisiez-vous dans ce coin ?

Rebecca se réfugia dans un mutisme total. Le commissaire continuait à poser ses questions sans obtenir de réponses.

— Vous avez faim ? finit-il par demander dans l'espoir de la ramener à la raison. Il appuya sur une touche. Un jeune inspecteur arriva quelques instants plus tard. Son regard se posa sur Rebecca. Le commissaire lui demanda de commander une pizza et deux bières. Mais l'homme ne quittait pas Rebecca des yeux. Elle sentit son regard et le fixa durement.

— Excusez-moi, commissaire... Qui est cette femme ?

— Comment cela ? C'est elle qui a tué deux voyous, cette nuit. Tu viens d'arriver ou quoi ?

— C'est une amie du commissaire Livi, dit l'inspecteur provoquant, sans le savoir, une accélération du rythme cardiaque de Rebecca.

— D'Alberto ?

Il se tourna vers Rebecca :

— Vous connaissez Livi ? demanda le commissaire, d'une voix étranglée.

Rebecca regarda le plafond, manifestement désintéressée.

— J'ai rencontré cette femme avec Livi au Harry's Bar il y a un mois ou plus, insista l'inspecteur. Un dîner aux chandelles. Le lendemain, il m'a dit que c'était sa fiancée. Elle est étudiante à la faculté de lettres. Elle est égyptienne. C'est cela ? dit-il en se tournant vers elle.

Rebecca afficha un sourire nerveux.

— Franco-israélienne, précisa-t-elle.

Le commissaire renvoya l'inspecteur d'un geste de la main. Il alluma un nouveau cigare, tira une chaise et vint s'asseoir face à Rebecca. Il l'observa longuement avant de dire doucement, comme s'il avait peur qu'on les entende :

— Je vous écoute !

— C'est vrai. Nous allons nous marier, dit-elle sans savoir si cette phrase allait l'envoyer à la prison à vie ou la tirer d'affaire.

— Vous marier ? Avec Alberto ?

Le commissaire remuait la tête de gauche à droite, visiblement impressionné.

— Pourquoi ne l'avez-vous pas dit tout de suite ?

— Je n'ai rien fait de mal. On a voulu me tuer. Je me suis défendue. Quant à vous, je préfère oublier votre conduite grotesque, indigne de la police romaine.

Rebecca commençait à prendre de l'assurance tandis que le commissaire s'excusait à coups de phrases inaudibles.

— Je ne suis pas rancunière, rassurez-vous.

Le commissaire lui adressa un sourire reconnaissant.

— Comment vous appelez-vous ? demanda Rebecca.

— Mon nom ?

— Oui. A moins que vous ne souhaitiez pas faire partie des invités du 18 mai.

— Le 18 mai ?

— La date de notre mariage !

— Falcone. Enzo Falcone.

— Comme le fameux juge ? dit Rebecca avec un sourire ironique.

— Oui. Enfin, lui s'appelait Giovani de son prénom. Dieu ait son âme ! Quand rentre Alberto ?

— Alberto est encore en Israël. On est allés rendre visite à ma famille. Il part demain pour Paris où je dois le rejoindre.

— Mais son poste...

— Il obtenu un délai supplémentaire. Il n'occupera ses nouvelles fonctions que dans deux mois.

Le commissaire enregistrait ces informations avec délectation.

— Mais personne n'est encore au courant. Le préfet ne lui a pas encore accordé le report, chuchota-t-elle, pour signifier qu'il s'agissait là d'une information confidentielle.

Rebecca se demandait d'où elle sortait tout cela. Mais il fallait qu'elle quitte cet endroit en s'assurant que son dossier irait directement à la corbeille. Elle voulait rester à Rome, accomplir sa mission, dont elle ignorait la finalité, jusqu'au bout.

— Mademoiselle Martine, vous êtes libre, déclara le commissaire en se levant.

Rebecca l'imita.

— Vous êtes un vrai gentleman, monsieur Falcone.

Il rougit de plaisir en levant les mains vers le ciel.

— Pour l'enquête, je vous demanderai de ne pas

quitter la capitale, le temps que je classe cette histoire.

— Est-ce à dire que je ne peux pas rejoindre Alberto à Paris ?

Le commissaire hésita un instant et dit :

— C'est dans trois jours, c'est cela ?

— Non, demain.

Falcone réfléchit sous le regard suppliant de Rebecca. Il s'empara d'une pile de papiers, tout le rapport de Rebecca, et le déchira devant elle.

— Cette affaire est classée ! s'exclama-t-il.

Rebecca bondit sur lui et l'étreignit. Elle laissa couler quelques larmes qu'Enzo se fit un plaisir d'essuyer avec un mouchoir.

— Puis-je vous demander un dernier service ? demanda Rebecca en prenant son sac posé sur la table.

— Je suis là pour cela...

— Vous me promettez de ne pas vous moquer de moi ?

Le commissaire confirma, le regard brillant.

— Je voudrais que la voiture qui m'a amenée ici me reconduise chez moi. Je suis superstitieuse. Très superstitieuse. Cela effacera cette mésaventure...

Le commissaire éclata de rire.

— Ah, vous les femmes !

Elle l'embrassa sur les deux joues, convaincue qu'entre une promotion et une nuit avec elle, il n'aurait pas hésité une seconde.

— Vous restez pour la pizza ? demanda le commissaire, timidement.

— Non, je dois partir. Mais nous aurons d'autres occasions.

Dix minutes plus tard, Rebecca montait dans la même voiture de police que celle de la veille. Elle sentit un pincement de cœur quand sa main toucha les documents. Elle s'en empara et les glissa dans son sac.

Alberto Livi ouvrit les yeux dans le noir. Il profita de ce premier et bref moment de lucidité pour comprendre ce qui s'était passé. Il réussit tant bien que mal à se remémorer la scène dans le parking de l'aéroport. Il entendit des pas. Quelqu'un descendait d'une échelle. Il se trouvait donc dans une cave, était-ce le matin ou le soir ? Il avait cru entendre quelqu'un siffler une chanson gréco-orientale. Les pas approchèrent. Des pas d'homme.

— J'ai faim, dit-il en anglais.

— Patience, patience. Je viens te donner à manger, répondit l'agent du Mossad, transgressant ainsi les ordres de Rebecca. Alberto reconnut l'accent israélien. Aucun doute. Cette façon de chanter et de terminer les phrases par une intonation qui pouvait sembler arrogante, il l'avait entendue mille fois en Israël. L'homme lui ôta sa cagoule ainsi que le bandeau noir qui lui cachait les yeux, désobéissant pour la seconde fois. Alberto cligna les paupières plusieurs secondes avant de s'habituer à l'éclat de la lumière dans la pièce. L'inconnu portait une cagoule avec deux grands trous au milieu. Il était penché sur lui, tenant un bol de céréales à la main. Il saisit un carton de lait et en versa dans le bol.

Alberto avait la tête baissée, mais rien n'échappait à son regard. Le carton de lait portait l'étiquette romaine. Il se trouvait donc à Rome ou dans la banlieue et non en Espagne comme le disait la bande magnétique. Il observa les chaussures de l'inconnu. Cette fois le doute n'était plus permis. L'homme était israélien. Ces chaussures de marche à la semelle en crêpe noir, il les avait vues dans les vitrines des boutiques, et sur des milliers de pieds. Il en avait même acheté une paire deux jours avant son départ et les avait trouvées extrêmement pratiques. Il mangea sans rien dire, les yeux braqués sur le poignet de l'inconnu. Il portait une montre à quartz de plongée comme des milliers d'Israéliens.

— Comment va Antonella ? demanda-t-il.

— Elle va bien, elle va bien. Ne t'inquiète pas.

Alberto vida son bol. L'inconnu lui remit la cagoule sur la tête. Le commissaire entendit le grincement d'une seringue et fut étrangement soulagé. Il sentit le liquide monter dans ses veines. Il eut juste le temps de soupirer avant que sa tête ne s'inclinât lentement sur le côté droit. L'agent du Mossad l'allongea doucement, le couvrit, et remonta sans bruit.

Rebecca arriva au moment où il pénétrait dans la cuisine. Il se tourna vers elle, l'air agressif.

— Alors c'est maintenant que tu arrives ?

Rebecca marcha sur lui, menaçante.

— Eh là, eh là, dit-il en reculant. On n'a plus le droit de rigoler ?

— Raconte-moi dans les détails ce qui s'est passé.

— Ça marche comme sur des roulettes. C'est un job pour handicapé mental. Je leur ai donné à manger et je leur ai fait la piqûre, dit-il en haussant les épaules. Un job de débile. Et on m'a fait venir pour ça, moi ! s'écria-t-il en levant l'index.

— Tu n'as rien dit ?

— Quelques mots de consolation.

Rebecca vit rouge. Elle avait les yeux cernés. Ses cheveux, ramassés en queue de cheval, étaient gras.

— Quels mots ? demanda-t-elle en dominant sa colère.

L'agent répéta les phrases. Rebecca serra la mâchoire.

— Tu lui as enlevé le bandeau ?

— On n'est pas des sauvages. Mais il ne pouvait pas me voir car c'est moi qui portais une cagoule.

Rebecca n'avait pas la force de l'étrangler même si ce n'était pas l'envie qui lui manquait. Elle se laissa tomber sur un tabouret, hagarde. Il lui demanda si elle voulait une tasse de café. Elle acquiesça. Comment des types aussi cons pouvaient-ils travailler dans la même maison qu'elle ? se demanda-t-elle en remuant la tête de droite à gauche.

— Dans quel département es-tu ?

— Je suis garde du corps.

— Auprès de qui ? demanda-t-elle, désespérée.

— Cela dépend. Et toi ? Dans les écoutes téléphoniques, je suppose.

Rebecca ne répondit pas. A quoi bon ? Il interpréta son silence comme une confirmation et se mit à siffler un hymne israélien.

— Pourquoi ne sors-tu pas danser dans la rue avec kippa et châle de prière tant que tu y es ? s'écria-t-elle.

— Ecoute, tu commences à m'énerver. Alors on se calme. Je ne reçois mes ordres que de mon supérieur.

Il voulut continuer mais Rebecca bondit sur lui et lui lança un violent coup dans le bas-ventre. Il se plia en deux, lâchant la bouilloire électrique qui tomba sur le sol. Un coup de pied au visage le fit pivoter contre le réfrigérateur. Rebecca s'apprêtait à le frapper encore une fois quand la porte s'ouvrit brusquement. Sarah pénétra, accompagnée d'un agent que Rebecca identifia aussitôt. Il s'agissait d'Ariel, un colosse blond appartenant à son service.

— Que se passe-t-il ? s'écria Sarah, surprise de voir Rebecca dans la maison. Va dans l'autre chambre ! ordonna-t-elle, furieuse.

— Cet imbécile a déjà commis des dégâts irréparables, cria-t-elle. Ils savent qui nous sommes. Je t'avais avertie hier, non ?

— Ce n'est pas une raison pour le massacrer. Les deux d'hier soir ne te suffisent pas ?

Le garde du corps se releva, complètement sonné.

Un filet de sang coulait de son nez. Il l'essuya d'un revers de la main.

— Ariel, occupe-toi de lui. Viens, on a à parler, toi et moi.

Rebecca la suivit dans la pièce voisine et ferma la porte derrière elle.

— Je t'écoute, dit Sarah simplement.

Rebecca raconta tout depuis le début. Sarah ne put s'empêcher de l'admirer quand elle eut terminé. Puis, elle lui raconta sa propre histoire. Les deux femmes étaient au bord de l'épuisement physique et mental. Elles avaient trébuché sur les mots, perdu plusieurs fois le fil des événements. Elles se levèrent en même temps et s'étreignirent longuement.

— Rebecca, tu vas devoir quitter le pays, dit Sarah en se détachant d'elle.

— Non. Tu as besoin de moi. Enzo Falcone est dans ma poche. Je ne risque rien.

Elle ajouta d'une voix altérée :

— Je t'en supplie !

Sarah réfléchit. La mort du cardinal la priverait de sa protection au Vatican. On allait sûrement lui demander de quitter la chambre qu'elle occupait dans la cité alors qu'elle avait commencé son travail de séduction auprès de Paolo, le gardien du cimetière. Si elle s'en débarrassait aujourd'hui, elle aurait les mains libres. Elle avait déjà envoyé un message à David dans ce sens. Il n'avait pas encore répondu. Que foutait-il à Tel-Aviv alors que des événements essentiels se produisaient à Rome ?

— Je t'en supplie ! répéta Rebecca.

Sarah hocha la tête.

— Tu as été formidable, Rebecca. Formidable.

— Je reste ?

— Oui, car si tu disparais, Falcone, c'est cela ? se posera des questions. Tel que tu as improvisé cette affaire, nous n'avons d'autres choix que de te laisser à Rome. Arrange-toi pour le revoir et garde le contact avec lui. Il est ta meilleure protection. En attendant, il faut que Livi signe les papiers aujourd'hui.

Rebecca la remercia du regard. S'était-elle méprise sur sa supérieure ?

— Tu crois que je ne t'aime pas ? demanda Sarah d'une voix calme.

Rebecca haussa les épaules.

— Je n'ai pas besoin qu'on m'aime. Je préfère qu'on apprécie mon travail à sa juste valeur, répondit Rebecca en détournant son regard.

— Si cela n'avait pas été le cas, tu ne serais pas là avec nous.

— Je sais, mais parfois, je me pose des questions... Tu me diras que tout le monde se pose des questions et que l'angoisse fait partie de notre quotidien. C'est vrai. D'autant plus que nous agissons sans connaître réellement la finalité de notre mission, ce qui ne contribue pas à améliorer la situation.

— Je vais te dire pourquoi nous sommes là. Pourquoi nous devons poursuivre notre mission quoi qu'il arrive. Ce que nous cherchons, c'est l'âme et la lumière de notre peuple.

Rebecca l'écoutait sans comprendre. Sarah l'entraîna vers le canapé. Elle lui caressa les cheveux d'une main affectueuse. Rebecca eut chaud. Ce rôle de petite sœur ne lui convenait pas, l'irritait même. En d'autres circonstances, elle l'aurait repoussée brutalement. Puis elle pensa à l'émotion que sa supérieure avait dû subir en tuant le cardinal et posa son regard sur celui de Sarah. Elle était littéralement exténuée. Son visage défait témoignait du stress impitoyable qui s'était abattu sur elle. Rebecca eut une envie irrésistible de la serrer contre elle. Mais sa pudeur l'en dissuada. Alors Sarah lui prit la tête et la maintint face à elle.

— La Ménorah de Beit Hamikdash ! Voilà ce que nous cherchons !

Rebecca poussa un petit cri, et se blottit soudain contre Sarah.

David Ben Zion roulait en direction de l'aéroport Ben-Gourion. Les nouvelles de Rome avaient chamboulé tous ses plans. Il ne savait pas encore s'il devait se réjouir ou désespérer. L'opération « Démon », qui devait avoir lieu le lendemain, avait été reportée d'une semaine en dernière minute. Pour justifier son départ précipité, il avait expliqué au Premier ministre qu'il se rendait à Rome pour recruter un ancien général du KGB détenant la liste de plusieurs centaines de personnalités européennes et américaines qui avaient collaboré avec Moscou durant plus de quarante ans. L'information était authentique. L'homme existait réellement et il devait le rencontrer. Le Russe s'était adressé à l'ambassadeur d'Israël en personne dans la capitale italienne, parce qu'il ne faisait pas confiance à la CIA. Pour le Mossad, cette liste représentait une mine d'or. Durant des années, les services secrets d'Israël avaient épuisé leurs meilleurs agents à Moscou pour se la procurer. Les informaticiens les plus brillants du service technique du Mossad avaient vainement tenté de pénétrer le système informatique du KGB. Des résultats significatifs avaient été obtenus, mais dans un désordre tel que les noms de code des personnalités étaient impossibles à déchiffrer avant trois ou quatre ans. David devait rencontrer le Russe le soir même dans un lieu que ce dernier lui indiquerait.

Quelques heures plus tard David pénétra dans l'appartement de la Via delle Condotti. Ses trois agents à Rome l'attendaient au salon. Il leur serra la main et libéra ses gardes du corps d'un mouvement de tête. Sarah lui donna les dernières nouvelles tandis que Rebecca confirmait par des hochements de tête successifs et Avraham, alias le père Mathéus, écoutait les yeux grands ouverts.

David demeura pensif un long moment. Il savait que les deux femmes mouraient d'impatience de connaître la vérité sur cette histoire de chandelier. Mais quelle preuve ? Sa vision sur le mont Sinaï ? La confirmation de l'existence du chandelier par Dounia la voyante du Mossad et par son guide spirituel, le rabbin Lévi-Monsénégo ?

— J'ai de bonnes raisons de croire que ce que nous cherchons se trouve là où nous le croyons, dit-il en restant vague, mais suffisamment pour leur faire croire qu'il savait de quoi il parlait.

— Cela dit, nous devons agir vite. Très vite. Ce soir j'ai une réunion extrêmement importante avec un général du KGB. Je pense que j'en aurai pour quelques heures. Quand ont lieu les funérailles du cardinal ?

— Sa mort n'a pas encore été annoncée et dans la curie personne n'en sait rien, répondit Avraham, l'air troublé.

— Je ne comprends pas. Cela fait bien deux jours qu'il est mort, non ? demanda David en fixant Sarah.

— Au Vatican en particulier on cache toujours ces choses-là pendant quelques jours. Mais il est bien mort, je peux te le garantir. Avec la dose que je lui ai administrée, même un lion serait déjà au paradis.

Sarah faillit raconter que sa vie aussi était en jeu mais se ressaisit.

— As-tu appliqué l'antidote à temps ? demanda David en fronçant les sourcils.

— Je pense, oui.

— Comment cela ? Tu n'es pas sûre ?

— Si, si, affirma Sarah.

David et Rebecca, soudain dubitatifs, l'observaient en silence. Avraham, encore assommé par la nouvelle du chandelier, avait l'air absent. Sarah changea de sujet et fit une proposition :

— Paolo n'a plus de supérieur. Je peux donc agir dans une heure. Le temps que le pape nomme un nouveau cardinal et un successeur à Paolo, il se passera bien deux ou trois semaines.

— Nous allons agir demain soir, trancha David.

Il expliqua son plan. Les renforts se trouvaient déjà sur place. Les autres, une vingtaine au total, étaient en train d'arriver de toute l'Europe par avion, train et voiture. Un bateau de la marine marchande israélienne battant pavillon libérien allait venir à quai à Ostia dans la matinée, le lendemain. Un hélicoptère appartenant à une compagnie civile avait été loué pour une semaine. Il sera piloté par des commandos du Mossad. Le chandelier sera transporté la nuit par l'hélicoptère jusqu'au bateau. David répétait plusieurs fois ses phrases, s'arrêtant sur des détails apparemment anodins jusqu'à la question la plus cruciale : comment sortir le chandelier par la petite porte en fer du cénotaphe ?

Comme il était supposé connaître la réponse les autres attendaient, les visages tendus. Sarah réprima soudain une douleur fulgurante qui remontait le long de son bras gauche. C'était la première fois en deux jours qu'elle ressentait ce symptôme. Elle fronça les sourcils et écrasa sa cigarette sur le cendrier.

— Voilà ce que je propose, dit David enfin. Si l'objet est bien là, nous reviendrons le lendemain soir à la même heure pour le sortir. Nous serons obligés de dynamiter la porte du cénotaphe pour extraire l'objet qui a, comme vous le savez, la taille d'un homme. L'opération exige une précision chirurgicale. La camionnette sera garée à l'entrée du cimetière au moment de l'explosion. Elle se dirigera avec le... l'objet vers l'héliport du Vatican où un hélicoptère, identique à celui du pape, transportera le... le chandelier jusqu'au bateau. Il marqua une pause, avala un verre d'eau minérale et poursuivit.

« Comme personne n'est censé savoir ce qu'il y a dans ce caveau, il se passera quelque temps avant que le pape, comme le monde entier, découvre l'objet à la télévision...

Il marqua une seconde pause pour leur laisser le temps de digérer cette information aux accents surréalistes. Il ne s'était pas trompé. Les visages de ses trois agents étaient tendus à l'extrême. Celui de Sarah plus que les autres. La douleur circulait à présent dans la région du cœur. Ses pensées étaient partagées entre l'honneur de participer à une mission aussi sacrée et l'image d'un cercueil dans un avion de la compagnie El Al qui ramènerait son corps en Terre sainte.

— Pour détourner l'attention, nous provoquerons une explosion incendiaire dans les locaux de Radio-Vatican, ajouta-t-il d'une voix calme.

Il scruta leurs visages. Personne n'avait bronché. Sauf Rebecca qui, depuis la question qu'avait posée David à Sarah sur l'application de l'antidote, n'avait pas cessé de l'observer à la dérobée. Elle avait remarqué que Sarah se passait discrètement la main sur le cœur à plusieurs reprises. Elle connaissait les premiers symptômes de la poudre mortelle et les gestes de Sarah l'inquiétaient. Ou bien était-ce le stress ? Un silence de plomb régnait dans le salon.

David se leva le premier, indiquant par ce geste que la réunion était finie.

— Vous n'avez pas posé de questions. Dois-je en conclure que j'ai été clair ?

Les trois agents hochèrent la tête en même temps.

Avraham partit le premier. Rebecca en profita pour demander à Sarah de la rejoindre dans leur planque. Elle avait quelque chose d'important à lui dire en tête à tête. Sarah lui fixa un rendez-vous pour dix-neuf heures. Elle se dirigea vers la porte.

— Rebecca ?

Elle se retourna. David la fixa un long moment comme s'il cherchait ses mots.

— Bravo !

Rebecca consulta Sarah du regard. Elle lui sourit. Rebecca lui rendit son sourire et disparut par la porte de service.

Le préfet de police essaya pour la dixième fois de joindre le commissaire Livi. Il avait reçu sa lettre par coursier le matin. L'enveloppe, marquée d'un « Confidentiel », était posée devant ses yeux. Il a déjà dû partir, se dit-il en raccrochant. Dans sa lettre, Livi lui expliquait les raisons de son départ précipité et sollicitait sa confiance pour une délicate affaire dont il voulait l'informer, lui et lui seul. Il était parti avec Antonella qu'il épouserait à son retour, une fois le divorce prononcé. Elle quitterait la police pour se consacrer aux enfants qu'ils auraient. Il sollicitait sa compréhension et sa discrétion mais était prêt à renoncer à ses nouvelles fonctions s'il le jugeait nécessaire. La lettre se terminait par un PS écrit à la main : « Mon premier mariage a duré moins d'un an. J'ai vécu une terrible solitude pendant vingt ans. Aujourd'hui j'ai trouvé le bonheur. Ai-je le droit d'y renoncer ? Quoi que vous décidiez, je vous remercie d'avance. Je serai de retour dans deux mois et, si vous en êtes d'accord, je prendrai mes fonctions le 15 avril. Je vous appellerai dans quelques jours pour recueillir votre réaction. Signé Alberto Livi. »

Le préfet remua la tête et murmura entre ses dents : « Quelle histoire ! ». Il enfouit la lettre dans sa poche et répéta : « Quelle histoire ! »

Le cardinal Henrico del Sarto ouvrit les yeux et les referma. Il n'avait pas vu les quatre médecins debout à son chevet. Allongé sur un lit, son corps fut à nouveau secoué par une décharge électrique. Son visage était blême. Les médecins se consultèrent du regard. Le cardinal allait mourir d'un moment à l'autre. Depuis l'accident survenu trois jours plus tôt, il avait été incapable de prononcer le moindre mot ni de faire le moindre geste. Le seul à qui il avait parlé dans un moment de lucidité était Paolo. Sa secrétaire se trouvait dans la chambre derrière les médecins, le visage défait. Elle n'avait toujours pas compris pourquoi il lui avait murmuré, juste avant l'arrivée des médecins :

« Dites à Véronique que je suis mort et ne la laissez pas entrer dans mon bureau sous aucun prétexte. Faites ce que je vous dis. C'est un ordre. Quand elle sera partie, revenez me voir. »

Après le départ de Sarah, le cardinal, au bord du coma, lui avait demandé d'appeler Paolo, le gardien du cimetière. Il était resté dix minutes avec lui. Paolo était retourné dans le cimetière sans un mot, le visage défait. Quand le pape fut enfin alerté, trois heures plus tard, le cardinal était entré dans le coma. Il n'avait pas réagi depuis. Plusieurs fois il avait ouvert les yeux, tenté de lever la main comme s'il voulait demander un bloc ou montrer quelque chose. Mais sans succès. Le pape lui avait rendu plusieurs fois visite et à chaque fois, le cardinal était sur le point de murmurer quelque chose. Les médecins parlaient à voix basse dans un coin de la chambre quand la secrétaire s'écria :

— Je crois que c'est fini.

Ils s'approchèrent et l'un d'entre eux souleva les paupières puis posa son oreille sur son cœur. Il lui prit le pouls et confirma la mort par un hochement de tête.

Le commissaire Livi tournait et retournait les hypothèses dans sa tête. Tout avait changé depuis l'arrivée d'un nouveau garde, Ariel. Le bandeau sur ses yeux en permanence l'empêchait de voir mais non de penser. Sous la dictée d'Ariel, il avait écrit à la main les phrases pour le préfet. Cette lettre l'avait rassuré. Cela signifiait qu'il n'allait rester ici que deux mois et pas des années comme les otages occidentaux au Liban. Il allait survivre. Tout devenait clair à présent. Il s'était mis sur le chemin des grands et ils avaient réagi. Mais pourquoi ne l'avaient-on pas liquidé ? Cette question obsédante l'obligeait à revenir à la case départ. Pourquoi cherchait-on à l'épargner ? Un pressentiment qu'il n'arrivait pas à s'expliquer lui disait que c'est grâce à lui que l'on n'avait pas assassiné Antonella. Une mise en scène montée par Rebecca et Sarah l'avait convaincu que la CIA était seule impliquée dans cette affaire. La trappe volontairement ouverte par ses geôliers lui avait permis de capter une conversation dans un américain parfait entre trois individus. Celui qu'il croyait être israélien était en fait palestinien. Les trois individus, dont une femme, avaient plusieurs fois mentionné son nom, Ahmed Laraki, pour avoir négligé certaines règles disciplinaires à l'égard du commissaire et en précisant lesquelles. Puis le nom de Langley, le quartier général de la CIA en Virginie, avait été prononcé une dizaine de fois. On accusait donc la CIA d'avoir recruté le Palestinien pour cette mission alors qu'il était plus utile à Jérusalem. Puis la trappe s'était refermée. Livi dut reprendre son analyse depuis le début mais sans pouvoir avancer d'un millimètre. Il tenta de le faire à nouveau, mais ses idées s'embrouillèrent. Un bruit de pas le fit sursauter. Il attendait sa drogue avec impatience.

Séparée par un mur, Antonella résistait mieux sur

le plan psychologique que son supérieur et amant. Son analyse était différente. Pour elle, c'était la mafia qui était derrière toute cette affaire. La lettre qu'elle avait signée pour son mari l'avait, comme Alberto, soulagée. Elle ne serait captive que durant une période limitée. Un mois pour elle. Un mois d'isolement, puis la liberté. Elle avait plusieurs fois demandé des nouvelles d'Alberto mais sans obtenir d'autre réponse que celle que le premier geôlier lui avait aimablement donnée. Alberto était en excellente santé et pensait beaucoup à elle.

— Je t'ai observée, Sarah, fit Rebecca. Tu souffres en silence. Il faut que tu sois immédiatement transportée en Israël. On a encore le temps de te sauver...

Sarah s'approcha pour l'embrasser.

— Merci de cette attention. J'ai eu un petit malaise, mais il était plus dû au stress qu'à autre chose, répondit-elle avec assurance. C'est pour cela que tu voulais me voir ?

Rebecca hocha la tête.

— C'est vrai que j'ai eu un malaise...

— Dans la région du cœur, je t'ai vue, coupa Rebecca. Le bras gauche et le cœur, insista-t-elle.

Sarah fit semblant de réfléchir mais elle pensait au cardinal. Qu'attendait-on pour annoncer sa mort et ses funérailles ? Elle se remémora la scène finale. Rebecca la regardait, l'air suppliant, en silence. Sarah se crispa d'un coup sous le regard inquiet de Rebecca.

— Ça va ? Sarah, réponds !

— J'ai un doute...

— Pour l'antidote ?

Sarah sortit de sa torpeur. Elle regarda sa montre.

— Je dois partir, dit-elle en prenant son sac.

— Sarah, attends. Que se passe-t-il ? questionna Rebecca en la saisissant par le bras.

— J'ai un doute sur la mort du cardinal. Il n'est peut-être pas encore mort...

— Tu as dit que tu l'avais vu.

— Non. Je me trouvais dans le bureau de sa secrétaire. C'est elle qui m'a annoncé sa mort. Mais ce n'était peut-être pas vrai. Voilà l'explication du silence qui règne autour de lui. Et s'il est encore vivant, alors il a dû me voir ouvrir son tiroir et prendre la lettre. Il a compris et a joué la comédie... Sans savoir que, de toute façon, il allait mourir... Mais cela ne change rien. Le désastre est consommé ! Il a eu le temps d'alerter qui de droit.

Le tremblement de ses lèvres, son regard fou et les secousses constantes qui faisaient trembler son corps témoignaient de l'angoisse qu'elle ressentait. Rebecca se pinçait les lèvres. Son visage s'était métamorphosé à la même vitesse que celui de Sarah. Les deux femmes, inquiètes, s'observaient, muettes.

La capitale italienne fourmillait d'agents du Mossad. Tout était en place pour l'opération. David savourait chaque instant tendu de tout son être mais heureux comme il l'avait rarement été dans sa vie. Il avait recruté le général du KGB pour la somme de dix millions de dollars, payables quand il aurait contrôlé certains éléments relatifs à la liste que détenait le Russe. Confiant, le Russe avait accepté de montrer une dizaine de noms de taupes de haut calibre parmi lesquels se trouvaient deux ministres européens toujours en exercice. Puis, quatre hommes avaient surgi dans la maison dans laquelle le rendez-vous avait eu lieu et neutralisé l'ex-général en un tour de main. Il se trouvait à présent dans une cave, dans la même maison qu'Alberto et Antonella.

David regarda sa montre. Il était midi. Le soir, juste après le départ de Paolo, à vingt-deux heures, il allait pénétrer dans le cénotaphe avec Sarah. Avraham sillonnerait les environs durant l'opération. Il se leva et alla téléphoner à son épouse à Jérusalem. Il composa d'abord un numéro à Rome et raccrocha. Dix minutes plus tard, son téléphone sonna. Il prit le combiné et parla à Esther. La communication, établie par les services techniques du Mossad, passait par l'intermédiaire d'une cabine téléphonique de la banlieue nord de Florence. La conversation anodine, au cas où il y aurait quelques oreilles indiscrètes, dura une minute. Sarah était arrivée quand il retourna au salon. David la dévisagea, impatient.

— Tout est parfait, dit-elle en souriant. Les funérailles ont lieu dans deux jours. L'annonce a été faite par Radio-Vatican ce matin même. Ouf, soupira-t-elle, j'ai eu peur.

David la toisa. Elle lui expliqua la crise d'angoisse qu'elle avait ressentie la veille. David l'écouta, nerveux.

— Il est bien mort à la minute...

— Oui. Avraham a mené son enquête. Le pape était si effondré qu'il avait fait venir quatre médecins pour tenter de le ramener à la vie...

— Si on trouve le chandelier ce soir, il faudra liquider Paolo avant que le pape ne nomme un nouveau cardinal. Tu devras lui serrer la main cet après-midi.

— Rendez-vous donc ce soir.

Elle s'en alla d'un pas chancelant en se massant discrètement le cœur.

David était allongé entre deux tombes. Un petit vent frais soufflait sur le cimetière. Dans quelques minutes, Paolo allait partir. David fixait sa montre de plongée et comptait les secondes. Il discerna un bruit de pas mais ne bougea pas. C'était Paolo qui s'en allait, pensa-t-il. Il patienta quelques secondes, puis leva légèrement la tête. Paolo venait de sortir du cimetière. David soupira mentalement. Sarah lui avait administré une forte dose de poudre en lui serrant vigoureusement la main une troisième fois dans l'après-midi. Elle avait gardé sa main dans la sienne durant deux longues minutes sous le regard ahuri de Paolo. Mais il était robuste. Pour plus de sûreté, David avait ordonné qu'on le kidnappe le lendemain soir, s'il était toujours vivant, quand il sortirait du cimetière à la même heure et qu'on le sorte du Vatican avant la fermeture des portes.

— Qu'est-ce qu'on fait après ? avait demandé l'agent à qui la mission avait été confiée.

Il faillit répondre : « On attend qu'il meure de mort naturelle », mais se contenta d'un mouvement de tête qui pouvait signifier « on verra ». Sarah arriva, déguisée en bonne sœur. David aperçut Avraham au loin et sourit dans le noir. Un garde suisse s'approcha, balaya le cimetière du regard et disparut. David fit signe à Sarah qui se trouvait à vingt mètres de lui, cachée derrière un arbre. Elle se dirigea vers le cénotaphe et David la rejoignit en rampant. Il ouvrit la porte. Une odeur de pierre humide lui sauta à la gorge. Il demeura sur place, immobile. Il avait conscience d'entrer dans le début des mystères. Le patron du Mossad souleva une dalle en pierre et aperçut une échelle de corde qui pendait dans le vide. Sarah descendit la première, suivie de David qui avait remis la dalle à sa place. Il prit une torche de son sac et éclaira la cave. Elle était vide. Quatre murs sans porte. Ils se consultèrent du regard. Sarah haussa les épaules. David balaya chaque mètre du faisceau de sa lampe, en réprimant un début d'angoisse et de colère. Il avança et inspecta soigneusement le mur en face de lui, palpant la pierre glacée à la recherche d'une ouverture secrète. Dix minutes plus tard, le visage défait, il regardait Sarah qui, courbée, fouillait le sol de ses doigts. Elle croisa son regard, soupira et leva les mains au ciel en signe d'abandon. David se mit sur les genoux et poursuivit là où Sarah avait arrêté. Il faillit hurler quand sa main trouva une fente mince entre deux pierres.

— Mon sac ! ordonna-t-il.

Sarah le poussa vers lui. Il y prit un pied-de-biche et l'enfonça dans la fente. Une dalle se souleva. Il approcha sa tête, la torche dans sa bouche et découvrit une seconde échelle de corde identique à la première.

— Attends ici, dit-il à Sarah.

Puis il se mit à descendre.

Parvenu trois mètres plus bas, il regarda où il se trouvait. La seconde cave ressemblait à un tunnel souterrain. Droit devant lui à vingt mètres environ, il discerna une porte en fer. Il remonta pour appeler Sarah qui était en train de se masser vigoureusement le cœur.

— Que se passe-t-il ? demanda-t-il inquiet quand elle l'eut rejoint.

— Rien.

David marcha le premier. Çà et là, le long du mur de droite, il aperçut quelques crânes. Sarah le suivait en se frottant les mains pour se réchauffer. Il faisait humide et froid. David s'approcha de la porte et sortit le trousseau de clés. Il poussa d'abord les deux grosses barres métalliques qui servaient à fermer la porte de l'extérieur, puis fut au comble de l'excitation quand il ouvrit la porte avec la première clé choisie au hasard.

Dehors, Avraham était dissimulé derrière un arbre. Il ne put apercevoir Paolo revenir par l'autre côté du cimetière et se glisser à nouveau dans le cénotaphe. Paolo s'avança sur la pointe des pieds et souleva la dalle de l'entrée. Il patienta quelques secondes en tendant l'oreille et descendit dans la cave obscure. Il rampa sur le sol en cherchant de ses mains la seconde dalle. Elle était déplacée. Il colla son oreille dessus. Des échos de pas, de chuchotements parvinrent jusqu'à lui. Il attendit dans le noir que le bruit disparaisse et descendit dans la seconde cave. Il longea le mur de droite jusqu'au bout du tunnel. Sa main chercha la porte et la trouva. Elle était ouverte.

Au fond du couloir, David était en train d'ouvrir la seconde porte quand un bruit mat le fit sursauter. Il recula et poussa Sarah sur le côté. Il éteignit sa torche et demeura immobile, retenant sa respiration. Après quelques secondes qui lui semblèrent une éternité, il ralluma sa torche et la braqua sur la première porte. Rien. Paolo, qu'il n'avait pas pu apercevoir à cause de la distance, était adossé contre le mur à droite de la porte. Il ne bronchait pas. Etrangement, il n'avait pas peur. Il avait reçu des instructions claires de la part du cardinal et il allait les exécuter. Il respirait par la bouche, lentement. Il entendit bientôt le grincement d'une porte et comprit que l'homme et la femme qu'il apercevait à l'autre bout étaient parvenus à ouvrir la seconde porte. Il en profita pour ressortir, refermer — à toute volée — la première porte puis la bloquer vivement à l'aide des deux barres métalliques extérieures. Cela fit un bruit épouvantable. Pris de stupeur à cause du vacarme, David comprit qu'on venait de les enfermer. Ensemble, ils plongèrent à terre et se mirent à ramper dans le noir en direction de la première porte. Vingt mètres à parcourir dans la confusion et la panique. Il parvint enfin au bout du couloir, se releva et s'adossa contre le mur, cherchant la porte de la main. Elle était vraiment fermée. Il alluma sa torche. Sarah le fixa, terrorisée. David détourna son regard, recula un peu et visa la serrure avec son arme. « Inutile », dit-il entre ses dents. Seule une grenade pourrait faire sauter cette porte épaisse de dix centimètres et fermée de l'extérieur à l'aide de deux barres de fer.

Avraham sentit son cœur lui monter à la gorge quand il aperçut Paolo sortir silencieusement du cénotaphe. Il le laissa arriver à sa hauteur et voulut s'emparer de lui mais deux gardes suisse surgirent au même moment. Avraham recula d'un pas et disparut derrière l'arbre.

— Eh Paolo, qu'est-ce que tu fais là ? demanda l'un d'eux.

— J'avais... j'avais oublié... quelque chose, dit-il en ralentissant le pas.

— Rien de spécial à signaler ?

— Non, non. Tout est parfait.

— Qu'est-ce que c'est ? demanda l'un des gardes en désignant les cordes que Paolo transportait.

— De vieilles échelles de corde. Je dois les faire réparer. La corde est usée. Bonne nuit.

Le garde suisse haussa les épaules. Paolo, comme Giorgio, avait la réputation d'être un faible d'esprit. Il sourit pour lui-même et poursuivit sa marche. Avraham se pencha un peu et aperçut Paolo disparaître dans l'obscurité. Il voulut sortir de sa cachette mais les deux gardes suisses pénétrèrent dans le cimetière. Il demeura sur place, la tête confuse. Si Paolo était sorti du cénotaphe, c'est qu'il y était entré une seconde fois. Mais quand ? Que s'était-il passé avec David et Sarah ? Il eut des sueurs froides.

Sarah, assise contre le mur, grelottait tandis que David tournait en rond à la recherche d'une solution. Ils étaient enfermés, prisonniers dans la seconde cave. Allaient-ils pourrir ici ? A supposer qu'ils puissent défoncer cette maudite porte et accéder à la première cave, David n'eut aucune difficulté à s'imaginer qu'ils ne trouveraient pas les échelles pour remonter. Il était inutile de tenter quoi que ce soit. Ils avaient été repérés et se retrouvaient prisonniers sans aucune possibilité de s'échapper. Leur seul espoir était Avraham. Lui seul pouvait les sortir de là. Il dévisagea Sarah en silence. Allongée sur le sol humide, ses yeux étaient fermés. David frappa le mur de son poing et lui lança avec assurance :

— Reste là. Autant utiliser le temps pour continuer à fouiller cette cave. Quand Avraham arrivera, tu viendras me chercher.

David marchait lentement, attentif au moindre détail. La deuxième cave était beaucoup plus longue que la première. Il éclaira le couloir et découvrit, stupéfait, de petites portes en fer sur les côtés, celles d'anciens cachots. Il en compta vingt sur chaque côté. Il se mit la torche dans sa bouche pour avoir les mains libres et s'approcha. Les portes métalliques portaient des serrures trop petites pour les clés qu'il possédait. Il tira celle devant laquelle il se trouvait. Elle s'ouvrit sans résistance. Il osa un pied à l'intérieur. Le cachot devait faire quatre mètres carrés et dans un coin, il découvrit trois crânes. Il ressortit et enfonça la deuxième porte. La cellule contenait plusieurs dizaines de crânes entassés les uns sur les autres contre un mur. Sur la gauche, il aperçut plusieurs jarres anciennes. Il s'approcha, intrigué. Les jarres étaient alignées contre le mur. Il les éclaira de près. Il faillit en prendre une, mais le temps manquait. Il sortit et se remit à la recherche de la troisième et dernière porte.

Avraham regarda Paolo disparaître sur la pointe des pieds sans pouvoir bouger. Avraham patienta un moment, balayant le cimetière d'un regard anxieux, puis quitta sa cache d'un pas rapide et alla se mettre à l'abri derrière le bâtiment du gouvernorat, à une centaine de mètres du collège éthiopien. Il tira son téléphone de poche et composa un numéro. Rebecca décrocha à la deuxième sonnerie. Après s'être identifié, Avraham expliqua la situation en langage codé. Rebecca lui ordonna de liquider Paolo immédiatement avant qu'il n'alerte le pape. Avraham se dirigea aussitôt vers la maison de Paolo. Sur la route, il croisa quelques ecclésiastiques et poursuivit son chemin. Il y avait de la lumière dans la chambre de Paolo. La porte était restée entrouverte. La chambre était vide. Au milieu de la pièce, il aperçut les échelles. Il s'approcha en appelant « Paolo ». Rien. Il était donc retourné au cimetière, pensa-t-il en hésitant devant les échelles. S'il se trouve chez le pape, alors c'est fini, murmura-t-il entre ses dents avant de sortir en courant. Dehors, il ralentit le pas et se dirigea à nouveau vers le cimetière, s'approcha du cénotaphe et pénétra à l'intérieur. Il souleva la dalle sans difficulté et examina le vide ténébreux. Aucune lumière... Un bruit de pas le fit sursauter. Il voulut se relever mais un violent coup sur la tête lui fit perdre connaissance.

Paolo poussa le corps vers le trou et le jeta dans le vide. Un large sourire éclaira son visage quand il entendit le bruit du corps s'écraser sur la terre, six mètres plus bas. Il remit la dalle à sa place et alla chercher les outils qu'il avait laissés dehors au moment où il avait aperçu l'inconnu entrer dans le cénotaphe. A l'aide d'une masse, il enfonça un piquet de fer dans la dalle en pierre, et un autre dans le sol, puis les relia par une chaîne qu'il ferma à l'aide d'un gros cadenas. De l'extérieur, on pouvait faire sauter le tout sans difficulté. Mais de l'intérieur, il fallait une force surhumaine pour soulever la dalle. Demain, à la première heure, il irait voir le pape pour l'informer de la situation. Paolo n'avait eu aucun scrupule à pousser le corps du père Mathéus, qu'il ne connaissait d'ailleurs pas, dans le trou. Ses instructions étaient strictes. Il aurait poussé le corps de n'importe quel cardinal de la même façon. Cet endroit était sacré. Il était loin de s'imaginer qu'il avait à lui tout seul neutralisé le patron du Mossad en personne et deux de ses meilleurs agents. Il partit d'un pas lourd, fier d'avoir accompli sa mission.

Du fond de la deuxième cave, David n'avait pas entendu le bruit mat du corps d'Avraham tombant sur le sol. Il poursuivait ses recherches avec fébrilité. La troisième porte n'existait pas. En tout cas, il n'y avait rien qui ressemblât à une porte dans ce long tunnel. Il enfonça au hasard l'une des petites portes alignées le long du mur dans l'espoir qu'il trouverait une trappe secrète qui donnerait accès à la troisième porte. Le cachot était vide. Comme dans le premier, il découvrit des crânes contre le mur. Pourquoi seulement des crânes et pas de squelettes de corps ? se demanda-t-il. Il s'arrêta un instant, désespéré. A quoi pouvait donc servir cette troisième clé ? Il ressortit et demeura planté au milieu du tunnel. Il compta à nouveau les cachots un par un. Il y en avait vingt de chaque côté. Les portes avaient environ un mètre de haut et soixante centimètres de large. Le chandelier faisait un mètre soixante-douze de haut et presque autant de large. Il ne pouvait donc y être caché. Un sentiment de désespoir l'envahit. Il se remit en marche et trébucha sur un tas de crucifix en fer et de bougies consumées. Il se releva et décida de pénétrer dans chaque cachot l'un après l'autre. Partout, il constatait la présence de ces mêmes crânes. Il retourna dans le premier cachot pour inspecter le contenu des jarres. Il ne les avait pas comptées la première fois. Il y en avait sept. Ce chiffre le troubla. C'était un signe, il en était convaincu. Les piles de sa torche s'affaiblissaient. Il sortit et se cogna la tête contre le mur. Il rejoignit Sarah et la trouva allongée au même endroit.

— Rien de nouveau ? dit-il en changeant les piles de sa torche, le regard braqué sur la première porte comme si elle allait s'ouvrir subitement. N'obtenant aucune réponse, il se retourna et hurla de toutes ses forces :

— Tu choisis bien tes endroits pour dormir !

Il éclaira le visage de Sarah. Elle était morte.

Il était vingt-trois heures vingt-huit quand Rebecca, munie d'un faux laissez-passer, pénétra au Vatican, habillée en nonne. Le garde suisse la dévisagea et s'écarta pour la laisser entrer. Elle se dirigea droit vers la maison où résidait Sarah. Avraham devait la rappeler dans sa camionnette pour lui donner des nouvelles. Mais il ne l'avait pas fait. Elle avait donc décidé de venir voir ce qui se passait. Que faisait Avraham ? Comment le contacter à présent ? se demandait-elle en marchant d'un pas cotonneux. Un garde suisse la salua sur son chemin, puis un autre, puis un troisième. Ils étaient partout. Elle arriva enfin dans la chambre de Sarah et frappa à la porte en regardant autour d'elle. Elle avait les clés de sa chambre et savait que la jeune femme se trouvait avec David dans le cénotaphe. Elle tourna la clé dans la serrure et pénétra dans la pièce. Après quelques instants, elle sortit et marcha en direction de la chambre de Paolo d'un pas souple. Elle ignorait ce qui s'était passé, mais elle savait qu'il fallait se débarrasser de Paolo. Elle colla son oreille contre la porte et entendit des ronflements. Elle prit un passe-partout et ouvrit la porte après quelques manipulations. Elle poussa la porte aussi lentement qu'elle le put et entra. Elle resta debout cherchant dans la pénombre le lit de Paolo. Après quelques secondes, elle referma la porte derrière elle et fit un pas en avant, puis un second et trébucha sur les échelles au milieu de la pièce. Paolo se réveilla en sursaut et alluma sa veilleuse. Il aperçut Rebecca et la fixa, ahuri, reconnaissant la touriste qui lui avait fait cadeau de la montre et du briquet qu'il portait toujours sur lui. Avant qu'il ne réalisât ce qui se passait, Rebecca se jeta sur lui et le neutralisa d'un coup sec sur la pomme d'Adam. Une heure plus tard, il n'avait toujours rien avoué. Alors Rebecca tira de son sac une boîte de poudre et lui massa la région du cœur durant deux minutes. Il la regardait sans comprendre, les mains liées derrière le dos, un bandeau sur la bouche. Elle l'aurait volontiers tué d'une balle. Mais c'était trop délicat. La dose de Sarah n'avait pas encore fait son effet. Une « poignée de main » pouvait prendre jusqu'à cinq jours avant que le cœur ne cessât de battre. Avec cette nouvelle dose, il allait mourir dans l'heure.

Elle s'appliqua l'antidote et patienta en démêlant les échelles qu'elle roula en deux paquets. Elle alla les porter dans la chambre de Sarah et revint aussitôt voir Paolo. Il n'avait pas bougé d'un centimètre. Il la fixait d'un air hébété. Rebecca regarda sa montre. Il était trois heures du matin et Paolo était toujours en vie. Il respirait normalement. Prise de panique, Rebecca lui administra une seconde dose. Paolo ferma les yeux pour toujours à cinq heures trente du matin. Rebecca s'en alla aussitôt après avoir nettoyé toutes traces d'empreintes et mis de l'ordre dans la pièce. Elle faillit s'emparer du sac en toile posé sur sa table de chevet, mais se ressaisit. Quelques instants plus tard, elle se trouvait dans la chambre de Sarah. L'aube l'avait dissuadée d'agir. A huit heures, elle passa par le cimetière et observa discrètement les lieux. Tout semblait calme. Elle savait qu'elle ne pourrait pas y pénétrer en plein jour. Il faudrait attendre la nuit. Elle sortit par la Porte de Bronze, le regard vide.

David regarda sa montre. Neuf heures du matin. Assis près du corps inerte de Sarah, il vivait le moment le plus dramatique de son existence. Il ne pensait plus à ce qui avait pu se passer. Sarah ne s'était pas appliqué l'antidote à temps. Pour le reste, il s'agissait d'un échec spectaculaire ! Digne des services secrets d'une république bananière ! Quant à Avraham, il ne savait pas encore qu'il gisait, le crâne fracassé au-dessus de lui. Dans un moment de désespoir, il avait levé la tête et supplié Dieu de le sortir de ce trou à rat. Puis, il avait mis son châle de prière qu'il avait emporté dans son sac afin de s'en envelopper quand il découvrirait le chandelier et récita le kaddisch, la prière des morts pour Sarah. Plus tard, il avait imaginé sa propre mort, dans ce trou chrétien. Dans quelques années, son crâne reposerait dans l'un des cachots avec les autres. Il jura que, s'il en sortait vivant, il quitterait le Mossad. Sa vision sur le mont Sinaï n'était qu'une hallucination, après une semaine où il ne s'était nourri que de quelques biscuits au miel et où il n'avait bu que quelques gorgées d'eau. Puis, craignant que Dieu ne lise dans ses pensées, il promit à haute voix qu'il n'abandonnerait pas sa mission sacrée : retrouver le chandelier. Il sentit des crampes à l'estomac et se leva. Il retrouva subitement espoir et décida de retourner chercher la troisième porte. Elle devait bien exister puisqu'il y avait une troisième clé. Mais où ? Il compta les piles. Il en avait déjà consommé seize. Il lui en restait huit. Encore trois heures de lumière avant la nuit éternelle. Il saisit son châle de prière, le posa sur ses larges épaules, se couvrit la tête d'une kippa et marcha le long du couloir avec l'espoir que Dieu serait cette fois plus clément.

Rebecca passa les premières heures de la matinée à prendre contact avec les quatre chefs des différentes sections impliquées dans cette opération pour les alerter de la situation. Sans nouvelles d'Avraham, elle avait compris qu'une catastrophe avait eu lieu. La seule chose qu'elle savait était que David et Sarah se trouvaient dans le cénotaphe. Avraham avait disparu et Paolo avait préféré mourir sans avouer. La réunion eut lieu dans la villa où étaient gardés les deux policiers et l'ex-général du KGB.

Rebecca crut calmer les quatre officiers supérieurs en leur avouant qui était l'homme enfermé dans le Vatican. Réouven, un colosse aux yeux verts, proposa de passer immédiatement à l'action quand il apprit que le patron du Mossad en personne se trouvait dans le cénotaphe. Une véritable panique s'était emparée des quatre hommes. Rebecca regretta ses confessions. Dans quelques minutes, ils allaient partir brûler le Vatican pour sauver « Hamémouné », leur patron. Rebecca les en savait capables. Au comble du désespoir, elle qui n'était que lieutenant-colonel se leva, le visage rouge de fureur, et s'écria :

— L'objet de la mission est le chandelier du Temple !

Elle parla encore une longue minute sans s'arrêter devant des visages défaits.

— On va tout faire capoter si on agit sous l'effet de la colère. D'après mon analyse, il ne devrait plus y avoir de risque. Paolo est mort. Le cardinal aussi. Nous agirons ce soir pour sortir David, Sarah et Avraham du cénotaphe. David décidera de la suite des opérations. S'il a trouvé le chandelier, il nous ordonnera de passer à l'action après-demain. Le plan est simplement reporté d'un jour.

— Et Avraham ? demanda Yossi.

Rebecca leur adressa une grimace.

— Je crois, mais sans en être sûre, qu'il a dû les rejoindre dans le caveau et que Paolo l'a enfermé avec les autres. C'est la seule explication plausible.

Ils se consultèrent du regard tandis que Rebecca tirait de son sac plusieurs laissez-passer.

— Tenez. Avec cela, vous pourrez rentrer au Vatican sans problème. Personne ne vous posera de questions. J'ai besoin de deux hommes pour ce soir.

Personne au Vatican ne remarqua l'absence de Paolo. Totalement indépendant, le gardien du cimetière menait une vie tranquille à l'écart de tous qui le considéraient comme un faible d'esprit. A midi, seul un jardinier demanda à un collègue pourquoi Paolo n'était pas venu travailler.

— Tu appelles cela travailler ? Il est assis sur son cul à nous regarder avec des yeux de merlan frit. Il a dû partir dans sa campagne. Il faut bien qu'il baise une vache de temps en temps. Les deux hommes éclatèrent de rire.

Assis dans l'obscurité, David, au bord de l'épuisement, luttait désespérément contre le sommeil. De temps en temps, il allumait sa torche pour se ressaisir, voir un peu de lumière... Il regarda sa montre aux aiguilles phosphorescentes. Il était quinze heures trente. Sa dernière tentative n'avait rien donné : il n'avait pas découvert la troisième porte. Il n'y avait que les deux portes dont celle qu'il regardait par moments d'un air suppliant, comme si un miracle allait se produire. Plusieurs fois, il avait collé son oreille contre le battant avec l'espoir d'entendre des pas ou un bruit quelconque. Il posa la main sur l'une des sept jarres qu'il avait rapportée d'un cachot. A l'intérieur, il crut reconnaître des papyrus roulés enveloppés dans des tissus de lin. Il l'avait prise parce qu'elle lui avait fait penser aux manuscrits de la mer Morte. Il aurait bien pris les sept mais il n'en avait pas la force. Il pensa à sa femme et à son fils, Moïse, âgé de deux ans. A Sarah, morte en face de lui. A son ex-femme, Ruth, puis à son premier fils, mort au combat, à son enfance dans les champs, une mitraillette en bandoulière, à sa carrière militaire, au jour où il avait reçu le grade de général d'aviation à trente-huit ans, à sa nomination comme commandant en chef des forces aériennes de Tsahal deux ans plus tard. Les images se succédaient à un rythme infernal dans son esprit. Sa tête s'inclina pour la centième fois. Il s'endormit.

Il se réveilla en sursaut après ce qui lui parut une éternité. Quelque chose de gluant l'avait touché. Devant lui, une silhouette dansait dans le noir. David n'était pas homme à croire aux fantômes mais il était obligé de se rendre à l'évidence. Il y avait une présence humaine ou animale dans la pièce. Il se leva d'un bond et s'empara de son arme. Il voulut prendre sa torche, mais les piles se trouvaient dans son sac. Des pas lourds s'approchaient. Il entendit comme une respiration d'animal essoufflé puis un rire humain : un rire grotesque qui lui pénétrait l'âme. Il donna quelques coups de pied dans le vide avec l'espoir d'éloigner la créature. Un coup de griffe lui arracha brusquement la peau du visage. Il cria et vida son chargeur comme un dément, en continuant à frapper dans le vide de la main et du pied. Un deuxième coup de griffe l'envoya à terre. Il porta la main à son visage. Un liquide chaud et épais l'aveugla. Le rire se fit plus fort, résonnant dans sa tête comme le ronflement d'un avion à l'atterrissage. Il lâcha son arme et se protégea les oreilles de ses mains. Dans un dernier sursaut, il saisit son sac pour prendre la torche. Le rire, mêlé à des cris aigus et des sons inquiétants, s'approcha à nouveau. Dans quelques secondes, il n'aurait plus de tympans. Il réussit à attraper son sac tout en continuant à donner des coups de pied dans le vide. Il plongea une main à l'intérieur et s'empara de la torche qu'il posa devant lui et saisit les piles. Un violent coup sur la jambe, suivi d'un autre sur le rein droit lui coupèrent le souffle. Il continua à enfoncer les piles dans la torche.

Si c'était le Diable, alors il voulait le voir en face. Le rire s'éloigna comme un écho. Enfin David put éclairer le couloir. Il était vide. Il chercha Sarah du regard. Son corps avait été projeté contre le mur en face, le visage griffé. Il baissa la tête et aperçut sur le sol et sur ses vêtements des taches de sang. Il palpa son visage et regarda sa main. Elle était rouge. Il était vingt et une heures. Il s'empara de l'arme de Sarah et rechargea la sienne. La peur lui avait fait oublier sa douleur. Instinctivement, il remit son châle de prière sur ses épaules et éteignit sa lampe. Il demeura adossé contre le mur, le cœur cognant dans sa poitrine. Des larmes de fureur et d'angoisse coulaient sur son visage. Il savait que dans moins d'une heure, on viendrait le sortir de là. Il le fallait. Ils n'allaient pas laisser le patron du Mossad mourir dans ce trou. La rage lui donnait force et courage. C'est alors qu'il se mit à hurler comme un dément, maudissant pêle-mêle le Diable, les chrétiens, le pape, le Vatican. Il menaçait, promettait une vengeance terrible, foudroyante. Ses cris se poursuivirent longtemps, résonnant dans les couloirs. Puis, il implora Dieu de lui laisser la vie et la force de revenir. Il se mit à hurler de plus en plus fort. Sa voix était devenue animale. Il se mit à rire fort et crut entendre le rire de la bête. Il eut l'impression de n'être plus seul dans la pièce. D'autres êtres hurlaient, criaient, riaient. Avait-il réveillé les âmes des hommes morts ici, dont les crânes gisaient par terre ? Son rire augmenta encore, dominant les autres. Il était « Hamémouné ». Il allait vaincre.

Rebecca eut la peur de sa vie quand elle pénétra dans la seconde cave. La vue de Sarah morte et de David, hirsute, les yeux fous, les vêtements ensanglantés, son arme braquée sur elle, l'effraya au point de la faire chavirer. Elle demeura debout, paralysée, la bouche ouverte, essayant de comprendre ce qui avait pu se passer. Elle attendait que David prît une initiative, donnât un ordre, dise quelque chose. Mais il la fixait, muet, terrorisé comme s'il la voyait pour la première fois.

— C'est moi, Rebecca, dit-elle d'une voix blanche. Viens !

Elle lui tendit la main. David baissa son arme et ferma les yeux. Il était sauvé. Rebecca s'approcha de Sarah et des larmes coulèrent sur son visage. Elle souleva le corps sur ses épaules et marcha sans un mot en direction de la première cave. David avança à son tour, en traînant lourdement les pieds. Au bout de la cave, il revint sur ses pas, la torche de Rebecca dans sa bouche et saisit la jarre. Il découvrit Avraham dans la première pièce, la tête fracassée. Une demi-heure plus tard, une camionnette sortait du Vatican pour se diriger vers la villa à Ostie.

8

David ouvrit les yeux vers huit heures et se rendormit aussitôt. Des cauchemars bouleversaient son sommeil. Il voulait les chasser de la main, en vain. Ils étaient toujours les mêmes. Il s'approchait du chandelier et au moment de le toucher, un être au corps d'animal et à la tête presque humaine le frappait avec une violence incroyable, le projetant sur le mur avant de bondir sur lui. Il voulait crier, mais n'y parvenait pas.

Rebecca dut patienter encore deux heures avant que le patron du Mossad ne se réveillât complètement. Il s'assit sur le bord du lit, ignorant sa présence. Au bout d'un moment qui sembla à la jeune femme une éternité, il se leva et, sans un mot, se dirigea en boitant, la main sur le rein droit, vers la salle de bains. Il découvrit dans le miroir son visage sauvagement griffé. Quatre coups en forme de croix sur chaque joue. Il ferma les yeux, s'accrochant au lavabo pour ne pas s'écrouler. Il réussit à passer sous la douche et laissa couler l'eau sur son corps. Ses pensées étaient confuses. Penser quoi ? Au Diable ? Cette idée était étrangère à la religion juive. Le paradis et l'enfer existaient, certes, mais le judaïsme ne parlait que du paradis. Le Diable existait mais l'on ne croyait qu'en Elohim. Les histoires d'exorcisme, de résurrection, de lévitation, de fantômes, d'apparitions, de communication avec les morts, tout cela était l'œuvre des païens. Le juif devait être au-dessus de ce genre de superstition, non parce qu'il n'y était pas sensible voire prêt à y croire, mais parce que cela lui était strictement interdit par son Dieu Unique, maître de l'Univers, compatissant, miséricordieux, magnanime.

L'eau commença à lui faire du bien. David tenta d'y voir plus clair. Ces marques sur son visage, en forme de croix, prouvaient bien l'existence de quelque chose. Le Diable ? Quel péché avait-il commis pour que Dieu veuille le punir au point de lui envoyer le Diable ? Parce qu'il avait consulté la voyante du Mossad ? Acte interdit par le judaïsme parce que Dieu seul sait l'avenir ? Or en consultant la voyante qui lui avait donné des détails impressionnants sur Giorgio, sur le cénotaphe, etc., avait-il mis la vision de Dieu en doute ? Etait-ce à cause de la mort du serrurier ? Et si le Diable existait, cela signifiait-il que le christianisme était une réalité ? Il écarta cette pensée et songea à la troisième porte. C'était incompréhensible. L'eau brûlante lui faisait du bien. Il finit par sortir de la douche, quand Rebecca pénétra dans la salle de bains.

— Ton épouse au téléphone.

David, nu comme un ver, bondit sur elle et l'étreignit de toutes ses forces. Rebecca réalisa le ridicule de la situation, mais se laissa emporter par l'enthousiasme et se serra contre le corps musclé de son patron. Elle leva le visage, cherchant ses lèvres, et eut un recul devant l'expression de David.

Le commissaire Livi, toujours plongé dans le noir, entendait depuis quelques instants un formidable remue-ménage au-dessus de lui. Des pas, des bruits de meubles que l'on bougeait, comme si les locataires du dessus avaient décidé de faire la fête. Il mourait de faim. Son gardien ne lui avait apporté ni petit déjeuner, ni déjeuner. Il avait perdu la notion du temps, incapable de savoir combien de jours il avait passés dans cette cave. Comme il n'avait pas de montre, il avait décidé, dès le début, de compter les jours à chaque petit déjeuner. Mais il finit par s'embrouiller comme lorsqu'il faisait des longueurs dans la piscine privée où il allait deux fois par semaine pour maintenir sa forme. Les crampes d'estomac lui tordaient le ventre, mais le bruit au-dessus de sa tête l'encouragea à rester calme. Il se passait des choses curieuses. Avait-on découvert l'endroit où il était prisonnier ? Quand il entendit la trappe se lever, il fut convaincu qu'on venait lui rendre la liberté et il se redressa sur son matelas. Mais il dut vite déchanter. Il crut reconnaître l'odeur de son geôlier mais ce n'était pas lui. Pour la première fois depuis longtemps, il entendit une voix de femme et se remit à espérer.

— Excusez-nous pour ce contretemps, commissaire Livi. Voici votre déjeuner. Vous serez bientôt libre. Très bientôt.

Alberto s'approcha de cette voix miraculeuse comme un bébé qui cherche le sein de sa mère. Jusqu'à présent sa dignité l'avait dissuadé de poser des questions. Il tenait à montrer à ses geôliers qu'il n'était pas une lavette. Mais cette voix douce et polie avait provoqué une sorte de déséquilibre dans son mental d'acier. Il demanda des nouvelles d'Antonella.

— Elle va bien, très bien. Elle va vous rejoindre dans quelques instants. Courage, cher monsieur. Vous serez libre dans quelques jours.

Livi éprouva une profonde reconnaissance envers cette femme qu'il ne pouvait pas voir à cause de son bandeau sur les yeux. Seules les femmes avaient du cœur. Ah, si les femmes gouvernaient le monde ! Il faillit lui poser une question sur la raison de sa détention mais se ravisa. Il ne voulait pas abuser de cette gentillesse. Une main lui caressa le visage, puis les cheveux. La femme avait parlé avec un accent américain mais il était persuadé qu'elle n'était pas américaine sans pouvoir, sur le moment, deviner sa nationalité. Il aurait aimé lui prendre la main, la toucher, mesurer la longueur de ses doigts. Il était persuadé qu'ils étaient longs et fins. Mais ses mains étaient ligotées derrière son dos. Il approcha sa tête dans l'espoir de sentir un parfum mais Rebecca se leva et disparut d'un pas feutré. Un homme arriva. C'était son gardien. Il lui donna à manger. Livi avala sa nourriture en silence, le corps secoué de tremblements. Quelques instants plus tard, il entendit le claquement de la trappe. Puis des pas et enfin une voix, la voix d'Antonella. Assise auprès de lui, elle chercha sa bouche. Ils s'embrassèrent dans le noir.

L'annonce de la mort du pape, survenue dans son sommeil, « la mort des Justes », avait pensé David, l'avait à la fois surpris et encouragé. Il y voyait un signe. Il avait les mains libres. Les trois hommes impliqués dans le secret de la cave du Vatican avaient disparu le même jour. Deux par la main de Sarah et Rebecca et le troisième par la volonté de Dieu. Dieu lui avait donc pardonné ! Lui avait perdu Avraham dans l'opération. Quant à Sarah, il préféra ne pas y penser pour le moment. Il s'occuperait d'elle en temps voulu.

Rebecca, assise en face de lui, attendait qu'il prenne la parole. Elle lui avait fait son rapport, donné ses conclusions, s'était permis de suggérer des solutions pour la suite de l'opération. David se frotta le menton et caressa sa petite barbe qui dissimulait tant bien que mal les griffures qui marquaient son visage. Un moment, il eut le sentiment qu'il portait sur son front le signe de Caïn. Il raconta à son tour comment les choses s'étaient déroulées en omettant cependant d'évoquer son combat avec le Diable.

— Comment va Sarah ? demanda-t-il.

Rebecca se redressa sur son siège, l'air consterné.

— Sarah est morte, dit-elle d'une petite voix.

— Ah bon, fit-il simplement comme si on lui avait annoncé l'anniversaire d'une star de télévision.

Rebecca le dévisagea en silence.

— Les griffes sur mon visage et sur celui de Sarah, c'est les rats qui fourmillaient dans la cave...

— Quelles griffes ? demanda Rebecca qui commençait à s'inquiéter sérieusement.

David palpa ses joues et son doigt suivit les marques.

— Là, dit-il en montrant ses joues. Ce sont des rats. Ils m'ont dessiné comme une croix sur la gueule.

Rebecca s'approcha et inspecta les joues de son patron. Elle secoua la tête.

— Je ne vois rien.

— Touche ! ordonna David.

Il lui prit la main et la porta sur sa joue droite puis sur sa joue gauche.

— Tu vois maintenant ?

Rebecca secoua la tête.

— Tu n'as rien. Pas la moindre trace. Rien.

David bondit de son fauteuil et alla se regarder au miroir au-dessus d'une fausse cheminée. Les griffures étaient bien visibles. Rebecca l'observa en silence. Il revint vers elle et s'écria :

— Es-tu aveugle ou bien fais-tu partie du complot ?

Rebecca sentit comme un coup de poing dans l'estomac. Son patron était en plein délire. Sur le moment, elle acquiesça d'un mouvement de tête dans l'espoir de le calmer.

— Quand ont lieu les funérailles du pape ? demanda-t-il en s'asseyant.

Rebecca le fixa, effrayée.

— Les funérailles du pape ? Il est mort ?

David se leva d'un air menaçant.

— N'es-tu pas venue me l'annoncer toi-même dans la salle de bains tout à l'heure ?

Rebecca faillit s'effondrer. Elle était bien venue dans la salle de bains mais c'était uniquement pour l'informer que son épouse l'attendait au téléphone. Son patron était en train de perdre la tête. Terrorisée, elle n'osa pas le contredire.

— Cela reste à confirmer, dit-elle, hésitante.

— Il est mort ou pas ? Tu m'as dit que la radio l'avait annoncé ce matin ou hier, je ne m'en souviens plus.

— Oui, mais la nouvelle n'a pas été reprise.

— C'est un coup monté pour nous tendre un nouveau piège.

Rebecca assistait, désarmée, à la métamorphose de son patron. Ses paupières étaient secouées par des tics bizarres. Il se mit à arpenter la pièce comme s'il voulait échapper à un ennemi invisible.

— Où étais-tu hier soir ? demanda-t-il sur un ton de reproche.

Rebecca ferma les yeux et, pour la première fois de sa vie, implora Dieu de l'aider.

— Je te l'ai dit. C'est moi qui t'ai sorti de là...

— Pour m'assassiner ? Avoue !

Elle se leva et s'approcha de David, le regard conciliant. Il la repoussa brutalement. Elle pivota sur elle-même et se cogna contre le mur. David bondit sur elle. Elle l'esquiva en roulant sur le côté. Il tomba sur le sol et Rebecca en profita pour l'assommer d'un violent coup sur la nuque. Ariel, alerté par le bruit, pénétra dans la pièce et demeura figé devant le spectacle. Rebecca, assise à califourchon sur le dos de David, lui tenait les bras derrière le dos. Elle lui ordonna d'aller chercher du pentothal.

— Vite, vite. Il fait une crise de delirium.

Quelques instants plus tard, David dormait, recroquevillé sur lui-même.

Rebecca, assise sur son lit, le contemplait en silence. Elle devait prendre plusieurs décisions sans attendre. David était en pleine crise de paranoïa. Aucun doute. Elle connaissait la maladie par cœur. Trois agents du Mossad dont un de ses amis en étaient sortis difficilement après un long traitement. Elle se remémora le récit de David sur ce qui s'était passé la nuit dernière dans la cave. Comme dans la plupart des cas de paranoïa, le langage valsait entre la cohérence et le non-sens de certaines allusions infiltrées ici et là dans la conversation. D'après David, Sarah prise par la peur s'était endormie et l'avait laissé se débrouiller seul. En quelque sorte, elle avait volontairement saboté l'opération. Le mot trahison avait plané dans la pièce, mais il ne l'avait pas utilisé. Non, elle avait saboté purement et simplement pour des raisons inconnues. La moitié du récit avait été une critique virulente sur le comportement de Sarah. Rebecca se souvint qu'il avait parlé d'elle au présent comme si elle était toujours vivante. Sur le moment, elle avait mis cela sur le compte de la douleur qu'il ressentait face à sa mort. A présent, elle comprit que son délire avait commencé dans la cave. La nuit, elle l'avait entendu proférer plusieurs fois des insultes à l'égard de Satan. Elle avait mis ces excès sur le compte de l'épuisement.

Elle se leva et arpenta la pièce d'un pas incertain. L'espace d'une seconde, elle pensa aux otages. Sur les instructions de David, elle avait réuni le couple en leur promettant une libération prochaine. Le Russe, ex-agent du KGB, devait être transporté en Israël par le bateau qui battait pavillon dans le port d'Ostie et qui devait en principe rapporter le chandelier. Sur le moment, Rebecca, en s'exécutant, avait conclut qu'il n'y avait pas de chandelier dans la cave.

Mais David lui avait dit qu'il n'avait pas trouvé la troisième porte et qu'ils devaient retourner dans la cave avec des moyens plus importants. Un instant, elle en avait conclu que le seul secret de la cave était la jarre qu'avait rapportée David. Il y en avait encore six à l'intérieur. Dans la camionnette qui les transportait en sécurité, David lui avait confié que les jarres contenaient les premiers manuscrits du Nouveau Testament.

Rebecca appela Ariel et lui donna quelques instructions. Il s'en alla en la saluant d'un mouvement de tête. Elle demeura figée, comme une statue de sel.

Les quatre chefs de section la trouvèrent dans cette position quand ils arrivèrent. Rebecca se secoua la tête en s'étirant comme si elle sortait d'un long sommeil. Elle les invita à prendre place. David dormait dans la pièce voisine. Pour plus de sécurité, elle lui avait lié les bras derrière le dos et les pieds et collé un énorme sparadrap sur la bouche.

— L'opération est provisoirement interrompue, dit-elle en montrant la chambre où reposait David comme pour signifier qu'elle parlait en son nom. Mais vous restez à Rome jusqu'à nouvel ordre. N'annulez pas les locations d'hélicoptères. Baladez-vous, visitez la ville et ses environs, faites du shopping, courtisez les Romaines, bref amusez-vous mais soyez disponibles au cas où.

— Quand pourrons-nous voir Hamémouné ? demanda Réouven, le responsable de l'équipe et qui tenait à le montrer.

— Je vous contacterai...

Ils s'en allèrent un par un et Rebecca courut aussitôt dans la chambre de David. Elle s'assit sur le bord du lit en lui prenant la main. Deux heures de méditation intensive sur la marche à suivre. On ne fait pas une crise de paranoïa aussi virulente que celle de David sans que cela laisse des séquelles... Comme beaucoup d'agents de son niveau, elle savait qu'elle était elle-même un peu paranoïaque, que par moments elle voyait l'ennemi même parmi ses collègues et que deux ou trois fois, elle s'en souvenait, elle avait dû avaler quelques calmants sur ordre du médecin du Mossad. Elle se mit à espérer que le délire de David était non seulement justifiable mais aussi explicable, donc guérissable. Elle ne le connaissait pas suffisamment pour porter un jugement sérieux sur l'état de son psychisme. Le patron du Mossad était un personnage anonyme, connu uniquement par les chefs de département, trois au total. Mais le peu qu'elle en savait pour avoir travaillé en étroite collaboration avec lui et Sarah, privilège inestimable pour toute promotion future, ne l'avait à aucun moment alertée. Elle se remémora toutes les scènes qu'ils avaient vécues ensemble. Elle ne discerna aucun symptôme qui aurait pu dévoiler la moindre touche de délire. Sa personnalité ne se caractérisait ni par la surestimation pathologique de son ego, ni par la méfiance des autres, ni par une inadaptabilité sociale ou par une fausseté de jugement. Il était tout le contraire. Prudent certes mais sans être excessif, précis, tranchant mais pédagogue et parfois même paternel dans les instructions qu'il donnait, prêt à pardonner comme il l'avait fait à l'égard de Sarah et d'elle-même. Elle l'avait vu avec sa femme se promener dans Rome comme un touriste, détendu, heureux. David ouvrit les yeux et observa Rebecca qui s'empressa de lui ôter le sparadrap de la bouche.

— Tu as fait une crise d'hystérie due à la fatigue, dit-elle d'une voix plaintive comme pour s'excuser.

Il referma les yeux. Rebecca remuait la tête de gauche à droite, l'air désespéré. Si la crise n'avait pas disparu quand il se réveillerait, alors il faudrait l'expédier d'urgence à Tel-Aviv. Il remuait ses paupières et Rebecca s'aperçut qu'il ne dormait plus. Il pensait, réfléchissait, essayait de se souvenir.

— Ce n'est rien... Juste un coup de stress... Je n'avais pas le choix... Tu aurais pu me tuer, dit-elle d'un ton plaintif.

Ses paupières demeuraient closes. Elle prit une grande aspiration et poursuivit.

— Sarah est morte parce qu'elle n'a pas appliqué l'antidote à temps. Elle savait qu'elle allait mourir mais elle voulait aller jusqu'au bout de sa mission. Elle a été un véritable héros, David. Un véritable héros dont tu peux être fier. Avraham a été tué par Paolo. Je n'ai pas pu pénétrer dans le cénotaphe avant la mort de Paolo. Quand il est mort, c'était déjà l'aube. Je n'avais alors d'autre choix que d'attendre la nuit pour agir.

Elle continua à se justifier encore pendant quelques minutes puis évoqua le futur.

— Nous n'avons personne au Vatican. Le pape va bientôt nommer un nouveau cardinal ainsi que le successeur de Paolo. Il nous reste à peine un ou deux jours, peut-être trois, pour agir en toute liberté. Sinon il nous faudra tout reprendre à zéro.

— Quel jour sommes-nous ? demanda David d'une voix faible en ouvrant les yeux.

— Samedi, répondit-elle en retrouvant son espoir.

— Hier c'était vendredi. C'est... OK. Je m'excuse pour ce matin. Tu peux me détacher.

Rebecca l'implora du regard, hésitante.

— Tu vas me laisser dans cet état ? dit-il en riant de toutes ses dents.

Rebecca se mit à rire aussi, soulagée. Elle ferma les yeux et remercia Dieu en jurant qu'elle jeûnerait un jour, à la première occasion.

— Je meurs de faim, s'écria David en s'asseyant sur le bord du lit.

Il se frotta les poignets en regardant Rebecca à la dérobée.

— Je vais te préparer quelque chose, dit-elle en se levant.

David attendit qu'elle sorte de la pièce et palpa ses joues. Il se traîna jusqu'à la salle de bains et approcha son visage du miroir. Les marques des griffes étaient toujours là. Impossible de ne pas les voir. Elles étaient d'une profondeur et d'une précision diaboliques. L'image d'Esther effleura son esprit. C'est elle qui l'avait trahi, pensa-t-il. Il remua la tête plusieurs fois. Bien sûr. Quel idiot avait-il été ! Sa propre épouse ! Pourquoi s'était-il confié à elle ? Il se souvint qu'Esther, chrétienne arabe d'origine irakienne, s'était convertie au judaïsme à l'âge de dix-huit ans alors qu'elle faisait ses études au Caire où le Mossad l'avait recrutée. Elle avait accompli sa mission à Bagdad en tuant le président et en fournissant les informations qui avaient sauvé Israël du désastre, mais tout cela n'était que camouflage. Sa vraie mission consistait à l'empêcher de retrouver le chandelier. Il se frappa le front. Pauvre idiot ! murmura-t-il entre ses dents. Et toute cette mise en scène dont il était victime ! La fausse mort d'Avraham, la fausse mort de Sarah, responsable de l'échec de sa mission. Et sa complice Rebecca qui cherchait à coucher avec lui pour l'endormir. Un frisson le parcourut. Il décida de jouer le jeu. Ses ennemis étaient redoutables. Leur but, il en était convaincu, était de le crucifier en plein centre de Rome. Il ferma les yeux et précisa mentalement : « devant la basilique Saint-Pierre ! ».

Il entendit des pas et s'empressa d'ouvrir le robinet. Il se rafraîchit le visage et sortit de la salle de bains.

— Rebecca, merci pour tout, dit-il en s'approchant les bras tendus. C'est fini, maintenant.

— Je n'ai aucun mérite, dit-elle en reculant d'un pas.

Il avança et la prit dans ses bras. Il la serra longuement contre lui. Rebecca sentit son sexe contre elle et son rythme cardiaque s'accéléra.

— Tu es la meilleure, la plus belle, dit-il en cherchant sa bouche.

Rebecca ferma les yeux et s'abandonna à lui. Il la poussa doucement contre le mur, releva sa robe et la pénétra violemment.

La mort de Paolo fut découverte par le secrétaire du pape qui était venu le chercher pour qu'il se rende d'urgence auprès du Saint-Père. Deux arrêts du cœur distants d'un jour à peine avaient laissé le pape dans un état proche de la dépression. Il n'y vit que la volonté du Seigneur. Surtout quand il trouva les trois clés enfouies dans le sac en toile de Paolo. Il s'était personnellement dérangé pour les rapporter dans sa chambre en précisant à sa gouvernante de ne pas ouvrir le tiroir qu'il avait fermé à double tour. Il prendrait les mesures nécessaires dans quelques jours, voire dans quelques semaines. Pour le moment, ses obligations aussi bien à la curie qu'à l'extérieur ne lui laisseraient pas beaucoup de temps pour nommer les successeurs.

Une affreuse crise d'angoisse saisit Livi quand on vint chercher Antonella. Elle retourna dans sa cave sans explication. Seul dans le noir, il se désespérait en silence. Il tenta de comprendre ce qui avait pu motiver ses geôliers à changer d'avis, mais sa tête refusait toute spéculation. Evidemment, il n'avait rien dit d'intéressant à Antonella. Des micros pullulaient dans la cave et l'objectif de leur réunion n'avait été qu'un prétexte pour les faire parler. Le bruit de la trappe interrompit ses pensées. Il écouta les pas, les sens en éveil comme il s'y était habitué depuis qu'on lui avait bandé les yeux. Une main détacha le bandeau et Livi eut un sentiment étrange. Il allait être relâché. On lui avait donc dit la vérité.

Il cligna des paupières, incapable de s'accoutumer

à la lumière de l'ampoule qui pendait au milieu de la cave.

— Je m'appelle David Ben Zion. Je suis le patron du Mossad, dit-il en italien.

Livi regarda enfin l'homme à genoux devant lui et fit un effort pour ne pas hurler.

— Ecoutez-moi bien, poursuivit David. Je vais vous sortir de là. Mais à une condition. Que vous soyez de mon côté. La moindre trahison de votre part et je coupe Antonella en morceaux. Compris ?

Le commissaire avait la bouche ouverte et les yeux vides. N'importe quel étudiant en première année de médecine aurait préconisé l'internement immédiat.

— Réponds ! Vite ! dit-il en tournant la tête vers la trappe comme s'il craignait que quelqu'un vienne.

Livi acquiesça en hochant la tête plusieurs fois, la bouche toujours ouverte. Un début de migraine commença à se fixer sur sa nuque.

— Bon. Je vous ai déjà sauvé la vie quatre fois. Uniquement parce que vous êtes juif, comme moi. Vous êtes un excellent enquêteur. Pas comme ces vauriens, dit-il en montrant la trappe d'un mouvement de tête. Vous avez tout découvert par votre seule intelligence. Bravo. J'apprécie. Oui, oui, vous êtes un formidable professionnel, digne de faire partie du Mossad.

Il tourna à nouveau la tête vers la trappe. Livi était trop choqué pour remarquer les tics nerveux qui parcouraient le visage de David. Il faillit demander en quoi consistait sa mission mais n'en eut pas la force. Les mots ne sortaient pas. Ne sortiraient pas. Autant se taire, dans ce cas. Car il bégaierait et le patron du Mossad reviendrait sur sa décision. Il fit un effort pour paraître lucide et coopératif, voire motivé.

— Oui, ce que je cherche c'est bien le chandelier, comme tu l'as écrit au cardinal.

Livi voulut s'excuser, notant rapidement au passage que le patron du Mossad venait de le tutoyer et conclut en un éclair qu'il était pardonné d'être entré par mégarde dans le grand jeu.

— Le cardinal del Sarto est mort. Paolo aussi. Arrêt du cœur, comme le serrurier, comme Giorgio. Pour Ricardo, j'ai utilisé des moyens plus conventionnels.

David marqua une pause et approcha sa tête comme s'il cherchait à observer le regard de Livi de plus près. Le commissaire ne cilla pas malgré le choc que produisaient en lui les informations de David. La migraine s'était installée à sa place habituelle. David poursuivit, l'air satisfait.

— Tu es juif. Tu vas aider Israël à récupérer ses biens.

Le commissaire hocha la tête.

— Puis-je compter sur toi ?

— Je suis votre homme, s'entendit-il déclarer d'une voix ferme.

— Chut. Parle à voix basse, grogna David, les sourcils froncés.

Livi s'excusa en affichant une grimace. Il garda le silence de peur de commettre une autre faute. Les questions commençaient à se bousculer dans sa tête. Où se trouvait-il ? Qu'allait-on faire d'Antonella pendant sa mission ? Qu'attendait-il de lui ? Le fait d'être en face du patron du Mossad le flattait au plus haut degré. Les compliments venant d'un homme de ce calibre l'avaient secoué, réchauffé.

— Ta mission consiste à remplacer Paolo, dit David après un silence.

Livi faillit dire que cela ne posait aucun problème mais il se contenta d'acquiescer de trois mouvements de tête successifs pour marquer son accord.

— Tu ne dépends que de moi. Compris ?

Normal, pensa Alberto en acquiesçant à nouveau. Il attendait que le patron du Mossad lui expliquât comment il allait succéder à Paolo, car lui, dans son état, était à des années-lumière de proposer la moindre solution. Il hocha la tête encore une fois en pensant que le Mossad avait certainement déjà tout arrangé.

— J'ai mené une enquête à ton sujet. Ton arrière-grand-père était rabbin. Il a été tué à cause de sa foi, mentit David en le fixant intensément.

Livi parut troublé.

— Je te donnerai tous les éléments quand tu auras accompli ta mission. Tu feras partie des héros d'Israël. Tes ancêtres seront fiers de toi.

Livi fut sincèrement ému. Sa pomme d'Adam montait et descendait dans sa gorge comme s'il retenait ses pleurs.

— Maintenant jure-moi fidélité. Une fidélité totale !

Livi aurait bien posé la main sur son cœur en se mettant au garde-à-vous, mais faute de mieux, il murmura :

— Je le jure... Je le jure sur la Torah et sur Moïse, notre prophète, étonné lui-même par ce qu'il disait.

David hocha la tête, satisfait.

— Considère cette réunion comme la plus secrète et la plus importante de ta carrière.

— Comptez sur moi, chuchota Livi en serrant la mâchoire.

David s'approcha et lui souffla à l'oreille une série d'instructions sur la marche à suivre. Après chaque ordre, David regardait Alberto droit dans les yeux et ce dernier répétait l'ordre comme un enfant récitant sa leçon. Le tout dura cinq minutes. Le commissaire était au comble de l'excitation quand David acheva de parler.

Le patron du Mossad lui remit le bandeau sur les yeux et Livi pencha la tête pour lui faciliter la tâche.

— Tu seras libre dans quelques heures, dit David en se levant. Mais je répète qu'Antonella sera coupée en morceaux si tu me trahis. Quant à toi, n'oublie pas qui je suis. J'ai des moyens que tu es incapable d'imaginer dans tes pires cauchemars. Même au bout du monde, je te retrouverai, comme Adolf Eichmann.

Livi hocha la tête comme un automate, sans pouvoir s'arrêter. Il avait bien perçu un changement de ton dans la voix devenue subitement féroce mais, étant donné l'ampleur de la mission qui l'attendait, il avait trouvé cela légitime. Dans le noir, ses pensées se bousculaient. Il était à présent un agent du Mossad et pas n'importe lequel. Son rêve allait se réaliser d'un moment à l'autre. Agent secret ! Pourquoi n'avait-il pas pensé au Mossad dès le début ? Il s'en voulut de cette négligence. Lui « le formidable enquêteur qui avait tout découvert par sa seule intelligence », comme l'avait souligné David. David ! Ce nom le fit frémir. Un courant électrique lui chatouilla la nuque. Le nom de son arrière-grand-père, un rabbin ! D'autres questions se mirent à le hanter. Le patron du Mossad était-il seul à mener cette opération ? Etait-ce lui-même qui avait assassiné ces hommes ? Comment se faisait-il qu'il venait lui demander son aide, à lui ? N'avait-il plus de moyens ? Plus de ressources humaines ? Pourquoi parlait-il à voix basse en regardant constamment la trappe comme s'il craignait d'être écouté ? De qui pouvait-il avoir peur ? Lui le chef de la plus redoutable organisation de services secrets ? D'autres questions l'accablèrent. Il haussa les épaules dans l'obscurité et laissa son urine couler sur lui. La tête confuse, il oublia d'appuyer sur la sonnette placée derrière lui pour qu'on vienne l'aider à faire ses besoins dans la dignité. La chaleur de son urine le réconforta un moment. Puis, sans savoir pourquoi, il sombra dans le noir.

Rebecca se mit à genoux et sentit le sexe de David la pénétrer lentement. C'était la seconde fois en quatre heures qu'elle faisait l'amour avec son patron. La première avait été brutale. Puis il s'était excusé et à présent il la prenait avec attention. Rebecca goûtait ce moment de plaisir après tant de tension. Face au miroir de l'armoire devant eux, elle regardait David contre elle, heureux, les yeux fermés. Depuis qu'elle l'avait vu la première fois, elle avait secrètement rêvé de ce moment. David était bel homme. Un mètre quatre-vingt-sept, le corps svelte, les yeux bleus, une mèche encore blonde et une intelligence légendaire. Le fait qu'il soit son patron ne faisait qu'augmenter son excitation. Elle collaborait activement en bougeant de droite à gauche. Elle lui aurait bien fait une démonstration de ses redoutables capacités érotiques mais préféra demeurer pudique tout en lui témoignant son amour. L'image de Sarah la frappa subitement. Elle ferma les yeux. Avait-elle aussi couché avec lui ? se demanda-t-elle comme pour effacer le début de mauvaise conscience qui s'insinuait en elle.

David ouvrit les yeux et se contempla dans le miroir. Cette position l'excitait. Rebecca était non seulement très belle, mais elle était surtout tombée dans son piège. Il la tenait dans son camp, malgré elle. Elle allait trahir grâce au sexe dont elle ne pouvait se passer. Toutes pareilles ! pensa-t-il en s'enfonçant davantage en elle. Tant qu'elle serait comblée, il la maintiendrait sous son contrôle.

— Tu es la plus belle, murmura-t-il en la retournant.

Rebecca avait cessé de compter les orgasmes qu'elle réprimait pour ne pas attirer l'attention d'Ariel posté dans la cuisine.

— Quand tout sera fini, je te nommerai auprès de moi. Tu seras mon bras droit.

Rebecca ferma les yeux tandis que David la comblait de petites phrases. Elle était la plus sexy des femmes. En fait, il la désirait depuis longtemps, bien avant qu'elle ne vienne à Rome travailler à ses côtés. Il lui devait la vie. Elle serait récompensée à sa juste mesure.

— Regarde-moi, chuchota-t-il. Regarde-moi, princesse, ajouta-t-il en utilisant le mot qu'il employait envers sa femme, le chef du complot.

Rebecca ouvrit les yeux et le serra contre elle.

Une heure plus tard, ils dînaient en tête à tête dans son appartement romain de la Via delle Condotti. Rebecca l'observait à la dérobée en tentant de chasser quelques images qui commençaient à la contrarier. Par exemple, il n'avait pas voulu de gardes du corps malgré son insistance. Ensuite, il avait tenu à conduire lui-même la Volvo. Puis, au volant, à trois reprises, il avait témoigné d'une absence de concentration totale, évitant l'accident par miracle. Rebecca avait aussi noté quelques regards brûlants, intenses, suivis de tremblements bizarres. Par exemple quand elle avait ouvert son sac pour prendre un paquet de cigarettes, il avait freiné brutalement, la main sur la portière, prêt à sauter. Cette scène s'était renouvelée deux fois.

— Je t'ai fait peur, hein ? avait-il expliqué quand il avait été assuré que Rebecca voulait fumer et pas le tuer.

Rebecca n'était pas satisfaite non plus de la réponse que David lui avait fournie sur la visite qu'il avait tenu à rendre à Livi. Il avait expliqué sa descente dans la cave par le souci de contrôler si tout allait bien. Rebecca avait collé son oreille sur la trappe et n'avait pu capter que des sons inaudibles mais qui prouvaient qu'un dialogue avait eu lieu. Elle avait immédiatement déclenché le magnétophone dissimulé dans le placard de la cuisine mais n'avait pas eu le temps d'écouter la bande.

— Livi a dit quelque chose d'intéressant ? avait-elle demandé dans la voiture en regardant par la vitre comme si de rien n'était.

— Pas un mot. Il subit son sort de manière exemplaire. C'est un type bien, lui.

— Tu l'as contemplé en silence pendant vingt minutes ? questionna-t-elle en l'observant du coin de l'œil pour scruter sa réaction.

Le cerveau de David fut aussitôt en alerte. C'était la preuve qu'elle faisait bien partie du complot visant à le crucifier devant la basilique Saint-Pierre. La question qu'elle venait de poser l'avait trahie. Elle l'avait espionné, c'était évident. Mais il était plus malin. Pendant que Rebecca s'habillait pour sortir, il avait donné des instructions à Ariel au sujet de Livi.

Rebecca se leva pour aller aux toilettes. David l'imita aussitôt.

— Je vais me laver les mains, dit-elle, d'une voix blanche.

Elle revint sur la pointe des pieds et l'observa discrètement. Il était debout, le visage collé contre le miroir. Son doigt faisait d'étranges signes sur ses joues. Elle entra et il sursauta, le regard hagard, et dit en avalant les mots :

— Il va falloir que je me rase...

— Je t'aime bien avec la barbe.

Il hocha la tête en la dévisageant d'un air dur, puis sourit, le visage crispé, contrôlant chacun des gestes de Rebecca.

— Viens, fit-il en l'invitant à s'asseoir sur le canapé. Voilà ce que j'ai décidé, dit-il en fixant ses pieds.

Rebecca fit semblant de se détendre, mais tous ses sens étaient en éveil. David était encore sous le choc. Loin d'être guéri. Elle s'en voulut d'être tombée si vite dans son piège. Elle savait que les paranoïaques exerçaient un formidable pouvoir de fascination sur leur environnement et leurs proches.

— L'opération est reportée. Provisoirement bien sûr. Nous allons tous rentrer où d'autres tâches beaucoup plus urgentes nous attendent.

Elle voulut dire quelque chose mais David enchaîna sur l'opération « Démon » et Rebecca l'écouta avec un intérêt évident.

Le ton était mesuré, calme, non sans humour. Profitant de ce moment de confiance, David s'était même permis de lui raconter une blague juive.

— Un bateau navigue dans le Pacifique et le commandant, balayant l'horizon avec ses jumelles, aperçoit une île. Il consulte la carte. Elle n'y figure pas. Il l'observe à la jumelle et distingue un vieil homme en train de faire des signes de la main. Il décide d'envoyer un canot avec quelques hommes. Le vieil homme leur raconte sa vie. Trente ans plus tôt, son bateau avait fait naufrage à deux kilomètres de l'île et il était le seul survivant. En trente ans, il avait réussi à faire de cette île dont il était le seul humain un petit paradis. Il leur fait visiter l'île et en leur montrant, non sans fierté, ses grandes réalisations : « Ici c'est ma maison et là à droite ma synagogue. Sur la gauche, vous voyez mes vignes et juste derrière mes bananiers. Au fond devant vous, j'ai un poulailler. » L'un des officiers lui demande, le doigt pointé vers la colline, ce qu'il y a construit dessus. Le vieil homme lui répond le plus naturellement du monde que c'est aussi une synagogue. « Une synagogue ! s'exclame l'officier intrigué. Vous êtes seul dans cette île et vous avez construit deux synagogues ? » Le vieil homme déclara alors solennel : « Celle que vous voyez ici, c'est ma synagogue. C'est là où je prie. L'autre sur la colline, c'est celle où je ne mettrai jamais les pieds. Jamais ! »

Rebecca pouffa de rire. Elle connaissait cette blague mais David l'avait racontée avec des mimiques qui l'avaient sincèrement amusée. Ainsi son patron pouvait être drôle. Détendu, il avait l'air encore plus bel homme. Rebecca avait baissé la garde et David l'enregistra aussitôt mais il n'en était pas sûr. Ne l'avait-elle pas espionné en prétextant qu'elle voulait se laver les mains ? Il décida de passer à l'étape suivante de son plan et lui proposa de prendre quelques jours de vacances avec lui. Ils l'avaient bien mérité. Elle irait la première aux îles Maldives et il la rejoindrait par le prochain vol.

Rebecca le regarda, confuse. Le prochain vol, cela signifiait qu'elle le laisserait seul à Rome pendant quelques heures, ce qui était hors de question. Pendant tout son discours, elle s'était concentrée pour capter la moindre incohérence. Elle dut reconnaître que tout, jusqu'ici, avait été d'une grande clarté.

— Et le chandelier ? osa-t-elle enfin.

Il haussa les épaules.

— Je cherchais les jarres. Le chandelier n'était qu'un prétexte, dit-il en éclatant de rire.

Rebecca se laissa emporter par le rire contagieux de David.

— Puis-je demander ce que contiennent ces jarres ?

— Les originaux du Nouveau Testament, prétendit-il, sûr de lui.

Rebecca ouvrit de grands yeux étonnés.

— Mais il reste encore six jarres dans la cave. C'est toi-même qui l'a affirmé hier soir.

— Exact.

— On peut les chercher maintenant ou demain. Après il sera probablement trop tard...

— Aucun risque. Même dans un an, elles seront toujours à leur place. C'est de toi dont j'ai besoin, dit-il en posant sur elle un regard brûlant.

Il se pencha et l'embrassa sur les lèvres. Elle ferma les yeux en pensant que la première des choses que remarquerait le successeur de Paolo serait justement la jarre qui manquait. Mais elle ne dit rien. Cette imprudence démontrait que David n'était pas entièrement à l'abri d'une rechute. Sans vouloir se l'avouer, elle commençait à craindre le pire. Il fallait à tout prix qu'elle aille dans la villa écouter sur la bande ce dont il avait discuté avec Livi. Elle était persuadée qu'il voulait l'éloigner de Rome. Tout était clair à présent. Un sentiment de rage l'envahit subitement. Ses scènes d'amour avec un malade lui donnèrent un goût amer dans la bouche. Elle sentit la main de David lui pousser la tête vers son sexe. Elle résista en tentant de l'embrasser à nouveau, mais sa main, puissante, finit par avoir raison d'elle. Elle ferma les yeux, réprima un début de nausée. Ce n'était pas le moment de craquer.

Dans son bureau, malgré l'heure tardive, le colonel de la garde suisse avait écouté la secrétaire de feu le cardinal del Sarto sans l'interrompre jusqu'à la fin.

— Ce que vous me dites est grave, très grave même, dit-il avec un fort accent allemand.

La secrétaire, une quinquagénaire aux cheveux courts et grisonnants, insista :

— C'est ma profonde conviction, monsieur.

— Colonel, rectifia l'homme en se levant. Reprenons depuis le début.

Proche de la soixantaine, il ressemblait à un lutteur à la retraite avec son crâne dégarni et son nez de boxeur. Son regard autoritaire témoignait de la haute idée qu'il avait de lui et de sa fonction. Son esprit d'ordinaire vif était à présent embrouillé par le discours fleuve de la Française.

— Vous croyez donc que sœur Véronique...

— Elle n'était pas religieuse, monsieur.

— Colonel von Büllow, rectifia-t-il en la fusillant du regard.

— Excusez-moi, fit-elle en rentrant la tête dans son cou.

— Je disais donc, reprit-il contrarié, que cette

Véronique, ou plutôt que feu le cardinal del Sarto vous a demandé d'annoncer sa mort à Véronique, et qu'ensuite il vous a... ordonné de chercher ce jardinier...

— Paolo, colonel, dit-elle d'une petite voix.

— Paolo. Ensuite il s'est entretenu seul avec lui pendant dix minutes. Vous êtes entrée dans le bureau du cardinal quand Paolo est sorti et quelques secondes après le cardinal sombrait dans le coma jusqu'à sa mort deux jours plus tard.

Il marqua une pause et la questionna du regard.

— Exact, colonel.

— Bon, jusque-là tout est clair. Là où cela commence à être compliqué, dit-il en levant l'index comme pour l'obliger à démentir ses propos, c'est que vous croyez, sans preuve concrète — il avait à nouveau menacé de son index —, que cette Véronique a disparu sans laisser de trace et que, par conséquent, elle est coupable. Mais de quoi ? De la mort du cardinal ? Réfléchissez bien avant de répondre, ajouta-t-il, sévère.

Marie cligna des yeux en se donnant le temps de la réflexion.

— Vous avez oublié de mentionner le décès de Paolo survenu deux jours plus tard.

— Trois jours, corrigea le colonel, à nouveau contrarié par la remarque de Marie. Et alors ?

— Alors cela me paraît assez troublant. Le cardinal, Dieu ait son âme, m'ordonne de faire croire à Véronique qu'il est mort, s'entretient avec Paolo et les deux meurent. Pourquoi fallait-il que Véronique crût à sa mort ? Première question. Pourquoi les deux hommes, après une conversation secrète qui a duré dix bonnes minutes, sont-ils morts presque en même temps ?

Le colonel reconnut la pertinence des deux questions et ajouta comme pour montrer sa capacité d'enquêteur :

— Et pourquoi Véronique a-t-elle disparu ?

Marie ne sut que répondre.

Il réfléchit vite et son cerveau lui proposa trois hypothèses. La première était que Véronique était la protégée du cardinal. Les bruits en avaient couru dans les coulisses du Vatican et lui-même les avait entendus de la bouche d'un cardinal français. La deuxième concernait peut-être une relation privilégiée... entre Paolo et le cardinal, d'où l'entretien secret. La troisième et la plus crédible était que le Seigneur les avait rappelés auprès de lui pour des raisons que lui seul connaissait. Il eut l'air satisfait d'autant plus que la question de la disparition de Véronique entrait dans cette logique. Son protecteur n'étant plus de ce monde, il était normal qu'elle s'en allât.

— Y avait-il un lien de parenté entre le cardinal et le jardinier ?

Marie le dévisagea d'un air mitigé :

— Qu'entendez-vous par lien de parenté ?

— Comment expliquez-vous cette relation privilégiée entre un cardinal et un jardinier ? Pourquoi, au seuil de la mort, le cardinal demande-t-il à s'entretenir avec un jardinier et pas avec quelqu'un de son rang ?

Marie eut l'air confuse. Elle haussa les épaules. Le colonel, satisfait de l'avoir déroutée, afficha un sourire narquois.

— Que faisait-il exactement ce... ce jardinier ?

Marie savait que le colonel considérait Paolo comme un débile. Elle était convaincue qu'il avait failli prononcer le mot.

— Paolo gardait le cimetière.

— C'était le successeur de Giorgio ? demanda-t-il en connaissant la réponse.

— Ils étaient cousins. Lui aussi est mort il y a deux mois environ.

Le colonel émit un petit rire et se frotta les mains.

— Je vais vous donner un conseil, dit-il.

Il la fixa droit dans les yeux avant de poursuivre :

— Oubliez tout ce que vous m'avez dit ce soir. Et quand Véronique reviendra, faites-le-moi savoir immédiatement. C'est compris ?

— Elle ne reviendra pas, dit-elle sèchement en se levant.

Le colonel l'accompagna à la porte et lui répéta son conseil. Il retourna s'asseoir et appela le sergent Axel. Il arriva quelques instants plus tard.

— Dites-moi, Axel, vous qui savez tout, quel était exactement le job du débile qui travaillait dans le cimetière ?

Le jeune homme haussa les épaules et leva les bras au ciel.

— Impossible à définir, mon colonel. Il rôdait dans le cimetière prêt à bondir sur n'importe quel curieux qui s'en approchait. Il ne parlait à personne, ne souriait jamais. Une seule fois, je l'ai vu serrer la main d'une journaliste de Radio-Vatican, mais assez longuement pour me poser des questions, si vous voyez ce que je veux dire.

Il eut une moue. Le colonel le regarda, pensif.

— Véronique ?

— Pardon, mon colonel ?

— La journaliste s'appelait-elle Véronique ?

— Je ne connais pas son nom. Elle est brune, assez belle femme. Très belle même si je puis m'exprimer ainsi...

— Cette poignée de main, c'était quand ?

— Deux ou trois jours.

— Rien d'autre ?

Le sergent secoua la tête de gauche à droite.

— Je ne vois rien d'autre, mon colonel.

— Très bien. Vous pouvez disposer.

Le sergent s'en alla et le colonel révisa son analyse. Ainsi Véronique avait aussi des liens avec le jardinier. Intéressant, intéressant, murmura-t-il pour lui-même. Demain, à la première heure, j'irai inspecter le cimetière, pensa-t-il en se levant.

Rebecca s'allongea sur le ventre pour obéir à David. Car c'était un ordre. Quelques instants plus tôt, elle avait senti un début de panique s'emparer du patron du Mossad. Le moindre bruit le faisait sursauter et à chaque fois il lui serrait la nuque brutalement. Son visage se métamorphosait à vue d'œil, passant d'un enthousiasme excessif à la morosité puis, l'espace d'un temps, à l'absence du regard. Rebecca faisait semblant de jouer son jeu. Puis David l'avait entraînée dans la chambre à coucher. Elle avait failli réagir, c'est-à-dire l'assommer. Elle avait tout essayé pour le dissuader de poursuivre ces étreintes qui tournaient au délire sexuel. Mais David était insatiable. Elle savait que les forces physiques et intellectuelles des paranoïaques décuplaient dans les moments de crise. Elle serait épuisée avant lui. L'espoir de le voir s'écrouler pour qu'elle puisse agir avait volé en éclats. Quand elle était entrée dans la chambre, poussée par David, elle avait juré entre ses dents.

La catastrophe était en train de se réaliser. David la viola de toutes ses forces, s'acharnant sur elle avec un mélange d'hystérie et de haine. Prise de panique, Rebecca ne pouvait pas se libérer. Il l'écrasait de tout son poids. Plusieurs fois il lui avait saisi le cou avec ses larges mains. Dans cette position, elle n'aurait rien pu faire s'il avait décidé subitement de l'étrangler. Elle se mit à pleurer en silence, et bientôt ses larmes se transformèrent en sanglots. David lui cria de se taire et se mit à l'injurier. Elle le sentit renifler comme un chien enragé.

— Maintenant tu vas avouer, lui cria-t-il dans l'oreille. Tout, depuis le début. Sinon je t'étrangle !

Rebecca savait que sa vie allait se jouer dans les phrases qu'elle allait prononcer.

— Ils veulent te tuer, dit-elle... Je l'ai appris ce matin. Si j'étais membre du complot, tu crois que je t'aurais sorti de la cave ?

L'esprit excité de David enregistra la logique de la réponse.

— Avoue, c'est Esther le chef, oui ou non ?

— Qui est Esther ?

David lui cogna violemment la tête contre le sol. Elle réprima un cri de douleur.

— Tu feins d'ignorer qu'Esther est ma femme, qu'elle est liée au Diable des chrétiens, comme toi, comme Sarah et que votre but est de me crucifier ? Ici à Rome ?

Rebecca avait beau essayer de réfléchir, elle ne trouvait pas les mots pour sauver sa peau.

— Libère-moi et je te dis toute la vérité.

Il sourit pour lui-même et se retira lentement. Rebecca en profita pour se relever avec toute l'énergie du condamné à mort. David, empêtré dans le drap, voulut se dresser, mais elle lui envoya un terrible coup de pied au menton, puis un second dans le plexus solaire. Il s'affaissa, plié de douleur, et elle lui balança à toute volée un coup de poing furieux contre la tempe. Il s'effondra, assommé. Elle tira le drap et lui attacha les pieds. Puis, elle saisit son foulard sur le lit et lui lia les poignets derrière le dos. Dans la cuisine, elle trouva une corde et revint dans la chambre. Deux minutes plus tard, ficelé dans le drap jusqu'au cou, elle lui administrait une bonne dose de somnifère. Avec ça, il dormirait jusqu'en Israël. Ce n'est qu'alors qu'elle éclata en sanglots. Il était deux heures du matin. Au même instant, le commissaire Alberto Livi descendait d'un taxi et pénétrait dans un hôtel dans la banlieue nord de Rome.

Rebecca hésitait. Debout dans la nuit, en bas de

l'immeuble, elle ne savait pas si elle devait réveiller l'ambassadeur d'Israël à Rome où se rendre dans la villa. Un agent secret qu'elle avait appelé d'urgence montait la garde dans l'appartement. L'homme qu'il était supposé surveiller était un agent appartenant au service technique qui venait de succomber à la suite d'une crise aiguë de paranoïa. Il devait être rapatrié à Tel-Aviv le lendemain à la première heure. Rebecca monta dans la Volvo et démarra. Une demi-heure plus tard, elle pénétrait dans la villa. Ariel venait de s'endormir quand elle sonna à la porte.

— Tout s'est très bien déroulé, dit-il quand elle pénétra dans la cuisine pour prendre le magnétophone.

Rebecca l'interrogea du regard.

— Le juif dans la cave, fit-il en montrant le plancher du doigt.

Rebecca le dévisagea.

— De quoi parles-tu ? demanda-t-elle en pressentant la catastrophe

— De la libération du gars dans la cave, bien sûr. J'ai roulé durant trois heures pour lui donner l'impression qu'il revenait de loin. Il était allongé dans le plancher de la voiture, un bandeau sur les yeux. Puis je l'ai libéré, conformément aux instructions de Shlomo, dit-il en faisant allusion à David.

Rebecca s'accrocha à l'embrasure de la porte pour ne pas s'écrouler.

— Tu n'es pas bien ? Tu veux boire quelque chose ?

— Un verre d'eau.

Elle ferma les yeux pour neutraliser le sentiment de vertige qui montait en elle. Ariel lui tendit un verre d'eau qu'elle avala d'une traite. Puis, elle se ressaisit et alla prendre le magnétophone. Elle fut étrangement calme quand elle découvrit que la bande avait été arrachée.

— Qui a touché à cela ? demanda-t-elle d'une voix calme.

— Shlomo.
— Où as-tu libéré l'autre ?
— A une station de taxi près de la gare. Quelles sont les nouvelles instructions ? demanda-t-il en baillant.
— Le Russe part demain pour Tel-Aviv. La femme sera...
Elle hésita. Ariel bâilla à nouveau et s'excusa en frappant sa montre de l'index.
— Elle sera transportée ailleurs, dit-elle sans savoir où cet ailleurs pourrait être.
— Je reviens demain matin. Bonne nuit.
De sa voiture, Rebecca faillit appeler l'ambassadeur mais changea d'avis et se rendit dans la cave du garage. Il ne fallait surtout pas mêler la diplomatie à cette histoire. Elle envoya un fax à l'attention de l'adjoint de David au Mossad et attendit la réponse debout en buvant une tasse de café. Le fax de réponse arriva une demi-heure plus tard. Rebecca aspira une bouffée d'air et repartit chez David. Elle le trouva dans la même position, inconscient. Elle se regarda dans la glace et courut prendre une douche dans l'espoir d'effacer la bosse sur son front. Deux heures plus tard, deux hommes arrivèrent avec une grande malle, placèrent David à l'intérieur et l'emportèrent.

Rebecca assista à la scène, désarmée, le cœur brisé. Ses épaules courbaient sous la fatigue. Il était cinq heures. Une pensée la fit sursauter. Livi en liberté, il fallait immédiatement tout annuler. Elle se leva, alla dans la chambre du fond et s'enferma. Une heure plus tard, tout ce que son cerveau contenait de ressources avait été épuisé. Elle n'avait même plus la force de se lever. Elle tenta un dernier effort et repensa aux ordres qu'elle avait donnés aux quatre chefs de section. Un voile lui brouilla les yeux. Elle s'effondra sur sa chaise.

9

Par la fenêtre de sa chambre David regardait sans le voir le jardin. Il demeura dans cette position même quand la porte s'ouvrit derrière lui. Esther pénétra dans la pièce accompagnée de trois médecins.

— David, c'est moi.

Il se retourna lentement et jeta vers elle un regard vide. Puis il se traîna vers le fauteuil en simili cuir marron où il se laissa tomber.

— Les médicaments, souffla le psychiatre dans l'oreille d'Esther, comme pour s'excuser.

Elle hocha la tête, compréhensive. Le Premier ministre en personne l'avait informée de l'accident survenu dans des conditions difficiles... Yoram, le psychiatre, un homme d'une quarantaine d'années au regard clair, lui avait expliqué en détail la conduite qu'elle devait adopter devant son époux, lui laissant entendre qu'il s'agissait d'une crise passagère, malgré sa gravité.

— Puis-je rester seule avec mon mari ? demanda-t-elle en appuyant sur le mot mari.

Les trois médecins se consultèrent du regard. Le plus jeune des trois, un brun aux cheveux longs et au visage osseux, précisa que la dose de Modecate qu'on lui avait administrée ne faisait courir aucun risque. Esther l'entendit ajouter : « Il en a pour au moins trois semaines dans cet état. »

Elle s'approcha, embrassa tendrement David sur les joues et s'installa face à lui sur le bord du lit. David fixait un point invisible au-dessus de sa tête. Elle savait qu'il ne regardait pas la reproduction de Chagall sur le mur derrière elle.

— Moïse te ressemble de plus en plus. Il commence à parler comme toi. Un vrai petit chef !

David esquissa un sourire et Esther, encouragée, poursuivit sur le même ton :

— Il te demande constamment, se plaint même que tu ne sois pas plus souvent avec nous. Pour son âge, c'est assez impressionnant.

Esther parla de leur fils. David l'entendait sans l'écouter. Ses moments de concentration, qui se manifestaient par de brefs regards intéressés, duraient une seconde ou deux, puis l'absence reprenait le dessus. Esther retenait ses larmes devant ce zombie. Elle attendait Rebecca avec impatience. Elle seule allait pouvoir l'informer de ce qui s'était réellement passé. Rebecca l'avait appelée deux fois. La première pour la préparer afin d'éviter le choc. La seconde pour lui annoncer son arrivée dans l'après-midi.

David se leva et s'approcha de sa femme. Esther ouvrit ses bras pour l'accueillir. Mais il resta debout.

Son regard erra dans la chambre, fixant intensément par moments un objet puis à nouveau rien. Esther tenta vainement de le faire parler. Il se mit à marcher la tête baissée. De temps en temps, il se passait la main sur la joue et son doigt suivait le signe d'une croix. Esther parlait, racontait des histoires, leur histoire. Il manifestait de temps à autre un début d'intérêt, mais se repliait vite dans son monde à lui. Ce n'est qu'après le déjeuner et une longue promenade silencieuse dans le jardin de la clinique spécialisée et protégée du Mossad que David se mit enfin à parler.

— Esther, il faut que tu me sortes d'ici. J'ai eu une crise de claustrophobie dans la cave du Vatican. C'est vrai, j'ai failli mettre ma vie et celle de mes amis en danger. A présent, je retrouve mes esprits. Si je reste ici, je vais vraiment devenir fou.

Esther était aux anges. Elle vint vers lui et l'enlaça avec douceur.

— Je savais que tu n'étais pas malade. Je vais te sortir de là. Tu viendras te reposer à la maison.

— Ils vont tout faire pour me garder ici, dit-il d'un ton plaintif.

Esther eut un sourire et s'exclama :

— Je vais te sortir d'ici !

Le commissaire Livi se regarda dans le miroir de sa chambre d'hôtel. Rasé de près, il avait teint ses cheveux en noir et changé de coiffure avec une raie sur le côté. Il essaya ses lunettes à monture d'écaille. Il ne fut pas tout à fait satisfait et haussa les épaules. On frappa à la porte et un homme de type sicilien au regard rusé entra dans la pièce, un sac de sport à la main.

— Voilà, dit-il en posant le sac.

Il lui tendit une enveloppe qu'il sortit de sa poche. Livi la saisit et lui donna une liasse de billets.

— N'hésitez pas la prochaine fois. C'est un plaisir de travailler avec vous.

Livi le renvoya d'un geste. Il ouvrit l'enveloppe et en sortit ses nouveaux papiers d'identité. Il les inspecta et les enfouit dans la poche intérieure de sa veste. Une heure plus tard, il s'installait dans un studio meublé sans goût, loué au nom de Paul Bontate, sa nouvelle identité, en plein centre ville. Il enfila un vieux costume en flanelle qu'il tira du sac de sport, enfonça un béret sur sa tête et se regarda dans le miroir. Un sourire éclaira son visage. Il sortit et se dirigea vers le Vatican. Trois heures plus tard, et après plusieurs contrôles, il était reçu par le pape en personne au grand scandale de son secrétaire particulier qui l'avait traité avec mépris, menacé d'appeler la police vaticane, avant de lui promettre, pour se débarrasser de lui, qu'il transmettrait son message au Saint-Père. Il avait insisté en disant simplement :

— Faites savoir à Sa Sainteté que le cousin de Paolo serait honoré d'être reçu. C'est tout ce que je vous demande. S'il refuse de me voir, je m'en vais.

Il ressortit du Vatican tard dans la soirée, le souffle court. Non seulement il allait succéder à Paolo, dès le lendemain. Jusqu'ici, tout relevait des instructions qu'il avait reçues de la bouche de David. Il savait que le patron du Mossad le faisait suivre, contrôlait chacun de ses gestes et qu'au moindre faux mouvement de sa part, Antonella et lui seraient liquidés avant qu'il n'ait le temps de voir son assassin. La seule personne qu'il devait éviter comme la peste était Rebecca, celle avec qui il avait dîné un soir au Harry's Bar et qui se faisait appeler Martine. Cette information chuchotée dans son oreille par David l'avait stupéfié. L'ordre de David la concernant était strict : liquidation. Livi avait répété après lui : liquidation. C'était lui ou elle. Elle n'hésiterait pas une seconde à lui trancher la gorge. L'image de Rebecca l'avait empêché de dormir, la veille. Il avait même fait un cauchemar où elle tentait de le tuer par strangulation. Heureusement, David l'avait sauvé à la dernière seconde. David ! Quand allait-il prendre contact avec lui ? se demanda Livi en pénétrant chez lui.

·

Esther rencontra Rebecca comme convenu à la clinique spéciale du Mossad dans la banlieue sud de Tel-Aviv. Elles marchèrent dans le jardin et s'installèrent sur un banc de couleur vert, au pied d'un arbre. David les observait d'une des fenêtres du couloir. Esther ne lui avait pas dit qu'elle allait rencontrer Rebecca. Elle avait prétexté une course urgente. Sa conversation avec les psychiatres s'était achevée sur des promesses vagues mais David ne rentrerait pas chez lui avant la fin du premier traitement qui devait durer trois semaines. Esther avait alors décidé de faire appel au Premier ministre pour qu'il sorte David de cet enfer. Il avait promis de s'en occuper.

Rebecca lui raconta tout depuis le début en évitant d'évoquer qu'elle avait dû se soumettre au désir de David. Esther l'écouta jusqu'à la fin sans dire un mot.

De loin, David les vit se lever et s'embrasser. Il retourna dans sa chambre et manifesta une joie réelle quand Rebecca pénétra dans sa chambre.

— Rebecca ! fit-il en se levant et en marchant vers elle les bras tendus.

Ils s'étreignirent longuement. Elle se sentit coupable pendant qu'il lui chuchotait des excuses dans son oreille.

— Je n'avais pas le choix, murmura-t-elle à deux reprises.

— Je sais. Je sais.

Il la libéra et alla vers la fenêtre. Rebecca le regarda marcher et ouvrit les lèvres pour dire quelque chose mais se retint et resta la bouche ouverte. Les psychiatres lui avaient recommandé de ne pas parler travail avec lui.

— Je suppose que tu as fait le nécessaire, dit-il sans se retourner.

— Oui, fit-elle simplement en pensant à Livi qui se baladait dans Rome, libre, et sans savoir ce qu'il entendait exactement par nécessaire.

Il se tourna vers elle, hocha la tête, et dit :

— Tu as dû vivre un vrai cauchemar.

— J'ai déjà tout oublié, mentit Rebecca.

— Pas moi. J'aurais pu te tuer, dit-il en se frappant le front. Heureusement, tu as reçu un excellent entraînement, ajouta-t-il, un sourire aux lèvres. N'en parlons plus. Je t'écoute.

Rebecca hésita. Il avait subi un traitement de cheval. Les psychiatres lui avaient dit qu'il était comme un zombie. Mais elle ne l'avait jamais vu en aussi bonne forme.

— J'ai tout annulé. Tout.

— Excellent. Excellent.

— Mais Livi est libre !

— Je sais. Cela fait partie des dégâts causés par cette crise de claustrophobie, dit-il en se frappant le front.

— Qu'est-ce que je fais ? demanda Rebecca d'une petite voix.

— Pour le moment, rien. Livi va rester tranquille. Nous tenons Antonella et il tient à elle. J'espère que tu ne l'as pas relâchée ? dit-il en élevant la voix.

— Elle est à sa place. Mais jusqu'à quand ?

David fit semblant de réfléchir.

— Jusqu'à notre retour à Rome, dit-il enfin.

Rebecca ouvrit de grands yeux. David s'exprimait calmement comme si rien ne s'était jamais passé. Fallait-il insister ? Ou bien était-ce suffisant pour aujourd'hui ?

Il regarda l'heure à sa montre. Esther devait arriver d'un moment à l'autre.

— On reprendra cette affaire dans quelques semaines. Le temps que je me refasse une santé après notre fameuse gymnastique, dit-il en la fixant droit dans les yeux.

Il sourit. Rebecca l'imita, sans savoir s'il faisait allusion à leurs étreintes ou au moment où elle l'avait mis KO.

— Va te reposer, toi aussi. Prends des vacances et viens me voir dans deux semaines.

Rebecca acquiesça du regard. Il se leva et s'approcha d'elle.

— Tu sais, Rebecca. Je ne me suis pas conduit en gentleman avec toi. Mais j'ai pensé chaque mot...

Il l'enlaça. Rebecca entendit un bruit de pas dans le couloir et voulut se dégager, mais il la serrait trop fort. Il l'embrassa. On frappa deux coups à la porte et Rebecca parvint à se libérer au moment où Esther pénétrait dans la pièce. Ils étaient encore très près l'un de l'autre. Esther fit semblant de ne rien voir et referma la porte doucement après elle. Rebecca, rouge de honte, s'empara de son sac et dit d'une petite voix :

— A bientôt, patron. Et bonne... Bonne convalescence.

Elle salua Esther en faisant semblant de la considérer comme une inconnue et s'en alla d'une démarche mal assurée.

— Où étais-tu ? s'exclama David, volontairement gêné.

— Une course pour Moïse. Des jouets...

— Alors je sors quand ?

— D'ici une semaine.

— Une semaine ?

— Je sais, mais les médecins disent que tu as besoin de repos. Je pense que cela te fera du bien. Je suis avec toi. Je viendrai tous les jours.

Il alla s'allonger, déçu. Esther tenta de le consoler par des caresses, mais il tira la couverture sur lui et se dissimula la tête dessous. Esther demeura immobile. Le récit de Rebecca l'avait bouleversée. Comment prouver à David qu'elle n'était pas son ennemie mais sa femme ? L'image de Rebecca qui avait embrassé son mari la dérouta une seconde, mais elle la chassa vite. Dans la douleur, des liens affectifs s'étaient créés. David leva la tête et lui dit doucement :

— J'ai oublié de te dire que...

Esther l'encouragea à poursuivre du regard.

— Tu sais, c'était plus fort que moi. Et puis j'étais un peu saoul, je crois...

Esther attendait, impatiente et inquiète. Quand un homme commence par accuser l'alcool, c'est qu'il s'apprête à annoncer une catastrophe, pensa-t-elle.

— Et puis, non. Ce n'était rien de grave, finalement. J'ai déjà tout oublié.

— Une femme ?

— Deux !

— Italiennes ?

— De mon service. La solitude, l'angoisse, le stress... En tout cas, je veux que tu saches que c'est la première et dernière fois.

Esther ravala sa colère. David était subitement devenu lucide. Elle ne comprenait plus rien. Les psychiatres s'étaient-ils complètement trompés ? Il l'observait à la dérobée, guettant la moindre de ses réactions. Elle resta impassible. Normal, pensa-t-il. Elle est la patronne du complot.

— Tu sais, celles dont je t'ai parlé... Deux obsédées. La pauvre Sarah, que Dieu ait son âme... C'est l'autre qui est une vraie folle. Heureusement que tu es venue à temps. Elle voulait coucher avec moi, ici !

Esther sentit une douleur tordre son estomac et serra les poings. Esther imagina son mari dans les bras de Rebecca et un sentiment de fureur lui coupa la respiration. David disait la vérité, elle en était convaincue.

— Pardon, ma chérie, dit-il. Toi seule comptes pour moi.

La tête d'Esther était envahie d'images atroces. Elle commençait à comprendre pourquoi Rebecca voulait qu'il reste à la clinique... Elle lui avait menti en dramatisant volontairement son cas.

— Je vais te sortir d'ici, dit-elle en se levant.

Trois heures plus tard, David rentrait chez lui après qu'Esther et le Premier ministre en personne eurent signé un document dégageant le Mossad et les médecins de toute responsabilité. Esther s'était engagée à lui faire avaler ses médicaments tous les jours. La maison serait gardée par dix hommes.

Shlomo Cohen, professeur de théologie judéo-chrétienne à l'université de Jérusalem, s'approcha de la jarre en argile munie d'un couvercle et s'arrêta à quelques centimètres d'elle. Il avait été réveillé en pleine nuit par l'adjoint de David Ben Zion en personne qui lui avait fait part d'un formidable secret. Transportée par le même vol d'El Al que David, la jarre avait été transférée dans le laboratoire technique du Mossad pour divers contrôles : le professeur Cohen ôta le couvercle et regarda à l'intérieur.

— Tu peux y aller, dit-il au jeune homme devant lui.

Muni de gants et d'un cache-nez, le technicien du Mossad s'empara du contenu, sept rouleaux de peau manuscrits soigneusement enveloppés dans un linge de lin, qu'il disposa sur une grande table. Il déroula le premier avec une précaution extrême et le cœur du professeur fit un bond quand il vit apparaître les premières lettres en araméen. Trois heures plus tard, il déclarait au Premier ministre d'Israël, appelé en urgence par Ouzi, le numéro deux du Mossad :

— Monsieur le Premier ministre, nous sommes devant un vrai miracle. Aussi important que la découverte des manuscrits de la mer Morte. Nous sommes en possession de textes apocryphes intertestamentaires. Il y a également une Apocalypse où un prophète nommé Esdras parle du chandelier du Temple.

Il avala un grand verre d'eau et tenta de reprendre son souffle.

— Ils sont datés et signés, dit-il en les montrant

du doigt. Je ne sais où vous les avez trouvés, mais je peux vous dire que leur état est presque parfait.

— Dans combien de temps pourrez-vous nous révéler ce qu'ils contiennent ?

— Dans un mois. Peut-être trois semaines. J'ai besoin d'une équipe de spécialistes et...

— Hors de question, répondit le Premier ministre. Il s'agit d'un secret d'Etat de la plus haute importance.

— Alors, il faudra compter un peu plus.

— Combien ?

— Deux mois environ.

— Même avec les heures supplémentaires ?

— Vous aurez la traduction intégrale dans un mois.

— Avez-vous déjà une idée ?

— Une petite idée, dit-il en souriant pour la première fois. Je peux d'ores et déjà affirmer que le chandelier du Temple existe. Je pense que le lieu où il se trouve est indiqué quelque part. Si on le retrouve, cela signifie que nous reconstruirons le troisième Temple.

Le Premier ministre et Ouzi se consultèrent du regard.

— Ce ne sont pas des manuscrits, mais une bombe atomique, s'exclama Ouzi.

— Ce n'est qu'un début, affirma le professeur Cohen.

— Je souhaite que vous restiez ici jusqu'à la fin des travaux, dit Ouzi.

— Ici ? Mais... ma famille ? grogna Cohen.

— Dites-lui que vous partez pour les Etats-Unis représenter le gouvernement dans la commission de votre choix, ajouta le Premier ministre.

— Je peux au moins passer un coup de fil ?

— Oui. Un seul, répliqua Ouzi, sèchement.

Le colonel von Büllow pénétra dans le cénotaphe et parcourut l'intérieur du regard. Il se courba et palpa la trappe de sa main. Son expression se transforma quand il découvrit l'échelle accrochée solidement à la pierre. Il hésita un instant puis descendit dans la cave. Arrivé en bas, il tira une lampe de sa poche et éclaira la pièce. Elle était vide. Il tourna en rond, éclairant chaque centimètre du sol et des murs. Rien. Un vrai cénotaphe, se dit-il en remontant, déçu.

Livi le croisa à la sortie du cimetière et le salua d'un timide mouvement de tête. Le colonel lui rendit son salut et poursuivit sa marche. « Que fait-il avec un sac à outils, ici ? » se demanda le commissaire en fronçant les sourcils. Le colonel se retourna au même moment et regarda Livi, puis revint sur ses pas. Alberto fit semblant de chercher quelque chose sur le sol et se courba.

— C'est vous le successeur de...

— De mon cousin Paolo, dit Livi en se relevant.

Le colonel le dévisagea. Livi lui adressa un sourire et continua son chemin, laissant le colonel hésitant.

— Comment vous appellez-vous ?

Livi se retourna et pointa son index sur sa poitrine.

— Oui, vous !

— Et vous ?

Le colonel s'approcha, contrarié.

— Moi, je suis le colonel de la garde suisse, s'écria-t-il.

Livi ouvrit de grands yeux et ajusta son béret.

— C'est bien, c'est bien, fit-il en hochant la tête plusieurs fois.

Il rentra la tête dans son cou et s'en alla sans rien dire. Le colonel haussa les épaules en murmurant « idiot » entre ses dents, et s'en alla.

Le commissaire poursuivit son chemin jusqu'à la guérite sans se retourner. Mauvais début, pensa-t-il, en s'installant dans un vieux fauteuil en cuir marron. Il déposa son sac de toile par terre et se mit à penser à sa mission. Antonella serait bientôt libre. Quand il aurait trouvé la troisième porte sous ses pieds. Il allait tenter une première descente cette nuit même. Les ordres de David étaient formels. Ne pas aller au-delà de la troisième porte sous peine de mort immédiate pour lui et Antonella. De toute façon, David l'observait, le tenait sous son contrôle permanent. Il sillonnait le Vatican, sous divers déguisement et il le contacterait le moment venu.

En prenant ses nouvelles fonctions, Livi avait discrètement dévisagé les hommes en noir un par un sur son chemin et avait plusieurs fois cru reconnaître David. Quant aux femmes, elles ressemblaient toutes à Rebecca, surtout celles qui avaient la tête recouverte. De brusques accès d'angoisse l'empêchaient de raisonner calmement. L'espace d'une seconde, il pensa à son dernier livre, à sa maison, à Antonella, mais le fantôme de David errant autour de lui le rappela immédiatement à l'ordre, le replongeant dans sa schizophrénie. Il survivait grâce aux calmants qu'il prenait et que son petit mafioso lui avait apporté avec vêtements et faux papiers. Dix boîtes. Pour le moment, il se contentait d'un cachet le matin et d'un le soir. Son seul espoir était d'en rester là. Son estomac se noua et il se leva marcher un peu. Il prit son sac et quitta sa guérite.

Rebecca passa la douane italienne sans difficulté et se dirigea vers la sortie de l'aéroport. Une heure plus tard, un taxi la déposa au centre ville. Un air de printemps planait sur Rome et elle décida de marcher jusqu'à l'appartement de David. Munie du soutien inconditionnel d'Ouzi, l'adjoint de David à qui elle s'était confiée, elle pénétra dans l'immeuble de la Via delle Condotti, rassurée et prête à passer à l'action. Dans l'avion qui l'avait ramenée à Rome, elle avait passé en revue son plan dans les moindres détails. Pour Ouzi, il était question des six jarres qui restaient dans la cave. Elle s'était gardée d'évoquer le chandelier de peur qu'on l'internât elle aussi. Mais c'était bien de cela qu'il s'agissait.

Jusqu'à preuve du contraire, c'est-à-dire tant qu'elle n'aurait pas découvert la troisième porte, elle ne changerait pas d'opinion.

Elle posa son sac de voyage dans le hall et alla se contempler dans le miroir. Avant de quitter Israël, le maquilleur du Mossad lui avait créé un nouveau look. Elle portait à présent des cheveux courts et grisonnants sur les côtés, des lentilles de couleur bleu foncé sur ses yeux verts et une paire de lunettes rondes cerclées d'or. Avec son jean et ses baskets, elle ressemblait à un professeur d'université américaine. Même David ne l'aurait pas reconnue. Et surtout pas Livi qu'elle allait rechercher avec la dernière énergie. Elle prit une douche, se changea et partit rendre visite à Antonella. En route, elle pensa à David. Il était en bonnes mains. Ouzi, le numéro deux du Mossad, avait pris la chose très au sérieux. Il allait lui-même veiller sur son rétablissement et l'informerait régulièrement de son état. Rebecca s'était juré d'attendre la guérison de David afin qu'il puisse lui-même rapporter le chandelier à Jérusalem. Il lui restait simplement à trouver la troisième porte.

David Ben Zion descendit du camion sans remercier le chauffeur qui l'avait pris en auto-stop à la sortie de Jérusalem. Il se trouvait à Tibériade. Il se dirigea d'un pas rapide vers le centre de la ville, tenant son chapeau noir de la main droite comme s'il allait s'envoler alors qu'il faisait plus de 32 degrés. Une voiture de police remonta la rue principale avec sirène et gyrophare et David pénétra dans un immeuble, le cœur battant la chamade. Il s'était enfui vers quatre heures du matin de chez lui en emportant un sac à dos dans lequel il avait enfoui trois bouteilles d'eau et un pot de miel. Dans les deux poches intérieures de son manteau se trouvait l'équivalent de vingt mille dollars en monnaie israélienne qu'il avait retirés de son coffre-fort personnel. Il sortit de l'immeuble quand le hurlement de la sirène s'évanouit et marcha, en jetant des coups d'œil nerveux autour de lui.

Il marchait sans but précis. Il se trouvait à Tibériade non à cause du très vénéré saint Meïr Baal Anès, visité par des millions de juifs du monde entier, mais parce que c'était la destination finale du camion qui l'avait pris en auto-stop. L'essentiel pour lui était d'avoir fui ses ennemis et surtout Esther.

Un homme le dépassa et le dévisagea. David changea très vite de trottoir, évitant de se faire écraser par miracle.

— Eh, là-bas, toi, tu es fou ou quoi ? cria le chauffeur.

David accéléra le pas, sentant mille regards peser sur lui. Sa tension augmenta. Même là, il était recherché. On allait bientôt l'arrêter et le ramener chez Esther.

Au bout de la rue, il reconnut le chauffeur du camion qui l'avait conduit, assis à la terrasse d'un café. David fut persuadé qu'il le guettait en faisant semblant de siroter un thé. Dans son cerveau malade, empli de pensées noires, le piège se resserrait. Subitement, il se mit à courir comme un fou, bousculant femmes et enfants sur son passage. Le chauffeur était complice de sa femme. Comment avait-il pu l'ignorer ? David s'arrêta de courir quand il remarqua une Ford de la police garée devant une maison. Deux policiers armés jusqu'aux dents sortirent de l'immeuble en tenant un jeune homme fortement par les bras. Il criait à l'adresse du public :

« Je suis innocent, je suis innocent ! » David faillit se sauver mais une rage s'empara de lui. Il s'approcha et demanda aux policiers ce qu'il avait fait.

— Occupe-toi de tes oignons ! répondit le policier tandis que l'autre lui conseillait de se munir aussi d'un parapluie en dévisageant son manteau d'hiver.

David le frappa d'un terrible coup de pied dans le ventre. L'autre voulut lever la main contre lui, mais David la lui saisit au vol et l'envoya de toutes ses forces contre le mur. Il s'effondra sans un mot. Il s'empara du fusil du policier plié en deux devant lui et le menaça :

— Les clés des menottes ou je te troue la cervelle !

Le jeune homme contemplait la scène, partagé entre l'admiration et l'inquiétude.

Deux minutes plus tard, David démarrait sur les chapeaux de roues, le jeune homme à ses côtés. Il déclencha le gyrophare et la sirène et appuya sur l'accélérateur. L'aiguille du cadran montait inexorablement sous l'œil affolé du passager. David maniait le volant avec une maîtrise incroyable. Il sortit de la ville à 160 kilomètres à l'heure et se dirigea vers Haïfa.

— Qui es-tu ? demanda enfin le jeune homme d'une voix proche de l'hystérie.

— Le Messie ! répondit David le plus normalement du monde et il ajouta sur le même ton : Tu n'as rien à craindre. Tu es sous ma protection, à présent.

Le jeune homme resta bouche bée. David tenait son volant d'une main implacable, caressant le canon du fusil de l'autre. Le compteur indiquait 180 kilomètres à l'heure.

— On va où ? cria l'homme de plus en plus terrorisé.

— Ne pose pas de questions. Tu es sous ma protection. Tu n'as plus rien à craindre.

— Je m'appelle Tsvika, je suis repris de justice, dit-il en espérant qu'il allait ralentir.

Grâce à son gyrophare et à sa sirène, David doublait tout le monde à une vitesse rare en Israël.

— J'ai faim, cria Tsvika.

David ralentit et appuya brusquement sur le frein. La voiture se mit à zigzaguer. Tsvika hurla de peur mais le patron du Mossad réussit à redresser la Ford et s'arrêta sur le bord de la route. Tsvika descendit le premier et voulut se sauver mais David le rattrapa d'une main de fer.

— C'est comme cela qu'on remercie le Messie ?

— J'ai peur, admit-il.

— De quoi ? Du Messie ?

Tsvika leva la tête vers le ciel comme pour demander de l'aide.

— Tu veux retourner en prison ? C'est cela ?

Tsvika faillit dire oui, mais il n'osa pas. David l'hypnotisait.

Il fit un signe négatif de la tête. Il le lâcha et alla sur la route. Il fit un signe à une Volvo. Elle s'arrêta.

— Police. Descendez !

La femme s'exécuta, l'air contrarié.

— C'est la nouvelle tenue de la police ? demanda-t-elle en le dévisageant.

David lui ordonna d'ouvrir le coffre. Deux minutes plus tard, Tsvika conduisait la Volvo, la femme enfermée dans le coffre, David à ses côtés.

— Où va-t-on ? demanda-t-il en allumant la radio.

David ne répondit pas. La voix du speaker annonçant l'incident de Tibériade résonna. Il donnait une description détaillée des deux individus.

— On va être vite repérés, s'exclama Tsvika.

— La ferme ! Tu es avec le Messie et tu as peur ?

— Si tu es le Messie, alors pourquoi utiliser la violence ? demanda Tsvika qui commençait à en avoir assez de cette situation rocambolesque.

— Bonne question. Très bonne question. Ne sais-tu pas que le peuple juif a toujours persécuté le Messie ? A chaque fois qu'il est venu, le peuple l'a rejeté et quand il ne pouvait pas faire autrement, il l'a tué.

— On va où ? répéta Tsvika de plus en plus inquiet.

— Ne t'ai-je pas sauvé de la prison ?

Tsvika dut admettre que c'était le cas sans savoir s'il aurait préféré y retourner plutôt que d'être là avec un fou qui se prenait pour le Messie. David aperçut un panneau qui indiquait Nazareth « 5 km » et ordonna à Tsvika de prendre ce chemin.

— A Nazareth ? Chez les Arabes ?

— J'ai une cachette là-bas. On va chercher quelques vêtements et nous repartirons.

Une demi-heure plus tard, la Volvo roulait en direction de Tel-Aviv avec deux personnages métamorphosés. David portait une perruque blanche et des lunettes rondes qui lui donnaient l'air d'un honorable professeur tandis que Tsvika, barbe et kippa sur la tête, lunettes d'écaille sur le nez, ressemblait à un jeune étudiant de Yéchiva.

— A qui appartient cette maison ? demanda Tsvika en faisant allusion à la villa à l'entrée de Nazareth où ils s'étaient changés.

— Au Mossad, répondit David tranquillement.

Tsvika le fixa avec horreur. La villa, bien fournie en vêtements et perruques de toute sorte, en armes diverses, avait été ouverte sans difficulté par David. Il l'avait vu hésiter une seconde devant le code d'entrée, puis taper quelques chiffres et la porte s'était ouverte.

— D'où sais-tu que la villa appartient au Mossad ?

— Il n'y a pas de secret pour le Messie !

Tsvika pensa à la femme que David avait laissée dans la villa, ligotée et endormie au chloroforme. Mais il ne dit rien. Tout allait trop vite et tout compte fait, il commençait à préférer cette aventure incroyable plutôt que la prison. Quand ils se feraient arrêter, car il n'en doutait pas une seconde, il dirait qu'il n'avait fait qu'obéir sous la contrainte.

— Qu'est-ce qu'on fait ? Bientôt, il y aura des barrages de police partout. On va où ?

— A Rome !

— A Rome ? En Italie ? hurla Tsvika.

— A Rome. En Italie, répéta David, calmement.

— Et comment on arrive à Rome ? Le Messie a peut-être déjà passeport et argent ?

— Par bateau. En clandestins, répondit David, sérieux.

— Et pourquoi le Messie veut-il aller à Rome ? demanda Tsvika qui commençait à apprécier la compagnie de David et à s'amuser.

— Pour rapporter le chandelier du Temple. Le Messie ne sera accepté par le peuple juif qu'après l'avoir retrouvé et rapporté en Israël. Sa vie sera menacée, sa vie est menacée tant que le chandelier ne sera pas retrouvé. Tu vas m'aider.

— Et tu sais où il est exactement ?

— Doutes-tu du Messie ? N'ai-je pas déjà démontré de quoi j'étais capable à Nazareth ?

— Tu es peut-être un ex-agent du Mossad ?

David sentit comme un coup de poing dans le ventre. Son esprit passa au rouge. L'alarme était déclenchée. Tsvika faisait lui aussi partie du complot. Il venait de se démasquer. A Tibériade, la rencontre n'avait été qu'une mise en scène. Il n'était pas un repris de justice mais un espion. David remercia Dieu de lui avoir ouvert les yeux.

— Je vais te faire une démonstration de mes dons et tu ne douteras plus. Arrête la voiture, dit-il.

David repartit quelques instants plus tard, seul, sur les chapeaux de roues, laissant Tsvika sous un arbre, inconscient.

Rebecca eut la surprise de sa vie quand elle découvrit le successeur de Paolo dans sa guérite. Livi portait le sac marron en bandoulière et avait l'air absent. De son poste d'observation, elle prit une vingtaine de clichés de lui au téléobjectif et s'en alla. Il n'a pas perdu de temps, marmonna-t-elle, en pensant au pape. Elle sortit par la Porte de Bronze et se dirigea à pied vers sa planque, dans la cave du garage. Le commissaire Livi n'habitait pas chez lui. Elle avait vainement fait le guet durant des heures devant sa maison. Etait-il en train de chercher Antonella ? A la préfecture de police, la standardiste avait répondu que le commissaire Livi reviendrait dans deux mois. Au *Commissariato Viminale*, l'ancien lieu de travail de Livi, on avait répondu qu'il n'en faisait plus partie et qu'il fallait appeler la préfecture de police. Il ne lui restait qu'Antonella pour l'aider à le retrouver. Mais comment ? Rebecca entra dans la cave du garage, confuse et désespérée à l'idée qu'il fallait tout reprendre à zéro. Deux fax l'attendaient. Le premier lui coupa les jambes. Ouzi, le numéro deux du Mossad, lui annonçait la disparition de David. Il était recherché par toutes les polices d'Israël. Le second fax disait qu'un jeune repris de justice nommé Tsvika avait fait une déclaration à la police. Un homme dont la description était celle de David se prenait pour le Messie et lui avait raconté une histoire folle sur le chandelier du Temple qu'il allait rapporter de Rome. Ouzi, qui ignorait le but réel de la mission, lui recommandait la plus grande prudence. Elle envoya un message codé expliquant qu'un nouveau gardien était déjà en place et qu'elle ne connaissait pas son identité. Elle allait descendre dans la cave cette nuit même. Elle lui suggéra d'isoler le repris de justice jusqu'à la fin de la mission ainsi que les deux policiers à qui il avait raconté l'histoire du chandelier. Si elle se répandait, sa mission serait compromise. Rebecca lui demanda une confirmation immédiate qui arriva une heure plus tard. Positive. Cinq policiers, en dehors de Tsvika, se trouvaient déjà sous le contrôle du Mossad. Ils allaient être transférés dans une résidence spéciale. Rassurée, Rebecca alla développer les photos dans un magasin appartenant à un honorable correspondant du Mossad. La disparition de David la convainquit de descendre cette nuit même dans la cave pour s'emparer des autres jarres. Au moins cela, pensa-t-elle pour se consoler.

Livi regarda l'heure. Il était vingt-trois heures. Il contrôla une nouvelle fois le contenu de son sac avant de sortir. Il avait dû reporter sa visite dans la cave prévue la veille à cause d'une terrible migraine, suivie d'une crise d'angoisse qui l'avait maintenu éveillé toute la nuit, attendant l'aube avec une impatience qui lui tordait les boyaux. Le Saint-Père ne lui avait rien confié de particulier lors de son recrutement. Le cénotaphe qu'il devait protéger n'était qu'un lieu maudit qui renfermait des âmes errantes. Dans quelque temps, Livi y pénétrerait en compagnie d'un cardinal pour y déposer un petit paquet contenant une croix de fer et sept bougies, bénies par le pape, que le cardinal allumerait pour le repos des âmes perdues et afin de protéger le Vatican contre les mauvaises influences. Il ne devait en aucune manière tenter de pénétrer à l'intérieur du cénotaphe sans la protection du pape sous peine de perdre la vie ou de devenir fou. Il descendrait ensuite une fois par mois pour effectuer le même rituel. Telle était sa tâche. Il s'agissait d'un secret de la plus haute importance. Sur le moment, Livi avait cru à une blague, puis réalisant qu'il se trouvait devant le Saint-Père, il s'était ressaisi et avait mentalement haussé les épaules. Ces histoires l'avaient toujours laissé indifférent. La seule chose qui comptait pour lui était David. Et David n'était pas n'importe qui, même si par moment il doutait de l'avoir réellement rencontré. Le patron du Mossad ne lui avait pas parlé d'âmes errantes mais du chandelier, comme les juifs orthodoxes qu'il avait rencontrés à Jérusalem. Le chandelier, c'était du concret. Le pape l'avait pris pour un idiot.

Une demi-heure plus tard, Livi se trouvait dans la première cave. Il souleva sans difficulté la trappe qui donnait accès à la seconde et descendit les échelons un par un, le cœur battant, non par peur de se trouver à douze mètres en dessous du Vatican ou à cause de ces histoires de revenants, mais follement excité à l'idée qu'il agissait en tant qu'agent des services secrets israéliens. Suivant les instructions de David à la lettre, il se dirigea vers la première porte qu'il ouvrit en deux coups de clé. S'il n'avait pas eu la torche serrée entre les dents, il aurait probablement sifflé tant il se sentait fier de lui. Il franchi le seuil et s'arrêta un instant pour éclairer le couloir. La seconde porte était au fond. En marchant, il eut subitement l'impression d'y être déjà venu. Il regarda sa montre. Il était vingt-trois heures quarante-sept. Il eut un peu plus de mal à ouvrir la seconde porte, mais sourit quand il aperçut les cachots décrits par David. Sans pouvoir se l'expliquer, il eut soudain un petit malaise respiratoire. Il se consola en pensant que cela était dû au manque d'air et marcha jusqu'au bout du long couloir où il se mit à chercher la troisième porte en explorant, comme David l'avait fait avant lui, chaque centimètre du mur, enfonçant ses doigts dans la pierre à la recherche d'une fente qui, selon le patron du Mossad, cachait soit une nouvelle trappe, soit une fenêtre qui donnait accès à la troisième porte. Livi reposa ses mains, puis poursuivit son travail en s'allongeant sur le sol qu'il palpa méthodiquement. Une heure plus tard, il abandonna, épuisé. Il avait passé le quart de la longueur du couloir au peigne fin. Rien qui ressemblât à une fente comme celle de la première et de la deuxième cave. Il se leva, marqua l'endroit à l'aide de son couteau en tirant un trait sur la terre et décida de chercher à l'intérieur des cachots.

En marchant à reculons, il toucha du pied un objet en métal. Il éclaira le sol et découvrit une croix en fer et des bougies consumées, puis poursuivit sa marche. Homme de système et d'organisation, Livi retourna sur ses pas jusqu'à la grande porte et commença par la droite. Il enfonça la porte du premier cachot. Son cœur fit un bond dans sa poitrine quand il y découvrit trois crânes posés contre le mur. David avait oublié de lui en parler, le pape y avait fait allusion. Il pensa que si le patron du Mossad ne lui en avait soufflé mot, c'est que la présence de ces crânes ne l'avait même pas effleuré. Pour plus de sécurité, il palpa son arme et se mit à gratter le mur de ses ongles en prenant garde de ne pas marcher sur les crânes. Il était alors trois heures du matin quand il pénétra dans le quatrième cachot, là où David avait trouvé la jarre. Il haussa les épaules quand il découvrit d'autres crânes posés de manière plus ordonnée que dans le premier cachot. Les six jarres se trouvaient là, dans le coin. Sur le moment, le commissaire crut voir six nains en train de le regarder et son cœur fit plusieurs cabrioles dans sa poitrine. Les jarres étaient disposées contre le mur, serrées les unes contre les autres avec un espace au milieu, comme s'il en manquait une. David ne les avait pas mentionnées. Livi éclaira l'espace vide et constata qu'il y avait une marque ronde au sol, comme si quelqu'un en avait soulevé une. Livi réfléchit vite, puis s'approcha, souleva une jarre et la plaça dans l'espace vide. C'était bien ce qu'il soupçonnait : il en manquait une. Il souleva le couvercle de la jarre qu'il venait de déplacer et en éclaira l'intérieur. Il eut du mal à distinguer le contenu et n'osa y plonger ses mains. Un rat pouvait lui sauter à la figure. Il reposa le couvercle et décida d'arrêter pour cette nuit. Il se courba pour rassembler ses affaires et sentit un vent souffler sur sa nuque. Il palpa le mur à sa hauteur et faillit hurler de joie quand sa main s'arrêta sur une fente d'environ deux centimètres de large, à un mètre des crânes. Il enfonça ses doigts et sentit de l'air. Un trou d'aération ? Il n'en crut pas ses yeux quand il toucha une espèce de tuyau en fer enfoui dans la pierre. Oui, c'était bien une bouche d'aération dirigée contre les jarres. Cette découverte l'enchanta sans savoir pourquoi. Il hésita puis décida de poursuivre le lendemain.

Livi reprit son sac et voulut sortir quand il entendit un bruit bizarre à l'extérieur. Il éteignit sa torche et se cacha derrière la porte, la main crispée sur la crosse de son Beretta. Il capta un bruit étrange comme des pas lourds dans le couloir. Quelqu'un marchait et respirait difficilement. Il colla son oreille contre la porte et crut entendre des voix bizarres, puis un rire. Un rire grotesque, mi-humain mi-animal, qui approchait à la même cadence que les pas. Livi sentit ses os se disloquer un par un, puis un courant glacial lui parcourut les pieds, les jambes et le reste du corps. La peur lui tenaillait les entrailles. Dans un moment de désespoir, il poussa la porte et sortit, la torche dans sa bouche, l'arme à la main et se jeta à terre. C'est alors qu'il reçut un violent coup sur le rein droit puis un second qui lui coupa le souffle. Il sentit la mort planer sur lui. Quelqu'un se penchait sur lui pour l'achever. Ce n'était pas un humain. Il vida son chargeur et saisit son sac pour en prendre un autre. Une poigne de fer le souleva du sol et le projeta contre le mur. Il s'effondra et perdit connaissance, la tête en sang.

David Ben Zion hésita longtemps avant de composer le numéro de son maître, le rabbin Lévi-Monsénégo. Il avait besoin de parler à quelqu'un, de se confier à lui. Quelqu'un qui pût le comprendre et le soutenir. Il avait besoin d'aide. Sa tête et son estomac lui faisaient mal. Sa vie était en danger et il dépensait toute son énergie à esquiver les nombreux pièges qu'on lui tendait. L'ennemi était partout et puissant. Ses pensées se bousculaient à un rythme infernal. Livi allait-il réussir sa mission ou bien allait-il lui aussi le trahir ? Etrangement, Alberto était le seul en qui il avait confiance. Mais comment le rejoindre ? Et pourquoi se dirigeait-il à présent vers la ville d'Eilat en plein désert au lieu de chercher à atteindre Rome par bateau comme il l'avait envisagé ? A Beersheba, il s'était acheté une tenue de bédouin, seul déguisement anonyme quand on se trouvait dans le désert. Des camions défilaient et il aurait pu se faire transporter à Eilat sans problème. Sur cette route, l'auto-stop était relativement facile. Mais il était recherché. Tout Israël était contre lui. Israël voulait sa mort. Il était le Messie et le peuple juif n'en voulait pas ou bien il en exigeait la preuve. Mais cette preuve se trouvait au Vatican sous la protection du diable. Il renonça à entrer en contact avec Lévi-Monsénégo. Ce judas le trahirait aussi pour quelques dollars ! N'était-ce pas lui, avec son apparence de sage, qui avait raconté au Mossad et au Vatican ce qu'il recherchait dans la cave ? Lui et Esther la catholique ? David marchait sous un soleil de plomb, loin de la route, la tête enfouie sous son capuchon de laine. Il pouvait voler une voiture afin d'arriver plus vite à Eilat, mais on le localiserait et cette fois, ce serait la fin. Il accéléra le pas. Un sourire narquois s'afficha sur son visage tendu. Ils l'avait bien eue, Esther, en lui faisant croire qu'il avait avalé ses cachets ! Mais l'image de Jésus sur la croix le fit subitement sombrer dans la dépression. Ils avaient fini par s'en emparer, tout Messie qu'il était ! Comme lui ! Il s'arrêta, leva les bras vers le ciel et se mit à hurler : « Père, ne m'abandonne pas ! »

Un camion passa sur la route. David baissa la tête, enfonçant son capuchon jusqu'à ne plus voir son chemin. Le camion s'arrêta et David paniqua. Se sauver ? Où ? Il se prosterna et se mit à invoquer Allah tout en observant le chauffeur à la dérobée. L'homme était en train d'uriner sur le bord de la route mais David savait qu'il l'espionnait. Le conducteur remonta dans son camion et repartit. David attendit que le véhicule disparaisse à l'horizon et se releva. Il commença à sentir la fatigue. Ses jambes refusaient de le porter. Il chercha un endroit discret où se reposer et aperçut une silhouette menue au loin. Un enfant ? Le Diable ? Il quitta le chemin d'un pas rapide et se dirigea vers la route en se retournant plusieurs fois. L'enfant courait vers lui, la main levée. David accéléra le pas mais le petit bédouin, qui l'avait rejoint, s'adressa à lui en arabe. David s'arrêta, las. Il dévisagea l'enfant, cherchant à deviner ses pensées.

— D'où viens-tu ? Où vas-tu ?

— Je vais au mont Sinaï, répondit David sur ses gardes.

Puis se souvenant qu'en arabe en l'appelait la montagne de Moussa, il répéta sa phrase en la corrigeant. L'enfant l'observa d'un air grave.

— Pour parler avec le prophète Moussa[1] ?

David acquiesça du regard. L'enfant devait avoir dix ans. Comme lui, il avait la tête recouverte par la capuche de sa djellaba. Dans ses yeux, David lut soudain une énorme tendresse.

— Qu'est-ce que tu vas lui dire ?

— Je ne sais pas, avoua David, pris de court.

L'enfant eut l'air de réfléchir.

— Tu es juif n'est-ce pas ? Tu parles bien notre langue, mais tu as l'accent des juifs.

1. Moïse.

David hocha la tête et regretta immédiatement son aveu.

— Tu vas voir le prophète Moussa pour qu'il t'aide à exorciser le Diable qui est dans ton corps ? Vas-y, il t'attend !

David sentit le sol trembler sous lui et voulut fuir. Mais l'enfant avait parlé d'une voix douce, pleine d'affection.

— Pourquoi crois-tu ça ? demanda-t-il en regardant autour de lui.

— Je le vois dans tes yeux. Je le sens dans tes mots. Ton esprit est confus. Ton cœur saigne. Le Diable s'est introduit dans ton corps et il te ronge l'estomac. Le prophète Moussa va te guérir.

David sentit sa gorge se nouer. Il allait pleurer devant cet enfant qui le regardait avec un mélange de pitié et de tendresse.

— Comment t'appelles-tu ? demanda l'enfant. Et il ajouta avant que le patron du Mossad n'ait eu le temps de répondre : David, n'est-ce pas ? Comme ton ancêtre, le roi David ?

David Ben Zion demeura figé.

— Tu es un grand homme. Un saint. Va, poursuis ton chemin. Allah est avec toi ! Bénis-moi avant de partir.

— Qui suis-je pour te bénir ? demanda David, encore sous le choc.

— Tu es celui que les juifs attendent ! Bénis-moi ! dit-il en approchant sa tête vers lui.

Tel un automate, David posa une main tremblante sur la tête de l'enfant.

Le pape était furieux. Paul Bontate, le successeur de Paolo, n'avait pas donné signe de vie de la journée. Le cardinal que le Saint-Père avait choisi pour poursuivre la tâche d'Henrico del Sarto l'avait informé de sa disparition. Il l'avait cherché toute la journée pour l'avertir qu'ils devaient descendre ensemble dans le cénotaphe afin d'y déposer un paquet. Des choses étranges se passaient au Vatican depuis quelque temps. Giorgio, del Sarto, Paolo étaient morts. Le père Mathéus, du collège éthiopien, avait quitté subitement ses fonctions en laissant une lettre bizarre. Un appel du Seigneur ! Une jeune Libanaise du nom de Véronique qui travaillait à Radio-Vatican était retournée dans son pays sans en avertir ses supérieurs. Et à présent, Paul Bontate avait disparu.

— Dois-je alerter notre police ? demanda le cardinal, soucieux.

— Surtout pas. Nul ne doit être au courant de quoi que ce soit.

Le cardinal, un homme au crâne luisant et au regard vif, se gratta le menton. Pourquoi le Saint-Père l'avait-il choisi pour cette mission ? Cette histoire d'âmes errantes et de reliques sacrées le tourmentait au plus haut degré, mais il essayait d'être à la hauteur. Le Saint-Père l'observait à la dérobée.

— Mon ami, j'ai le pressentiment que Bontate est descendu dans la cave malgré mes instructions et mes avertissements. Cela s'est, paraît-il, produit plusieurs fois au cours des siècles. Certains croient qu'il s'agit de la caverne d'Ali Baba et descendent pour le vérifier. Ils y sont presque tous morts. D'autres sont devenus fous.

Le cardinal devina la suite et avala sa salive de travers.

— Je vous serais reconnaissant d'aller y déposer le paquet... déclara le pape, d'une voix blanche.

Le cardinal hocha la tête. Il faillit suggérer que le pape descende avec lui.

— Si vous le souhaitez, je vous accompagnerai...

Le cardinal ressentit un immense soulagement.

Il s'empressa d'accepter.

— A deux, nous serons plus forts pour prier.

Le pape se leva pour lui signaler que la réunion n'avait que trop duré :

— Ce soir à vingt-deux heures !

Une fois seul, le pape se mit à arpenter la pièce d'un pas nerveux. Il s'en voulait d'avoir recruté Bontate sans avoir au préalable ordonné une enquête sérieuse sur lui. Il eut subitement un doute sur le lien familial entre Bontate et Paolo, puis écarta cette idée. L'homme qu'il avait engagé lui avait semblé honnête et motivé. Bontate n'avait pas cillé quand il avait évoqué prudemment « les âmes errantes » dans la cave pour ne pas le choquer. Ce n'est qu'à la fin de l'entretien, quand il avait été convaincu de l'inconscience de Bontate, qu'il avait parlé des reliques sacrées et des âmes perdues. Il n'avait manifesté aucune peur. Le pape alla se rasseoir et poursuivit sa méditation. C'est alors qu'il s'aperçut qu'il ne possédait pas les clés. Il les avait données à Bontate. Il se mordit les lèvres et pria mentalement pour qu'il revînt le plus vite possible. Sinon... Il n'osa pas imaginer les conséquences.

Livi ouvrit les yeux et vit une femme assise sur le bord du lit. Il ne reconnut pas Rebecca. Elle lui caressa la joue et il se rendormit aussitôt. Rebecca l'avait découvert dans la cave, le visage en sang et sans connaissance. Sur le moment, elle l'avait cru mort. Elle était venue chercher les six jarres et était arrivée au moment où un vacarme terrible résonnait dans le tunnel. Munie d'un projecteur puissant, alimenté par batteries dont elle possédait une réserve dans sa ceinture, elle avait éclairé l'endroit et aperçu l'homme au sol. Elle était persuadée avoir entendu un bruit de pas fuir dans le tunnel. L'homme respirait quand elle s'était penchée sur lui et elle avait reconnu le commissaire. Il avait du sang sur les vêtements et sur le visage. Elle l'avait soulevé et traîné dans la première cave, puis était retournée prendre les jarres, une par une.

Il ouvrit les yeux et Rebecca lui caressa à nouveau le visage. Livi sentit ses doigts effleurer une cicatrice et il se redressa brusquement.

— Qui êtes-vous ? Où suis-je ?

— En sécurité. Ne craignez rien.

Elle voulut le caresser mais Livi lui repoussa la main violemment.

— Ne me touchez pas, hurla-t-il en cherchant refuge contre le mur, défiguré par la peur.

Ce n'est qu'une heure plus tard, quand elle le vit s'inspecter devant le miroir, qu'elle eut la certitude que Livi était atteint du même mal que David. Il avait parlé dans son sommeil. Raconté sa mésaventure dans les moindres détails, comme s'il faisait un rapport à David qu'il appelait par son nom. Rebecca était restée stupéfaite, incapable de raisonner durant de longues minutes.

— Vous avez des croix sur les deux joues mais cela va disparaître très vite, dit Rebecca d'un air faussement décontracté.

Le commissaire la dévisagea, effrayé. Il se trouvait dans la villa où Antonella était séquestrée. Rebecca attendait le moment où elle pourrait le questionner sur l'accord qu'il avait passé avec David. Elle hésitait sur la marche à suivre. Devait-elle le considérer comme dangereux et s'en débarrasser au plus vite, ou comme un partenaire ? Dans son sommeil, il avait déjà tout avoué, mais Rebecca ne voulait pas prendre le risque sans explications lucides.

— Je suis une amie de l'homme qui vous a libéré d'ici, dit-elle d'une voix douce. Je vous ai trouvé dans la cave et si je n'étais pas arrivée à temps, vous seriez mort à l'heure qu'il est. Vous n'aviez aucune chance de vous en sortir. Qui vous a frappé dans la cave ? Le Diable ?

— Oui.

— Vous l'avez vu ? demanda Rebecca d'une voix neutre.

— Non, mais il était là. Reniflant et respirant comme un animal sauvage, marchant comme un éléphant et frappant avec une force surnaturelle, fit-il en portant sa main sur son rein droit.

— Qu'est-ce que vous cherchiez ? demanda-t-elle en regrettant sa question.

— Et vous ? fit-il, agressif.

Rebecca joua le tout pour le tout.

— Le chandelier, comme vous, je suppose.

— Quel est votre nom ?

— Rebecca.

Livi sauta sur elle. Mais il était trop faible pour se battre. Elle l'arrêta d'un coup de coude au menton. Il pivota et tomba sur le sol.

On le piqua au pentothal et attendit une heure avant de commencer son interrogatoire. Livi parla d'une voix ensommeillée. Il raconta de manière détaillée son entretien secret avec le patron du Mossad, la mission qu'il lui avait confiée, ses origines juives, les menaces de David à son égard, son recrutement par le pape comme successeur de Paolo. David aussi avait été piqué mais Rebecca n'avait pas songé à l'interroger sous l'effet du pentothal. Si elle l'avait fait, elle aurait évité cette tragédie. Elle n'y avait pas pensé sur le moment. Elle croyait alors que David avait subi un choc émotionnel et cherchait seulement à le calmer. Rares étaient les personnes qui pouvaient résister à cette drogue. Elle jura entre ses dents, en s'accusant de négligence. Comment aurait-elle pu s'imaginer une seconde que David avait rencontré le Diable ? Elle ne l'avait pas vu, mais elle avait entendu un vacarme infernal dans la cave. Livi n'avait pas pu se blesser lui-même. Pendant que le commissaire retrouvait ses esprits, Rebecca réfléchissait. L'idée du Diable lui était étrangère. Elle ne l'avait pas rencontré durant l'heure qu'elle avait passée seule dans le tunnel où le drame avait eu lieu. Pas une seconde, pendant qu'elle traînait les jarres, une par une d'un couloir à un autre, elle n'avait entendu le moindre bruit autour d'elle. Elle luttait contre elle-même pour ne pas avaliser ces histoires stupides en cherchant une autre explication. Le mot vision se présenta dans son esprit, mais elle le chassa aussitôt. Choc émotionnel, crise aiguë de claustrophobie comme l'avaient suggéré les psychiatres de David ? Pris par une panique subite et incontrôlable, les sujets auraient très bien pu se griffer le corps et le visage. Donc cela voulait dire que deux hommes aussi différents que David et Alberto auraient vécu le même phénomène dans des conditions de tension analogues ? Sous l'effet du pentothal, Livi avait avoué que le pape, lorsqu'il l'avait engagé, avait évoqué la présence d'âmes perdues dans les caves. Livi s'attendait donc à rencontrer ces fantômes. Mais David ? Quelqu'un l'avait-il mis en garde contre ces phénomènes d'hallucinations ? L'esprit rationnel de Rebecca refusait catégoriquement la présence d'un être même « reniflant et respirant comme un animal, marchant comme un éléphant et muni d'une force surnaturelle », comme l'avait décrit Livi.

Le commissaire la fixait d'un air étrange. Elle croisa son regard et y lut une immense détresse. Rebecca entreprit alors un long travail de pédagogie. Elle lui expliqua, tandis qu'il était encore ligoté sur une chaise, que si elle avait été son ennemie, elle l'aurait laissé mourir dans la cave. David, qui lui avait redonné sa liberté, avait été atteint du même mal. Transporté en Israël, il s'était enfui de la clinique dans laquelle on le soignait.

— David n'était pas dans son état normal quand il vous a recruté, dit Rebecca en sachant que Livi serait déçu.

Le commissaire accepta au contraire cette interprétation avec soulagement. La logique régnait à nouveau dans son esprit de policier. Victime d'une crise de paranoïa, David avait vu en lui le seul allié possible.

Une heure plus tard, douché et nourri, Livi demanda à Rebecca :

— Que savez-vous de mes origines ?

Elle confirma la thèse de David qu'il avait lui-même évoquée lors de ses confessions sous l'effet de la drogue. Il l'écouta sans broncher.

— Et le Vatican ? Je ne peux pas disparaître longtemps sans provoquer des soupçons...

— J'ai pensé à cela. Vous allez donc écrire une lettre au Saint-Père et...

— Mauvaise idée. J'ai les clés.

Il regarda autour de lui et aperçut le sac en toile sur le guéridon à côté du lit.

— Je dois retourner là-bas.

Rebecca ne put dissimuler son admiration pour cet homme qu'elle avait failli assassiner. Il avait raison. Il serait plus utile en réintégrant le cimetière. Elle communiquerait son analyse au numéro deux du Mossad, puis...

— J'ai une seule condition, dit-il subitement, le ton grave.

— Ok, fit Rebecca en devinant sa pensée.

— Antonella...

Elle accepta, la mort dans l'âme. Elle jouait gros, mais avait-elle le choix ? Evidemment elle pouvait le renvoyer rejoindre sa dulcinée jusqu'à la fin de la mission. Livi en savait trop pour le laisser en liberté. Tant qu'elle n'aurait pas trouvé la porte correspondant à la troisième clé, elle poursuivrait son but seule. Pourtant il avait respecté son engagement vis-à-vis de David. N'était-ce pas la meilleure preuve de sa loyauté à l'égard du Mossad ?

— Libérez Antonella, mais tenez-la à l'écart de

cette histoire. Je veux qu'elle retourne auprès de sa famille.

— Qu'allez-vous lui dire ?

— J'en fais mon affaire, dit-il en retrouvant sa voix.

Rebecca ferma les yeux. Elle pensa à David. Dans sa folie, il avait vu juste en recrutant le commissaire.

— Je dois y aller, dit-il en remuant sur sa chaise.

Rebecca se leva et le libéra de ses cordes. Il se frotta les poignets, le regard posé sur cette femme qui l'avait séduit l'espace d'un moment au point de croire qu'il l'avait aimée.

Cinq heures plus tard, Livi occupait à nouveau son poste dans le cimetière. L'histoire qu'il avait racontée au pape en présence du nouveau cardinal avait profondément troublé les deux hommes et nécessité une longue bénédiction. Il avait entendu des voix provenant de la cave, avait-il expliqué, et comme il était tard, il avait décidé d'y descendre sans demander au préalable la permission du Saint-Père. Il avait passé la nuit et toute la journée dans la cave à écouter un vacarme épouvantable, à distinguer la silhouette d'êtres, des fantômes peut-être. Paralysé par la peur, il n'avait pas osé bouger. Il avait prié de toute son âme et s'était protégé par la croix qu'il tenait à la main et qui, il en était convaincu, lui avait sauvé la vie. Le cardinal l'avait écouté, le visage horrifié. Le pape l'avait béni et Livi avait suggéré, à la satisfaction du cardinal, qu'il était à présent capable d'être le seul intermédiaire avec les forces souterraines.

— Le rang ne veut rien dire. Et je n'ai plus peur.

Il était vingt-trois heures quand Livi quitta son poste et réintégra son studio au Vatican. Il pensa à Antonella et un sentiment d'apaisement l'envahit. Elle était auprès de sa famille.

Il avait prétendu avoir négocié sa libération avec la mafia, responsable de cette affaire. Elle devait l'oublier et renoncer à le revoir durant les deux prochains mois. Le moindre faux pas de sa part signifierait sa mort à lui. Quand tout serait fini, elle viendrait, comme promis, travailler auprès de lui.

— Tout cela veut dire quoi exactement ? avait-elle demandé anxieuse.

— Si tu tiens à moi, ne pose aucune question. Dans deux heures tu retrouveras ta famille.

Livi s'allongea sur son lit et commença la lecture de l'Ancien Testament, mais ses pensées le ramenèrent au cœur de cette fantastique histoire d'espionnage. Des gens avaient été liquidés, il avait failli être tué et ne devait sa survie qu'à son nom à consonance juive qui lui avait toujours causé du souci. Il avait découvert son appartenance au peuple juif, le rabbinat de son arrière-grand-père, avait rencontré le pape, avait été recruté par un fou qui, comme lui, avait été attaqué par le Diable. Sa tête n'était qu'une énorme bouillie. Et pourtant, il était non seulement en vie, mais sous les ordres d'une ravissante créature à la recherche d'une troisième porte qui, en principe, devait donner accès à un lieu secret qui cachait un chandelier. Lors de son dernier entretien avec le cardinal et le pape, ce dernier lui avait précisé que la troisième porte était secrète. Il avait ajouté à voix basse :

— Nous avons la clé, mais nous ignorons le lieu et nous ne voulons pas le connaître. Mon cher Bontate, je vous en supplie, n'essayez jamais de découvrir cette cave secrète. A chaque fois que quelqu'un l'a tenté, le Vatican a été pillé, brûlé, saccagé.

Livi lâcha le livre saint et sourit pour lui-même.

On frappa quatre coups. Alberto se redressa sur son lit. Il se leva et ouvrit la porte. Rebecca se tenait sur le seuil, souriante. Elle pénétra dans le studio en refermant la porte silencieusement. Il voulut dire quelque chose mais Rebecca lui fit signe de se taire.

Elle manipula sa montre à affichage digital et à aiguille, appuya sur une touche : des chiffres se succédèrent jusqu'à celui qui déclenchait une des multiples fonctions de ce petit bijou fabriqué par le Mossad. La montre détectait la plus infime des impulsions électromagnétiques. Elle tourna dans la pièce à la recherche de micros éventuels, sous le regard stupéfait du commissaire. Au bout d'une minute, elle déclara :

— C'est bon, nous pouvons parler. Permettez-moi de vous offrir une montre de la maison.

Elle tira de son sac la même que la sienne et la lui tendit. Livi saisit l'objet, l'œil brillant de joie. Enfin un signe de reconnaissance de la part du Mossad ! Rebecca lui en expliqua le fonctionnement. Il fit un essai. Elle lui conseilla de braquer la montre contre son sac de toile. Une lumière se mit à clignoter. Elle lui raconta comment le Mossad avait incrusté un micro dans la doublure du fond. Il apprécia du regard en réprimant une sensation étrange. Il enleva la vieille montre qu'il portait et mit la nouvelle au poignet droit, comme à son habitude. Elle remarqua le livre saint sur le lit et détourna son regard.

— Je t'écoute, dit-elle.

Il lui fit un rapport de son entretien avec le pape et demanda des nouvelles de David.

— Toujours rien. C'est plutôt bon signe, dit-elle, le regard absent.

— Il doit souffrir terriblement.

Rebecca confirma par une grimace.

— Et alors ? Que fait le Mossad ?

— La maison, rectifia Rebecca. Nous allons le retrouver et le soigner. Il le faut. C'est un homme exceptionnel. Sans lui, Israël aurait cessé d'exister lors de la dernière guerre. Maintenant parlons de nous, dit-elle en changeant de sujet. Tu crois à cette histoire de fantômes que t'a racontée le pape ?

— Tant que je n'aurai pas trouvé cette porte, dit-il en soulignant la première personne, je dois me contenter de cette version.

Rebecca avait failli réagir quand il avait employé la première personne. Livi l'avait remarqué, mais il poursuivit comme si de rien n'était.

— Peut-être n'y a-t-il pas de chandelier ? Peut-être est-ce une légende folle...

Le commissaire haussa les épaules. Il cligna des yeux, luttant contre la fatigue. Rebecca le remarqua.

— Je vais faire du café. Vous en voulez ?

— Ne bougez pas. J'y vais, dit-elle.

— Ce qui est certain, reprit Livi pendant que Rebecca remplissait la bouilloire électrique, c'est que le pape n'a évoqué ni les jarres, ni la troisième porte directement. Il a cependant avoué lui-même qu'il y avait une cave secrète. Je n'ai pas demandé où elle se trouvait de crainte d'éveiller des soupçons au cas où cette histoire de fantômes ne serait qu'une formidable machination pour dissuader les gardiens d'aller au-delà de...

Il marqua une pause et poursuivit en élevant la voix d'un ton.

— Cela dit, j'ai bien été attaqué, j'ai bien failli mourir et vous en êtes témoin.

Rebecca confirma du regard.

— Quels sont les projets ?

— Nous allons redescendre dans une heure.

— Et les fantômes ? demanda-t-il d'une voix faussement calme.

— Qu'ils aillent au diable ! répliqua Rebecca en riant.

— J'ai oublié de dire que dans le quatrième cachot de la seconde cave, j'ai découvert un trou d'aération...

Rebecca se leva d'un bond.

— Un trou d'aération ?

Livi lui raconta sa découverte.

— Une deuxième chose m'a frappé. Il y a six jarres primitives et quelqu'un en a déplacé une. Il y en avait sept, comme les sept branches du chandelier, dit-il en grimaçant.

Rebecca apprécia ses dons d'observation. Elle hésita un instant, puis lui expliqua que David avait pris une jarre et que les six autres se trouvaient déjà en Israël.

— J'avais donc raison, dit-il.

— Sur le nombre, oui. Pour le reste..., elle haussa les épaules.

— Au fait, le colonel de la garde suisse s'intéresse aussi au cénotaphe.

Il lui expliqua qu'il l'avait vu tourner en rond dans le cimetière le jour de sa prise de fonction et le soir juste après son départ, vers vingt-trois heures.

— On dirait qu'il cherche quelque chose de précis.

Rebecca se figea, contrariée.

— Je recommande une extrême prudence, ajouta-t-il en remuant nerveusement sur sa chaise.

Elle commença à parler mais Livi l'arrêta d'un geste brusque. Il se leva et s'approcha d'elle, menaçant.

— Tu n'as pas très bien compris. Malade ou pas, David m'a confié une mission et j'ai l'intention d'aller jusqu'au bout. Il est donc hors de question que tu y ailles sans moi. J'ai déjà accompli le gros du boulot. Je n'ai pas besoin de toi. C'est moi qui décide ici. Pas toi !

Rebecca hocha la tête, partagée entre l'amusement et la colère.

— Très bien. Je t'écoute.

Il regarda sa montre. Il était minuit.

— Réveille-moi dans deux heures. En attendant,

tu iras inspecter le cimetière. Si tu vois le colonel rôder dans le coin, tu reviens immédiatement.

David contourna l'enceinte du couvent de Sainte-Catherine au pied du mont Sinaï et poursuivit son chemin vers la montagne qui s'élevait devant lui. Il marchait d'un pas ferme. Le jeune bédouin, rencontré à un moment de grande douleur, l'avait presque guéri. Presque. Car sa souffrance physique et mentale n'avait pas encore disparu. Quelques moments de lucidité, aussi brefs que des flashs, lui avaient permis d'évaluer les dégâts qu'il avait déjà causés. Depuis sa rencontre avec l'enfant, une souffrance nouvelle lui tenaillait le corps et l'esprit, s'ajoutant aux ravages que le Diable en lui continuait d'exercer en toute impunité. « Tu es celui que les juifs attendent ! » Cette phrase revenait comme un leitmotiv dans sa tête.

Il entama la montée d'un pas vif, l'esprit clair, en suivant l'unique piste qui menait au sommet. Dans son état normal, David avait une ou deux fois songé à la signification des deux visions qu'il avait reçues et l'image de l'Elu l'avait effleurée. Pourquoi moi ? s'était-il demandé en chassant aussitôt la question de crainte d'être accusé, par Dieu, de blasphème. Moïse avait parlé avec le Tout-Puissant, lui n'avait eu que des visions qu'il avait interprétées comme un message, un signe, alors qu'il ne s'agissait sans doute que d'une hallucination, ou d'un don de voyance qu'il possédait depuis toujours sans le savoir. Il douta subitement d'avoir vu l'enfant. Un mirage en plein désert ? Il fit une pause et but une gorgée d'eau. Avant de se lancer dans le désert, il avait failli sillonner les rues de Jérusalem en hurlant qu'il était le Sauveur attendu. Suis-je le Messie ? murmura-t-il en levant la tête vers le ciel d'un bleu limpide. Il reprit sa marche. Ce n'était pas à lui de répondre à cette question. Il s'arrêta à nouveau et tira un petit miroir de son sac. Les croix sur ses joues étaient toujours là. Une douleur subite envahit ses tempes puis ses yeux. Il eut l'impression qu'on voulait les lui arracher et se mit à grimper en rassemblant ses dernières forces tout en se protégeant les yeux d'une main. Il se cogna contre un mur et s'effondra. Quand il ouvrit les yeux, la nuit était tombée. Il parcourut l'endroit du regard et constata qu'il se trouvait à son point de départ. Dieu ne voulait pas de lui là-haut, pensa-t-il en se relevant avec peine. Il palpa son visage. Le sang humecta ses mains. Il ne pouvait pas se présenter devant Dieu dans cet état. Il tira la dernière bouteille d'eau de son sac et se lava le visage et les mains. Puis, le regard fixé sur la piste étroite éclairée par la pleine lune, il reprit sa marche en boitillant, une main sur le rein droit pour atténuer ses douleurs.

Rebecca pénétra dans le cénotaphe et souleva la trappe d'un geste mécanique. Elle commençait à considérer cet exercice comme une habitude. Elle toucha le sol de la première cave.

— Bienvenue mademoiselle, dit le colonel von Büllow, debout contre le mur, d'une voix calme, sa torche aveuglant Rebecca.

Elle braqua la sienne vers lui et leurs visages, surpris et défigurés par la peur, apparurent dans la pénombre.

— Je suis la cousine de Livi, prétexta-t-elle en regrettant aussitôt sa phrase.

Le commissaire lui avait donné son nouveau nom, mais elle l'avait oublié. Elle poursuivit comme si de rien n'était.

— Il est malade et je suis venue chercher son sac...

— Eteignez cette lampe, ordonna-t-il. Posez votre

sac sur le sol. Mettez-vous face au mur, les mains sur la tête.

Rebecca s'exécuta quand elle vit qu'il avait sorti son pistolet réglementaire pour le pointer sur elle.

— Vous êtes la cousine de Lévy qui vient à une heure et demie du matin chercher un sac. Bien, bien. Qui est ce Lévy ?

Rebecca se mordit les lèvres dans le noir. Une envie de tuer lui démangea les mains.

— Livi, pas Lévy. Livi. C'est le gardien du cimetière. C'est mon cousin et...

Le colonel approcha, s'empara du sac et recula. Rebecca bougea mais il hurla. Elle se figea, incapable de réfléchir. Il ouvrit le sac et en éclaira le contenu. Il s'empara de son revolver et l'inspecta en professionnel.

— La cousine de Lévy, armée. Vous commencez à être intéressante. Très intéressante, dit-il en jouant avec l'arme de Rebecca.

Le bruit du chien qu'il relevait fit frissonner l'Israélienne. Mais elle ne broncha pas.

— OK. J'appartiens au SISDE, dit-elle d'une voix blanche.

— Cela me semble un peu plus crédible. Et qu'est-ce qu'un agent secret italien vient chercher ici ? dit-il en balançant les trois clés qu'il venait d'extraire du sac.

— C'est très long à raconter et je n'ai pas le droit...

— Bien sûr, bien sûr, coupa le colonel en remettant les clés dans le sac.

Il marcha vers l'échelle.

Comment l'empêcher de partir avec son sac et son arme ?

— Soyez indulgent, plaida-t-elle. Vous serez récompensé. Généreusement, s'écria-t-elle, désespérée.

— Combien ?

— Cent mille dollars.

— Cent mille dollars ! dit-il d'une voix faussement excitée en s'accrochant à l'échelle.

Il monta trois échelons, Rebecca bondit, mais le colonel la menaça de son Beretta.

— Un pas, un seul pas et je vous troue la cervelle !

Il n'hésiterait pas. Elle l'entendit monter et hurla :

— Deux cent mille dollars, comptant !

Elle vit la trappe se soulever et un rayon de lumière pénétrer dans la cave.

— Si vous sabotez notre opération, vous mourrez comme un chien !

Elle entendit qu'il remontait l'échelle. Elle courut pour l'attraper mais la trappe se referma. Rebecca, l'un des meilleurs agents du Mossad, venait d'être prise par le commandant d'une garde d'opérette. Une fois de plus, elle se rendit compte que l'improvisation dans cette affaire était moins tolérable que d'ordinaire et qu'elle leur faisait commettre des faux pas catastrophiques. « Nulle, je suis nulle ! » sanglota-t-elle de rage dans le noir.

La disparition du patron du Mossad avait provoqué une panique indescriptible au sein des services secrets. Jamais dans l'histoire d'Israël une mobilisation de cette ampleur n'avait été déployée pour retrouver un homme. Toutes les polices y compris le Shin Beth, l'équivalent du FBI américain, recherchaient David sans savoir qu'il s'agissait ni plus ni moins de « Hamémouné », le patron du Mossad. L'ordre signé du Premier ministre était catégorique : ne tirer sur lui sous aucun prétexte. Le ramener vivant quoi qu'il arrive.

Ouzi, le numéro deux du Mossad, était dans tous ses états. On venait de poser sur sa table le dernier rapport du Shin Beth. Malgré la prime de cent mille dollars pour tout policier contribuant à l'arrestation de « Menahem Lévy », pseudonyme qui accompagnait la photo de David Ben Zion, aucune information digne de ce nom n'avait, à ce jour, apporté le moindre espoir. La presse avait été « informée » de ne pas s'intéresser de trop près à cette affaire. Ouzi appuya sur une touche et hurla quelques ordres. Dix minutes plus tard, l'équipe responsable des recherches était réunie au PC stratégique, dans les sous-sols du Mossad, à trente mètres sous terre.

Ouzi, le regard brûlant, se passa la main sur le crâne lisse avant de frapper la table du poing.

— Si encore nous étions en Amérique ou en France, j'aurais compris que la tâche soit difficile. Mais nous sommes en Israël, la moitié de la Suisse, où tout le monde se connaît !

Il frappa à nouveau la table.

— Trois jours ! On est capable de gagner une guerre en trois jours. Mais vous n'êtes même pas fichus de retrouver notre homme malgré tous les moyens dont vous disposez !

Les quatre hommes se concertèrent du regard. Le patron du Shin Beth, un quinquagénaire au front dégarni et au regard intelligent, s'éclaircit la gorge avant de parler. Il était le seul à connaître l'identité réelle de David.

— Ouzi, cela ne sert à rien de crier. On fait l'impossible et tu le sais. A l'heure où je te parle, mes hommes et des milliers de policiers frappent aux portes de toutes les maisons d'Israël. Ce que nous savons avec certitude, c'est qu'il n'a pas quitté le pays. Depuis l'arrestation du jeune voyou, aucun bateau n'a obtenu l'autorisation de quitter les ports. Les aéroports sont bouclés et il faut montrer patte blanche avant de monter dans un avion. Les frontières ont été fermées. Purement et simplement. Provisoirement bien sûr. Il se cache en Israël et nous allons mettre la main sur lui. Je n'en doute pas une seconde.

— L'essentiel est qu'il demeure tranquille depuis

l'incident de Tibériade, ajouta le spécialiste de la lutte antiterroriste à qui on avait fait appel pour sa connaissance du territoire.

— Mais notre homme est plus que coriace ! s'écria Ouzi.

« Il n'est pas Hamémouné pour rien », ajouta-t-il pour lui-même.

L'homme aux mille déguisements, comme il l'avait surnommé mentalement, était en effet capable de toutes les ruses. David était pour lui un être surhumain. Brillant, avec un esprit d'analyse et de synthèse hors du commun, une imagination débordante et rapide : une force de la nature.

La réunion s'annonçait longue et inutile. Ouzi songea à Rebecca. Après avoir réussi à expédier les six jarres de Rome, il fallait qu'elle rentre immédiatement. Il allait lui en faxer l'ordre dans quelques instants. Il eut subitement l'idée de consulter les voyantes de la maison. Il se leva brusquement et arpenta la pièce.

— Appelez Dounia ! dit-il une lueur d'excitation dans les yeux.

— Nos voyantes font des heures supplémentaires depuis le début, sans résultat significatif, rétorqua le patron du Shin Beth pour sa défense.

— Sans aucun résultat ! rectifia Ouzi en appuyant sur une touche. Dounia est là ? Alors conduis-la ici, c'est urgent !

Il alluma nerveusement une cigarette. Dounia était son dernier espoir. Cette médium d'origine française et russe était capable de miracles. Un agent du Mossad l'avait consultée un jour dans son cabinet parisien et en était sorti bouleversé par la précision de sa voyance. Deux mois plus tard, il avait brillamment réussi une mission difficile grâce à elle. Il avait eu le courage d'en informer ses supérieurs et Dounia avait été aussitôt recrutée, d'abord sans le savoir, puis officiellement un an plus tard. Elle vivait à Tel-Aviv, protégée comme un chef d'Etat.

Dounia pénétra dans le PC et salua l'assemblée d'un shalom avec un accent français. Elle avait appris quelques expressions en hébreu, mais ses oreilles délicates étaient incapables d'assimiler cette langue. La trentaine, blonde aux yeux noirs, Dounia était d'une grande beauté. Elle aimait son travail dans cette maison. A Paris, les clientes se bousculaient dans son cabinet pour savoir si leurs maris avaient une maîtresse, ou si leur amant allait divorcer pour elles. Ici, les conditions de travail lui permettaient de donner le meilleur d'elle-même. Dépendant seulement de David et d'Ouzi, elle possédait son propre bureau et ne communiquait jamais avec les autres voyantes du Mossad. Elle prenait le temps de la concentration, décrivait des personnalités susceptibles de trahison, agents, diplomates, journalistes ou hommes d'affaires, confirmait ou infirmait des informations importantes relatives à une mission en cours, etc.

— Bonjour Dounia, s'exclama Ouzi en français. Tu vas nous aider à retrouver ce collègue.

Il lui tendit l'avis de recherche avec la photo de David. La voyante savait qu'il était le grand patron de la maison même si elle ne s'intéressait pas aux questions hiérarchiques.

Elle s'installa dans le fauteuil que lui indiqua Ouzi et sortit son pendule.

Le silence régnait dans la salle depuis dix minutes. Les regards étaient braqués sur le pendule que tenait la voyante de la main droite et qu'une énergie invisible faisait osciller au-dessus de la photo de David. Dounia avait les yeux fermés. Son visage se métamorphosa à vue d'œil. Il était évident, même pour les plus sceptiques, qu'elle souffrait dans son corps. Elle lâcha subitement son pendule et s'affaissa sur son fauteuil. Les hommes se consultèrent du regard et Ouzi mit son index sur la bouche pour leur imposer le silence. Elle reprit son pendule et se concentra à nouveau, les yeux toujours clos. Ouzi se mordit les lèvres. Il connaissait suffisamment Dounia pour savoir qu'elle était en train d'échouer. Ils durent patienter encore deux longues minutes avant qu'elle ne prenne la parole, d'une voix fragile :

— Je vois le désert. Il marche. Je le vois marcher, tomber. Il se relève et marche. Il est terrorisé. Il a mal partout. Il souffre terriblement. Sa tête est au bord de la folie. Il est incapable de penser. Mais il sait. Il sait qu'on le recherche, qu'on lui veut du mal, qu'on veut le tuer. Il a affronté le D... Les mauvais esprits le traquent. Il y a comme un serpent dans son corps, dans son âme. Il approche d'une montagne. Je vois beaucoup de montagnes. Il veut monter, il va monter. C'est une grande montagne, très haute, très haute. Un endroit magique, sacré. Il va monter. Il a soif. Il a faim. Il a peur. Très peur. Très, très peur. Le D... Le D... Le Diable le poursuit. Il veut monter voir le Seigneur. Seul le Seigneur peut le guérir. Il le sait et le Diable aussi. Il veut l'empêcher. C'est comme une course. Il court et tombe. Il se relève et poursuit sa course. Il a une volonté de fer. Il sait que le Diable le poursuit. Voilà, il se relève et grimpe à nouveau. Il va réussir. Il va guérir.

Elle ouvrit subitement les yeux et s'écria :

— Laissez-le en paix !

David regarda le sommet et ses jambes le menèrent sous un rocher. Il se laissa tomber et respira péniblement. Encore une centaine de mètres, estima-t-il en reprenant son souffle. Il avala une gorgée d'eau et regarda sa dernière bouteille. Il en restait à peine le quart. Si Dieu ne le guérissait pas vite... Il se releva avant qu'il n'ait pu récupérer ses forces. Sa tête bourdonnait. Rêves ou cauchemars, il était incapable d'interpréter les images qui frappaient son esprit à la vitesse de la lumière. Il ressentait chacune comme un coup de marteau sur la tête. Et à chaque fois, il grimaçait pour amortir le choc. Il continua d'avancer le visage enfoui sous son capuchon de laine pour marquer son humilité devant Dieu qui l'attendait là-haut. Il tenta vainement d'épurer son cerveau de toute arrière-pensée, mais les coups de marteau persévéraient, frappant, à présent, son corps affaibli.

« Dieu est témoin de ma souffrance », pensa-t-il subitement et il éprouva un léger soulagement qui lui permit de franchir les derniers mètres. Il sentit les premiers rayons du soleil réchauffer son corps gelé par la nuit glaciale du désert et il s'arrêta un moment au seuil du petit plateau pour goûter ce moment de bonheur. Puis, il avança jusqu'au milieu et se prosterna, le soleil dans le dos. Il demeura un instant dans cette position, puis s'agenouilla et embrassa le sol sacré au moment même où un vrombissement d'hélicoptère se fit entendre.

Livi arpentait sa chambre d'un pas cotonneux, l'esprit embrouillé. Rebecca avait disparu sans laisser de message. Il se souvint vaguement qu'elle avait essayé de le réveiller durant la nuit. Il regarda sa montre. Il était déjà en retard. Il avala une tasse de café et grignota un biscuit. Il s'empara de son sac et sortit. Elle va certainement revenir dans la journée, pensa-t-il en approchant du cimetière. Un homme marchait derrière lui. Il ralentit le pas pour le laisser passer.

— Monsieur Lévy ?

Son cœur fit un bond dans sa poitrine, il hésita une seconde puis poursuivit sa marche comme si de rien n'était.

— Pardon, monsieur Livi, précisa la voix dans son dos.

Le commissaire crut reconnaître l'accent guttural du colonel de la garde suisse. Il voulut entrer dans le cimetière, mais le colonel lui tapota l'épaule. Il se retourna, faisant un effort surhumain pour conserver un visage calme.

— Puis-je vous poser une question, monsieur Livi ?

Le commissaire l'observa d'un air incompréhensif. Puis s'exclama :

— Je m'appelle Bontate. Paul Bontate.

Le colonel sourit.

— Excusez-moi. De derrière, vous ressemblez à un ami. Je vous ai pris pour lui. Je m'en excuse.

Le commissaire se força à sourire un peu niaisement et s'apprêtait à poursuivre son chemin quand le colonel leva la main pour lui signaler qu'il n'avait pas fini.

— Vous avez une cousine, je crois.

Livi le fixa, surpris, mais s'attendant au pire.

— J'ai vu une ravissante femme cette nuit. Elle prétend être votre cousine. Je suppose que vous avez l'autorisation d'héberger une femme chez vous...

Livi réfléchit vite. Cette nuit, cela voulait dire que Rebecca n'avait pas quitté le Vatican à l'ouverture des portes, à sept heures, comme il l'avait pensé, mais qu'elle avait été vue ou arrêtée durant la nuit. Probablement en essayant de pénétrer dans le cénotaphe.

— Je reçois mes ordres du Saint-Père, répondit le commissaire, agressif.

— Je sais. Je sais. Je voulais être rassuré. Excusez-moi. Bonne journée, monsieur... C'est comment votre nom ?

— Bontate. Paul Bontate.

— Bonne journée, monsieur Bontate !

Livi tourna les talons et pénétra dans le cimetière,

furieux, et mécontent de sa médiocre prestation. En fait, il était au bord de la panique. Il tremblait de tous ses membres. Le colonel l'avait appelé par son vrai nom. Rebecca avait donc parlé. Elle était sûrement emprisonnée quelque part au Vatican. Quelque chose de grave était arrivé cette nuit. Il entra dans sa guérite et s'assit sur son vieux fauteuil. Le colonel, debout de l'autre côté, les bras croisés, l'observait. Livi le salua d'un signe de la main mais ne reçut aucune réponse. Un sentiment de rage l'envahit. Il comprit subitement que sa mission était vouée à l'échec. L'homme au regard mauvais à deux cents mètres de lui connaissait son identité et il tenait à le lui faire savoir. Il l'aurait étranglé sans scrupules. Il détestait son physique, son arrogance, comme s'il avait été le colonel de son ancien régiment de parachutistes. Livi n'avait d'autre choix que d'attendre. Il fit un nouveau signe de la main et le colonel s'avança d'un pas, prudemment comme un chat guettant sa proie.

Livi se leva et alla à sa rencontre. Le colonel ne broncha pas. Il adressa un regard menaçant à Livi quand il arriva à lui.

— Quelque chose semble vous tracasser, monsieur, dit le commissaire d'une voix faussement calme.

— Je vous écoute, répondit simplement le colonel.

Livi ôta ses lunettes et le fixa durement. Le colonel von Büllow y lut une secrète envie de tuer et réprima une grimace. Il comprit qu'il avait devant lui un agent secret italien dont la collègue lui avait proposé deux cent mille dollars.

— C'est moi qui vous écoute, s'écria Livi, furieux.

— Un million de dollars. Cash !

Livi faillit éclater de rire, mais se retint.

— De quoi parlez-vous ?

— De votre cousine.

— Il va falloir être plus précis, dit-il en se sentant pris dans un piège impitoyable.

— Cash ! En coupures de dix, vingt et cinquante dollars.

— Vous jouez avec le feu, colonel, dit-il en mentionnant son grade pour la première fois.

Le colonel fronça les sourcils mais ne dit rien.

— Ces méthodes sont dignes de la mafia. Elles seront traitées en conséquence. Je vous en donne ma parole.

Le commissaire tourna les talons.

— Attendez ! OK. J'accepte les deux cent mille dollars de votre cousine. Mais je veux des garanties solides. Et laissez-moi en dehors du SISDE.

Le commissaire aspira une discrète bouffée d'air. Enfin, il avait compris.

— Où est-elle ?

— Vous acceptez ?

— Oui.

— Elle est dans la cave.

Livi ferma les yeux et imagina le pire.

— Attendez ici, ordonna von Büllow. Je vais chercher l'échelle.

Livi courut vers le cénotaphe. Il observa soigneusement les alentours, y pénétra et souleva la trappe.

— Rebecca ? C'est moi ! Livi. Je vais te sortir de là. Rebecca ? Tu m'entends ? Rebecca ?

Un bruit de pas l'obligea à refermer la trappe. Elle n'avait pas répondu. Une angoisse lui coupa subitement la respiration. Le colonel arriva et lui tendit l'échelle. Livi la déplia d'une main fébrile et la fixa aux deux crochets plantés dans la pierre. Il s'empara de la torche que le colonel lui tendit et descendit. Il éclaira la pièce. Rebecca était allongée contre le mur, le regard terrorisé, la bouche ouverte. Il s'avança vers elle au moment même où il comprit que le colonel était en train de remonter l'échelle. Il hurla, mais la trappe se referma.

Assis sur le sol d'une chambre aux murs matelassés, David Ben Zion ressemblait à un zombie. La piqûre qu'on lui avait faite dans l'hélicoptère l'avait complètement abruti. Sa tête était vide, comme son regard. Son visage creusé témoignait des souffrances qu'il avait endurées. La porte s'ouvrit brusquement et quatre hommes entrèrent, suivi d'un psychiatre en blouse blanche. Ils soulevèrent David et l'allongèrent sur le matelas disposé à même le sol. Une infirmière entra avec un plateau et s'arrêta devant David.

— Vas-y ! ordonna le psychiatre.

— Je ne peux pas le nourrir dans cette position.

— On n'a pas le choix, vas-y !

— Je refuse, s'écria l'infirmière. Regardez dans quel état il se trouve ! De quoi avez-vous peur ?

Elle repoussa l'homme qui lui tenait les mains en hurlant :

— C'est vous les fous, bon Dieu ! Lâchez-le ! Lâchez-le ou je fais un scandale.

Le psychiatre eut un mouvement de recul, puis dit d'une voix douce.

— Calmez-vous.

Il fit un signe aux quatre hommes qui s'éloignèrent mais restèrent prêts à intervenir.

— Maintenant sortez ! ordonna la jeune femme.

— Hors de question. C'est un personnage important et dangereux. Il est capable de te tuer. Il se prend pour le Messie !

— S'il se prend pour le Messie, alors raison de plus pour bien le traiter. Le Messie n'est pas dangereux à ce que je sache.

— Le Messie peut-être pas. Mais cet individu...

— Ce Ben Adam[1], coupa la jeune femme, furieuse.

Le psychiatre la menaça à son tour, mais l'infirmière maintint sa position. Des négociations s'engagèrent devant l'indifférence de David, allongé, le regard fixé sur ses pieds. Quelques instants plus tard, la porte se referma, laissant l'infirmière seule avec le patron du Mossad.

— Je m'appelle Déborah et je suis chargée de te nourrir.

Après une demi-heure d'efforts et de patience, sachant qu'on la guettait par une caméra, elle finit par obtenir un début de sourire. Dix minutes plus tard, David lui adressa un vrai regard.

— Je m'appelle Déborah. Et toi ?

— David. David Ben Zion.

Déborah hocha la tête avec tendresse. Il était inscrit sous le nom de Menahem Lévy et la villa où il se trouvait appartenait au Mossad. L'infirmière hocha la tête à nouveau, mais David savait qu'elle ne le croyait pas. Un moment de lucidité l'avait frappé subitement et il comptait l'exploiter.

— Peux-tu m'apporter un miroir ?

— Pourquoi faire ? demanda-t-elle prudemment.

— Voir ma sale gueule !

— OK mais tu vas d'abord te nourrir.

Il avala les cuillères de yaourt que lui donnait Déborah et mangea une banane. Puis il sombra à nouveau dans l'indifférence.

Elle revint quelques instants plus tard avec un miroir, après avoir parlementé longuement pour obtenir le droit de pénétrer à nouveau seule dans la chambre.

— Chose promise, chose due, dit-elle en lui tendant la glace.

David s'empara du miroir d'une main hésitante et

1. Etre humain.

se regarda. Déborah l'observait à la dérobée. Elle enregistra une réaction bizarre, comme s'il voulait exprimer un sentiment de bonheur, sans en avoir la force. Ses lèvres palpitaient, mais les mots ne sortaient pas.

— Qu'est-ce que tu vois ?

David laissa tomber le miroir et ferma les yeux. Puis, il s'allongea lentement sur le matelas et lui tourna le dos.

— Je reviendrai, dit Déborah en lui caressant les cheveux.

L'inquiétude s'était installée dans le bureau d'Ouzi. Rebecca n'avait répondu à aucun message depuis deux jours, donné aucun signe de vie. D'après les informations d'Ariel, elle se trouvait en compagnie du gardien du cimetière au moment de sa disparition. Le gardien avait, lui aussi, disparu. Un colonel de la garde suisse rôdait dans le cimetière. Il l'avait vu s'adresser au gardien et la conversation entre les deux hommes n'avait pas eu l'air amical.

Ouzi hésitait en se mordillant les lèvres. Quelque chose lui échappait dans cette affaire. On lui cachait quelque chose. Il songea à David, mais dut vite abandonner cette idée. Il était malade et pour longtemps. Le matin même, Ouzi avait été nommé patron du Mossad par intérim par le Premier ministre. Sa promotion serait officielle d'ici un mois. Il se leva et se rassit aussitôt. Il appuya sur une touche et convoqua le chef de la section des commandos. Il était en déplacement en Syrie. Il appela son adjoint. Ce dernier arriva immédiatement.

— J'ai une mission pour toi ! Délicate, très délicate.

Il lui expliqua longuement de quoi il s'agissait et l'homme sortit une heure plus tard du bureau d'Ouzi. Son vol pour Rome partait dans deux heures.

Livi sursauta quand un souffle d'air frais pénétra dans la cave. Il fixa la trappe qui se soulevait lentement. Il aperçut un panier accroché à une corde descendre vers lui et fut soulagé, curieusement.

— Vous avez réfléchi à notre proposition ? cria-t-il.

— Bon appétit ! Nous en reparlerons, répondit le colonel.

Livi s'approcha et étudia la corde. Il aurait voulu la tirer dans l'espoir de faire tomber le colonel, mais c'était impossible. Il décrocha le panier et la corde remonta aussitôt. La trappe resta ouverte un instant et Livi se remit à espérer. Un gros paquet tomba sur le sol. Il eut à peine le temps de constater que c'était des couvertures et la trappe se referma. Cela signifiait qu'ils allaient rester encore longtemps dans cet enfer. Il s'empara du panier et fouilla l'intérieur dans le noir. Il trouva une torche et éclaira la pièce. Rebecca se protégea la vue en se couvrant le visage de la main.

— Madame est servie, dit Livi en s'inclinant.

Rebecca éclata de rire. Un rire hystérique, désespéré. Pour la première fois de sa vie, le commissaire mangea du porc sans le savoir. Quand il s'en aperçut, il voulut vomir mais Rebecca l'arrêta d'un geste brusque :

— Il est écrit dans la Torah que si la vie est en danger, alors il est permis, voire obligatoire, de ne pas respecter le sabbat. C'est la même chose pour le porc.

Livi vida une bouteille de San Pellegrino pour surmonter son dégoût et sombra bientôt dans un sommeil profond. Rebecca, sans forces, s'allongea derrière lui et attendit.

Une heure plus tard, le colonel descendait dans la

cave. Il était seul. Rebecca remarqua d'un œil qu'il tenait une corde dans une main et une arme dans l'autre. Le colonel s'approcha de Livi qui était allongé sur le ventre et lui donna un petit coup de pied sur la fesse. Il ne broncha pas. Rebecca reçut le même traitement. Elle demeura immobile. Alors le colonel se pencha sur le corps de Livi et posa son arme sur le sol. Il saisit la corde et commença à ficeler le commissaire en commençant par les mains. Rebecca attendit qu'il se tournât pour attacher les pieds et sauta sur lui. Le colonel tenta de se défendre, mais les coups de Rebecca, précis et violents, le dissuadèrent d'insister. Rebecca s'empara de son arme et appuya le canon contre sa tempe.

— Je suis prêt à coopérer, balbutia-t-il, effrayé.

— Tu vas d'abord me dire où tu as gardé mon sac.

Il ferma les yeux et esquissa une grimace.

— J'ai déjà perdu assez de temps. Je compte jusqu'à trois. Un. Deux.

— Dans mon coffre, dans mon coffre.

— Le code ! Vite !

— Pour quoi faire ?

— Un. Deux...

Le colonel livra le code secret de son coffre. Une demi-heure plus tard, il avait tout raconté depuis la visite de la secrétaire de del Sarto jusqu'à sa descente. Son intention était de collaborer avec eux mais il voulait auparavant être sûr qu'ils tiendraient parole. Après deux coups de pied dans les reins, il avoua qu'il avait mené une enquête préliminaire et qu'il avait l'intention de les livrer à la justice italienne. Il s'était arrangé pour faire croire au cardinal que Bontate était parti quatre jours dans sa famille. Il n'y avait aucun risque. Personne n'était au courant.

— Combien de somnifère as-tu mis dans l'eau ?

— Assez pour vous assommer pendant quarante-huit heures, répondit-il en rentrant sa tête dans son cou.

Rebecca regarda sa montre. Il était vingt et une heures. Livi ne serait pas sur pied avant longtemps. Il fallait sortir d'ici. Elle agrippa l'échelle de corde et voulut monter.

— Si je ne sors pas d'ici dans une heure, cria le colonel, l'alarme sera donnée par un système de sécurité spé...

— La ferme !

— Je veux coopérer, implora-t-il.

Rebecca lui asséna un terrible coup de pied dans la figure. Sa tête heurta le mur. Il perdit connaissance. Elle le ligota et s'en alla.

Dehors, il faisait nuit. Un vent léger soufflait sur le cimetière. Elle aspira de grandes bouffées d'air, puis se dirigea vers la maison de Livi en secouant sa robe noire, pleine de poussière. Elle marchait d'un pas rapide, la tête enfouie sous sa capuche noire, saluant d'un mouvement de tête les rares êtres qu'elle rencontrait sur son chemin. Elle ne savait pas encore ce qu'elle allait faire, ni comment elle allait sortir Livi de là. Cette nuit passée seule dans la cave avait failli la rendre folle. Dans le noir, elle avait entendu des bruits, des cris, des hurlements, des rires, des pas, des reniflements, des litanies prononcées dans une langue étrange, obscure, violente, brutale, grotesque. Ce qui l'avait sauvé de la folie, c'était la présence d'une âme — elle n'avait pas trouvé d'autre mot pour caractériser le phénomène — qui l'encourageait à espérer. Quand Livi l'avait rejointe le lendemain, elle avait ressenti une si grande joie qu'elle n'avait pu prononcer un seul mot pendant de longues minutes. Cette affaire était trop mystérieuse, trop compliquée, impossible. Une mission dont la nature exceptionnelle et mystérieuse leur faisait affronter des forces et des gens qu'ils n'avaient jamais eu à combattre. Au cours de brefs moments de calme, elle avait compris que David ne détenait en fait aucune information sur la présence du chandelier. Il avait dû rêver !

Elle pénétra dans le studio de Livi et courut vers le miroir de la salle de bains. Des cernes déformaient ses yeux. Ses cheveux étaient sales, huileux. Elle se doucha. Il était près de vingt-deux heures quand elle redescendit dans la cave. Le colonel avait repris connaissance et geignait de douleur ou de peur. Rebecca s'approcha de Livi et tenta de le réveiller en lui versant sur le visage une bouteille d'eau qu'elle avait rapportée dans son sac. Dix minutes plus tard. Livi marmonna quelques phrases insensées. Il était minuit quand le commissaire, assisté de Rebecca, grimpa sur l'échelle.

Rebecca dut faire un gros effort pour ramener le commissaire chez lui sans attirer l'attention. Elle le mit sous la douche et ouvrit le robinet d'eau froide. Puis elle l'obligea à vomir en lui enfonçant les doigts dans la gorge. Il était environ quatre heures du matin quand Livi, après un litre de café, retrouva enfin ses esprits. Et elle aussi. C'est alors qu'elle songea au colonel dans la « cave du diable », comme Livi avait surnommé le lieu. Sa disparition n'allait pas passer inaperçue. Il fallait faire quelque chose, vite. Mais quoi ? Elle pensa aux trois clés dans son sac. Elle possédait le code du coffre du colonel, mais comment aller le chercher ? Il fallait qu'elle entre en contact avec sa femme, puis avec Ouzi pour lui dire qu'elle était libre et que David n'était pas fou. Qu'il était possédé du démon et qu'elle en avait la preuve.

— Que fait-on du colonel ? demanda Livi en posant sa tasse sur la table de nuit.

— Pour le moment, rien.

— Pourquoi ne pas prendre son épouse en otage jusqu'à la fin de la mission ?

Rebecca faillit l'embrasser. Elle ne résista pas et

le serra dans ses bras. Livi ne broncha pas. Elle haussa les épaules et lança :

— Bravo !

— Bravo, peut-être. Il faudrait savoir d'abord s'il a une épouse ici.

Rebecca savait que le colonel était marié et que sa femme habitait avec lui au Vatican. Elle devait être en train de le rechercher ou de l'imaginer dans les bras d'une autre.

— Il est marié. Tu vas t'occuper de lui. Moi, je prends la femme. Mais je dois d'abord rassurer mon supérieur et aller aux nouvelles.

— Je ne redescends pas seul dans ce maudit endroit, et je le dis sans honte !

Rebecca hocha la tête en signe de compréhension.

— Alors va rassurer ton cardinal. Moi je partirai à l'ouverture des portes et je reviendrai vers dix heures.

Livi luttait toujours contre le sommeil. Rebecca sentit soudain la faim la tenailler. Elle trouva dans la cuisine un paquet de biscuits qu'elle avala en un éclair, puis elle alla s'allonger sur le lit aux côtés de Livi, le plus naturellement du monde. Le commissaire lui passa affectueusement le bras sous la nuque. Les yeux au plafond, ils sourirent en même temps.

David Ben Zion suppliait Déborah du regard. L'infirmière, debout, réfléchissait. Il était assis sur son matelas. Elle savait que David s'était déjà enfui une fois. C'est pour cette raison qu'on l'avait enfermé dans cette villa, isolée du monde extérieur, à la porte du désert. Mais il était lucide. Aucun doute. Après vingt ans d'expérience, elle ne pouvait pas se tromper. Lucide mais assommé par les injections de calmants.

— Je t'en prie, Déborah. C'est la vérité. J'ai fait

une crise de claustrophobie alors que je me trouvais en mission à l'étranger. Dans mon délire, j'ai prétendu être le Messie et ces cons m'ont enfermé ici en m'abrutissant avec leurs saloperies alors que des agents en mission risquent leur vie pour moi. Déborah, dans quelques instants, je serai à nouveau absent. Ces piqûres me tuent. Je t'en prie, contacte ma femme et dis-lui de me sortir de là.

— Tu fais partie de nos services secrets ?

Il confirma d'un mouvement de tête. Ses yeux se vidaient et l'infirmière comprit qu'il allait bientôt sombrer à nouveau.

— Pourquoi t'es-tu pris pour le Messie ?

Il garda le silence. Elle répéta sa question.

— Je ne sais pas. J'avais besoin de me sentir protégé par quelqu'un de puissant. Comme il est interdit d'imaginer Dieu dans notre religion, je me suis identifié avec son messager. Cela m'a aidé à tenir bon...

— Quand tu étais sur le mont Sinaï, as-tu pensé que tu étais le Messie ?

Il luttait pour ne pas s'endormir.

— Je vais toujours là-haut... quand je me sens mal, balbutia-t-il.

— Si tu veux que je t'aide, alors mange !

David mangea sans appétit, puis s'affaissa sur le matelas. L'infirmière l'observa longuement avant de partir. Cet homme est sain d'esprit, murmura-t-elle pour elle-même en refermant la porte sur elle.

Deux heures plus tard, Esther entra à la clinique, décidée à sortir David de là par tous les moyens. L'infirmière lui avait donné toutes les assurances sur la guérison de son mari, mais les psychiatres lui avaient ordonné d'attendre une semaine avant de lui rendre visite. Elle pénétra dans le bureau du responsable et exigea un entretien immédiat avec son mari en tête à tête. Il voulut l'en dissuader, Esther faillit crier, mais se ressaisit en serrant les poings. Elle conserva cette attitude pendant tout l'entretien et finalement obtint l'autorisation de voir son mari dans une chambre neutre et sans micro. Elle réprima un sanglot quand elle vit David entrer dans la pièce, soutenu par Déborah.

— Il va reprendre conscience dans un moment. Soyez patiente, dit-elle en refermant la porte.

Esther étreignit son mari. La tête contre sa poitrine, elle pleurait en silence. Au bout d'un moment, David lui caressa les cheveux sans rien dire. Puis il lui chuchota à l'oreille :

— Je suis guéri, ma chérie.

Esther le serra de toutes ses forces.

— Tu vas m'asphyxier, dit-il d'une voix faible.

— Raconte-moi tout !

— C'est trop long et je n'ai pas la force. Demande-leur de me faire un nettoyage du sang. Ils m'ont massacré avec leurs saloperies. Je suis guéri.

— Comment le sais-tu ?

Il faillit dire que les croix sur son visage avaient disparu, mais se retint.

— Je le sais. Je peux te raconter tout ce qui s'est passé. Mais dans quelques instants ma mémoire va se bloquer. Le temps presse.

— Ils vont refuser. La dernière fois...

— Je sais. Je sais. Mais je te dis que je suis guéri. Et si je ne sors pas d'ici... Dis au Premier ministre de venir ! Appelle-le d'ici.

— Il ne prendra pas un nouveau risque...

— Tu es venue pour me décourager ou pour me sortir de cet enfer ?

— Pour te sortir d'ici, répondit Esther, conciliante.

— Je ne pourrai prouver que je suis saint d'esprit que si on expurge mon sang de ce poison. Ce psychiatre est un vrai criminel. J'ai la cuisse et le bras criblés de piqûres, dit-il en montrant son avant-bras.

Esther appuya sur une sonnerie et l'infirmière ouvrit aussitôt la porte.

— Déborah, appelle le responsable. Il faut que je lui parle.

Elle esquissa une grimace et montra la porte d'un geste de la main. Esther alla ouvrir. Le psychiatre faisait les cent pas dans le couloir, en se rongeant les ongles. Quatre hommes de main étaient assis sur des chaises, prêts à réagir en cas de besoin.

— Pouvez-vous venir un instant ?

Le psychiatre s'approcha en fronçant les sourcils, comme s'il craignait le pire.

— Oui ? fit-il en arrivant à sa hauteur.

— Entrez. Il faut que je vous parle.

L'homme à la blouse blanche jeta un regard à un des « infirmiers » qui se leva aussitôt. Il alla vers lui et lui chuchota quelques mots à l'oreille avant de pénétrer dans la chambre de David. Esther demanda à Déborah de sortir un instant. Le psychiatre voulut s'y opposer, mais l'infirmière avait déjà refermé la porte derrière elle.

— J'exige que vous lui changiez son sang immédiatement.

— Vous êtes folle ou quoi ? coupa le psychiatre, effrayé.

— Non, je ne suis pas folle. Je suis l'épouse de cet homme et je m'appelle Esther Ben Zion. Ancien ministre des Affaires étrangères d'Irak !

Le psychiatre la fixa terrorisé. Sur le moment, il faillit appeler à l'aide, mais sa mémoire lui rappela ce que tous les Israéliens savaient : que l'ancien ministre des Affaires étrangères d'Irak avait été un agent du Mossad. Grâce à elle, Israël avait été sauvé lors de la dernière guerre.

— Vous... ?

— Moi ! Cet homme n'est pas fou. Il est en train de le devenir. Et vous, vous allez aller en prison pour incompétence, voire tentative de crime contre le patron du Mossad !

Un silence lourd tomba dans la pièce. Le psychiatre fixait David, partagé entre l'horreur et l'admiration. Le patron du Mossad soutenait son regard.

— Ce que je viens de vous dire est un secret d'Etat, dit Esther d'une voix menaçante.

L'homme se secoua comme s'il sortait d'un long sommeil, mais ne dit rien.

— Je sais de qui vous avez reçu vos instructions. Mon mari a risqué sa vie dans une opération ultra-secrète et très dangereuse. Il est resté enfermé dans une cave, à trente mètres sous terre, dans le noir absolu, pendant deux jours avec des rats gros comme le chat que vous avez dans votre bureau. Il a subi un vrai choc émotionnel. A présent, il est guéri. Je le sais. Je le connais. L'infirmière aussi le pense. Elle vous l'a dit.

Elle marqua une pause. Le psychiatre était blanc comme un linge. Elle poursuivit en élevant la voix.

— Il faut immédiatement, je dis bien immédiatement, lui faire une transfusion et vous aurez la preuve de sa guérison. Si mon mari est encore là demain, je vous donne ma parole que vous serez au chômage pour le restant de vos jours. Et puis un conseil : Oubliez, effacez de votre mémoire tout. Je dis bien tout !

Le lendemain matin à dix heures précises, David sortit de la clinique. Sur le seuil, il donna l'accolade à Déborah et lui souffla à l'oreille : « Je te remercierai en temps voulu ! » Esther embrassa aussi l'infirmière et ils rentrèrent enfin chez eux.

Deux heures plus tard, David marchait à quatre pattes, son fils sur le dos. Il était encore épuisé, mais soulagé, heureux. A treize heures, le Premier ministre, Ariel Dan, arriva et ils déjeunèrent ensemble. L'atmosphère, tendue au départ, se fit peu à peu amicale, intime. Au café, Ariel Dan lui suggéra de donner sa démission.

— Tu as assez donné, David. Il est temps de sortir de l'ombre et de mener une vie plus normale... de passer à autre chose. Ton choix sera le mien. Tu n'as qu'à me demander le poste que tu veux. Ministre, ambassadeur, président de société...

David le coupa pour lui demander des nouvelles de la « maison ».

— Ouzi te remplace en attendant... Mais si tu t'en sens capable, tu conserveras ton poste...

Le Premier ministre avait l'air visiblement embarrassé. David changea de sujet.

— Et les manuscrits ?

— Des apocryphes. On y parle entre autre du chandelier du Temple...

— Du chandelier ?

— Oui. Et aussi du troisième Temple...

— On sait où se trouve le chandelier ?

— Pas pour l'instant. Mais comme la plupart des rabbins, je pense qu'il doit être au Vatican.

Le visage de David se crispa. Il avait l'air de réfléchir et d'hésiter en même temps.

Ariel Dan poursuivit.

— On y dit textuellement ceci : « Le second Temple sera détruit par un général romain, fils d'empereur, mon peuple sera exilé et souffrira durant des siècles. Après moi, apparaîtra un autre prophète. Il viendra d'Arabie. Son message passera et un grand peuple, proche du nôtre, naîtra. Vers la fin des temps, un terrible massacre perpétré par le diable en personne, un homme du nord de l'Europe, tuera des millions de juifs. Puis un homme viendra et il s'appellera David. Petit par sa taille mais grande sera son âme. C'est lui qui sera choisi pour déclarer à la terre entière la renaissance d'Israël. »

Le patron du Mossad pensa à David Ben Gourion.

— Quoi d'autre ? demanda-t-il, dominant mal son impatience.

— C'est tout pour le moment. Le professeur qui déchiffre les rouleaux est au bord de la dépression. Il vit isolé et travaille vingt heures par jour.

Je vais lui rendre visite, pensa David.

— Où en est-on avec le plan « Démon » ? demanda-t-il.

— Reporté. On attendait ta guérison.

Une heure plus tard, David se trouva devant un homme au regard halluciné penché sur des rouleaux en peau de mouton. Le professeur Cohen sirotait un café en pianotant sur sa table de travail. David dut patienter une demi-heure avant que le professeur de théologie ne retrouvât la traduction de la prophétie dont Ariel Dan lui avait parlé. Il lui donna le texte en lui demandant de ne pas le déranger.

— Lisez et partez !

David s'empara du document et chaussa ses lunettes. Il retrouva les phrases prononcées par le Premier ministre. La description du petit homme à l'âme gigantesque nommé David correspondait à David Ben Gourion. Il poursuivit la lecture du document et tomba sur ce qu'il crut être la suite.

« Il sera suivi d'un autre homme qui s'appellera aussi David. Un grand général. Il sauvera Israël et Jérusalem d'une troisième destruction et construira le troisième Temple. C'est lui qui ramènera le chandelier enfoui sous la terre et annoncera les temps messianiqucs. »

David lâcha le document, sa tête se mit à tourner et, au bord du vertige, il dut s'accrocher au mur pour ne pas tomber. Le professeur se tourna brusquement. David était livide.

— Vous jetez mes papiers ? gronda le professeur.

David les ramassa sans rien dire. Il fit semblant de poursuivre sa lecture. Son cœur battait trop fort dans sa poitrine et sa tête lui faisait atrocement mal.

Il arracha discrètement la feuille du bloc et l'enfouit dans sa poche.

— Merci. C'est très intéressant, dit-il en lui tendant la main.

— Intéressant ?

Le professeur le dévisagea avec dédain.

— C'est tout ce que vous trouvez à dire ? C'est un miracle ! Je travaille sur un miracle ! Quand j'aurai fini, le monde sera bouleversé.

L'homme poursuivit :

— La fin du monde ! Et je n'en suis qu'au milieu du premier rouleau.

— Qu'y a-t-il dans les autres ? Je veux dire dans les autres jarres ? demanda David.

— A première vue des manuscrits apocryphes. Jusqu'au Ve siècle, les chrétiens lisaient une trentaine d'autres évangiles, mais retirés depuis de la circulation par le décret du pape Gélase 1er, ils sont tombés dans l'oubli.

— Comment expliquez-vous alors que ces manuscrits se trouvent dans les mêmes jarres ?

— Je savais que vous me poseriez cette question. Mystère. Le Vatican ignore peut-être l'existence de ces textes. Pourquoi venez-vous m'embêter avec ces questions ? Un miracle ne s'explique pas !

— C'est moi qui ai trouvé ces manuscrits.

— Vous ?

Le professeur s'approcha à quelques centimètres de David et l'observa attentivement, lui soufflant son haleine à la figure.

— Vous ? répéta-t-il.

— Oui. Moi.

— Quel est votre prénom ?

— Menahem.

— Impossible !

David recula.

— Impossible. Il est écrit que l'homme qui trouvera ce témoignage s'appellera David.

— Je m'appelle Menahem et je dois partir, dit-il en souriant. J'ai été ravi de faire votre connaissance. Je reviendrai vous voir.

David monta voir son adjoint, Ouzi. Il savait qu'il avait été nommé directeur à sa place. C'est lui qui avait ordonné son arrestation et qui s'était opposé à sa libération de la clinique. Il pâlit quand David pénétra dans son bureau.

— Inutile de t'excuser, dit David d'emblée. J'aurais certainement agi de la même manière.

L'autre se mit à bégayer des excuses. David le coupa.

— Je retourne à Rome. Quand j'aurai achevé ma mission, tu prendras ma place. Je l'ai déjà promis au Premier ministre.

— Quelle mission ? demanda Ouzi, tendu.

— Il y a autre chose que des jarres, là-bas...

Ouzi le dévisagea, mais ne dit rien. Il le mit au courant des derniers événements. David lui donna quelques instructions aussi rapides que précises et Ouzi reconnut enfin le patron du Mossad.

— Compris ?

— Oui, patron, répondit Ouzi partagé entre l'admiration et la jalousie.

— Tu peux donner le feu vert à l'opération « Démon ». Le plan est parfait. Vas-y, c'est ta responsabilité et ce sera ton mérite !

Ouzi le remercia du regard. David faillit partir, mais il lui demanda ce qu'il envisageait pour l'ex-général du KGB.

— J'ai tout contrôlé en ton absence. Personne d'autre que lui ne possède la liste des anciennes taupes.

— Alors paye-le, mais qu'il ne quitte pas le pays avant deux ans !

David rentra chez lui et alla droit dans sa chambre. Esther le suivit, inquiète.

— Laisse-moi, s'il te plaît, je dois réfléchir à un problème.

Il avait besoin de remettre de l'ordre dans ses idées. Hier encore, il ressemblait à une épave. A présent, une force surhumaine l'habitait. Il bouillait d'une énergie accumulée au fil des jours. Mais quand Esther pénétra dans la chambre une heure plus tard, elle faillit lâcher son plateau. Il avait l'air absent. La bouche ouverte, les yeux fixés sur un point invisible au milieu de la pièce, il ressemblait à nouveau à un zombie. Esther posa le plateau sur la table.

— David ! s'écria-t-elle.

Le patron du Mossad sortit de sa torpeur et l'interrogea du regard.

— David, tu vas bien ?

— Oui, oui chérie. Je repars pour Rome demain.

— Est-ce prudent ? Tu n'es pas encore tout à fait...

— Je repars demain, coupa David d'un ton sans réplique.

En lisant le message qui l'attendait, Rebecca poussa un soupir de soulagement : David cette fois était vraiment guéri et déjà en route pour Rome. Elle alla brûler le fax et s'allongea sur le canapé du salon. Elle avait besoin de reprendre son équilibre avant de rencontrer David.

Livi, de son côté, avait eu un long entretien avec le cardinal et s'en était bien tiré. Quant à Antonella, elle jouait le jeu. Elle restait enfermée chez elle et la presse italienne campait toujours devant sa maison, protégée par la police. Puis elle pensa à David. Comment allait-elle réagir après tout ce qui s'était passé entre eux ? Elle se consola en pensant qu'il se posait sûrement la même question. L'image de Livi bouscula celle de David. Elle commençait à éprouver une secrète admiration pour cet homme qui se croyait juif. Il était devenu un ami. Elle s'imagina dans ses bras et l'image ne lui déplut pas.

David se rendit directement de l'aéroport de Fiumicino à son appartement de la Via delle Condotti. Rebecca l'attendait, anxieuse. Il fut visiblement surpris par son nouveau look. Ils restèrent muets un instant. Chacun attendait que l'autre parlât le premier.

— Je suis désolé, dit David.

Rebecca se leva et alla lui donner l'accolade.

— Je suis désolé, répéta-t-il.

— Tu es guéri. Le reste appartient au passé.

Elle retourna s'asseoir.

— Dois-je commencer ou bien veux-tu attendre un moment ?

— Vas-y !

Rebecca se passa la main dans les cheveux, prit une grande inspiration, mais ne réussit pas à parler. David comprit qu'elle ne savait pas par où commencer. Il faillit s'asseoir à côté d'elle, puis changea d'avis et choisit le fauteuil en cuir de l'autre côté de la table.

— Allez, nous n'avons pas beaucoup de temps, l'encouragea-t-il.

Rebecca établit un bilan aussi détaillé que possible.

— Il reste la secrétaire de del Sarto. C'est cette idiote qui a lancé le colonel à nos trousses et qui a failli tout foutre en l'air. Je préférerais l'éloigner du Vatican. Peut-être a-t-elle déjà parlé au nouveau cardinal.

— D'autres obstacles éventuels ?

— Antonella, mais pour l'instant elle joue le jeu. L'ennui, c'est qu'elle est folle amoureuse de Livi et je ne sais pas combien de temps elle demeurera sage... Il y a aussi le préfet de police. En principe cela devrait marcher. Je lui ai fait envoyer un mot de Paris de la part de Livi. Reste le nouveau cardinal. Livi a confirmé la version donnée par le colonel au cardinal sur ses deux jours d'absence. Von Büllow avait en effet prétendu que le gardien était parti en catastrophe au chevet de sa tante. Qu'il avait tenté de le contacter pour solliciter son autorisation, mais en vain. Livi a ajouté qu'il était descendu dans la cave et y avait passé plusieurs heures à combattre les mauvais esprits.

— Pourquoi ?

— Parce que ce cardinal est un trouillard. Dès qu'il entend parler du cénotaphe, il devient livide.

David rit de bon cœur.

— Et ce trou d'aération ?

— Livi a découvert une bouche d'air protégée par une sorte de petit chapeau en zinc qui fait dériver la pluie vers le jardin à gauche. Elle est située à une centaine de mètres au nord de l'entrée du cénotaphe, en ligne droite. Il pense qu'elle correspond à la cave en question.

Elle étala un plan du Vatican sur la table et indiqua l'endroit.

David pensa que cette bouche d'air pouvait éventuellement alimenter en oxygène la cave qui contenait les jarres, sans comprendre comment elle pourrait conduire à la troisième porte. Dans l'avion, il avait cherché à deviner les motivations du Vatican pour cacher les jarres. La peur de toucher au sacré, avait-il conclu à défaut d'une hypothèse plus vraisemblable. Rebecca lui avait dit que selon le pape, les caves étaient habitées par des âmes errantes et que cela expliquait que l'on gardât ce secret depuis des siècles. Si la curie l'apprenait, le scandale serait formidable...

David était prêt à accepter cette explication. Cela voulait-il dire que le pape ignorait la présence du chandelier dans la troisième cave ? Qu'il ignorait aussi l'existence des manuscrits apocryphes ? Ou bien s'agissait-il d'une manipulation pour dissuader les curieux ? Quant aux âmes errantes et aux esprits mauvais, il pouvait témoigner que c'était vrai, pourtant. Etaient-ce eux qui empêchaient les « indiscrets » d'approcher ? Eux qui gardaient jalousement le chandelier ? David se mit à hocher la tête comme un automate sous le regard impatient de Rebecca. Il trouvait une certaine logique à tous ces phénomènes. Si la découverte du chandelier symbolisait le début de l'ère messianique, comme il était écrit, cela pouvait-il se produire sans mettre en branle les forces invisibles ? Mais comment les affronter ? pensa-t-il en posant un drôle de regard sur Rebecca. Elle lui sourit. Il ne répondit pas à son sourire. Son cerveau fonctionnait comme un ordinateur. Sur le mont Sinaï, il avait été guéri, même si Dieu ne s'était pas manifesté. L'hélicoptère du Mossad avait coupé court à tout espoir de recevoir une autre vision. Il en voulut subitement à Ouzi. La prophétie inscrite dans les manuscrits apocryphes lui redonna courage. Il se leva brusquement, hésita un instant, puis se dirigea vers la porte.

— Je vais faire un petit somme.

— Dois-je te réveiller ?

— Ce ne sera pas nécessaire. On reprendra cette conversation dans une heure.

Il alla dans sa chambre et s'allongea sur le lit, les mains derrière la nuque, les yeux fermés. L'idée que des forces maléfiques — le Diable ? — gardaient le chandelier faisait son chemin dans sa tête. Le plan qu'il avait concocté dans l'avion lui sembla soudainement dérisoire. Il ne pouvait pas affronter cette... « chose » avec des agents du Mossad. Il fallait trouver une autre voie. Une protection religieuse et spirituelle. Son maître, le rabbin Lévi-Monsénégo pourrait peut-être l'aider ? La voyante du Mossad aussi. Elle viendrait « sentir » les lieux. Sur place, elle trouverait plus facilement la troisième porte. Heureux d'avoir trouvé cette solution, il songea à Livi et ferma les yeux. Quand il retourna au salon, Rebecca était toujours à sa place. David eut le sentiment qu'elle n'avait pas bougé d'un millimètre.

— Je veux voir Livi. Arrange-toi pour qu'il vienne ce soir.

Le commissaire arriva à dix-neuf heures. Par prudence, le patron du Mossad l'accueillit dans une autre planque, proche de la Piazza Navona. David lui serra la main en la gardant longtemps dans la sienne. Puis il tira une enveloppe de sa poche et la lui tendit. Livi l'ouvrit sans rien dire et déplia la lettre frappée d'un chandelier à sept branches, l'emblème de l'Etat d'Israël. La lettre était rédigée en hébreu et en anglais. Il la lut en silence. David le fixait, attendant une réaction. Sa pomme d'Adam montait et descendait dans sa gorge. Il venait d'être nommé lieutenant-colonel du Mossad par décret spécial du Premier ministre d'Israël.

— Voici les galons, dit David en lui tendant deux épaulettes garnies chacune de deux feuilles de vigne en cuivre.

Livi les prit et les caressa sans rien dire, les yeux fixés sur elles.

— Nous allons sabler le champagne, proposa David en s'éloignant.

Livi éprouva une reconnaissance éperdue pour lui : il dut faire un effort pour ne pas pleurer d'émotion. David revint avec deux coupes qu'il remplit en souriant.

— Mazeltov ! s'écria-t-il en lui en tendant une.

Ils vidèrent leurs verres à la russe, comme si c'était de la vodka.

— Bon, au travail ! dit David avec bonne humeur.

Ils firent le point sur la situation. Livi raconta, avec des détails qui firent frémir David, sa rencontre avec les âmes perdues. Le patron du Mossad lui communiqua sa propre version. Leurs expériences étaient semblables, à quelques variantes près. Le fait que Rebecca fût arrivée au bon moment expliquait que Livi s'en soit tiré sans trop de dégâts.

— Peut-il s'agir du... Diable ? hasarda David.

— Je l'ignore. Je n'ai jamais vraiment cru au Diable ni au bon Dieu.

— Mais le Diable a une grande importance dans la religion chrétienne, non ?

— Je crois, oui. Et chez nous ? questionna Livi d'une voix calme.

— Aucune. On évoque son nom dans la Bible, sans lui accorder d'importance excessive.

— Quels sont vos plans ?

— Tu peux me tutoyer. En hébreu, le vouvoiement n'existe pas. Au Mossad encore moins. Nos plans ? Je vais te faire une confidence.

Il alla chercher des nouveaux verres et les remplit de champagne.

— Lé Haïm[1] !

— On ne retourne pas dans la cave ? questionna Livi.

— Si, si. Nous allons y redescendre avec des moyens dont tu n'as pas idée. Seulement, je dois auparavant régler le problème de cette... présence maléfique.

Le commissaire acquiesça sans oser demander comment David avait l'intention de s'y prendre, convaincu que le patron des meilleurs services secrets du monde possédait la solution.

— C'est pour quand ?

— Bientôt. Très bientôt !

Livi l'interrogea du regard, comme si cette réponse ne l'avait pas tout à fait rassuré.

— Dans une dizaine de jours.

1. A la vie !

Le nouveau lieutenant-colonel du Mossad eut l'air pensif. Et s'il n'y avait pas de troisième porte et donc pas de chandelier ? Cette question le troubla. Il refusa alors de songer à l'absurdité de l'opération.

— David, une question me chiffonne depuis quelque temps. Et s'il n'y avait pas de chandelier ?

— Il est là ! répondit David catégorique. Avi, c'est le diminutif d'Avraham. Et Alberto signifie Avraham en hébreu. Tu t'appelles Avi, qui veut dire aussi « mon père ». Alors écoute-moi bien, Avi. Ne doute pas et fais-moi confiance. Nous allons retrouver le chandelier et le rapporter en Eretz Israël. A toi seul, tu symboliseras les esclaves juifs que le général Titus avait ramenés de Jérusalem à Rome, le chandelier sur leurs épaules. Tu défileras à mes côtés. Tu as été choisi pour cette mission. Pas par moi, mais par le souffle divin. Ne doute pas. Ne doute plus !

Livi avala sa salive et ne put empêcher un léger doute de flotter dans son esprit. Et si toute cette histoire n'était qu'un cauchemar, qu'une histoire de fou ? Et si David était complètement fou ? Fou à lier ?

Il se leva alors que Rebecca pénétrait dans la pièce. Elle lui donna l'accolade.

— Mazeltov. Et bienvenue parmi l'élite d'Israël ! dit-elle, un sourire désarmant accroché aux lèvres.

Livi se détendit d'un coup. Il lui rendit son sourire, gêné. Il avait à présent le même grade qu'elle, mais quelque chose, il ne savait pas quoi, l'empêchait de se prendre au sérieux. Depuis le jour où un coup de fil de routine dans sa voiture l'avait conduit au chevet de Giorgio, son destin avait basculé. Dans quel sens ? Le bon ou le mauvais ? Il se trouvait au cœur d'une affaire que même son meilleur roman n'aurait pu égaler.

— Nous avons le même grade, donc nous sommes condamnés à la coexistence, ajouta Rebecca, toujours souriante.

Livi hocha la tête pour signifier son accord. Ils

dînèrent tous les trois de délicieux sandwichs arrosés de Chianti frais. Par moments, Livi pensait à Antonella, mais Rebecca, qui lisait dans ses pensées, effaçait l'image de sa rivale. Il se souvint de son premier dîner avec elle au Harry's Bar, des dizaines de coups de fil qu'il avait passés pour la retrouver. Cette femme, qu'il croyait alors égyptienne, l'avait envoûté. Et il ne pouvait pas nier que depuis leur terrible expérience dans la cave, un lien s'était établi entre eux.

— Allô, rabbi, c'est David. Je t'appelle de Paris.

— De Paris ? demanda le vieil homme, impressionné.

— Tu pars demain. J'ai tout réglé. On va t'apporter passeport et billet d'avion. J'ai besoin de toi.

A l'autre bout du fil, le rabbin croyait à une plaisanterie de la part de son élève. Marocain d'origine, il était venu en Israël en bateau en 1946, à l'âge de vingt ans. Il n'avait jamais voyagé depuis. Jamais mis les pieds dans un avion.

— Tu es sérieux ?

— Oui, rabbi. J'ai besoin de toi. Je ne peux pas te dire de quoi il s'agit. Mais tu comprendras quand tu viendras. Je suis à Paris mais toi tu iras directement à Rome. Je t'attendrai à l'aéroport demain.

La conversation dura encore quelques minutes, puis une fois rassuré, David sortit flâner dans le Quartier latin avant de se rendre à son rendez-vous avec l'archevêque de Paris. Il était venu dans la capitale française deux jours plus tôt par le train et logeait dans un appartement du Mossad de la résidence George-V, en face de l'hôtel. Avant de contacter son rabbin, il avait fait le nécessaire pour que Dounia, la voyante du service, se rende également à Rome. Il déjeuna seul à la Ferme Saint-Simon, son restaurant préféré à Paris, et se rendit à son rendez-vous. L'ambassade d'Israël, croyant qu'il était professeur de théologie hébraïque de l'université de Jérusalem, avait organisé cet entretien avec l'archevêque.

Celui-ci l'accueillit chaleureusement dans sa résidence privée, rue Barbet-de-Jouy.

— Je vous remercie de m'accorder cet entretien. Je sais que vous êtes un homme très occupé.

Le cardinal lui posa une série de questions sur son travail et sur l'université de Jérusalem. Puis demanda la raison de sa visite.

— Je voudrais connaître votre opinion sur... le Diable, répondit David, d'une voix calme.

— Le Diable ? s'étonna le cardinal en esquissant une grimace.

— La signification du Diable dans votre religion, si vous préférez...

Le cardinal passa sa main sur ses cheveux gris, ajusta ses lunettes cerclés d'or et fronça les sourcils, embarrassé. Il fixa longuement son interlocuteur, comme s'il essayait de lire dans ses pensées. Puis il s'éclaircit la voix et se lança dans un exposé long et précis en commençant par le serpent qui avait tenté Eve. Il évoqua les passages relatifs à Satan aussi bien dans l'Ancien que dans le Nouveau Testament et finit par rappeler le IVe Concile du Latran qui affirmait qu'aucun être n'est originellement mauvais et que le mal provient d'un acte libre de la créature.

— Les êtres étant créés par Dieu sont essentiellement bons. Les mauvais le sont devenus par un acte arbitraire, conclut-il...

Après quelques instants de réflexion, David reprit la parole :

— Dans l'Ancien Testament, Satan n'est esquissé que dans Zacharie et dans le livre de Job, dit-il. Il désigne l'un des anges rebelles de Dieu, l'ange accusateur de l'homme. Ce n'est que dans le Nouveau Testament qu'il possède un nom propre, celui d'un adversaire de Dieu.

— Exact. Cette figure — Satan — a été précisée pour décharger Dieu de la responsabilité du mal.

— Mais Dieu tolère-t-il que le Diable fasse le mal ?

— A titre d'épreuve, oui. Il lui permet une certaine autonomie pour tenter l'homme. Et il réussit souvent, trop souvent hélas ! Le but de Satan, au-delà du mal qu'il provoque dans le cœur des humains, est surtout d'éloigner l'homme de la parole de Dieu. Jésus par son sacrifice a libéré l'homme du péché, l'a délivré du mal. Même si Satan a été vaincu par le Christ, il n'est pas encore anéanti. Il le sera définitivement lorsque le Christ réapparaîtra.

Le cardinal se frotta le menton et ajouta :

— Ou lorsque le Messie viendra pour vous et reviendra pour nous. David fut enchanté par cette conclusion qui rejoignait la sienne. Le Diable était bien son unique ennemi. Celui qui l'empêchait de s'emparer du chandelier, symbole de l'arrivée du Messie.

Le cardinal profita de ce répit pour évoquer le violent débat en Israël sur la reconstruction du troisième Temple.

— C'est une déclaration de guerre aux autres religions monothéistes, dit-il d'une voix calme.

— Si Notre-Dame avait été détruite par les nazis pendant la guerre et qu'ils avaient à la place construit un édifice à la gloire d'Hitler ou même, disons, une église protestante, qu'auriez-vous fait après la Libération ?

Le cardinal encaissa la logique de l'argument.

— Cela fait quand même deux mille ans, dit-il sans conviction.

— Il n'y a pas de prescription pour la mémoire.

— Etes-vous partisan de la reconstruction du Temple ?

— Non, mentit David. Mais je vous rassure. Il ne sera pas aussi gigantesque que le Vatican. Je le dis sans la moindre ironie, ajouta David, d'un ton sincère.

— Les deux premiers Temples n'ont pas porté bonheur aux juifs...

David afficha un sourire.

— Le troisième sera le bon. Permettez-moi une ultime question à propos de Satan. A Jérusalem, un de mes amis rabbin prétend que le Diable loge dans sa cave. Les gens se moquent de lui. Moi je le crois. Mais comment le déloger ? Comment le combattre ? Avec quelles armes ?

Le cardinal hésita longuement avant de répondre.

— Par la foi et les prières.

— Mais encore ? demanda David qui avait porté le châle de prière sur ses épaules lors de sa première descente dans la cave du Vatican.

Le cardinal sourit à son tour.

— Je veux bien aider votre rabbin. Mais il faudra qu'il accepte qu'un prêtre vienne avec une croix.

— Je vais lui poser la question, dit David en se levant, le visage éclairé d'un sourire et lui tendant la main.

— Des prières, la croix et beaucoup de lumière, ajouta le cardinal. Des bougies, beaucoup de bougies.

— Pourquoi ?

— Parce que Satan représente les ténèbres. Il craint la lumière. Car Dieu est lumière. Et même s'il se veut son égal, Satan craint Dieu.

David demeura debout, l'air songeur. Sa rencontre avec ce cardinal était un cadeau du ciel. Il sentit son esprit comme remis à neuf. C'était dans l'obscurité que le Diable s'était attaqué à lui. Comme pour Livi. En revanche quand Rebecca était venue avec des projecteurs, rien ne lui était arrivé. Mais alors pourquoi le pape ne tentait-il pas de régler ce problème une fois pour toutes, si c'était aussi simple que l'affirmait le cardinal ?

— Merci monseigneur, dit David, partagé entre la joie et le doute.

10

Marie-Antoinette, cinquante-deux ans, secrétaire particulière de feu le cardinal Henrico del Sarto, aspira l'air romain avant de monter dans le train pour Paris. « Dans dix-sept heures, je retrouverai ma famille et serai libérée de mes angoisses », pensa-t-elle en pénétrant dans son compartiment. Elle avait donné sa démission la veille et était partie sans attendre la réponse du nouveau cardinal. Deux raisons l'avaient incitée à agir ainsi. La première c'est qu'elle ne s'accorderait pas avec le successeur de del Sarto. Il était froid, distant, incertain. La seconde était plus complexe.

Depuis son entretien avec le colonel Anton von Büllow, et probablement parce qu'elle était fille unique d'un commissaire de police parisien à la retraite, elle avait poursuivi son enquête, seule. Elle avait découvert des choses étranges. Comme elle ne pouvait se confier à son nouveau patron, elle avait alors décidé d'écrire une lettre au pape. Dix pages d'une écriture ronde et généreuse qui relatait ses observations depuis la mort de del Sarto jusqu'aux « bizarreries » de ces derniers jours autour du cénotaphe ainsi que la disparition du colonel von Büllow dans une camionnette conduite par une femme, Martine, qui se faisait passer pour la cousine de Véronique.

Marie-Antoinette ferma les yeux. Elle ignorait qu'elle allait très bientôt les fermer pour toujours, probablement avant son arrivée à Paris.

Ils se trouvaient tous à Rome. Le rabbin, la voyante, Rebecca, Livi et une trentaine d'agents du Mossad près de passer à l'action. Le plan, identique au premier, avait été renforcé par une série de détails dont David était le seul, pour le moment, à connaître la signification.

David se trouvait en compagnie du rabbin Lévi-Monsénégo dans son appartement de la Via delle Condotti. Rebecca se promenait avec Dounia. Livi était à son poste au Vatican.

— Tu veux dîner dehors ou ici ? demanda David au rabbin.

— Je préfère rester ici. Le temps que mon âme arrive d'Eretz Israël, dit-il en souriant.

David lui rendit son sourire et alla donner des instructions à un agent dans la cuisine. Il revint au salon avec une bouteille d'eau et deux verres.

— Alors, rabbi, comment c'était de prendre l'avion ?

— Très agréable. J'ai prié sans arrêt, sauf pendant les deux fois où j'ai vomi, répondit-il, l'œil ironique.

David n'avait pas encore expliqué au rabbin la raison de son séjour précipité dans la capitale italienne. Quelques instants plus tard, la table du salon fut dressée et ils dînèrent de plats cacher préparés par un restaurant juif de Rome.

— Alors, cher David, peux-tu me dire pourquoi je me trouve au cœur de la chrétienté ?

Le patron du Mossad décida d'aller droit au but. Il pouvait se le permettre avec son maître de Talmud.

— Pour m'aider à combattre le Diable.

Il marqua une pause pour étudier sa réaction, mais le rabbin attendait patiemment la suite.

— La Ménorah de Beit Hamikdash se trouve dans

l'une des caves du Vatican. Le Diable ou quelque chose qui y ressemble nous empêche d'y accéder.

Le rabbin remua discrètement sur sa chaise et regarda ses mains en hochant la tête plusieurs fois pour lui signifier qu'il l'écoutait.

David parla pendant un quart d'heure. Il lui raconta sa mésaventure et celle de Livi avec le Diable. Sa folie, sa guérison sur le mont Sinaï, sa rencontre avec le cardinal-archevêque de Paris, la version du pape sur l'existence d'âmes errantes sous le Vatican. Lévi-Monsénégo l'avait suivi avec la plus grande attention, murmurant par moments des mots qui ressemblaient à des prières. Leurs regards se croisèrent. Le rabbin, l'un des plus grands talmudistes de Jérusalem, avait l'air de réfléchir intensément. David était persuadé que son maître allait lui suggérer une solution miracle.

— Je crois que l'archevêque de Paris a raison, dit-il à voix basse, comme s'il avait peur d'être entendu.

— Tu veux que j'aille affronter le Diable avec des croix ?

— Ce diable dont il est question n'a rien à voir avec le Satan cité dans le livre de Job. Dans le judaïsme, Satan, bien qu'ange de la mort, ne vit pas sous terre comme un animal. Le mot « satan » signifie le mur, l'obstacle que l'homme juste doit franchir pour se purifier, prouver sa justice avant d'être accepté parmi les saints. Chez les chrétiens, le Diable s'oppose à Dieu par tous les moyens. Chez nous, nous sommes tous les Fils de l'Eternel, béni soit Son nom, et Satan est le Serviteur. Il a la fonction de procureur, de celui qui impose l'épreuve au Juste. C'est pour cette raison que Satan surgit toujours sur le chemin du Juste quand tout lui semble aller pour le mieux dans le meilleur des mondes.

David ne put s'empêcher de songer à son cas. Tout avait en effet très bien fonctionné jusqu'au jour où le malheur l'avait frappé, lui, Sarah et Avraham.

— Mais dis-moi, David, la Ménorah... reprit le rabbin.

Il chercha un mot et laissa la phrase en suspens.

— Le chandelier à sept branches se trouve dans la cave secrète, dit le patron du Mossad avec assurance.

Le rabbin ferma les yeux et se caressa la barbe. David le laissa à sa méditation. La discussion ne faisait que commencer. Dans quelques instants, son maître à penser allait revenir sur la solution proposée par le cardinal parisien et lui trouver la clé du problème. Il ignorait que son rabbin, en fait, était en train de traverser un épouvantable moment. Cette histoire de Diable le bouleversait au plus profond de lui-même.

De son côté, Lévi-Monsénégo faisait un effort pour demeurer calme. Il avait compris que David l'avait fait venir à Rome afin qu'il descende avec lui dans la cave. Et c'est précisément ce qu'il redoutait le plus. Pénétrer dans la cave avec une croix à la main ! Il chassa cette vision et tenta d'analyser la situation sous un autre angle. David était un Elu. Il pouvait donc se le permettre. Tous les moyens étaient légitimes, la croix comprise, pour qu'il atteigne son but. Pour David, dont le rabbin ne doutait plus qu'il était celui qui allait annoncer les temps messianiques, la fin justifiait les moyens. Lui n'était qu'un interprète de la Torah...

— Rabbi, j'ai besoin de toi, dit David d'une voix sourde.

Il demeura silencieux, toujours en méditation. Comment refuser ? Avec quels arguments ? Lui avouer tout simplement qu'il avait peur ? Qu'il n'osait plonger avec lui dans le grand mystère ?

Il ouvrit les yeux, saisit son verre d'eau en évitant le regard de David et avala une longue gorgée.

— Je vais prier, fit-il en hochant la tête plusieurs fois, comme pour marquer sa détermination.

David eut un doute. Prier oui, mais où ? Dans la cave avec lui ou ici dans cet appartement luxueux situé dans l'une des plus prestigieuses rues de Rome ?

— Je voudrais que tu m'accompagnes. Que tu pries pour moi pendant que je pénètre dans la cave secrète.

— Ma présence sur place n'est pas souhaitable... Cette affaire te concerne. Tu as été choisi, seul pour rapporter la Ménorah. C'est un combat entre toi et l'invisible. Tu réussiras.

Un frisson parcourut le corps de David. Il eut du mal à dissimuler sa déception.

— Tu es un Elu, David. Et les Elus sont seuls, ajouta le rabbin.

David réprima un sentiment étrange. En un éclair, il revit le film de sa vie. Fils unique, il avait, dès son jeune âge, été abandonné à lui-même. Seul dans les champs, sa mitraillette Uzi en bandoulière, il gardait les moutons de sa ferme. Ses parents, sionistes ardents, n'étaient jamais là, ils étaient membres de l'Irgoun, le mouvement clandestin qui luttait contre les Britanniques. Plus tard, il avait choisi la carrière militaire. Son premier mariage avec Ruth lui avait donné un fils qu'il n'avait pas eu le temps de voir grandir. Mort à vingt-trois ans dans le cockpit de son avion. Trois ans plus tard, la mort de Ruth l'avait rendu à nouveau seul. En tant que patron du Mossad, sa solitude, officielle cette fois, s'était accentuée au point de lui faire parfois effleurer la dépression. Avec Esther, sa seconde femme, il avait à peine goûté au bonheur que la vision du chandelier l'avait renvoyé à sa solitude. Qu'est-ce que Dieu exigerait encore de lui après la découverte du chandelier ?

Il saisit une pomme et la mordit avec une sorte de rage. Le rabbin avait raison, il était seul !

— Merci, rabbi. Tu m'as redonné courage. J'en aurai besoin.

Lévi-Monsénégo se sentit libéré d'un fardeau.

— Si tu le souhaites, je peux rester ici. Je prierai pour toi.

— Non, tu vas retourner à Jérusalem. Tu prieras là-bas.

Il le fixa intensément et ajouta d'une voix monocorde :

— Si je ne sors pas vivant de cette... De cette aventure, alors je compte sur toi pour dire la vérité à ma femme.

— Dieu, béni soit Son nom, te préserve ! Tu vivras jusqu'à cent vingt ans, comme Moïse !

Alberto Livi plia le journal et le posa sur le sol. Il sourit pour lui-même. Ne l'avait-il pas prévu, alors qu'ils se promenaient main dans la main Antonella et lui à Jérusalem ? Elle devait s'en souvenir, pensa-t-il, fier. Le Mossad était passé à l'action contre les mouvements néo-nazis et antisémites. L'opération « Démon » était ressentie comme un tremblement de terre : des dizaines de morts aux Etats-Unis, en Allemagne, en Russie, en France. Des dégâts matériels estimés à des centaines de millions de dollars. Une panique indescriptible avait suivi. Partout, des gens haut placés, des politiciens, des journalistes, des activistes connus pour leur haine des juifs, fuyaient à la recherche d'un coin isolé, le plus loin possible. En un seul jour, à la même heure, les centres nerveux de la haine avaient été détruits, leurs sympathisants les plus actifs supprimés. La presse avait accusé aussitôt le Mossad. Malgré un démenti de Tel-Aviv, il ne faisait plus de doute que les services secrets israéliens avaient conçu et exécuté cette opération extraordinaire et sans précédent dans l'Histoire.

Livi souriait encore quand le cardinal pénétra dans le cimetière. Il enfouit le journal dans son sac et reprit un air innocent.

— Bonjour, Paul. Vous allez bien ?
— Très bien, monseigneur. Très bien.
— Je suis venu vous saluer...
Livi le remercia d'un mouvement de tête. Le cardinal avait l'air inquiet. Il avait du mal à rester debout sur ses jambes. Plusieurs fois, Livi eut l'impression qu'il voulait dire quelque chose mais à chaque fois le cardinal détournait son regard pour contempler les environs.
— Avez-vous entendu les nouvelles ? demanda-t-il enfin.
— Quelles nouvelles ?
— Le Mossad a frappé fort.
— Qui ?
— Les Israéliens. Ils ont assassiné des dizaines d'Américains et d'Européens.
— Les juifs ?
— Oui.
Livi secouait la tête de gauche à droite en signe de désespoir.
— Il va falloir être vigilant. Ils n'ont pas commis de meurtre à Rome, mais nous sommes inquiets. En fait, je suis venu vous le dire...
Livi fronça les sourcils.
— Les juifs vont nous tuer ?
— Je ne crois pas, mais il faut être prudent, vigilant, très vigilant. Le pape a donné des instructions à la garde suisse, par précaution.
— Que dois-je faire ? demanda Livi faussement anxieux.
— Vous allez rentrer chez vous. Le temps que tout se calme.
Livi faillit crier, mais se ressaisit.
— Pourquoi ? Je suis bien ici. Je ne vais pas laisser l'endroit...
— C'est un ordre du pape. En votre absence, la garde suisse sillonnera le cimetière. Allez vous reposer quelques semaines. Vous en avez besoin.

— Si le Saint-Père l'ordonne, alors c'est que cela doit être bien...

— Vous pouvez partir maintenant. Vous êtes libre. Profitez-en.

Le cardinal sortit une enveloppe de sa poche et la lui tendit.

— Vous avez là de quoi vivre très correctement pendant six mois.

— Six mois ?

— Vous reviendrez bien avant... J'ai votre dossier et votre adresse. Je vous contacterai bientôt. Ne parlez surtout à personne. N'oubliez pas que vous êtes le seul, à part le pape et moi-même, à connaître l'existence de ce lieu secret, dit-il en montrant la terre du doigt.

Livi acquiesça. Il venait d'être licencié. L'opération « Démon » n'était qu'un prétexte. Il s'était passé quelque chose de grave. Mais quoi ? Il pensa à la secrétaire de del Sarto. Avait-elle parlé ?

— Je vais faire ma valise, dit-il en se levant.

— Je reprends le sac, fit le cardinal en s'en emparant.

— J'ai des choses personnelles dedans... dit-il en tendant la main pour le reprendre.

Il l'ouvrit, enfouit un paquet de biscuits dans le journal.

— Mon casse-croûte.

Le cardinal eut le temps de reconnaître le quotidien *La Stampa*, du même jour. Il sourit. Ainsi le débile n'avait pas lu les nouvelles du jour !

Une heure plus tard, Alberto Livi quittait le Vatican par la Porte de Bronze, convaincu d'être suivi.

Antonella regardait le film des événements à la télévision en zappant d'une main tremblante. Toutes les chaînes accusaient le Mossad d'être à l'origine des attentats meurtriers. Elle se souvint de la phrase de Livi à Jérusalem. Jamais Israël n'acceptera une renaissance de l'antisémitisme. Le Mossad n'hésitera pas à agir. Tu es sûr ? avait demandé Antonella. Je le sais ! avait répondu Livi. Elle se souvint que cette affirmation l'avait frappée. Sur le moment, l'idée que Livi était un agent du Mossad l'avait effleurée, mais elle avait mis cette intuition sur le compte de son imagination. Elle appuya sur la télécommande et marcha dans le salon. Elle était seule chez elle. Sa fille était à l'école et son mari au bureau. Sa vie redevenait normale, banale. Depuis trois jours, le préfet de police, sur ses recommandations, avait accepté de lever la protection autour de sa maison. Conformément aux recommandations de Livi, elle avait expliqué au préfet qu'elle se trouvait à Rome pour engager une procédure de divorce à l'amiable avec son mari et qu'elle effectuait des allers et retours entre Rome et Paris où Livi se trouvait.

Elle pénétra dans la cuisine et tourna en rond sans savoir ce qu'elle y était venue faire.

— Ah, oui. Un café ! Merde, merde, merde ! hurla-t-elle comme une déchaînée.

Livi, un agent du Mossad ! Tout devenait clair à présent. Et elle, comme une imbécile, l'attendait ici, persuadée qu'elle allait refaire sa vie avec lui. Elle attendait un geste, un mot. Rien. Les dernières phrases de Livi lui revinrent en mémoire. « Si tu m'aimes, alors pas un mot. Sinon on va y passer tous. Toi, ta famille et moi. La mafia est derrière toute cette affaire. »

Livi la prenait pour une idiote. Qu'avait-elle de commun avec ce grand bourgeois, avec ce milliardaire ? Ce soi-disant écrivain qui était en réalité mouillé avec les services secrets israéliens jusqu'au cou.

« Quand tout sera fini, nous vivrons ensemble ! » Et elle l'avait cru ! Manipulée ! Voilà ce qu'elle était. Il lui avait fait découvrir le paradis et l'avait jetée en enfer après l'avoir bercée d'illusions, pressée comme un citron. Le mot anonyme, qu'elle avait reçu alors qu'elle se trouvait dans sa résidence surveillée, lui revint à l'esprit. « Le deuxième homme dans la voiture est très proche de vous ! » Elle avait pensé immédiatement à Livi. Elle le lui avait même dit. Etait-ce possible que Livi, son amant, eût monté l'affaire Ricardo ? « Il m'a vraiment eue ! » marmonna-t-elle en versant une tasse de café.

Elle l'imagina subitement dans les mains d'une belle Israélienne et jeta sa tasse encore pleine contre le mur.

Le patron du Mossad et Dounia se trouvaient devant la Porte de Bronze. Ils s'apprêtaient à y entrer quand David remarqua Livi, le visage défait, une valise à la main. Le commissaire ne l'avait pas vu. Concentré sur lui-même, il marchait comme quelqu'un qui ne savait pas où aller. David passa son bras sous celui de Dounia et l'entraîna dans la direction de Livi. La voyante, qui n'était pas habituée à cette intimité, fut troublée. Ils étaient venus pour « sentir » l'endroit une première fois. David s'arrêta net. Livi était suivi. Deux individus de type italien dont David, en un clin d'œil, vit qu'ils étaient des amateurs, marchaient sur les pas de son agent. Livi, qui n'avait pas encore reçu de formation spéciale, ignorait probablement ce manège.

— Dounia, tu vas retourner à la maison. Je te rejoins dans un instant.

La voyante s'exécuta et David poursuivit la route de Livi. Au bout d'une demi-heure, il comprit que Livi savait qu'il était suivi et fut rassuré. Le commissaire se trouvait à présent sur la Piazza Navona, sa petite valise à la main, à la recherche d'un hôtel bon marché. Les deux Italiens ne le lâchaient pas d'une semelle. Livi finit par trouver une chambre dans un hôtel dirigé par un « ami » du Mossad. David comprit que son agent courait à la catastrophe, en pénétrant dans cet hôtel. Livi lui signifiait qu'il avait été découvert, démasqué. Les deux Italiens s'installèrent à une terrasse de café, face à l'hôtel. Ils n'appartenaient certainement pas au SISDE. Il s'agissait probablement de détectives engagés par le cardinal. David pénétra à son tour dans le café et s'attabla à deux mètres des Italiens. Au bout d'un moment, il sortit et s'éloigna pour téléphoner à Livi. Sans quitter les deux détectives amateurs du regard, il l'appela de son téléphone de poche.

— C'est moi. Ne crains rien et ne bouge surtout pas. J'arrive dans un quart d'heure.

David appela Rebecca et lui donna quelques instructions codées. Il passa encore deux coups de fil et patienta quelques instants avant de pénétrer dans l'hôtel par une porte discrète de l'autre côté de la rue. Ils se donnèrent l'accolade. Livi était heureux de revoir enfin son chef. Puis lui raconta la scène avec le cardinal dans les moindres détails.

— C'est sans doute cette secrétaire, conclut-il.

David réfléchit vite. Le nom du cardinal était sur la liste fournie par l'ex-général du KGB. Recruté en 1962, en pleine guerre froide, le cardinal, alors simple curé de paroisse et sympathisant communiste, avait connu une ascension en flèche.

— Je vais m'occuper de lui, dit David après lui avoir raconté l'itinéraire du cardinal. Tu vas être réintégré dans les deux jours.

Livi n'avait pas l'air convaincu. Il soupira :

— Que dois-je faire en attendant ?

— Ne parle à personne, va dans des restaurants bon marché. Va prier dans les églises. Dans deux ou trois jours, le problème sera réglé.

— Et les deux connards, en bas ?

— Ils sont sous notre « protection », affirma David, un sourire aux lèvres.

David lui donna l'accolade et lui souffla dans l'oreille :

— Courage, ce n'est pas le moment de craquer !

Dans la rue, le patron du Mossad marcha d'un pas lent, la tête rentrée dans les épaules. Devant Livi, il avait fait semblant d'être sûr de lui. Mais, cela était loin d'être le cas. Il eut subitement la forte impression que tout allait capoter encore une fois et pour toujours. Il rejoignit ses deux agents chargés de filer les détectives italiens, leur donna ses instructions, puis rentra chez lui.

Dounia l'attendait au salon. Elle était assise sur une chaise, la tête penchée sur une enveloppe posée sur la table. David s'approcha.

— Aucun doute. Ce que vous cherchez est bien là, dit-elle en levant la tête.

David rougit de plaisir. L'enveloppe fermée contenait une réplique du chandelier du Temple.

— Tu en es sûre ?

— Oui.

— On va retourner au Vatican. Viens.

— Ce n'est pas la peine. J'ai déjà senti l'objet avant de pénétrer dans l'enceinte de la cité. Asseyez-vous.

David obéit, troublé. La Française le vouvoyait encore après six années de collaboration. Elle ouvrit l'enveloppe, en sortit la photo et commença à la caresser de sa main gauche. David vit la voyante changer de visage. Ses yeux étaient fermés et ses sourcils froncés. Elle ressemblait à quelqu'un qui réprimait une souffrance physique. David sentit ses tempes battre de plus en plus fort. Au bout d'une éternité, elle se mit à parler d'une voix changée, trop juvénile pour son physique.

— La troisième cave se trouve au milieu d'un long tunnel. Il y a une trappe secrète. Sur la trappe, se trouvent plusieurs croix en fer, identiques, et des bougies. Beaucoup de bougies consumées. Si vous les balayez, vous trouverez la trappe. Elle donne accès à... à... Une sorte de... d'enfer. On dirait un enfer. Je vois des choses bouger, comme des âmes errantes, des ondes mauvaises, des figures abominables mi-humaines, mi-animales. J'entends des bruits... Des sons, des cris, des hurlements. Je sens une haine féroce, féroce !

Dounia s'interrompit et se mit à trembler de tout son corps. Elle claquait des dents comme si elle se trouvait nue en plein pôle Nord. David la regardait, désarmé. La voyante se mit subitement à émettre des sons bizarres en se protégeant la figure comme si elle cherchait à éviter des coups. Puis elle porta ses mains à son cou. Quelqu'un tentait de l'étrangler. David bondit de sa chaise pour la libérer. Il réussit à lui saisir les deux mains, mais elle suffoquait. Elle manquait d'air. Elle avait la bouche ouverte et ses yeux allaient sortir de leurs orbites. David s'empara d'une bouteille d'eau et la lui versa sur la figure. Pris de panique, il assistait impuissant à la mort de Dounia par étouffement. Il l'allongea sur le sol et commença à lui faire du bouche-à-bouche au moment même où Rebecca pénétra dans le salon. David se mit à lui masser le cœur comme un fou. Rebecca s'approcha, effrayée.

— Que se passe-t-il ?

David ne répondit pas. Il poursuivait son massage, collait sa bouche à celle de la Française, lui caressait le visage, les cheveux.

— Il faut appeler un docteur, dit Rebecca d'une petite voix.

D'un geste, David lui fit signe de disparaître. Il prit Dounia dans ses bras et la berça comme une enfant. La voyante reprit connaissance peu à peu, fixant David sans comprendre ce qui venait de lui arriver.

— Dounia, ce n'est rien. Tu as eu une petite crise d'é... Il avait faillit dire d'épilepsie. Une petite crise... Ce n'est rien.

Il la prit dans ses bras et l'emmena dans sa chambre à coucher.

— Tu vas te reposer un moment. Dors.

Elle s'endormit sur-le-champ. David demeura assis sur le bord du lit, le regard hébété.

Le cardinal finit son rapport oral sur Paul Bontate au pape. Assis, l'un en face de l'autre, dans les salons privés du Saint-Père, le cardinal avait l'air désemparé. Le pape, lui, se sentait mal. Ses traits étaient tendus, des cernes soulignaient ses yeux marron clair.

— Marie-Antoinette est morte d'un arrêt du cœur. Le saviez-vous ? demanda le pape en se levant pour marcher un peu.

Le cardinal encaissa le choc, sans broncher, comme s'il s'y était attendu. Le pape lui expliqua que sa secrétaire particulière avait appris la nouvelle par un fax envoyé de Paris. Marie-Antoinette était morte en rentrant chez son père, une heure après son arrivée dans la capitale française.

— Ces morts brutales m'inquiètent sérieusement, s'écria le pape en se frottant le menton.

Le cardinal partagea son inquiétude en approuvant d'un hochement de tête. Puis un long silence les sépara. Les yeux fermés, ils avaient l'air de méditer. Mais pas à la même chose. Le pape était concentré sur l'avenir de la chrétienté. Allait-il être le dernier évêque de Rome comme l'avait prédit Nostradamus ? Il sentit le sol glisser sous ses pieds et alla se rasseoir. Quelqu'un, quelque chose, il ne savait pas quoi, avait mis en marche un mystérieux processus. Celui des Temps derniers... Tous ces morts avaient eu un rapport avec le cénotaphe secret. Giorgio, Paulo, Henrico del Sarto et maintenant Marie-Antoinette qui avait découvert des indices en relation avec le cénotaphe. Véronique et le colonel avaient disparu, sans laisser de trace. Ils étaient peut-être morts d'un arrêt du cœur eux aussi ? L'ange de la mort passa devant lui. Il se signa discrètement. Sa décision fut prise immédiatement. Il fallait qu'il descende lui-même dans le caveau. Seul ! Il affronterait ces forces invisibles avec l'aide de Dieu.

Le cardinal, lui, pensait à son passé. Il était convaincu qu'un ou plusieurs agents ex-soviétiques étaient derrière tous ces meurtres. Mais pourquoi ? Que voulaient-ils ? Que cherchaient-ils ? Un trésor caché ? Cette pensée l'avait effleuré plus d'une fois.

— Vous allez laisser Bontate tranquille, dit le pape en se levant.

Le cardinal le fixa d'un air incertain.

— Je ne vois pas pourquoi on devrait poursuivre cette filature alors qu'il mène une vie de moine dans ce petit hôtel médiocre à attendre qu'on le rappelle.

— Mais...

— Il n'y a pas de mais. Votre rapport l'innocente. Et puis c'est quelqu'un de solide. Il a passé un long moment seul dans la cave et a vu l'inexplicable... Il s'en est bien tiré. Je ne veux pas qu'on lui fasse du mal.

— Mais la lettre de Marie-Antoinette ?

— Dieu ait son âme ! Elle ne parle pas de lui. Elle ne l'accuse de rien. Je pense que vous avez commis une erreur à son sujet.

— Mais il n'est pas si débile que cela. Il lisait *La Stampa* quand je lui ai donné congé. Il faisait semblant de ne pas savoir ce qui s'était passé le jour où le Mossad avait...

— Je vais descendre dans nos caves secrètes prier pour le repos des âmes perdues.

Le cardinal bondit de son siège, les yeux écarquillés.

— Seul ?

Le cardinal faillit hurler son angoisse. Il se mit à respirer très fort.

— Seul ! répéta le pape, d'une voix calme.
— Votre Sainteté...
— Libérez Bontate immédiatement. Et dites-lui qu'il réintégrera son poste dans une semaine.
Il acquiesça du regard.
— Je... peux vous accompagner...
— Non. J'irai seul. Il le faut. C'est ma responsabilité.
— Et s'il vous arrivait quelque chose ?
— Ma vie est entre les mains du Christ.
Le cardinal se signa trois fois en silence.
— Quand souhaiteriez-vous...
— Bientôt, dit le Saint-Père, en congédiant le cardinal d'un geste aimable.

Rebecca ne comprenait plus rien. De son poste d'observation, elle vit le cardinal s'entretenir avec les deux détectives italiens. Ils levèrent la garde devant l'hôtel et s'en allèrent tandis que le cardinal montait voir Livi dans sa chambre. Il ressortit de l'hôtel une demi-heure plus tard en compagnie du commissaire. Ils se serrèrent la main et chacun partit de son côté. Rebecca attendit un moment avant de suivre Livi. Il avait l'air d'un clochard qui errait sans but.

Au bout d'un moment, elle se fit reconnaître par Alberto qui s'était assis sur un banc public. D'un geste discret, il lui fit comprendre qu'elle devait disparaître. Elle s'exécuta et décida d'aller voir David pour lui annoncer la nouvelle. Bonne ou mauvaise, elle l'ignorait encore quand elle pénétra dans le salon. Le patron du Mossad l'écouta d'une oreille distraite. Il venait d'avoir une longue conversation avec un envoyé spécial de son adjoint à Tel-Aviv sur l'opération « Démon ». Jamais action n'avait été menée avec tant de précision de la part des agents du Mossad. Un sentiment de fierté lui avait redonné confiance en lui.

— Qu'est-ce qu'on fait ?
— Rien. On laisse venir.
Rebecca avait déjà entendu ce genre de remarques. Elle conclut que les idées de David étaient confuses et qu'il n'osait pas l'avouer.
— Comment va Dounia ?
— Elle se remet doucement. Dans un ou deux jours, elle ira mieux. Puis elle rentrera au pays.
— Elle ne nous accompagne pas dans la cave ?
— Bien sûr que non !
Dounia avait achevé sa mission. Ne lui avait-elle pas donné la clé du mystère ? Le secret pour pénétrer dans la troisième cave ? Il le gardait pour lui. Suivant les conseils de son rabbi, il avait décidé de s'attaquer seul au Diable et de découvrir le chandelier, de le toucher enfin de ses propres mains. Après, il ferait appel à son équipe pour le sortir de la cave et le rapporter en Israël.
Rebecca répéta sa première question. David lui répondit qu'il fallait attendre les explications de Livi. Tout avait été si vite.
— Crois-tu qu'ils l'aient retourné ?
— Impossible, dit David, sûr de lui.
— Je peux aller le rejoindre et lui demander...
— Laisse tomber, coupa David. Tu risques d'être repérée. C'est pour cela qu'il t'a fait signe de partir.
Rebecca eut du mal à dissimuler son angoisse. « On tourne en rond », pensa-t-elle.
— On tourne en rond, David !
— On tourne autour du chandelier. Fais-moi confiance. Je vais le sortir de là.
Elle faillit demander quand, mais se ressaisit. Elle n'avait envie que d'une chose : finir. Finir et partir le plus loin possible de Rome.

Le Saint-Père avait annulé la plupart de ses rendez-vous et passait une bonne partie de son temps dans sa chapelle privée, seul. Jamais il n'avait autant supplié le Seigneur de l'aider à accomplir sa mission. Il était persuadé qu'un signe apparaîtrait bientôt. Alors il descendrait dans la cave secrète, sûr de lui et de la protection du Seigneur. Il serait le troisième pape de l'Histoire à devoir affronter les forces maléfiques. Selon une rumeur transmise dans le plus grand secret au fil des siècles, les deux papes qui l'avaient précédé, le premier en l'an 461, le second en 1774, en étaient morts.

Agenouillé devant l'autel de sa chapelle, concentré, les traits détendus, le pape implorait le Seigneur de toute son âme. Il y allait de la survie de la papauté, sentait-il confusément. Des images contradictoires balayèrent son esprit et il se déconcentra. Il se leva et alla s'asseoir sur une chaise. L'image qui le frappait était celle de la reconstruction du troisième Temple. Il quitta la chapelle d'un pas nerveux. Dans son salon, il tenta de réfléchir à cette éventualité. Y avait-il un lien entre la reconstruction du Temple, ces meurtres et le massacre perpétré par le Mossad auprès des mouvements antisémites ? Et si le Mossad !... La question qu'il tentait d'éviter depuis le concile secret qui avait débattu durant trois jours sur la reconstruction du Temple, un an plus tôt, s'imposa à lui. Et si le troisième Temple n'était pas incompatible avec le retour du Messie ? Cette question posée lors du concile par un cardinal d'origine juive avait été écartée d'un geste brutal par le Saint-Père. Il voulut la chasser de son esprit, mais elle s'accrocha comme un naufragé sur une bouée. Il ferma les yeux et laissa son esprit errer dans le doute. Toute une série de questions, les unes plus horribles que les autres, se mirent à le secouer comme des décharges électriques. Et si Jésus n'était qu'un prophète ? Et si les prophéties de Matthieu et de Luc écrites en l'an 98, « Jérusalem et le Temple seront détruits jusqu'à la fin des temps comme punition parce que les juifs n'ont pas reconnu le temps où ils avaient été visités ? » étaient fausses ? Le pape tenta en vain de freiner ses pensées. Etait-ce le début des Temps ultimes ? Il se boucha les oreilles de ses deux mains et se mit à prier fort avec une sorte de rage, implorant le pardon du Seigneur en se laissant tomber sur le sol. Il leva la tête vers le ciel et murmura : « Seigneur, Seigneur, ne m'abandonne pas, ne laisse pas le doute m'envahir ! » C'est alors que tout bascula. Il eut d'abord un léger sursaut. Puis une lumière illumina la pièce. Une lumière douce, pleine d'amour et de tendresse. Il eut l'impression de voir Jésus devant lui. Il crut entendre une voix, une phrase, un ordre mais il eut du mal à en percevoir le sens. La lumière disparut. Il s'affaissa sur le sol, inconscient.

Au même moment, un autre homme priait. Lui aussi espérait un signe, une phrase, un mot. Un seul. C'était le patron du Mossad. Son châle de prière sur ses épaules, enfermé dans sa chambre, le regard tendu vers Jérusalem, David implorait Dieu de lui donner la force d'aller jusqu'au bout.

Dans Rome, l'équipe du Mossad patientait en attendant son feu vert. Sur les ordres de David, Rebecca et Livi étaient partis pour Tel-Aviv. Elle devait l'initier à différentes techniques d'espionnage. David s'imprégna enfin du calme dont il avait besoin pour se préparer spirituellement. Au bout d'une semaine, il en était encore au même stade de réflexion. Il jeûnait depuis deux jours. Seul dans son appartement, sans gardes du corps.

David était un Elu, mais pourquoi lui ? « Celui que les juifs attendent ! » lui avait prédit le jeune bédouin. Mais les juifs attendaient-ils vraiment quelqu'un ? Ou était-ce l'attente en soi qui les motivait à tenir, à résister, à traverser le temps et les obstacles ? Un doute le parcourut. Celui qui l'habitait quand il était enfant. Et si Moïse n'était qu'un extraterrestre venu propager une morale d'un autre monde ? Et le prophète Elie qui était monté au ciel sur un char de feu ! N'était-ce pas ces mêmes extra-terrestres qui étaient revenus le prendre ? David leva les mains vers le ciel et implora pardon. Le doute qui l'avait envahi subitement, c'était Satan qui s'était introduit en lui. Satan, serviteur de Dieu, cherchait à entretenir la confusion en lui. D'une voix nasillarde, il s'adressa à Elohim, citant dans l'ordre les prophètes Isaïe, Jérémie et Ezéchiel. Il acheva ses lamentations en évoquant Zacharie : le combat final et la nouvelle Jérusalem. Une douleur violente lui tordit le ventre. Un spasme secoua ses membres. Il s'agenouilla et déclara :

— Je suis ton serviteur. Rien, aucun obstacle ne me fera reculer. J'irai jusqu'au bout de la mission que Tu m'as confiée sur le mont Sinaï. Béni soit Ton nom !

Il demeura à genoux, les yeux fermés, les mains levées, telle une statue. Jamais, il n'avait été aussi concentré. Subitement, son cœur et ses tempes commencèrent à cogner, son sang à circuler plus vite. Puis une sensation étrange, comme si son corps se soulevait du sol. Il n'osa pas ouvrir les yeux, mais il était sûr qu'il flottait dans le vide. Sa tête toucha le plafond. Il porta sa main et palpa la pierre. Oui, il flottait et il en était conscient. David perdit la notion du temps. Il voyageait dans le vide. Malgré les yeux fermés, une lumière douce l'entourait, le protégeait. Il vit subitement les étoiles : il était parmi elles. Deux anges l'accompagnaient. La lumière se faisait de plus en plus forte, éclatante de douceur. Etait-il mort ? Ou bien vivait-il encore ? Allait-il retourner sur terre ou demeurer dans les cieux ? S'il avait pu choisir, David aurait demandé à rester là, à ne plus revenir sur terre. Mais quand il ouvrit les yeux, il était à nouveau agenouillé, les mains levés. Non, il n'avait pas rêvé. Non seulement, il était resté conscient, mais il sentit un liquide qu'une main invisible versait doucement sur son front. David ferma les yeux, terrifié. Sa main hésita. Il lui fallut un effort surhumain pour la porter à son front. Ses doigts touchèrent le liquide. Il ouvrit les yeux et regarda ses doigts. De l'huile. L'onction qui désigne le Messie. Puis, lentement, il s'affaissa sur le sol, inconscient.

11

Rebecca se tourna et regarda l'heure sur le réveil posé sur la table de chevet. Les chiffres indiquaient quatre heures du matin. Elle voulut se lever, mais Livi la prit par le bras et la tira vers lui.

— Où vas-tu ? lui murmura-t-il dans le creux de l'oreille.

— Je n'arrive pas à dormir.

Il se colla contre elle et se mit à lui faire l'amour avec douceur.

Ils se trouvaient dans une suite de l'hôtel King Salomon à Eilat. Au lieu de l'initier aux techniques de filature à Tel-Aviv, comme elle l'avait promis à David, Rebecca l'avait conduit chez l'ancien rabbin du Mossad qui vivait à Eilat. Livi avait insisté pour se convertir officiellement au judaïsme. Grâce à son nom et à son pénis circoncis, et parce qu'il ne touchait pas à la viande de porc, il se contenta d'apprendre quelques-uns des six cent treize commandements de la Torah ainsi que de se plonger nu dans le bain rituel. Il obtint un certificat de conversion. Le rabbin lui avait symboliquement effleuré le pénis avec une lame pour reconfirmer sa circoncision.

Son nom hébreu était : Avraham Lévy. Le lendemain de sa conversion, il avait demandé la main de Rebecca. Elle avait accepté sur-le-champ.

— Quand tout sera fini, on célébrera notre mariage et David sera notre témoin, murmura-t-il.

Rebecca serra l'homme qu'elle avait failli tuer un soir. Ils avaient passé une semaine à réciter quelques passages de la Torah et à faire l'amour. Un amour total, fou. Ils étaient faits l'un pour l'autre. Livi l'avait pressenti le soir où ils avaient dîné au Harry's Bar. Rebecca, elle, avait eu une pensée similaire quand elle s'était trouvée face au commissaire Falcone. Tout ce qu'elle lui avait dit sur son prétendu mariage avec Livi était sorti de son cœur, même si, ce jour-là, elle était à cent lieues de croire qu'un jour... Cette pensée l'avait poursuivie quelque temps. Dans la cave, prisonnière et serrée contre lui, elle avait su qu'il était l'homme de sa vie. Rebecca devrait demander l'autorisation du Mossad pour le mariage. Lui aussi, puisqu'il était désormais membre de la même maison.

— Que vas-tu raconter à Antonella ? demanda Rebecca pour la première fois.

— Elle est mariée. Moi je le serai bientôt. Il ne s'est rien passé entre nous.

C'était exactement ce que Rebecca souhaitait entendre.

— Je t'aime comme je n'ai jamais aimé dans ma vie. Jamais ! s'exclama-t-elle, émue.

Plus tard, reposée, elle se leva. Il alluma la veilleuse et la contempla. De toutes les femmes qu'il avait approchées, côtoyées, caressées, Rebecca était de loin la plus belle, la plus sensuelle.

— Ne bouge pas, murmura-t-il.

Elle recula d'un pas afin qu'il puisse mieux l'admirer. Un corps taillé à même la pierre, des seins fermes, des pieds longs et fins. Une beauté biblique. Des yeux vert foncé, dissimulés sous des cils noirs, longs. Subjugué, il ne pouvait détacher son regard de cette merveille qui allait devenir son épouse devant Dieu. Rebecca fit quelques tours sur elle-même et déclara, un sourire espiègle aux lèvres :

— Monsieur est sûr de ne rien regretter ?

Il bondit du lit et la couvrit de baisers.

Le pape s'habilla de noir devant le miroir. Il avait donné congé à son personnel, y compris le cardinal qu'il avait envoyé en mission à Londres. Il était vingt heures. Dans deux heures, il allait descendre seul dans la cave secrète où il n'avait jamais encore pénétré. Après son élection, il n'était descendu qu'une fois dans la seconde cave afin de prier et de remercier Dieu. Il palpa l'énorme crucifix en or massif sur sa poitrine et récita mentalement sa prière. Puis, il enfonça les mains dans ses poches et palpa les petites croix en fer qu'il allait déposer dans la cave.

Il se pencha et s'empara du sac sur le sol. Il l'ouvrit et compta à nouveau les sept bougies une par une. Il ignorait la signification du chiffre sept. C'était le message qui lui avait été transmis par son prédécesseur. « Sept, comme le chandelier à sept branches », lui avait-il expliqué. Une seule fois, l'idée que le chandelier à sept branches pouvait être comme un talisman l'avait effleuré, mais il ne s'y était pas attardé. Il posa le sac et retourna se voir dans le miroir. L'idée de rencontrer ce qui était peut-être le Diable, de l'affronter si c'était nécessaire, ne lui faisait pas peur. Il se sentait serein, impatient même. N'avait-il pas reçu un signe du Seigneur ? Il ajusta sa robe, embrassa son crucifix et alla prier une dernière fois.

David Ben Zion souleva la trappe dans l'entrée du cénotaphe et descendit lentement dans la première cave. Il était vingt et une heures quinze quand il ouvrit la deuxième porte qui menait au long tunnel percé de petits cachots. Il la referma à clé de l'intérieur, comme il l'avait fait pour la première porte. Il tenait d'ores et déjà à montrer sa détermination au Diable qui devait l'épier ou le sentir. Il n'allait pas fuir comme simple mortel. Il était l'Elu et le Diable ne pouvait rien contre lui. Il décida de se changer avant d'aller plus loin et enleva la cape noire de ses épaules pour passer un caftan en lin blanc brodé d'or. Quelques instants plus tard, il était méconnaissable. Vêtu de blanc, de la tête aux pieds, une épaisse ceinture d'or autour de la taille. Malgré le froid et l'humidité, David avait chaussé des sandales bibliques en cuir usé. Il posa une barrette blanche sur sa tête, et s'enveloppa les épaules d'un châle de prière blanc à rayures bleu ciel et or. Il s'empara d'un gros sac dans lequel se trouvaient sept cierges de cinquante centimètres de haut et de dix centimètres de diamètre. Avec le pied-de-biche pour ouvrir la trappe secrète, les cierges constituaient sa seule arme. Il n'avait même pas de piles de rechange pour la torche qu'il avait prise afin de s'orienter dans le noir. Il marcha d'un pas lent et sûr vers le lieu décrit par Dounia au centre du tunnel et s'immobilisa devant une petite montagne de bougies consumées mêlées à de petites croix en fer. Il y donna quelques coups de pied : les objets s'éparpillèrent dans tous les sens. Puis il se pencha, gratta les fentes de la trappe secrète, saisit son pied-de-biche et le posa contre le mur. Puis il suspendit son geste, dérouté, hésitant sur la marche à suivre. Fallait-il allumer les cierges et les disposer en forme de chandelier ? Ou bien les laisser se consommer un par un ? Chacun pouvait durer sept jours. Alors, comme un robot, il fit ce qu'il avait répété plusieurs fois mentalement. Il planta les cierges dans la terre à un mètre de la trappe, l'un à côté de l'autre, marquant ainsi comme une ligne de démarcation au milieu du tunnel. Quand le Diable sortirait de sa cachette, il ne pourrait pas la franchir. David se placerait de l'autre côté et l'affronterait par le verbe et non par la croix, comme lui avait suggéré l'archevêque de Paris ainsi que son rabbin. C'est comme cela qu'il l'avait vu dans son rêve, la veille. Il avait maintenant besoin de se recueillir dans l'obscurité. Il éteignit sa torche et entama sa méditation.

Rebecca et Livi dînaient en tête à tête dans le restaurant de l'hôtel Colombus, proche du Vatican. Arrivés la veille d'Israël, le patron du Mossad leur avait donné sa bénédiction et sablé le champagne à la nouvelle de leur mariage. Ils l'avaient trouvé métamorphosé. Son regard perçant, décidé, était devenu doux comme celui d'un agneau, avec par moments comme une lueur qui jaillissait. On aurait dit qu'il avait vieilli de dix ans. Son dos s'était légèrement voûté. Rebecca avait mis cette transformation sur le compte de la fatigue. David leur avait expliqué qu'il comptait descendre dans la cave deux jours plus tard. Rebecca fut chargée de la préparation et de la coordination de l'opération. Toute la journée, elle avait passé en revue, point par point, les détails de l'action depuis leur descente sous terre jusqu'à l'incendie de diversion que devaient provoquer quatre de leurs agents dans Radio-Vatican. Livi devait faire partie de l'équipe qui protégerait la sortie de David et de Rebecca au cas où des gardes suisses interviendraient.

— Tu es sûr que David est en forme ? demanda Livi.

— Cela doit être de la télépathie. J'allais te poser la même question. Je l'espère, mais je n'en suis pas sûre. Son regard étrange, vide, hagard et lumineux par moments, me trouble. Il a l'air de vivre dans un autre monde, dans une autre dimension. J'ai même eu l'impression qu'il planait de temps à autre.

— Quand il a levé sa coupe, il souriait certes, mais son esprit était loin, très loin. Je l'ai vu plusieurs fois se toucher le front et regarder ses doigts comme s'il cherchait quelque chose...

— Tu l'as remarqué toi aussi ? J'ai craint qu'il ne se touche les joues et nous refasse le coup des croix.

Rebecca soupira. Livi planta sa fourchette dans sa côtelette d'agneau, pensif.

— En tout cas, en ce qui concerne la préparation de l'opération, il était extrêmement lucide, dit-elle.

« Tu sais ce que je pense ? ajouta Rebecca. Et sans lui donner le temps de le deviner, elle dit :

« David se trouve dans la cave ! Maintenant !

Livi haussa les épaules.

— Qu'est-ce qui te fait croire cela ?

— Une intuition.

— Si tout va bien après-demain, et si Dieu le veut, nous nous installerons à Jérusalem, dit Livi pour changer de sujet. Tu me donneras cinq enfants !

— Tu veux me déformer à vie ?

Ils sourirent en même temps.

Le pape enfonça la clé dans la première porte et la tourna trois fois. Il la poussa et éclaira le couloir avec sa torche électrique en se dirigeant d'un pas hésitant vers la seconde porte au fond du couloir. Un frisson glacial lui parcourut le dos. Il poursuivit son chemin jusqu'au bout en murmurant des prières en latin. Il chercha dans son trousseau de clés, trouva la bonne et l'introduisit dans la serrure. Il tourna trois fois et la poussa lentement de la main.

David, qui avait entendu le bruit de clés introduites dans la serrure, poussa vivement la porte d'un cachot et pénétra à l'intérieur. Il serra les mâchoires. Il avait donné des ordres stricts à Rebecca et à Livi. Ce n'était donc pas eux. Mais qui alors ? Les pas approchaient et David nota qu'il n'y avait qu'une seule personne. Un nouveau gardien ? Le cardinal ?

Impossible. Il se trouvait à Londres. Il sortit la tête. Un homme en noir marchait au milieu du couloir. Il jura entre ses dents. Il essaya de se maîtriser quand l'homme arriva à sa hauteur et déposa un sac sur le sol ainsi que sa torche. C'est à ce moment-là seulement que David reconnut le pape. Son cœur fit un bond. Il sortit de sa cache et s'empara de la torche qu'il éteignit aussitôt. Le pape se mit à prier en latin d'une voix terrorisée.

— Ne crains rien ! Je ne suis pas ton ennemi, dit David en italien.

Il entendit la respiration du pape et crut qu'il allait mourir d'une seconde à l'autre. Il répéta sa phrase et ajouta :

— Tu es sous ma protection, évêque de Rome.

— Qui es-tu ?

— Le Messie !

Le pape se mit à prier à haute voix, mais David l'arrêta.

— Inutile de prier. Je suis là.

Il entendit un froissement et conclut que le pape s'était agenouillé.

— Je suis le Messie d'Israël. Celui annoncé par le prophète Isaïe, dit David en hébreu ancien, sachant que le pape parlait cette langue.

Le pape demeurait figé, la bouche ouverte, le cœur matraquant sa poitrine.

— Tu es venu chercher le chandelier à sept branches.

— Oui. Je suis ici pour reprendre la Ménorah de Beit Hamikdash et annoncer les temps messianiques pour l'humanité.

Le pape fit un effort et posa encore une fois sa question :

— Qui es-tu, homme ?

— Je suis le Messie et je m'appelle David. Je viens d'Israël, du mont Sinaï, et je suis ton frère. Ne crains rien et prie pour moi comme je prie pour toi.

Il s'approcha et posa sa main sur son épaule, puis sur sa tête. Il pria pour lui. Le pape reconnut la bénédiction des saints.

— Comment sais-tu que la Ménorah est ici ? demanda le Saint-Père en hébreu.

— Dieu me l'a dit. Le Diable aussi est ici. Je suis venu l'affronter et reprendre notre candélabre pour le rapporter à Jérusalem. Pourquoi es-tu venu, toi ?

Le pape ne répondit pas aussitôt.

— Pour prier Dieu et calmer sa colère contre les hommes. Les Temps approchent, n'est-ce pas ?

— Oui, les Temps approchent. Le royaume de Dieu, béni soit Son nom, est parmi nous.

Un silence les sépara. Puis le pape fixa David dans les yeux. Il pleurait. David le releva et le serra dans ses bras.

— Qu'est-ce que cela signifie ? Jésus n'était-il pas le Messie ? demanda le Saint-Père.

— L'a-t-il jamais déclaré lui-même ?

— Non, reconnut le Saint-Père.

— Iyéshoua était surtout un grand prophète, répondit David. Un grand serviteur de Dieu. Sa vraie prophétie est en train de se réaliser. C'est lui qui m'envoie.

— Il est le Fils de Dieu !

— Dieu, béni soit Son nom, est le Père de tous les croyants. Nous sommes tous ses fils. Toi, moi, tous les bné Adam[1].

— Cela veut-il dire qu'il y aura un troisième Temple ?

— Oui et avec la Ménorah. Ensuite j'annoncerai les temps messianiques.

— Les juifs sont donc le peuple élu ?

— En as-tu jamais douté ? Les chrétiens aussi. Et les musulmans aussi. Les juifs sont les aînés de la

1. Fils de l'homme. Expression hébraïque qui signifie être humain.

famille. Tous ceux qui croient en un seul Dieu, béni soit Son nom, sont des Elus, les préférés du Père. Nous sommes des frères de sang et de foi. J'ai pour mission de rétablir le royaume de David, comme cela est écrit. Mais auparavant je dois récupérer la Ménorah et nous devons terrasser le Diable.

Un nouveau silence les sépara. Le pape méditait.

La voix douce de David l'avait apaisé. Bien sûr qu'ils étaient tous les Fils de Dieu.

— Comment es-tu entré ici ? Les portes étaient fermées quand je suis arrivé...

— Le Messie n'a pas besoin de clé pour pénétrer là où il veut.

Le pape remerciait Dieu du moment miraculeux qu'il vivait, même si mille questions se bousculaient dans son esprit. Les plus pressantes concernaient l'au-delà. Que signifiait exactement l'expression « les temps messianiques ? » La paix fraternelle entre les hommes ? Et après ? La vie éternelle ? Si la mort était abolie, si elle disparaissait, que deviendrait l'homme sans cette épée de Damoclès au-dessus de sa tête ? Sans cette mort qui lui servait de carotte pour avancer, créer, construire ou détruire ? Comment l'homme passerait-il son temps dans la vie éternelle ? A prier ? Pour demander quoi ? A être bon envers les autres ? A sourire tout le temps ? A se nourrir et à s'aimer ? Comme Adam et Eve avant l'arrivée du serpent ? La terre était-elle capable de nourrir les milliards de morts qui allaient ressusciter ?

A ce moment, un bruit étrange, comme un léger tremblement de terre, secoua les deux hommes. Le pape voulut prendre sa torche, mais David avait déjà allumé un des cierges. Malgré la terre qui remuait de plus en plus fort sous leurs pieds, David poursuivait sa tâche avec calme. Les sept cierges, alignés comme un chandelier, éclairèrent bientôt le tunnel d'une lumière douce. David posa sa main sur la tête du Saint-Père et le bénit. Puis il le releva et lui demanda de faire la même chose pour lui. Le pape le contemplait, subjugué. Le Messie ressemblait à un prince, peut-être même au roi David. Oui, c'était cela, il était la réincarnation du roi David, puisque le Messie était de descendance davidique. Le pape fixait, fasciné, sa large et lourde ceinture en or avec ses rubis rouges, son étoile de David en or massif sur sa poitrine, son châle de prière. David l'observait lui aussi de toute sa hauteur, puis le pape leva les yeux et croisa enfin son regard. Un frisson parcourut son corps et il le bénit à son tour. Le Messie était un humain comme lui.

Le sol trembla à nouveau mais les cierges et leur flamme étaient comme figés.

Des sons indistincts, des hurlements commencèrent à envahir le lieu. Il s'empara de sa croix et la jeta sur la trappe en fixant David comme s'il cherchait un encouragement. Le Messie ne broncha pas. Droit comme une statue, il attendait, sûr de lui. Autour des cierges des figures évanescentes apparurent et se mirent à danser autour de la trappe. Un craquement sinistre résonna et la trappe se souleva lentement. Le pape recula et David le prit par le bras. Des mains noires ridées, aux ongles crochus, se posèrent sur la terre, puis, lentement, un être mi-animal, mi-humain, surgit, hésitant et menaçant, le regard fuyant les flammes des cierges. David et le pape observèrent le monstre en silence. Rêvaient-ils ? Cette horreur n'avait pas de nom. Seuls ses yeux témoignaient de la part d'humain qu'il portait en lui. Le Saint-Père voulut prier, mais David lui imposa le silence.

— Il est inutile de prier, frère. C'est l'heure du dernier combat, dit-il d'une voix autoritaire.

Le pape fit un pas en arrière et se mit en retrait, le cœur battant. La créature et David s'examinaient, séparés par la frontière lumineuse. La créature baissa les yeux, puis les posa sur le pape. Le Saint-Père sentit ses jambes le trahir et détourna son regard. Alors le Diable se mit à souffler en direction des cierges. Une rafale secoua le tunnel. Les flammes s'éteignirent, mais se rallumèrent aussitôt. Il s'approcha d'un cierge et poursuivit son manège, soufflant sur la flamme comme un ouragan. Mais la flamme reprenait vie à chaque fois. Après plusieurs tentatives, le Diable abandonna et grogna d'une voix terrifiante. Une armée de squelettes déformés, de crânes de toutes tailles entourèrent David et le pape, en une frénétique danse de la mort, émettant des cris aigus, des lamentations qui semblaient surgir du fond des ténèbres.

Etrangement, le pape reprit courage. Il fit un pas en avant et se mit sur la même ligne que David. Le Diable souffla une nouvelle fois sur les cierges. David savait que ces lumières le tenaient à distance. Une pensée lui traversa l'esprit. Fallait-il qu'il passe à l'offensive ? Etait-il protégé au point de l'affronter dès maintenant ? Il se mit à parler :

— Tu es l'esprit du mal. Le royaume de Dieu, béni soit Son nom, est arrivé. Je t'ordonne de quitter ces lieux saints !

Le pape sentit un frisson l'envahir. La créature se mit à hurler et les murs tremblèrent. Le pape et David se bouchèrent les oreilles.

— Si tu es le Messie, alors prouve-le ! lança brusquement une voix venue de nulle part. Les deux hommes tournèrent la tête pour en découvrir l'origine. Le pape observa David : il était en proie à des convulsions. Le Messie tremblait ! Etait-ce possible ? Le Messie aurait-il peur ? Il le vit lever les mains et l'entendit prononcer ces paroles : « Père, père, donne-moi la force de vaincre le mal ! » Un doute atroce, une douleur mortelle s'empara alors du Saint-Père.

La voix mécanique répéta ses paroles en ajoutant :

— Tes cierges sont magiques ! Tu n'es pas le Messie !

Le pape ne savait pas que David les avait commandés spécialement au laboratoire du Mossad et qu'ils pouvaient résister même à une tempête. Le pape l'implorait du regard. Dans quelques instants, si David ne réagissait pas de manière spectaculaire, miraculeuse, il mourrait ici, devant lui.

David s'empara de son sac, fit un pas en avant et ordonna au Saint-Père de reculer.

— Va-t'en d'ici et garde le secret de ma présence pendant deux jours, lui dit-il. Tu feras un rêve, ce sera mon signe. Alors tu réuniras tes prêtres et tu leur annonceras que les temps messianiques sont arrivés. Tu seras persécuté. Mais ne crains rien. Ne crains pas les hommes. Ils sont orgueilleux. Ils ne savent pas ce qu'ils font. Va, mon frère, Dieu, béni soit Son nom, est avec toi !

— Où vas-tu ?

David ne répondit pas. Il avança d'un pas ferme et franchit la ligne de feu. La créature s'écarta pour le laisser passer. David arriva au-dessus de la trappe et descendit. Un silence épais tomba dans le tunnel.

Livi et Rebecca pénétrèrent dans le duplex du commissaire. Il n'y avait plus aucune raison de se cacher. Rebecca allait bientôt être sa femme. Elle fut frappée par la beauté et l'harmonie de la maison.

— Bienvenue chez toi ! dit-il en la portant jusqu'au canapé.

Après quelques baisers fougueux, Livi se leva et, pendant que Rebecca fredonnait une chanson en vogue, il passa le salon au détecteur. Négatif.

Rebecca, soudain, se dressa, pâle comme la mort.

— David est dans la cave ! s'écria-t-elle.

Livi eut un geste de recul.

— J'en suis sûre ! dit-elle en regardant sa montre.

— Rebecca calme-toi !

— Je le sens. Il est descendu seul. Depuis l'incident avec Dounia, il n'est plus le même.

— Mais tout est programmé pour demain soir !

— Justement. Il veut d'abord voir le chandelier seul avant de lancer l'opération.

— Comment va-t-il trouver la troisième porte, seul ?

— Dounia ! Elle a dû lui donner une piste. Oui, c'est cela. Maintenant je comprends.

Elle se laissa tomber sur le canapé, songeuse. David avait exigé de n'être dérangé sous aucun prétexte. Il voulait méditer et prier. Elle se souvint subitement des propos bizarres rapportés par un de ses gardes du corps qui avait entendu David parler tout seul en une langue incompréhensible. Sur le moment elle avait ri intérieurement. Mais ou Yossi, le garde du corps, était devenu fou à lier, ou bien il disait vrai. Et cela expliquait la conduite étrange de David.

— On y va, dit-elle en se levant.

— Où ?

— Au Vatican.

Livi regarda l'heure à sa montre.

— Ils ferment les portes dans trois quarts d'heure. Je ne pense pas que ce soit une bonne idée.

— Viens !

David n'avait jamais vu autant de squelettes, de crânes, d'animaux de cauchemar à têtes presque humaines. Il marchait dans l'horreur d'un pas ferme dans un long couloir glacé, en ignorant les grognements autour de lui, sans tourner la tête, une torche électrique dans la main droite et dans l'autre main un petit sac dans lequel se trouvaient les trois clés. La porte l'attendait au fond. Un rapide coup d'œil lui indiqua qu'elle était assez grande pour laisser passer le chandelier, qu'elle comportait une seule serrure. Il s'en approcha à quelques centimètres. Sa vision sur le mont Sinaï était donc authentique. Il était le Messie, David, roi des juifs ! Il regarda la clé et eut un frisson. Il l'enfonça dans la serrure, pria mentalement avant de la tourner. La troisième porte s'ouvrit.

David sentit des pas et se retourna. Le Diable se tenait derrière lui. Il l'ignora. Il risqua un pied à l'intérieur. Alors une douleur atroce foudroya son cerveau, et il s'effondra sur le sol comme une masse.

Le pape, immobile comme une statue de sel, les yeux fermés, claquait des dents depuis que David avait disparu dans la cave secrète. Il ouvrit les yeux et constata qu'il n'était plus entouré de mauvais esprits. Il bougea la tête de droite à gauche. Tout était normal. Il fit un pas en avant, puis se retint d'aller au-delà du mur de lumière.

Il avait l'impression que le cauchemar était terminé. Il entendit un bruit provenant de la troisième cave. Il émit un cri de joie, qui se transforma vite en hurlement d'horreur quand il aperçut la créature à nouveau devant lui.

Rebecca et Livi parvinrent à la cité quelques minutes avant la fermeture des portes. Elle à pied et lui en camionnette des postes du Vatican qu'il gara à proximité du cimetière. Un silence étrange régnait sur place. Ils ne rencontrèrent aucun garde suisse depuis la porte d'entrée. Comme si tout le monde avait déserté le lieu saint. Dissimulés tous deux derrière un arbre, elle indiqua sa montre du doigt qu'elle tourna une fois dans le sens des aiguilles et leva l'index pour signifier à Livi qu'ils patienteraient une heure avant de descendre dans la cave. Alberto hocha la tête et lui fit comprendre qu'il allait ramper jusqu'au cénotaphe.

Il était presque minuit quand le pape sortit du cénotaphe. Livi le reconnut aussitôt et avala sa salive. Rebecca, allongée de l'autre côté, à une vingtaine de mètres de lui, le reconnut aussi. Le pape, titubant comme un zombie, s'arrêta devant une tombe pour reprendre son souffle. Rebecca se trouvait à deux mètres de lui. Il reprit sa marche et manqua trébucher sur elle. Rebecca faillit crier, mais il poursuivit son chemin de son pas fragile et incertain. Il marqua un second arrêt et leva les mains vers le ciel. Il s'agenouilla et resta immobile dans cette position.

Les deux agents du Mossad décidèrent d'agir sans attendre. Quelques instants plus tard, ils marchaient d'un pas rapide vers la seconde cave. Les portes étaient ouvertes. Munie d'un puissant projecteur, Rebecca aperçut les sept cierges allumés qu'elle avait vus dans l'appartement de David et accéléra le pas. Livi la suivait, un pistolet-mitrailleur Uzi à la main. Ils s'arrêtèrent devant la trappe ouverte, s'examinant du regard. Livi voulut dire quelque chose, mais Rebecca était déjà en train de descendre. Affolé, il se précipita à son tour.

Rebecca eut le choc de sa vie quand elle aperçut une silhouette blanche allongée sur le seuil de la porte. Elle éclaira l'endroit en s'approchant et poussa un cri d'horreur quand elle aperçut David Ben Zion tout de blanc vêtu, une énorme ceinture en or autour de la taille, immobile sur le sol.

12

Le concile des évêques était réuni en séance extraordinaire dans l'abside de la basilique. Ils étaient venus du monde entier sur la demande express du pape. Contrairement à la tradition, il n'y avait aucun sujet à l'ordre du jour. On savait seulement que le Saint-Père, successeur de saint Pierre, allait prononcer une déclaration de portée universelle.

Assis sur son trône, le pape parcourait l'assemblée du regard. Des rumeurs avaient hanté les coulisses de la basilique depuis l'arrivée des premiers cardinaux.

Pour certains, le pape allait annoncer qu'il renonçait à sa charge. On le disait cardiaque. Des rumeurs n'avaient cessé de courir à ce sujet depuis son élection à l'unanimité et au premier tour du scrutin deux ans plus tôt. La dernière semaine, il s'était enfermé, refusant de se faire soigner. Il parlait seul et à haute voix, ne répondait pas aux questions, passant son temps dans sa chapelle. Atteint de mysticisme. Peut-être même avait-il été envoûté...

Il leva la main et un silence de plomb tomba sur la salle. Il s'éclaircit la voix et déclara, le regard vide :

— J'ai rencontré le Messie.

Chacun des cardinaux reçut un terrible coup de poing dans l'estomac. Le pape se mit debout et leva les mains vers le ciel.

— Le Messie s'appelle David, il vient du mont Sinaï, il est parmi nous, avec nous. Le royaume de Dieu, béni soit Son nom, est arrivé.

Il avait parlé en ancien hébreu, la voix tremblante d'émotion.

Dans la salle, tous les cardinaux se regardèrent les uns les autres, terrifiés, scandalisés et pensèrent la même chose : le pape est devenu fou.

— Le Messie est un « Ben Adam », comme vous et moi. Il a combattu l'esprit du Mal pour ramener le chandelier au monde. Le troisième Temple de Jérusalem sera reconstruit et les temps messianiques...

Plusieurs cardinaux se dressèrent d'un coup avant d'écouter la fin de la phrase. Un formidable chaos s'instaura dans la salle. Déjà certains hurlaient au blasphème. Le pape se rassit, effondré. Il comprit qu'il n'aurait aucune chance de s'exprimer et encore moins d'imposer le silence. Il n'entendait plus les cris de protestation et de colère, les insultes. Il se souvint des dernières paroles de David et pria pour qu'il réapparaisse le plus vite possible. Un instant, il vit Jésus devant le sanhedrin de Jérusalem et s'identifia à lui. Un cardinal s'approcha soudain de lui et lui prit la main pour lui retirer son anneau papal. Il se laissa faire sans résistance. Soulevé avec violence, il fut entraîné en dehors de la basilique et entendit, avant de perdre connaissance : « Le Diable s'est introduit en lui. Il est envoûté. Il est fou ! »

David Ben Zion ouvrit les yeux et regarda autour de lui. Rebecca lui caressa les cheveux.

— Où suis-je ? murmura-t-il d'une voix endormie.

— En sécurité. En Israël.

David voulut se lever, mais retomba. Rebecca fixa l'interphone et faillit appeler Livi qui se trouvait dans l'autre chambre, mais se ressaisit. David ouvrit les yeux à nouveau et elle lui tendit un gobelet chaud.

— Tiens, c'est du café. Cela va te réveiller.

Il le but à petites gorgées. Petit à petit, sa mémoire lui revint, et il émit une grimace.

— Ils sont là ? demanda-t-il en montrant la porte de la tête.

Rebecca acquiesça.

— Combien sont-ils ?

— Douze.

— Que veulent-ils ?

— Te rencontrer.

— Parce que j'ai dit que j'étais le Messie ?

Elle confirma du regard.

— Mais l'ai-je affirmé réellement ?

— Pis. Tu l'as crié sur tous les toits de Jérusalem. Tu hurlais à pleins poumons que tu étais le Messie et que tu étais venu pour annoncer les temps messianiques. Tu disais aussi que tu t'appelais David Ben Zion et que tu étais l'ancien patron du Mossad. Heureusement on était venu à temps pour t'arrêter. Tu as fait la une des journaux d'Israël et du monde. Les douze juges font partie du Conseil de la Torah. Le Premier ministre est désolé.

— Je ne me souviens de rien.

— Tu étais en transe, tu délirais...

— Mais je suis le Messie ! affirma-t-il en se levant.

Ce qu'il faut bien appeler un procès débuta quelques instants plus tard. David pénétra dans la salle et regarda autour de lui. Il se trouvait devant un tribunal rabbinique. Douze hommes en noir le fixaient d'un air mauvais. Il était vêtu de la tenue qu'il portait dans la cave du Vatican.

— Approche ! dit celui qui était le plus âgé.

David eut un sourire plein de mépris. Il encaissa la première question avec un haussement d'épaules, et resta muet un bon moment. Puis il fit une déclaration qui souleva l'indignation du tribunal. Alors commença un débat théologique entre David et les juges.

— Comment as-tu reçu l'onction ? Décris-nous la scène.

— J'ai d'abord été soulevé par une force invisible et me suis retrouvé la tête contre le plafond.

— Tu as vu le sol quand tu étais en haut ?

— Non, j'avais les yeux fermés.

— Alors comment peux-tu affirmer que ta tête était contre le plafond ?

— Parce qu'elle a touché le mur.

— Tu aurais pu tomber et te cogner la tête contre le sol ?

— Impossible. Je flottais au-dessus du sol. J'étais soulevé par une force invisible. Je n'ai pas rêvé. Un de mes gardes du corps m'a vu. Il vous l'a affirmé.

— Et comment interprètes-tu ce phénomène ?

— Dieu, béni soit Son nom, a probablement tenu à me donner un avant-goût de l'au-delà. Car j'ai vu Sa lumière.

Un murmure se fit. Les douze juges remuèrent la tête en signe de désespoir. L'un d'entre eux s'écria :

— Cet homme est fou. Arrêtons ce procès.

— Le mot procès est ridicule. Je suis venu ici par ma propre volonté. Même si je suis le Messie, je suis encore le patron du Mossad. J'ai accepté de vous rencontrer pour vous annoncer la bonne nouvelle.

— Quand et à quel moment exactement as-tu senti qu'on te versait de l'huile sur le front ?

— Je vous l'ai déjà dit.

— Pourquoi selon toi l'Eternel, béni soit Son nom, t'a choisi pour accomplir cette mission ?

— Je l'ignore. Je n'ai rien demandé. Les visions que j'ai reçues sur le mont Sinaï m'ont poussé à aller jusqu'au bout. N'importe quel homme de foi aurait agi comme je l'ai fait.

— Comment expliques-tu qu'un jeune bédouin,

donc un musulman, ait pu te prédire cette... La phrase...

— Il était un croyant, un pur. Il vit dans le désert, loin de l'hypocrisie et de la méchanceté humaines.

— Pourquoi pas un juif ?

— Ne sommes-nous pas tous les croyants égaux devant Elohim ? Un murmure interrompit le débat.

— Pourquoi, selon toi, l'Eternel, béni soit Son nom, a-t-Il choisi un homme qui, il y a encore à peine cinq ans, était un athée ?

— Vous êtes nés croyants. Moi je le suis devenu par volonté, par choix. Aux yeux d'Elohim, cela a peut-être plus de mérite. Moïse non plus n'était pas un croyant, quand il a été choisi.

Des murmures se répandirent dans la salle.

— N'as-tu pas pensé que tes deux visions sur le mont Sinaï prouvent que tu as le don de voyance et rien d'autre ?

— C'est probable.

— Tu n'en es donc pas sûr ?

— Seuls les idiots sont sûrs.

— Si tu es le Messie, pourquoi as-tu fait appel à la voyante de ton organisation ?

— Pour confirmer...

— Pour confirmer ta propre voyance !

David eut un moment d'égarement. Ces douze rabbins étaient apparemment bien informés. Il regretta d'avoir accepté ce qu'il croyait n'être qu'un jeu.

— Comment expliques-tu que tu n'aies pas vu la Ménorah de Beit Hamikdach ?

— Je me suis évanoui avant de pénétrer dans la cave du Diable. Mais je l'ai vue dans ma vision sur le mont Sinaï.

— Si tu es le Messie, pourquoi avoir alors utilisé des cierges magiques pour affronter le Diable ?

— Pour qu'ils résistent au froid et à l'humidité...

— Pourquoi portes-tu ces vêtements ? Et cette

ceinture d'or qui vaut une fortune, qui te l'a donnée ? En as-tu les moyens avec ton modeste salaire ?

David répondit, embarrassé :

— J'ai hérité cette ceinture de mon père. Il l'avait achetée à un Jordanien en 1940. Quant aux vêtements que je porte, j'avais fait un rêve. Il s'agissait d'un ordre divin.

— Attention à ce que tu dis ! Tu sais que tu blasphèmes !

— Croyez-vous en Elohim ?

Un silence lui répondit.

— En doutant de mes propos, vous doutez de la parole et de la volonté d'Elohim. C'est vous qui blasphémez !

— Nous représentons la Torah !

— Je crois que vous représentez vos propres intérêts. Vous avez peur de l'ère messianique.

Les douze rabbins lui lancèrent un ultime avertissement.

— Au nom de quoi, vous permettez-vous de juger le Messie alors qu'il vient d'accomplir un vrai miracle ? J'ai été choisi. Je n'ai rien demandé, mais j'ai obéi. J'ai annoncé les temps messianiques. Ma mission est accomplie. Le reste ne m'intéresse pas. C'est l'affaire des hommes.

Les juges se consultèrent du regard.

— Selon toi que signifie le mot Machiah ?

— Il est dit que le Machiah libérera Israël du joug étranger, rétablira le royaume de David et fera ressusciter les morts. J'ai sauvé Israël lors de la dernière guerre. L'étranger s'était infiltré chez nous, je l'ai chassé. Maintenant nous allons reconstruire le Temple et les morts ressusciteront.

— Et c'est toi, le roi d'Israël ?

— Oui.

— Qui l'a décidé ?

— Elohim !

— Il te l'a dit lui-même, bien sûr ?

— Oui.

— Et comment ?

David lut l'ironie sur leurs visages.

— Je ne peux pas vous le dire. Vous n'êtes pas prêts.

— Si tu es le Messie, alors tu connais le vrai nom de D..., béni soit Son nom.

— Il m'a été communiqué avant que je ne pénètre dans la cave secrète du Diable. Oui, je connais le nom secret de YHVH

Les douze juges se levèrent d'un coup et déchirèrent leurs habits.

Le pape fut conduit à l'intérieur d'une salle illuminée par des candélabres posés sur la table du fond. Derrière elle siégeaient les douze cardinaux chargés par la curie de l'examiner avant de le déclarer officiellement fou. Il distingua à peine les visages de ceux qui, quatre jours plus tôt, le considéraient presque que comme un dieu.

Vêtu d'une simple soutane, il s'approcha et s'arrêta à deux mètres de la table. Le cardinal Camerlingue, celui qui avait succédé à Henrico del Sarto, celui qui avait pris sa place provisoirement en attendant l'élection d'un nouveau pape, lui conseilla de bien réfléchir avant de répondre. En guise de préambule, on lui rappela les passages essentiels de l'Evangile avant de commencer l'interrogatoire. Au bout de six heures, il fut reconnu comme incapable de servir l'Eglise. Il signa son abdication d'une main sûre qui irrita tout le monde. Un ordre résonna et deux gardes pénétrèrent dans la salle. Le pape demanda à poser une question. Une seule.

— Savez-vous pourquoi on se moque, on enferme et on tue les messagers de Dieu ?

Un silence glacial lui répondit.

— Parce que les hommes ont mauvaise conscience. Quand Caïn tue son frère, il se sauve pour se cacher. Dieu l'interpelle et exige de lui des explications. Au lieu d'avouer son crime, il dit : « Suis-je responsable de mon frère ? » Il ment à Dieu. Parce qu'il a une conscience, il sait qu'il a commis un crime, mais il le cache. Dieu nous a créés avec le bien et le mal en nous. Et pour être sûr que l'homme ne puisse pas se justifier au cas où il choisirait le mal, il l'a muni d'une conscience.

Il marqua une pause et ajouta :

— Vous savez que je dis vrai. Le Messie s'appelle David et il vient d'Israël. D'où vouliez-vous qu'il vienne ? De Rome ? Non, il est venu d'où Dieu l'a envoyé. Au lieu de vous réjouir, vous avez peur. Peur du jugement dernier. Si vous avez bonne conscience, alors pourquoi avoir peur ? Pourtant je vous le dis, à tous ici présents, le royaume de Dieu est parmi nous. Demain, le troisième Temple sera reconstruit, demain la paix éternelle régnera sur la terre et dans les cieux. Amen !

La nuit était tombée quand le pape pénétra dans une chambre matelassée, assommé par les médicaments.

Un vent printanier flottait sur Jérusalem. Depuis l'annonce lancée la veille par le Premier ministre sur les chaînes de radio et de télévision, des centaines de milliers de gens avaient afflué vers la capitale. Malgré l'heure matinale, une marée humaine continuait d'arriver par vagues successives, comme poussée par un instinct impérieux. Le temps s'était arrêté, hommes, femmes et enfants se déplaçaient dans un silence exemplaire. Aucune bousculade ne régnait parmi la foule muette qui se dirigeait vers les barricades posées par la police. Les propos du Premier ministre avaient pénétré le cœur de tous. Comme si un ordre invisible leur avait été donné, les hommes portaient leur châle de prière sur leurs épaules. Les fils dorés des châles scintillaient dans Jérusalem. Les douze rabbins qui avaient jugé David se tenaient debout sur la tribune montée à la hâte durant la nuit du sommet de la colline du Temple.

Dans son appartement romain Antonella regardait la scène à la télévision. Les chaînes du monde entier avaient accouru pour ne pas manquer cet événement de portée universelle, comme l'avait déclaré le Premier ministre d'Israël. Antonella crut subitement voir Alberto Livi sur l'écran. Il portait un uniforme avec des galons de lieutenant-colonel sur les épaules. A sa droite, une ravissante créature, vêtue de la même manière. Ils se tenaient debout derrière le Premier ministre. « Impossible, ce n'est pas lui ! » s'écria-t-elle. Il lui ressemble, mais ce n'est pas lui ! ajouta-t-elle pour éviter la folie qui la guettait.

Des millions d'Israéliens et de juifs de la diaspora mais aussi d'hommes venus de la terre entière étaient rassemblés à Jérusalem. Dans les montagnes, sur les toits des maisons, dans les rues, chaque centimètre carré était occupé par cette humanité bigarrée. Vieillards, enfants, soldats, religieux, athées, juifs et non-juifs. Toutes les nations de la terre étaient représentées. Toutes les religions. Un son de trompette résonna subitement, déchirant le silence de la Ville sainte. La foule leva les yeux vers le ciel bleu et entama une prière en cent-vingt langues différentes. Puis le silence retomba.

David Ben Zion souriait seul dans la chambre aux murs blancs. Déclaré officiellement fou par six psychiatres indépendants, il fut interné la veille dans un asile avec interdiction à quiconque, y compris sa femme, de lui rendre visite avant un mois. Rebecca et Livi s'étaient battus avec acharnement pour lui éviter cette infâmie, mais David n'avait rien fait pour leur faciliter la tâche. Jusqu'au dernier moment, il avait affirmé qu'il était le Messie. Il aurait suffi qu'il retirât ses paroles auprès du tribunal rabbinique, qu'il répondît autrement aux questions des psychiatres, du Premier ministre, de sa femme, pour être libéré et être le héros de ce jour unique dans l'histoire d'Israël qui se déroulait sur l'écran incrusté dans le mur. Personne ne voulait prendre la responsabilité de laisser le patron du Mossad en liberté dans les rues de Jérusalem.

Fou, lui ? Jamais, il ne s'était senti aussi heureux ! Il avait vu le ciel et la lumière éternelle. Et il connaissait le nom secret de Dieu ! Qu'avait-il besoin d'autre ? Ce nom écrit YHVH, seul le grand prêtre autrefois le connaissait et pouvait le prononcer exactement dans le plus grand secret et en silence, dans le Temple, le jour de Kippour. Le secret avait disparu avec la destruction du second Temple. Tous les autres noms utilisés dans la Bible, Elohim, Chadday, Adonaï, Kaddosh Barrouhou, etc., étaient destinés aux hommes afin de ne pas identifier Dieu. C'est en pénétrant dans la cave secrète du Vatican, au moment où il avait risqué un pied à l'intérieur, que le nom lui avait été communiqué. Il l'avait prononcé avant de s'effondrer.

David sourit à nouveau quand il aperçut sur l'écran la tribune et les douze rabbins qui l'avaient jugé. Ils étaient debout, leurs châles de prière sur leurs épaules, une corne de bélier devant chacun d'entre eux. L'orgueil des hommes ! pensa David en riant intérieurement. Il venait de réaliser un miracle et ces vautours croyaient lui en voler le mérite. Même Dieu ne pouvait pas ou ne voulait pas arrêter ces escrocs de l'image médiatique. Ils avaient tous donné leur accord pour que les télévisions du monde entier les filment. Ils envahissaient l'écran, eux, les craintifs de Dieu, qui durant des années avaient refusé de se faire filmer, parce que l'homme, à l'image de Dieu, ne devait pas être représenté comme une idole. Mais David ne leur en voulait pas. Dieu l'avait choisi pour annoncer les temps messianiques. Il avait accompli sa mission. Le troisième Temple allait être reconstruit. Mais serait-il encore là pour le voir ? Pourquoi Dieu l'avait-il empêché de voir la Ménorah ? Pourquoi ?

David détourna son regard, puisqu'il ne pouvait pas éteindre la télévision, allumée par commande interne. La direction de l'asile avait décidé que les fous aussi devaient être au rendez-vous. Le son du schofar résonna d'un coup. Douze cornes de béliers levées vers le ciel. David se mit à trembler de tous ses membres. Les sons, mélange de lamentations et de joie, pénétrèrent son corps affaibli comme des dagues. Il se débattit, mais les dagues s'enfonçaient dans sa chair. Il se mit à crier en se roulant par terre. Il transpirait, ruisselait, son corps, sa tête brûlaient comme s'il avait été mis sur un gril. « Pitié, pitié, pitié ! » Sa voix dominait le son du schofar. Il souffrait dans sa chair, dans son âme sans comprendre. Puis, la douleur disparut aussi rapidement qu'elle était survenue. Alors, il revit les derniers moments de l'opération, sa rencontre avec le pape, le Diable, la porte secrète, son évanouissement. Rebecca et Livi avaient accompli le reste de la mission.

Pourquoi Dieu, dont il connaissait à présent le nom secret, n'avait-il pas voulu qu'il allât jusqu'au bout ? Il s'identifia à Moïse qui avait vu la Terre sainte du haut de la montagne mais n'avait pu l'atteindre. Il ressentit subitement un calme intérieur qui venait du plus profond de lui-même. Il ouvrit les lèvres et murmura : « Ecoute Israël, l'Eternel notre Dieu, l'Eternel est Un. » Puis, il émit un son inconnu, le nom secret de Dieu, avant de s'affaisser sur le sol sans voir le chandelier du Temple, la Ménorah de Beit Hamikdash à sept branches apparaître et resplendir sur l'écran.

FIN

Du même auteur :

Le Jour le plus court,

Editions Robert Laffont,
collection « Best-sellers », 1988.

Octobre II,

Editions Robert Laffont, 1990.

Messiada,

Editions Ramsay, 2000.

Composition réalisée par JOUVE

IMPRIMÉ EN ESPAGNE PAR LIBERDUPLEX
Barcelone
Dépôt légal éditeur : 30002 - 02/2003
LIBRAIRIE GÉNÉRALE FRANÇAISE - 43, quai de Grenelle - 75015 Paris.

ISBN : 2 - 253 - 17276 - 6 31/7276/4